Eisiges Herz

GILES BLUNT

Eisiges Herz

Thriller

Aus dem Englischen
von Charlotte Breuer und Norbert Möllemann

Weltbild

Die englischsprachige Originalausgabe erschien 2006 unter dem Titel
By The Time You Read This
bei Random House of Canada Limited, Toronto.

Besuchen Sie uns im Internet:
www.weltbild.de

Genehmigte Lizenzausgabe für Verlagsgruppe Weltbild GmbH,
Steinerne Furt, 86167 Augsburg
Copyright der Originalausgabe © 2006 by Giles Blunt
Copyright der deutschsprachigen Ausgabe © 2007 by
Droemer Verlag, ein Unternehmen der Droemerschen Verlagsanstalt
Th. Knaur Nachf. GmbH & Co. KG, München
Übersetzung: Charlotte Breuer und Norbert Möllemann
Umschlaggestaltung: Studio Höpfner-Thomas, Gräfelfing
Umschlagmotiv: Corbis, Düsseldorf (© Tim Pannell); OKAPIA KG,
Frankfurt (© Doug Allan); Getty Images, München (© Pete Turner);
Mauritius Images, Mittenwald (© Herbert Kehrer)
Gesamtherstellung: GGP Media GmbH, Pößneck
Printed in the EU

ISBN 978-3-8289-9027-2

2011 2010 2009 2008
Die letzte Jahreszahl gibt die aktuelle Lizenzausgabe an.

Für Janna

1

Auf der Madonna Road kann einfach nichts Schlimmes passieren. Die Straße, die sich am Westufer eines kleinen Sees außerhalb von Algonquin Bay, Ontario, entlangwindet, ist der ideale, von Kiefernduft erfüllte Zufluchtsort für wohlhabende Familien mit kleinen Kindern, Yuppies mit einem Faible für Kanus und Kajaks ebenso wie für ein Völkchen von listigen Streifenhörnchen, die mit den großen Hunden der Anwohner Fangen spielen. Ein Ort, ruhig, schattig, abgelegen – scheinbar wie geschaffen, um sich vor Kummer und Leid in Sicherheit zu wähnen.

Detective John Cardinal und seine Frau Catherine wohnten im kleinsten Haus auf der Madonna Road, aber selbst diese bescheidene Bleibe konnten sie sich nur leisten, weil das Haus auf der seeabgewandten Straßenseite lag und sie nicht einmal ein Zipfelchen Ufergrundstück besaßen. Die Wochenenden verbrachte Cardinal größtenteils im Keller, inmitten von Gerüchen nach Sägemehl, Farbe und Holzwachs. Bei der Arbeit mit Holz fühlte er sich kreativ und Herr der Lage, was auf dem Revier nur selten vorkam.

Aber auch wenn er nicht mit Tischlerarbeiten beschäftigt war, genoss er die Stunden in seinem kleinen Haus und die Ruhe des Sees. Es war Herbst, Anfang Oktober, die ruhigste Zeit des Jahres. Die Motorboote und die Jetskis waren an Land gebracht, und die Schneemobile knatterten noch nicht über Eis und Schnee.

Der Herbst in Algonquin Bay ist wie eine Entschädigung für die anderen drei Jahreszeiten. Ein Farbenmeer aus Rottönen, Ocker und Gold wogt über die Hügel, der Himmel strahlt so tiefblau, dass man den brütend heißen Sommer, den

Frühling mit seinen Mückenplagen und den gnadenlos kalten Winter beinahe vergessen kann. Der Trout Lake lag übernatürlich still da, wie schwarzer Onyx umgeben von Glut. Obwohl Cardinal in Algonquin Bay aufgewachsen war (und das alles als selbstverständlich hingenommen hatte) und jetzt seit zwölf Jahren wieder hier lebte, war er jedes Jahr von neuem überrascht über die herbstliche Pracht. Um diese Jahreszeit verbrachte er jede freie Minute zu Hause. An jenem Abend hatte er die viertelstündige Fahrt auf sich genommen, um eine halbe Stunde mit Catherine beim Abendessen zu verbringen, bevor er wieder aufs Revier zurückmusste.

Catherine steckte sich eine Tablette in den Mund, spülte sie mit einem Schluck Wasser hinunter und verschloss das Tablettenröhrchen wieder.

»Es ist noch mehr Auflauf da, wenn du möchtest«, sagte sie.

»Nein, ich hab genug. Das war hervorragend«, sagte Cardinal, während er versuchte, die letzten Erbsen auf seinem Teller aufzuspießen.

»Es gibt heute keinen Nachtisch, es sei denn, du hast Lust auf Kekse.«

»Ich hab immer Lust auf Kekse. Die Frage ist nur, ob ich irgendwann von einem Gabelstapler hier rausgewuchtet werden möchte.«

Catherine brachte ihren Teller und ihr Glas in die Küche.

»Wann gehst du los?«, rief Cardinal ihr nach.

»Jetzt gleich. Es ist dunkel, der Mond scheint. Ideale Bedingungen.«

Cardinal schaute nach draußen. Der Vollmond, eine orangefarbene Scheibe tief über dem See, wurde vom Fensterkreuz geviertelt.

»Willst du den Mond fotografieren? Sag bloß, du hast vor, ins Kalendergeschäft einzusteigen.«

Aber Catherine war bereits im Keller verschwunden, und er hörte, wie sie in ihrer Dunkelkammer herumkramte. Cardinal verstaute die Essensreste im Kühlschrank und räumte das Geschirr in die Spülmaschine.

Catherine kam aus dem Keller, verschloss ihre Kameratasche, stellte sie neben der Tür ab und zog sich ihre Jacke über, eine goldbraune mit dunkelbraunem Lederbesatz an Ärmeln und Kragen. Sie zog einen Schal vom Kleiderhaken, wickelte ihn sich einmal, zweimal um den Hals, nahm ihn wieder ab.

»Nein«, murmelte sie vor sich hin. »Der wird mir nur lästig.«

»Wie lange wirst du unterwegs sein?«, fragte Cardinal, doch seine Frau hörte ihn nicht. Sie waren nun schon seit fast dreißig Jahren verheiratet, und immer noch gab sie ihm Rätsel auf. Manchmal, wenn sie loszog, um zu fotografieren, war sie aufgekratzt und gesprächig und beschrieb ihm ihr Vorhaben in allen Einzelheiten, bis ihm der Kopf schwirrte vor lauter Fachbegriffen wie Brennweite und Öffnungsverhältnis. Manchmal erfuhr er erst etwas über ihr Projekt, wenn sie Tage oder Wochen später aus der Dunkelkammer kam, die Abzüge umklammernd wie eine Safaritrophäe. Diesmal war sie verschlossen.

»Wann wirst du ungefähr zurück sein?«, fragte Cardinal.

Catherine schlang sich einen kurzen, karierten Schal um den Hals und stopfte die Enden in ihre Jacke. »Ist es wichtig? Ich dachte, du müsstest wieder zur Arbeit.«

»Muss ich auch. Ich bin nur neugierig.«

»Also, ich werde lange vor dir wieder zu Hause sein.« Sie zog ihre Haare aus dem Schal heraus und schüttelte den Kopf. Cardinal roch den Duft ihres Shampoos, etwas, das entfernt an Mandeln erinnerte. Catherine setzte sich auf die Bank neben der Haustür und öffnete ihre Kameratasche. »Der Splitfield-Filter. Ich wusste doch, dass ich was vergessen hatte.«

Sie verschwand kurz im Keller, kam mit dem Filter zurück, steckte ihn in die Kameratasche. Cardinal hatte keine Ahnung, was ein Splitfield-Filter sein könnte.

»Gehst du wieder ans Government Dock?« Im Frühjahr, als das Eis aufbrach, hatte Catherine eine Fotoserie am Ufer des Lake Nipissing geschossen. Riesige weiße Eisblöcke, die sich übereinanderschoben wie tektonische Platten.

»Die Serie ist doch längst fertig«, sagte Catherine stirnrunzelnd. Sie befestigte ein kleines, zusammenklappbares Stativ an ihrer Kameratasche. »Wieso stellst du mir so viele Fragen?«

»Manche Leute machen Fotos, andere stellen Fragen.«

»Ich wünschte, du würdest mich nicht so löchern. Du weißt doch, dass ich nicht gern im Voraus über meine Projekte rede.«

»Manchmal schon.«

»Diesmal nicht.« Sie stand auf und hängte sich die schwere Tasche über die Schulter.

»Was für eine herrliche Nacht«, sagte Cardinal, als sie vor dem Haus standen. Er betrachtete die Sterne, die im hellen Mondschein schwach zu erkennen waren. Die Luft duftete nach Kiefern und Laub. Auch Catherine liebte den Herbst ganz besonders, aber im Moment war sie mit anderen Dingen beschäftigt. Sie stieg in ihren Wagen, einen braunen PT Cruiser, den sie sich vor einigen Jahren gebraucht gekauft hatte, ließ den Motor an und fuhr los.

Cardinal folgte ihr in seinem Camry über die dunkle, gewundene Straße in Richtung Stadt. Kurz vor der Ampel am Highway 11 betätigte Catherine den Blinker und ordnete sich links ein, während Cardinal geradeaus über die Kreuzung und dann die Sumner Street hinunter zum Revier fuhr.

Catherine war also unterwegs zum östlichen Stadtrand, und Cardinal fragte sich flüchtig, wohin sie wollte. Aber er war immer froh, wenn sie sich in ihre Arbeit stürzte, und außerdem nahm sie regelmäßig ihre Medikamente. Es war jetzt ein Jahr her, seit man sie aus der Psychiatrie entlassen hatte. Letztes Mal war sie schon fast zwei Jahre draußen gewesen, dann hatte sie einen manischen Schub gehabt und musste wieder für drei Monate in die Klinik. Aber solange sie ihre Medikamente nahm, machte Cardinal sich keine allzu großen Sorgen.

Es war ein Dienstagabend, und in der Verbrecherwelt herrschte einigermaßen Ruhe. Cardinal verbrachte mehrere Stunden damit, liegengebliebenen Papierkram zu erledigen. Erst kürzlich waren wie jedes Jahr sämtliche Teppichböden gereinigt worden, und es roch im ganzen Gebäude nach Putzmitteln und feuchtem Teppich.

Der einzige Kollege, der außer Cardinal Spätschicht schob, war Ian McLeod, und selbst McLeod, tagsüber das Großmaul des Reviers, war zu dieser späten Stunde vergleichsweise still und ernst.

Cardinal war gerade dabei, eine Akte, die er endlich geschlossen hatte, mit einem Gummiband zu verschnüren, als McLeods gerötetes Gesicht über der Trennwand zwischen ihren Schreibtischen erschien.

»Hey, Cardinal. Ich wollte Sie nur kurz warnen. Es geht um unseren Bürgermeister.«

»Was will er denn?«

»Er war gestern Abend hier, als Sie schon Feierabend hatten. Wollte seine Frau vermisst melden. Das Problem ist nur, dass sie gar nicht verschwunden ist. Jeder in der Stadt weiß, wo sie steckt, außer dem verdammten Bürgermeister.«

»Hat sie immer noch eine Affäre mit Reg Wilcox?«

»Ja. Sie wurde sogar gestern Abend in seiner Begleitung gesehen. Szelagy hat am Motel Birches Posten bezogen, um die Porcini-Brüder im Auge zu behalten. Die sind seit einem halben Jahr wieder auf freiem Fuß und scheinen sich einzubilden, sie könnten wieder ins Geschäft einsteigen. Jedenfalls, als Szelagy gerade hier anruft, um Bericht zu erstatten, sieht er plötzlich die Gattin des Bürgermeisters zusammen mit dem hochgeschätzten Chef der Stadtreinigung aus Zimmer 12 kommen. Also, wenn Sie mich fragen, ich konnte den Typen noch nie ausstehen – möchte wissen, was die Weiber an ihm finden.«

»Er sieht doch gut aus.«

»Ich bitte Sie, Cardinal, der Typ sieht aus wie ein Dressman von Sears.« Um Cardinal eine Kostprobe zu geben, posierte McLeod im Dreiviertelprofil und setzte ein breites Grinsen auf.

»Manche Leute finden das durchaus sehenswert«, sagte Cardinal. »Wenn auch nicht an Ihnen.«

»Na ja, manche Leute können mich mal. Jedenfalls, ich habe seiner Durchlaucht gestern Abend gesagt, hören Sie, Ihre Frau ist nicht verschwunden. Sie ist erwachsen. Sie wurde in der Stadt gesehen. Wenn sie nicht nach Hause kommt, dann ist das ihre freie Entscheidung und ihr gutes Recht.«

»Und was hat er dazu gesagt?«

»›Wer hat sie gesehen? Wo? Wann?‹ Das Übliche. Ich hab ihm erklärt, ich wäre nicht befugt, ihm darüber Auskunft zu erteilen. Ich hab ihm gesagt, sie sei in der Nähe von Worth und Macintosh gesehen worden, und wir könnten im Moment keine Vermisstenanzeige aufnehmen. Jetzt gerade ist sie wieder mit Wilcox im Birches. Ich hab Feckworth gesagt, er soll herkommen, Sie würden sich liebend gern mit ihm unterhalten.«

»Was zum Teufel haben Sie sich denn dabei gedacht?«

»Von Ihnen nimmt er es leichter auf. Ich stehe nicht gerade auf gutem Fuß mit ihm.«

»Sie stehen doch mit niemandem auf gutem Fuß.«
»Also, das find ich jetzt wirklich kränkend.«

Während Cardinal auf den Bürgermeister wartete, machte er die Spesenabrechnung für den vergangenen Monat und beschriftete das Deckblatt für eine Akte. Immer wieder musste er dabei an Catherine denken. Sie hatte sich gut gehalten seit ihrer Entlassung vor einem Jahr, und inzwischen unterrichtete sie sogar wieder am örtlichen College. Aber beim Abendessen hatte sie abwesend gewirkt, auf eine Weise ungehalten, die womöglich darauf schließen ließ, dass sie in Gedanken nicht nur mit ihrem Fotoprojekt beschäftigt gewesen war. Catherine war Ende vierzig und kam allmählich in die Wechseljahre, die starke Stimmungsschwankungen bei ihr auslösten, so dass ihr ständig neue Medikamente verschrieben werden mussten. Wenn sie ein wenig zerstreut wirkte, nun, dafür gab es reichlich Erklärungen. Andererseits, wie gut kennt man einen Menschen, den man liebt? Man brauchte sich ja nur anzusehen, wie es dem Bürgermeister erging.

Als seine Durchlaucht der Bürgermeister Lance Feckworth eintraf, führte Cardinal ihn in eins der Vernehmungszimmer, damit sie sich ungestört unterhalten konnten.

»Ich will das aufgeklärt haben«, sagte der Bürgermeister. »Ich verlange, dass offizielle Ermittlungen aufgenommen werden.« Feckworth, ein fülliger, kleiner Mann mit einer Vorliebe für Fliegen, hockte nervös auf der Kante des Plastikstuhls, auf dem gewöhnlich der Verdächtige saß. »Ich weiß, dass ich als Bürgermeister nicht mehr Rechte habe als jeder andere Wähler, aber auch nicht weniger. Was ist, wenn sie einen Unfall hatte?«

Feckworth war als Bürgermeister keine große Leuchte. Seit er im Amt war, schien der Stadtrat jedes Problem endlos zu diskutieren, um schließlich zu dem Ergebnis zu gelangen, dass man nichts unternehmen konnte. Aber er war ein leutseliger Mensch, der immer einen Witz auf Lager hatte und anderen gern auf die Schulter klopfte. Es war erschütternd, sein sorgengequältes Gesicht zu sehen, als wäre ein Gebäude, an dessen Anblick man sich über die Jahre gewöhnt hatte, plötzlich mit einer abstoßenden Farbe angestrichen worden.

So schonend wie möglich brachte Cardinal ihm bei, dass Mrs. Feckworth am vergangenen Abend in der Stadt gesehen worden war und dass es in der ganzen Woche keine Meldung über einen schweren Unfall gegeben hatte.

»Verdammt noch mal, jeder Polizist erzählt mir, sie sei in der Stadt gesehen worden, aber keiner will mir sagen, wo und von wem. Was soll das? Wie würden Sie sich fühlen, wenn es um Ihre Frau ginge? Sie würden die Wahrheit wissen wollen, stimmt's?«

»Ja, stimmt.«

»Dann schlage ich vor, dass Sie mich darüber aufklären, was los ist, Detective. Wenn nicht, werde ich mich direkt an Chief Kendall wenden, und ich werde weder an Ihnen noch an diesem Vollidioten McLeod ein gutes Haar lassen, darauf können Sie Gift nehmen.«

Und so saß Cardinal eine Stunde später zusammen mit dem Bürgermeister von Algonquin Bay in seinem Auto auf dem Parkplatz des Birches. Auch wenn der Name etwas anderes vermuten ließ, stand nicht eine einzige Birke in der Nähe des Motels. Es lag mitten in der Innenstadt auf der MacIntosh Street, wo weit und breit überhaupt kein Baum zu sehen war. Und es hieß nicht einmal mehr Birches, seit die Sunset-Inns-Kette es vor über zwei Jahren übernommen hatte, aber alle in der Stadt nannten es immer noch so.

Cardinal hatte etwa zehn Schritte von Zimmer 12 entfernt geparkt. Szelagy saß auf der anderen Seite des Parkplatzes in seinem Wagen, doch die beiden Männer nahmen keine Notiz voneinander. Cardinal öffnete sein Fenster einen Spalt breit, um zu verhindern, dass die Scheiben beschlugen. Selbst hier, mitten in der Stadt, lag der Geruch nach Herbstlaub in der Luft und der vertraute Duft nach Kaminfeuer.

»Wollen Sie wirklich behaupten, sie ist da drin?«, fragte der Bürgermeister. »Meine Frau – in diesem Zimmer?«

Er muss es doch wissen, dachte Cardinal. Wie ist es möglich, dass seine Frau tagelang fortbleibt und sich in Motels einmietet, ohne dass er davon weiß?

»Das glaub ich einfach nicht«, sagte Feckworth. »Nicht in so einer billigen Absteige.« Doch er klang schon weniger überzeugt, so als hätte der Anblick der Zimmertür ihn in seinem Glauben erschüttert. »Cynthia ist absolut loyal«, sagte er. »Ein Charakterzug, auf den sie stolz ist.«

In Wirklichkeit hüpfte Cynthia Feckworth mindestens seit vier Jahren von einem Bett in Algonquin Bay ins nächste, und der Bürgermeister war der Einzige, der nichts davon wusste. Und woher nehme ich das Recht, ihm die Augen zu öffnen?, dachte Cardinal. Wieso maße ich mir an, diesen Mann aus sciner seligen Ahnungslosigkeit zu reißen?

»Es kann nicht sein, dass sie mit einem anderen schläft. Das wäre … wenn sie mit einem anderen Mann … dann ist Schluss. Darauf können Sie sich verlassen. O Gott, wenn es wirklich stimmt, dass sie …« Feckworth verbarg stöhnend das Gesicht in den Händen.

Wie aufs Stichwort ging die Tür von Nummer 12 auf, und ein Mann trat heraus. Er war durchgestylt, als wäre er einem Katalog für Herrenmode entsprungen: Nutzen Sie die Sonderangebote für unsere modischen Windjacken.

»Das ist ja Reg Wilcox«, sagte der Bürgermeister. »Stadtreinigung. Was macht der denn hier?«

Entspannt und zufrieden wie ein Mann nach einem guten

Fick schlenderte Wilcox zu seinem Ford Explorer. Dann setzte er rückwärts aus der Parklücke und fuhr davon.

»Tja, jedenfalls war Cynthia nicht in dem Zimmer. Das ist ja schon etwas«, bemerkte Feckworth. »Vielleicht sollte ich einfach nach Hause fahren und hoffen, dass sich alles zum Guten wendet.«

Die Tür von Nummer 12 öffnete sich erneut, und eine attraktive Frau sah sich kurz um, bevor sie heraustrat und die Tür hinter sich zuzog.

Sie knöpfte ihren Mantel gegen die kühle Nachtluft zu und überquerte den Parkplatz.

Der Bürgermeister sprang aus dem Wagen und stellte sich ihr in den Weg. Cardinal kurbelte sein Fenster hoch, er hatte keine Lust, sich das anzuhören. In dem Augenblick klingelte sein Handy.

»Cardinal, warum zum Teufel gehen Sie nicht an Ihr Funkgerät?«

»Ich sitze in meinem Privatfahrzeug, Sergeant Flower. Aber es lohnt sich nicht, es Ihnen zu erklären.«

»Also gut, hören Sie zu. Ein Anrufer hat hinter dem Gateway-Wohnblock eine Leiche gefunden. Kennen Sie das neue Gebäude?«

»Das Gateway? An der Umgehungsstraße? Ich wusste gar nicht, dass es schon fertig ist. Sind Sie sicher, dass es sich nicht um einen Betrunkenen handelt, der seinen Rausch ausschläft?«

»Ganz sicher. Die Kollegen aus dem Streifenwagen am Tatort haben es soeben bestätigt.«

»Okay. Ich bin ganz in der Nähe.«

Der Bürgermeister und seine Frau stritten sich.

Cynthia Feckworth stand mit vor der Brust verschränkten Armen da, den Kopf gesenkt. Ihr Mann hatte die Arme ausgebreitet, die typische Haltung des flehenden Gatten. In der

Tür des Motelbüros stand ein Angestellter und beobachtete die Szene.

Der Bürgermeister bekam nicht einmal mit, dass Cardinal wegfuhr.

Der Gateway-Turm stand am östlichen Stadtrand, eins der wenigen Hochhäuser in einem Gebiet, wo Einkaufszentren wie Pilze aus dem Boden schossen. Im Erdgeschoss des Gebäudes befand sich ebenfalls ein kleines Einkaufszentrum mit einer Reinigung, einem Supermarkt und einem großen Computerreparaturladen namens CompuClinic, der von der Main Street hierhergezogen war. Die Geschäfte waren bereits seit einiger Zeit geöffnet, aber viele der Wohnungen in dem Turm waren noch unbewohnt. Eine kreuzungsfreie Straße wurde angelegt, um die Verkehrsanbindung des aufstrebenden Viertels zu verbessern – wenn man es denn als solches bezeichnen konnte. Cardinal musste im Slalom durch eine Ansammlung von orangefarbenen Kegeln fahren und dann noch einen Umweg vorbei am neuen Schnellrestaurant von Tim Hortons und dem Baumarkt in Kauf nehmen, um zu dem Gebäude zu gelangen.

Er passierte neu errichtete Reihenhäuser, von denen die meisten noch unbewohnt waren. Nur in einigen brannte Licht. Vor dem letzten Haus stand ein PT Cruiser, und einen Augenblick lang dachte Cardinal, es sei Catherines Auto. Ein oder zweimal im Jahr hatte er solche Anwandlungen: die plötzliche Angst, dass Catherine etwas zugestoßen sein könnte – dass sie einen manischen Schub erlitten und sich in Gefahr gebracht hatte oder dass sie von Depressionen überwältigt und suizidgefährdet war –, und dann die Erleichterung, wenn sich herausstellte, dass seine Sorge unbegründet gewesen war.

Er bog in die Einfahrt zum Gateway und parkte unter

einem Schild mit der Aufschrift: ANWOHNERPARKPLATZ – BESUCHERPARKPLÄTZE AM STRASSENRAND.

Ein uniformierter Polizist stand vor dem mit Absperrband gesicherten Tatort.

»Hallo, Sergeant«, sagte der Polizist, als Cardinal auf ihn zukam. Er sah aus, als wäre er etwa achtzehn Jahre alt, und Cardinal konnte sich beim besten Willen nicht an seinen Namen erinnern. »Da hinten liegt eine Tote. Sieht aus, als wäre sie ziemlich tief gestürzt. Ich dachte mir, am besten sperre ich hier großräumig ab, bis wir mehr wissen.«

Cardinal schaute an dem Mann vorbei zu der Stelle hinter dem Gebäude. Alles, was er sehen konnte, waren ein Müllcontainer und ein paar Autos.

»Haben Sie irgendwas angefasst?«

»Äh, ja. Ich hab bei der Toten den Puls gefühlt, aber da war nichts mehr zu spüren. Und ich hab ihre Taschen nach einem Personalausweis durchsucht, aber keinen gefunden. Wahrscheinlich eine Bewohnerin, die vom Balkon gesprungen ist.«

Cardinal sah sich um. Normalerweise fanden sich an solchen Orten Schaulustige ein. »Keine Zeugen? Niemand, der was gehört hat?«

»Das Gebäude steht mehr oder weniger leer, glaub ich, bis auf die Geschäfte im Erdgeschoss. Als ich kam, war niemand mehr da.«

»Okay. Geben Sie mir Ihre Taschenlampe.«

Der junge Mann reichte Cardinal die Lampe und öffnete die Absperrung, um ihn durchzulassen.

Cardinal bewegte sich langsam, um keine Spuren zu verwischen, für den Fall, dass die Vermutung des jungen Polizisten, die Frau sei von einem Balkon gesprungen, sich als falsch erweisen sollte. Er ging an dem Müllcontainer vorbei, der bis oben hin vollgestopft war mit alten Computerteilen. An einer

Seite hing eine Tastatur an ihrem Kabel herunter, und ein paar Platinen schienen auf dem Boden explodiert zu sein.

Die Leiche lag bäuchlings direkt hinter dem Müllcontainer, und sie trug eine hellbraune Jacke mit dunkelbraunen Lederbesätzen an Ärmeln und Kragen.

Genau wie Catherines Jacke, dachte Cardinal.

»Ich konnte an keinem der Balkone da oben ein offenes Fenster oder eine offene Tür entdecken«, sagte der junge Polizist. »Wahrscheinlich kann der Hausmeister uns sagen, wer sie ist.«

»Ihr Ausweis liegt im Auto«, sagte Cardinal.

Der junge Polizist sah sich um. Neben dem Gebäude standen zwei Autos.

»Das kapier ich nicht«, sagte er. »Woher wissen Sie, welches ihr Auto ist?«

Aber Cardinal hörte ihn überhaupt nicht. Verblüfft sah der junge Mann, wie Sergeant John Cardinal – der Star des CID-Teams, ein altgedienter Ermittler, der die kompliziertesten Kriminalfälle der Stadt gelöst hatte, ein alter Haudegen, legendär für seine Sorgfalt bei der Untersuchung eines Tatorts – mitten in der Blutlache auf die Knie sank und die Tote in die Arme nahm.

2

Normalerweise wäre Lise Delorme stocksauer gewesen, wenn man sie an ihrem freien Tag an einen Tatort beordert hätte – und dass es dauernd passierte, machte es nicht weniger ärgerlich. Sie saß in einem indischen Restaurant mit ihrem neuen Freund, einem sehr gut aussehenden Anwalt, der nur ein oder zwei Jahre jünger war als sie. Sie hatten sich kennengelernt, als er erfolglos einen Gewohnheitsverbrecher verteidigte, den Delorme wegen Erpressung festgenommen hatte. Es war ihre dritte Verabredung, und obwohl es Delorme eigentlich widerstrebte, mit einem Anwalt ins Bett zu gehen, hatte sie vorgehabt, ihn nach dem Essen auf einen Drink zu sich einzuladen. Shane Cosgrove hieß er.

Es hätte die Sache reizvoller gemacht, wenn Shane ein besserer Anwalt gewesen wäre. Delorme war der Meinung, sein Mandant hätte eigentlich freigesprochen werden müssen angesichts des dünnen Beweismaterials, das sie gegen ihn in der Hand gehabt hatte. Aber Shane sah wirklich gut aus, er war unterhaltsam und dazu Junggeselle, und solche Männer waren in einem Kaff wie Algonquin Bay nicht leicht zu finden.

Als sie an den Tisch zurückkehrte, war sie so bleich, dass Shane sie fragte, ob sie sich hinlegen müsse. Detective Sergeant Chouinard hatte ihr soeben mitgeteilt, dass man eine Leiche gefunden habe, dass es sich bei der Toten um John Cardinals Frau handele und Cardinal selbst sich am Tatort befinde. Ein Streifenpolizist hatte Chouinard zu Hause angerufen, der wiederum Delorme benachrichtigt hatte.

»Holen Sie ihn da weg, Lise«, hatte er gesagt. »Was auch immer jetzt in ihm vorgehen mag, Cardinal ist seit dreißig Jahren Polizist. Er weiß ebenso gut wie Sie und ich, dass er, bis feststeht, dass es sich nicht um Mord handelt, der Verdächtige Nummer eins ist.«

»Hören Sie«, sagte Delorme, »Sie wissen genau, dass Cardinal seiner Frau immer zur Seite gestanden hat trotz –«

»Trotz einer Menge Scheiß. Ja, das weiß ich. Aber ich weiß auch, dass er womöglich endlich die Schnauze voll hatte. Es ist durchaus denkbar, dass irgendein kleiner Tropfen das Fass schließlich zum Überlaufen gebracht hat. Also setzen Sie gefälligst Ihren Arsch in Bewegung, fahren Sie zum Tatort und gehen Sie vom Schlimmsten aus. Solange nichts anderes erwiesen ist, haben wir es mit einem Mord zu tun.«

Und so war Delorme nicht wütend, als sie durch die Stadt fuhr, sondern traurig und bekümmert. Zwar war sie Cardinals Frau einige Male begegnet, aber sie hatte sie nie wirklich kennengelernt. Natürlich wusste sie, was alle im Department wussten: dass Catherine alle paar Jahre einen manischen Schub erlitt und in die Psychiatrie eingewiesen werden musste. Und jedes Mal, wenn Delorme Catherine Cardinal erlebt hatte, hatte sie sich gefragt, wie das möglich war.

Denn Catherine Cardinal gehörte zu den wenigen Frauen, die, zumindest, wenn es ihr gut ging, die Bezeichnung »strahlende Schönheit« verdienten. Die Worte »manisch« und »depressiv« – ganz zu schweigen von »schizophren« oder »psychotisch« – beschworen Bilder von nervlich zerrütteten, wenn nicht gar halb wahnsinnigen Menschen herauf. Aber Catherine hatte Sanftmütigkeit, Intelligenz und Klugheit ausgestrahlt.

Delorme, die bereits länger, als ihr lieb war, als Single lebte, langweilte sich meist in Gesellschaft von Ehepaaren. Bei Verheirateten vermisste sie im Allgemeinen das gewisse Etwas derjenigen, die immer noch auf der Jagd waren. Außerdem nervten sie einen mit der Überzeugung, dass Alleinstehenden etwas fehlte. Das Schlimmste jedoch war, dass viele Ehepartner einander anscheinend nicht einmal leiden konnten und derart grob miteinander umgingen, wie sie es einem Fremden gegenüber niemals wagen würden. Aber zwischen Cardinal und seiner Frau, die schon Gott weiß wie lange miteinander verheiratet waren, schien eine tiefe Verbundenheit zu bestehen. Cardinal sprach fast jeden Tag von seiner Frau, es sei denn, sie befand sich in der Klinik, und auch dann hatte Delorme nie das Gefühl gehabt, dass er aus Scham schwieg, sondern aus Loyalität. Ständig erzählte er Delorme von Catherines neuesten Fotos, wie sie einem ehemaligen Studenten zu einem Job verholfen hatte, dass sie einen Preis gewonnen hatte oder von irgendwelchen witzigen Bemerkungen, die sie gemacht hatte.

Dennoch hatte Catherine, so erinnerte sich Delorme, etwas Dominantes, ja beinahe etwas Herrisches, selbst wenn man von ihrer psychischen Krankheit wusste. Womöglich war es sogar eine Auswirkung dieser Krankheit, die Aura eines Menschen, der in die Tiefen des Wahnsinns hinabgestiegen und zurückgekehrt war, um davon zu berichten. Nur diesmal war sie nicht zurückgekommen.

Und vielleicht war es sogar besser so für Cardinal, dachte Delorme. Vielleicht war es nicht das Schlechteste für ihn, von dieser Last befreit zu sein. Delorme hatte erlebt, wie sehr es Cardinal jedes Mal mitgenommen hatte, wenn seine Frau wieder in die Psychiatrie eingewiesen worden war, und mehrmals hatte sie zu ihrer eigenen Verwunderung festgestellt, dass sie wütend auf die Frau war, die Cardinal das Leben zur Qual machte.

Lise Delorme, fluchte sie innerlich, als sie vor dem Absperrband hielt, manchmal bist du wirklich ein komplettes, erbarmungsloses Miststück.

Falls Chouinard gehofft hatte, durch die sofortige Herbeizitierung Delormes verhindern zu können, dass der Hauptverdächtige den Tatort vermasselte, hatte er sich getäuscht. Als Delorme aus ihrem Wagen stieg, sah sie, wie Cardinal, dessen Lederjacke völlig mit Blut besudelt war, seine Frau in den Armen hielt.

Ein junger Polizist – Sanderson – hielt am Absperrband Wache.

»Waren Sie als Erster am Tatort?«, fragte ihn Delorme.

»Jemand aus dem Gebäude hat mich angerufen. Anonym. Er sagte, es sehe so aus, als liege hinter dem Haus eine Tote. Ich bin sofort hergekommen, habe festgestellt, dass die Frau tot war, und das Revier benachrichtigt. Die haben die Spurensicherung verständigt, und dann ist Cardinal hier aufgekreuzt. Ich hatte doch keine Ahnung, dass es seine Frau ist.« Er wirkte gequält. »Sie hatte keine Papiere bei sich. Wie hätte ich das wissen sollen?«

»Ist schon gut«, sagte Delorme. »Sie haben das Richtige getan.«

»Wenn ich es gewusst hätte, hätte ich ihn von der Toten ferngehalten. Aber er hat es auch erst gesehen, als er direkt vor ihr stand. Werde ich jetzt Ärger bekommen, Ma'am?«

»Beruhigen Sie sich, Sanderson, Sie kriegen schon keinen Ärger. Die Leute von der Spurensicherung und der Gerichtsmediziner werden gleich hier sein.«

Delorme ging zu Cardinal hinüber. So übel, wie seine Frau zugerichtet war, musste sie von sehr hoch oben gestürzt sein. Cardinal hatte sie auf den Rücken gedreht und hielt sie in den Armen, als schliefe sie. Sein Gesicht war mit Blut und Tränen überströmt.

Delorme hockte sich neben ihn. Vorsichtig befühlte sie zuerst Catherines Handgelenk, dann ihren Hals und stellte zweierlei fest: Es war kein Puls zu spüren, und der Körper war noch warm, wobei die Extremitäten schon stark abgekühlt waren.

In der Nähe der Toten lag eine Kameratasche, deren Inhalt auf dem Asphalt verstreut war.

»John«, sagte Delorme leise.

Als er nicht reagierte, fuhr sie sanft fort: »John, hör zu. Ich werde dir das nur einmal sagen. Das hier bricht mir das Herz, okay? Am liebsten würde ich mich in eine Ecke verkriechen und weinen und erst wieder rauskommen, wenn mir einer sagt, dass das alles nicht wahr ist. Hörst du mich? Du hast mein tiefstes Mitgefühl. Aber wir wissen beide, was wir zu tun haben.«

Cardinal nickte. »Ich wusste nicht, dass ... Bis ich sie gesehen habe.«

»Ja, ich weiß«, sagte Delorme. »Aber du musst sie jetzt loslassen.«

Cardinal weinte, und sie ließ ihn. Arsenault und Collingwood, die Kollegen von der Spurensicherung, kamen auf sie zu. Delorme gab ihnen ein Zeichen, sie sollten einen Augenblick warten.

»John. Würdest du sie bitte hinlegen? Du musst sie wieder genauso hinlegen, wie du sie gefunden hast. Die Spurensicherung ist da. Der Gerichtsmediziner wird gleich eintreffen. Egal, wie das passiert ist, wir müssen die Ermittlungen vorschriftsmäßig durchführen.«

Cardinal schob Catherine von seinen Knien und drehte sie mit sinnloser Zärtlichkeit um. Ihre linke Hand legte er über ihren Kopf. »Die Hand hat so gelegen«, sagte er. »Diese hier«, sagte er, während er den anderen Arm am Handgelenk fasste, »lag an ihrer Seite. Ihre Arme sind gebrochen, Lise.«

»Ich weiß.« Delorme hätte ihn am liebsten berührt, ihn getröstet, zwang sich jedoch zu professioneller Selbstbeherrschung. »Komm mit mir, John. Lassen wir Arsenault und Collingwood ihre Arbeit tun, okay?«

Cardinal stand schwankend auf. Inzwischen waren noch

weitere uniformierte Polizisten am Tatort eingetroffen, und aus dem Augenwinkel sah Delorme, dass einige Leute sie von den Balkonen aus beobachteten, während sie Cardinal am Absperrband vorbei zu ihrem Wagen geleitete. Unter ihren Füßen knirschten Computerteile. Sie öffnete die Beifahrertür, und er stieg ein. Dann setzte sie sich auf den Fahrersitz und schlug die Tür zu.

»Wo warst du, als du den Anruf erhalten hast?«, fragte Delorme.

An Cardinals Gesicht war nicht zu erkennen, ob er irgendetwas mitbekam.

Sah er den Krankenwagen, der mit zuckendem Blaulicht vor dem Absperrband hielt? Den Gerichtsmediziner, der mit seiner Tasche zu der Toten hinüberging? Arsenault und Collingwood in ihren weißen Papieroveralls? McLeod, der mit gesenktem Kopf vor dem Tatort auf und ab ging? Sie konnte es nicht einschätzen.

»John, ich weiß, dass es dir schwerfällt, jetzt Fragen zu beantworten ...« Das sagten sie immer. Hoffentlich begriff er, dass sie das tun musste, dass sie an die Wunde rühren musste, in der noch das Messer steckte.

Als er schließlich sprach, war seine Stimme überraschend klar, er klang nur sehr erschöpft. »Ich war im Motel Birches, in meinem Wagen, mit dem Bürgermeister.«

»Bürgermeister Feckworth? Wieso?«

»Er hatte seine Frau als vermisst gemeldet und verlangt, dass wir Ermittlungen einleiteten. Er hat gedroht, er würde sich an die Presse wenden, an den Chief. Irgendjemand musste ihm reinen Wein einschenken.«

»Wie lange warst du mit ihm zusammen?«

»Insgesamt vielleicht zweieinhalb Stunden. Er ist aufs Revier gekommen. McLeod kann das alles bestätigen. Szelagy auch.«

»Überwacht Szelagy das Motel immer noch wegen der Porcini-Brüder?«

Cardinal nickte. »Kann sein, dass er noch dort ist. Aber er wird sein Funkgerät ausgeschaltet haben. Das würdest du auch machen, wenn du die Porcini-Brüder überwachen müsstest.«

»Weißt du, was Catherine hier in dem Gebäude wollte?«

»Sie ist losgegangen, um Fotos zu machen. Ich weiß nicht, ob sie hier jemanden gekannt hat. Aber ich nehme es an, sonst wäre sie ja nicht reingekommen.«

Delorme konnte beinahe hören, wie Cardinals Polizistengehirn sich wieder einschaltete.

»Wir müssen das Dach überprüfen«, sagte er. »Wenn sie nicht von dort gestürzt ist, müssen wir die oberen Etagen durchsuchen. Dich meine ich. Du musst das tun. Ich darf nicht an den Ermittlungen beteiligt sein.«

»Warte einen Augenblick hier«, sagte Delorme.

Sie stieg aus dem Wagen und ging zu McLeod, der neben dem Müllcontainer stand.

»Sehen Sie sich bloß an, was hier für ein Schrott rumliegt«, sagte er. »Man sollte meinen, hier hätte jemand einen Computer in die Luft gejagt.«

»Da drin ist ein Computerladen, CompuClinic«, sagte Delorme. »Hören Sie, haben Sie Cardinal heute Abend gesehen?«

»Ja, er war bis gegen halb acht auf dem Revier. Ungefähr um viertel nach sieben ist der Bürgermeister gekommen, und dann sind sie zusammen losgefahren. Wahrscheinlich zum Motel Birches, wo die holde Bürgermeistersgattin mit der Stadtreinigung rumvögelt. Soll ich den Bürgermeister anrufen?«

»Haben Sie seine Nummer?«

»Was für eine Frage. Der Typ geht mir schon seit einer Woche auf den Senkel.« McLeod hatte sein Handy bereits aus der Tasche genommen und wählte eine Nummer von einer Liste auf dem leuchtenden Display aus.

Delorme ging zu den Spurensicherern hinüber. Auf Knien sammelten sie kleine Gegenstände ein, die sie in Plastiktüten verstauten. Der Mond stand jetzt höher und war nicht mehr orangefarben, sondern tauchte die Szene in ein silbriges Licht. In der kühlen Brise lag der Geruch nach altem Laub. Warum passieren die schlimmsten Dinge in den schönsten Nächten?, fragte sich Delorme.

»Haben Sie Plastikbeutel über ihre Hände gezogen?«, fragte sie Arsenault.

Er schaute zu ihr hoch. »Klar. Solange wir ein Verbrechen nicht ausschließen können.«

Collingwood, der Jüngere der beiden von der Spurensicherung, leerte gerade die Kameratasche, die etwa einen Meter neben der Toten lag. Er war jung, blond und so wortkarg, dass es beinahe feindselig wirkte.

»Kamera«, sagte er und hielt eine Nikon hoch. Die Linse war zerbrochen.

»Sie war Fotografin«, sagte Delorme. »Cardinal sagt, sie ist heute Abend losgegangen, um Fotos zu machen. Was noch?«

»Ersatzfilme. Batterien. Linsen. Filter. Linsenputztuch.«

»Mit anderen Worten, was man in einer solchen Tasche erwartet.«

Er antwortete nicht. Bei Collingwood war es manchmal, als würde man gegen eine Wand reden.

»In ihrer Jackentasche haben wir Autoschlüssel gefunden«, sagte Arsenault und reichte sie Delorme.

»Ich seh mal im Wagen nach«, sagte sie.

Der Gerichtsmediziner, der über die Tote gebeugt gewesen war, stand auf und schlug sich Staub von seinem Mantel. Es war Dr. Claybourne, der mit Anfang dreißig schon eine Halbglatze hatte. Delorme hatte schon bei mehreren Fällen mit ihm zusammengearbeitet. Einmal hatte er sie zum Abendessen eingeladen, doch sie hatte abgelehnt mit der Begründung, sie hätte bereits einen Freund, was damals gar nicht stimmte. Manche Männer waren Delorme zu nett, zu harmlos, zu langweilig. In ihrer Gesellschaft fühlte man sich allein, ohne allein zu sein.

»Was meinen Sie?«, fragte Delorme.

Dr. Claybourne hatte einen roten Haarkranz und blasse, fast durchscheinende Haut. Delorme war aufgefallen, dass er leicht errötete, was sie allerdings auf seinen hellen Teint zurückführte.

»Tja, sie ist zweifellos von sehr hoch oben gestürzt. Und nach dem Blutverlust zu urteilen muss sie noch gelebt haben, als sie gefallen ist.«

»Todeszeitpunkt?«

»Im Moment habe ich nur zwei Anhaltspunkte, die Körpertemperatur und die Tatsache, dass die Totenstarre noch nicht eingesetzt hat. Ich würde sagen, sie ist seit etwa zwei Stunden tot.«

Delorme warf einen Blick auf ihre Uhr. »Dann muss sie etwa um halb neun gestorben sein. Was ergeben Ihre Berechnungen?«

»Oh, das muss ich Ihren forensischen Experten überlassen. Sie liegt knapp zwei Meter vom Gebäude entfernt. Die Balkone kragen anderthalb Meter weit aus. Sie könnte von einem Balkon oder aus einem Fenster gestürzt sein.«

»Aus welcher Höhe?«

»Schwer zu sagen. So etwa vom zehnten Stock, würde ich schätzen.«

»Das Gebäude hat nur neun Stockwerke. Dann fangen wir wohl am besten mit dem Dach an.«

»Okay. Bisher habe ich noch keine Hinweise auf Fremdeinwirkung gefunden.«

»Ich fürchte, Sie werden auch keine finden. Ich kenne die Tote. Sind Sie über ihre Krankheit im Bilde?«

»Nein.«

»Rufen Sie in der Psychiatrie an. Sie wurde in den vergangenen acht Jahren mindestens viermal dort eingewiesen. Das letzte Mal vor etwa einem Jahr, da hat sie drei Monate in der Klinik verbracht. Und wenn Sie den Anruf gemacht haben, können wir mal aufs Dach gehen.«

McLeod winkte sie zu sich. Sie ließ Claybourne stehen, der sein Handy bereits in der Hand hatte.

»Der gute Mr. Feckworth war nicht gerade begeistert über meinen Anruf. Ich konnte seine Alte im Hintergrund keifen hören. Natürlich hab ich mein ganzes diplomatisches Können ins Spiel gebracht.«

»Das kann ich mir vorstellen.«

»Seine Durchlaucht sagt, Cardinal war bis halb zehn mit ihm auf dem Motelparkplatz. Szelagy sagt dasselbe.«

»Sie haben von Szelagy gehört?«

»Ja, er überlässt die Porcinis heute Abend sich selbst. Er ist unterwegs hierher.«

Delorme ging zu ihrem Wagen. Cardinal saß noch immer auf dem Beifahrersitz und sah aus, als hätte er ein paar Kugeln in den Bauch gekriegt. Delorme führte ihn zum Krankenwagen.

Die Notärztin war eine hart wirkende Frau mit kurzen blonden Haaren. Ihre Dienstkleidung saß ziemlich knapp.

»Der Ehemann des Opfers«, sagte Delorme. »Kümmern Sie sich um ihn, ja?« Sie wandte sich an Cardinal. »John, ich gehe jetzt aufs Dach. Bleib hier und begib dich in die Obhut dieser Leute. Ich bin in zehn Minuten wieder zurück.«

Cardinal setzte sich auf die Rampe des Krankenwagens.

Wieder unterdrückte Delorme den Impuls, ihn in die Arme zu nehmen. Es bedrückte sie, dass ihr Freund schreckliche Qualen litt und sie ganz Polizistin sein musste.

McLeod und Dr. Claybourne fuhren mit ihr im Aufzug in den obersten Stock. Von dort aus stiegen sie über eine Treppe bis zu einer Tür mit der Aufschrift DACHTERRASSE. Die Tür wurde mit Hilfe eines Ziegelsteins offen gehalten. McLeod schaltete die Außenbeleuchtung ein.

Das Dach war mit einem Holzboden versehen, und es gab Picknicktische mit einem Loch in der Mitte für Sonnenschirme. Die Sonnenschirme waren weggeräumt worden, denn der Herbstwind war inzwischen zu kalt, als dass man länger als ein paar Minuten draußen sitzen konnte.

»Sie könnte sehr gut hier raufgekommen sein, um Fotos zu machen«, sagte Delorme, als sie sich umsah. Im Norden wand sich eine beleuchtete Straße den Hügel hinauf in Richtung Flughafen. Östlich davon erhob sich der dunkle Steilhang, und im Süden waren die Lichter der Stadt, die große Kathedrale und der Funkturm der Post zu sehen. Der Mond trat gerade hinter den Glockentürmen der französischen Kirche hervor.

McLeod zeigte auf eine schlichte hüfthohe Betonmauer, die das Dach umgab. »Sieht nicht so aus, als könnte man da aus Versehen drüberfallen. Vielleicht hat sie sich weit vorgebeugt, um ein Foto zu machen. Vielleicht sollten wir uns mal ansehen, was wir auf dem Film in ihrer Kamera finden.«

»Die Kamera war in der Tasche, ich nehme also nicht an, dass sie gerade beim Fotografieren war, als sie gestürzt ist.«

»Nachsehen kann trotzdem nichts schaden.«

Delorme zeigte in die Richtung, wo der Mond stand. »Da ist sie runtergefallen.«

»Am besten, Sie sehen sich die Stelle zuerst an«, sagte Dr. Claybourne. »Wenn Sie fertig sind, werfe ich auch einen Blick darauf.«

Vorsichtig gingen Delorme und McLeod zum Dachrand. McLeod sagte leise: »Ich glaub, der Doc ist in Sie verknallt.«

»Also wirklich, McLeod.«

»Haben Sie nicht gesehen, wie er rot angelaufen ist?«

»McLeod ...«

Den Blick auf den Holzboden geheftet, näherte Delorme sich der Mauer. Der Mond und die Terrassenlampen boten gute Beleuchtung. Vor der Mauer blieb sie stehen, schaute nach unten, ging langsam ein paar Schritte nach links, dann nach rechts.

»Ich kann keinerlei Anzeichen für einen Kampf entdecken«, sagte sie. »Eigentlich überhaupt keine Spuren.«

»Da ist was.« McLeod hatte einen Zettel entdeckt, der unter einem Pflanzkübel klemmte, und bückte sich, um ihn aufzuheben. Er reichte ihn Delorme. Es war ein zehn mal fünfzehn Zentimeter großes liniertes Blatt, das von einem Spiralblock abgerissen worden war.

Das Blatt enthielt einige Sätze, mit Kugelschreiber in einer sauberen, energischen Handschrift geschrieben.

Lieber John,
wenn du das liest, werde ich dich auf eine Weise verletzt haben, die unverzeihlich ist. Es gibt keine Worte, die beschreiben könnten, wie leid es mir tut. Du sollst wissen, dass ich dich immer geliebt habe – ganz besonders in diesem Augenblick –, und wenn ich einen anderen Ausweg gefunden hätte ...
                                        Catherine

3

Als Delorme wieder nach unten kam, betrat Szelagy gerade die Eingangshalle in Begleitung einer in Tränen aufgelösten, ganz in Schwarz gekleideten Frau.

»Sergeant Delorme«, sagte Szelagy, »das ist Eleanor Cathcart. Sie wohnt hier im Haus im neunten Stock, und sie kennt Catherine.«

»Ich kann es einfach nicht fassen«, sagte die Frau. Sie nahm ihren Hut ab und schob sich mit theatralischer Geste eine schwarze Haarsträhne aus der Stirn. Alles an ihr wirkte übertrieben: Sie hatte dunkle Augenbrauen, trug dunklen Lippenstift, und ihre Haut war so weiß wie Porzellan, obwohl an ihr nichts auch nur entfernt Zerbrechliches war. Die Art, wie sie bestimmte Wörter aussprach, ließ darauf schließen, dass sie sich Paris sehr verbunden fühlte. »Ich lasse sie ins Haus, und sie springt vom Dach? Das ist doch einfach *macabre*.«

»Woher kennen Sie Catherine Cardinal?«, fragte Delorme.

»Ich unterrichte am College. Theaterwissenschaften. Catherine unterrichtet dort Fotografie. *Mon Dieu*, ich kann es nicht fassen. Ich habe sie erst vor ein paar Stunden ins Gebäude gelassen.«

»Warum haben Sie sie hereingelassen?«

»Ach, ich hatte ihr immer so vorgeschwärmt von der schönen Aussicht aus meinem kleinen *pied-à-terre*. Sie hat mich gefragt, ob sie mal herkommen und fotografieren könnte. Das hier ist schließlich das einzige hohe Gebäude auf dieser Seite der Stadt. Sie hat schon seit Monaten davon gesprochen, aber wir sind erst kürzlich dazu gekommen, ein *rendezvous* auszumachen.«

»Waren Sie in Ihrer Wohnung verabredet?«

»Nein, sie wollte nur aufs Dach. Da oben gibt es eine Dachterrasse. Ich habe sie nach oben begleitet und ihr gezeigt, wie man die Tür offen halten kann – sie fällt nämlich sonst zu, und dann ist man ausgesperrt, wie ich aus eigener bitterer Erfahrung weiß. Ich habe mich nicht lange da oben aufgehalten. Sie war bei der Arbeit und wollte ungestört sein. Die Kunst verlangt ein großes Maß an Einsamkeit.«

»Sie sind sich also ziemlich sicher, dass sie allein war.«

»Ja, sie war allein.«

»Wo wollten Sie eigentlich hin?«

»Zu einer Theaterprobe im Capital Centre. Wir proben gerade *Das Puppenhaus*, und nächste Woche ist Premiere. Glauben Sie mir, einige in der Truppe sind längst noch nicht so weit. Unser Torvald liest seinen Text immer noch ab.«

»Wirkte Catherine in irgendeiner Weise aufgewühlt?«

»Überhaupt nicht. Na ja, Moment. Nein, sie war sehr konzentriert, sie konnte es kaum erwarten, aufs Dach zu gelangen, aber ich habe das als Begeisterung für ihre Arbeit interpretiert. Andererseits ist Catherine nicht immer leicht zu durchschauen, wenn Sie verstehen, was ich meine. Sie bekommt regelmäßig solche Depressionen, dass sie in die Klinik muss, und davon hab ich auch nie etwas bemerkt. Aber wie die meisten Künstler neige ich dazu, sehr mit mir selbst beschäftigt zu sein.«

»Es würde Sie also letztlich nicht wundern, wenn sie Selbstmord begangen hätte?«

»Nun, es ist ein Schock. Ich meine, *mon Dieu*. Glauben Sie etwa, ich würde ihr einfach die Schlüssel zur Dachterrasse in die Hand drücken und sagen ›Tschüs, meine Liebe, angenehmen Selbstmord, ich bin mal eben zur Probe‹? Ich bitte Sie.«

Die Frau warf den Kopf in den Nacken und betrachtete die Decke. Dann schaute sie Delorme aus ihren dunklen Augen an. »Sehen Sie es so«, sagte sie. »Ich stehe hier wie vom Donner gerührt, aber gleichzeitig würde ich sagen, dass ich Catherine Cardinal von allen Leuten, die ich kenne – und ich kenne eine *Menge* Leute –, am ehesten einen Selbstmord zutrauen würde. In eine geschlossene Anstalt kommt man schließlich nicht wegen einer kleinen Enttäuschung oder einer Anwandlung von Weltschmerz, und Lithium bekommt man nicht wegen PMS verschrieben. Außerdem – haben Sie schon mal ihre Arbeiten gesehen?«

»Einige«, sagte Delorme. Sie erinnerte sich an eine Ausstellung in der Bibliothek vor ein paar Jahren: ein Foto von einem weinenden Kind auf den Stufen der Kathedrale, eine leere Parkbank, ein einzelner roter Regenschirm in einer verregneten Landschaft. Fotos, die Sehnsucht ausdrückten, Bilder, die Einsamkeit darstellten. Wie Catherine selbst. Schön, aber traurig.

»Plädoyer beendet«, sagte Ms. Cathcart.

Gerade in dem Moment, als Delormes innerer Richter die Frau wegen unverzeihlichen Mangels an Mitgefühl verurteilte, brach Ms. Cathcart in Tränen aus – und das waren keine Bühnentränen, sondern unkontrolliertes Schluchzen aus echtem, nicht geprobtem Schmerz.

Delorme begab sich zusammen mit Dr. Claybourne zum Krankenwagen, wo Cardinal immer noch auf der Rampe saß. Er sprach sie an, noch bevor sie ihn erreichten, die Stimme belegt und verhalten.

»Gibt es einen Abschiedsbrief?«

Claybourne hielt ihm den Brief hin, damit er ihn lesen konnte. »Können Sie uns sagen, ob das die Handschrift Ihrer Frau ist?«

Cardinal nickte. »Das ist ihre Schrift«, sagte er und wandte sich ab.

Delorme begleitete Claybourne zu seinem Wagen.

»Also, Sie können es bezeugen«, sagte der Gerichtsmediziner. »Er hat die Handschrift als die seiner Frau identifiziert.«

»Ja«, sagte Delorme. »Ich kann's bezeugen.«

»Wir müssen selbstverständlich trotzdem eine Autopsie durchführen, aber meiner Meinung nach war es Selbstmord. Wir haben keine Anzeichen für einen Kampf gefunden, wir haben einen Abschiedsbrief, und wir wissen, dass sie depressiv war.«

»Haben Sie mit der Klinik telefoniert?«

»Ich habe ihren Psychiater zu Hause erreicht. Er war natürlich bestürzt – es ist immer schlimm, einen Patienten zu verlieren –, aber er war nicht überrascht.«

»Also gut. Danke, Doktor. Wir werden das Gebäude noch überprüfen, für alle Fälle. Lassen Sie es mich wissen, falls wir noch etwas für Sie tun können.«

»Mach ich«, sagte Claybourne und stieg in seinen Wagen. »Deprimierend, nicht? Selbstmord?«

»Gelinde gesagt«, erwiderte Delorme. Das war der dritte innerhalb weniger Monate, mit dem sie zu tun hatte.

Sie sah sich nach Cardinal um, der sich nicht mehr beim Krankenwagen befand, und entdeckte ihn am Steuer seines Wagens. Er machte nicht den Eindruck, als wollte er losfahren.

Delorme setzte sich auf den Beifahrersitz. »Sie werden eine Autopsie durchführen, aber der Gerichtsmediziner wird Selbstmord als Todesursache feststellen«, sagte sie.

»Soll das Gebäude gar nicht überprüft werden?«

»Doch, natürlich. Aber ich glaube nicht, dass wir etwas finden werden.«

Cardinal ließ den Kopf hängen. Delorme konnte sich nicht vorstellen, was in ihm vorging. Als er schließlich etwas sagte, war es nicht das, was sie erwartet hatte.

»Ich sitze hier und überlege, wie ich ihr Auto nach Hause schaffen soll. Wahrscheinlich gibt es eine ganz einfache Lösung, aber im Moment kommt es mir vor wie ein unlösbares Problem.«

»Ich fahre es zu dir«, sagte Delorme. »Wenn wir hier fertig sind. Kann ich irgendjemanden für dich anrufen? Jemanden, der kommen und bei dir bleiben kann? Du solltest jetzt nicht allein sein.«

»Ich rufe Kelly an. Sobald ich zu Hause bin.«

»Aber Kelly ist doch in New York, oder? Hast du denn niemanden hier in der Nähe?«

Cardinal ließ den Motor an. »Ich komme schon zurecht«, sagte er.

Aber er klang ganz und gar nicht danach.

4

»Tun die Schuhe nicht weh?«

Kelly Cardinal saß am Esstisch und griff nach einem gerahmten Foto ihrer Mutter, um es in Noppenfolie einzuwickeln. Sie wollte es während der Trauerfeier neben den Sarg stellen.

Cardinal setzte sich auf den Stuhl ihr gegenüber. Es waren mehrere Tage vergangen, aber er fühlte sich immer noch wie benommen, unfähig, seine Umwelt wahrzunehmen. Die Worte seiner Tochter hatten sich in seinem Kopf nicht zu etwas zusammengefügt, das er entziffern konnte. Er musste sie bitten, ihre Frage zu wiederholen.

»Die Schuhe, die du anhast«, sagte sie. »Die sehen nagelneu aus. Drücken die nicht?«

»Ein bisschen. Ich hab sie erst einmal getragen – zur Beerdigung meines Vaters.«

»Das war vor zwei Jahren.«

»Ah, ich liebe dieses Bild.«

Cardinal nahm das Foto von Catherine, das sie bei der Arbeit zeigte. Sie trug einen gelben Anorak, ihre Haare waren vom Wind zerzaust und vom Regen nass, und sie war mit zwei Kameras bepackt – eine um den Hals, die andere über der Schulter. Sie wirkte völlig entgeistert. Cardinal erinnerte sich, wie er diesen Schnappschuss mit dem kleinen Knipsapparat aufgenommen hatte, dem einzigen Fotoapparat, mit dem er je umzugehen gelernt hatte. Catherine war tatsächlich entgeistert gewesen, erstens, weil sie sich bei der Arbeit gestört fühlte, und zweitens, weil sie wusste, was der Regen mit ihren Haaren machte, und sie so nicht fotografiert werden wollte. Bei trockenem Wetter fiel ihr Haar in weichen Wellen auf ihre Schultern, während es bei Regen ganz wild und kraus wurde, was ihre Eitelkeit kränkte. Aber Cardinal liebte ihre Haare, wenn sie so wild waren.

»Obwohl sie Fotografin war, konnte sie es nicht ausstehen, fotografiert zu werden«, sagte er.

»Vielleicht sollten wir das Bild nicht nehmen. Sie wirkt ein bisschen ungehalten darauf.«

»Doch, doch. Bitte. Es zeigt Catherine bei dem, was sie am liebsten getan hat.«

Anfangs hatte Cardinal sich gegen die Idee gesträubt, ein Foto aufzustellen; es schien ihm nicht würdevoll genug, ganz abgesehen davon, dass der Anblick von Catherines Gesicht ihm das Herz zerriss.

Aber Catherine hatte in Fotos gedacht. Wenn man ein Zimmer betrat, in dem sie arbeitete, hatte sie einen, ehe man sich versah, bereits fotografiert. Es war, als wäre die Kamera ein Puffermechanismus, der im Lauf der Zeit einzig zu dem Zweck entwickelt worden war, scheue, zerbrechliche Menschen wie sie zu schützen. Andererseits war Catherine in Bezug auf Fotos vollkommen unprätentiös, sie konnte ebenso begeistert sein über einen gelungenen Schnappschuss von einer Straßenszene wie über eine Fotoserie, an der sie monatelang gearbeitet hatte.

Kelly steckte das eingewickelte Bild in ihre Tasche. »Zieh dir ein Paar andere Schuhe an. Du willst doch nicht die ganze Zeit in Schuhen rumstehen, die dir gar nicht passen.«

»Die passen«, sagte Cardinal. »Ich hab sie bloß noch nicht eingelaufen.«

»Nun mach schon, Dad.«

Cardinal ging ins Schlafzimmer und öffnete den Wandschrank. Vergeblich bemühte er sich, nicht auf die Seite zu sehen, wo Catherines Sachen untergebracht waren. Sie hatte hauptsächlich Jeans und T-Shirts oder Pullover getragen. Sie hatte zu der Sorte Frauen gehört, die, obwohl sie auf die fünfzig zugingen, immer noch gut aussahen in Jeans und T-Shirt. Aber dort hingen auch ein paar elegante schwarze Kleider, einige seidene Blusen und ein oder zwei Jäckchen, alles in den Grau- und Schwarztönen, die sie bevorzugt hatte. »Meine Gouvernantenfarben«, hatte sie sie genannt.

Cardinal nahm die schwarzen Schuhe aus dem Schrank, die er täglich trug, und machte sich daran, sie zu polieren. Es klingelte an der Tür, dann hörte er, wie Kelly sich bei einer Nachbarin bedankte, die gekommen war, um ihr Beileid auszudrücken und ihnen etwas zu essen zu bringen.

Als Kelly ins Zimmer kam, war Cardinal peinlich berührt, als ihm bewusst wurde, dass er mit der Schuhbürste in der Hand vor dem Wandschrank kniete, reglos wie einer der Toten von Pompeji.

»Wir müssen gleich fahren«, sagte Kelly. »Dann haben wir noch eine Stunde für uns, bevor die anderen Leute kommen.«

»Mhmm.«

»Die Schuhe, Dad. Die Schuhe.«

»Okay.«

Kelly setzte sich auf das Bett hinter ihm. Während er seine Schuhe bürstete, konnte er ihr Spiegelbild in der Schranktür sehen. Alle sagten, sie hätte seine Augen. Aber sie hatte Catherines Lippen, mit kleinen Fältchen an den Mundwinkeln, die sich vertieften, wenn sie lächelte. Und sie hätte auch Catherines Haare, wenn sie sie wachsen ließe und nicht so einen strengen Kurzhaarschnitt trüge mit einer einzelnen aufgehellten Strähne. Sie war ungeduldiger als ihre Mutter, hatte höhere Ansprüche an andere Menschen, die sie folglich ständig enttäuschten, aber vielleicht lag das einfach daran, dass sie noch so jung war. Sie konnte auch extrem streng mit sich sein, was nicht selten dazu führte, dass sie aus Verzweiflung über sich selbst in Tränen ausbrach, und bis vor nicht allzu langer Zeit war sie auch sehr kritisch mit ihrem Vater gewesen. Aber als Catherine das letzte Mal in die Klinik eingewiesen wurde, war sie gnädiger geworden, und seitdem kamen sie ziemlich gut miteinander aus.

»Es ist ja schon schlimm genug für mich«, sagte Kelly, »aber ich kann einfach nicht verstehen, wie Mom dir das antun konnte. Wo du all die Jahre immer zu ihr gestanden hast, obwohl sie so verrückt war.«

»Sie war viel mehr als das, Kelly.«

»Das weiß ich, aber was hast du nicht alles durchgemacht! Du musstest dich dauernd um mich kümmern, als ich noch klein war – du hast mich praktisch allein großgezogen. Und was du dir alles von ihr hast gefallen lassen! Ich weiß noch, wie du einmal, als wir noch in Toronto wohnten, diesen total komplizierten Schrank gebaut hast mit all den Schubladen und kleinen Türen. Ich glaube, du hast ungefähr ein Jahr lang daran gearbeitet, und dann kommst du eines Tages nach Hause, und sie hat ihn kurz und klein geschlagen, weil sie Brennholz brauchte! Sie hat irgendwas gefaselt von Feuer und kreativer Zerstörung, was überhaupt keinen Sinn ergab, und sie hat diesen Schrank kaputtgemacht, den du so liebevoll gebaut hattest. Wie kann man jemandem so was bloß verzeihen?«

Cardinal schwieg eine Weile. Schließlich schaute er seine Tochter an. »Catherine hat nie etwas getan, was ich ihr nicht verziehen habe.«

»Das hat etwas damit zu tun, wer *du* bist, aber es hat überhaupt nichts damit zu tun, wer *sie* war. Wie ist es möglich, dass sie nicht begriffen hat, was sie für ein Glück hatte? Wie konnte sie das alles einfach wegwerfen?«

Kelly hatte angefangen zu weinen. Cardinal legte ihr einen Arm um die Schultern, und sie lehnte sich an ihn und weinte heiße Tränen in sein Hemd, so wie ihre Mutter es so oft getan hatte.

»Sie hat gelitten«, sagte Cardinal. »Sie hat auf schreckliche Weise gelitten, und niemand konnte ihr helfen. Das darfst du nicht vergessen. Auch wenn sie manchmal sehr anstrengend war, ist sie diejenige, die am meisten gelitten hat. Niemand fand ihre Krankheit so schrecklich wie sie selbst. Und wenn du glaubst, sie sei nicht dankbar dafür gewesen, dass sie geliebt wurde, dann irrst du dich, Kelly. Du glaubst gar nicht, wie oft sie gesagt hat: ›Was hab ich für ein Glück.‹ Wenn wir zum Beispiel einfach nur beim Abendessen saßen oder bei irgendeiner anderen unbedeutenden Gelegenheit, nahm sie meine Hand und sagte: ›Was hab ich für ein Glück.‹ Und über dich hat sie das auch gesagt. Sie war sehr unglücklich darüber, dass sie so viel von der Zeit verpasst hat, in der du aufgewachsen bist. Sie hat alles getan, um gegen die Krankheit anzukämpfen, aber am Ende hat die Krankheit sie besiegt, das ist alles. Ich kenne die Statistiken, Kelly. Sie sind erschreckend. Es hat deine Mutter unglaublich viel Mut – und Loyalität – gekostet, um überhaupt so lange durchzuhalten.«

»O Gott«, sagte Kelly. Ihre Nase war so verstopft, dass sie klang, als wäre sie erkältet. »Ich wünschte, ich hätte nur halb so viel Mitgefühl wie du. Jetzt hab ich dir auch noch dein Hemd versaut.«

»Ich wollte sowieso ein anderes anziehen.«

Er reichte ihr eine Schachtel Kleenex, und sie riss eine ganze Handvoll Papiertaschentücher heraus.

»Ich muss mir das Gesicht waschen«, sagte sie. »Ich seh ja aus wie Medea.«

Cardinal wusste nicht, wer Medea war. Ebenso wenig wusste er, ob das, was er seiner Tochter erzählt hatte, nicht großer Unsinn war. Was weiß ich denn schon?, dachte er. Ich hab überhaupt nichts geahnt. Ich bin noch schlimmer als der

Bürgermeister. Fast dreißig Jahre verheiratet, und ich bekomme nicht mal mit, dass die Frau, die ich liebe, sich umbringen will.

Diese Frage hatte Cardinal am Tag zuvor dazu bewogen, in die Stadt zu fahren und sich mit Catherines Psychiater zu unterhalten.

Er hatte während Catherines letztem Klinikaufenthalt mehrmals kurz mit Frederick Bell gesprochen. Es waren nur kurze Begegnungen gewesen, bei denen er lediglich den Eindruck gewonnen hatte, dass der Mann intelligent und kompetent war. Aber Catherine war ganz begeistert von ihm gewesen, weil Bell im Gegensatz zu den meisten Psychiatern nicht nur Medikamente verschrieb, sondern viel mit Gesprächstherapie arbeitete. Außerdem hatte er sich auf manische Depression spezialisiert und Bücher über das Thema geschrieben.

Er betrieb seine Praxis in seinem eigenen Haus, einem Ungetüm von einem Altbau in der Randall Street gleich hinter der Kathedrale. Zu den ehemaligen Eigentümern gehörten ein Parlamentsabgeordneter und ein Mann, der es später zu einem Medienzar gebracht hatte. Mit seinen Türmchen und Zinnen, ganz zu schweigen von dem gepflegten Garten und dem schmiedeeisernen Zaun, fiel es in der Gegend völlig aus dem Rahmen.

An der Tür wurde Cardinal von Mrs. Bell begrüßt, einer freundlichen Frau von Mitte fünfzig, die gerade das Haus verließ. Als Cardinal sich vorstellte, sagte sie: »Oh, Detective Cardinal. Mein herzliches Beileid.«

»Danke.«

»Sie sind doch nicht etwa dienstlich hier, oder?«

»Nein, nein. Meine Frau war eine Patientin Ihres Mannes, und –«

»Ach ja, selbstverständlich. Da werden Sie sicher Fragen haben.«

Während sie ihren Mann holte, sah Cardinal sich um. Poliertes Eichenparkett, Holzvertäfelungen, Deckenstuck – und das war nur das Wartezimmer. Als Cardinal sich gerade auf einen Stuhl setzen wollte, ging die Tür auf, und Dr. Bell trat ein, größer, als Cardinal ihn in Erinnerung hatte, über einsachtzig, mit einem buschigen braunen Vollbart, der am Kinn zu ergrauen begann, und einem angenehmen englischen Akzent, der weder hochgestochen noch gewöhnlich klang.

Er nahm Cardinals Hand in seine beiden Hände. »Detective Cardinal, ich möchte Ihnen noch einmal sagen, wie leid mir das mit Catherine tut. Sie haben mein tiefes Mitgefühl. Kommen Sie, treten Sie ein.«

Hätte in dem Sprechzimmer nicht ein riesiger Schreibtisch gestanden und ein Fernseher gefehlt, hätte es auch ein Wohnzimmer sein können. Bücherregale, bis zur Decke mit medizinischen und psychologischen Fachbüchern, Zeitschriften und Aktenordnern vollgestopft, zogen sich über alle vier Wände hin. Breite Ledersessel, abgenutzt und keineswegs zueinander passend, waren so angeordnet, dass man sich bequem unterhalten konnte. Und natürlich gab es eine Couch – ein bequemes, ganz normales Sofa, nicht so ein strenges, geometrisches Möbelstück, wie man es aus Filmen kannte, in denen Psychiater vorkamen.

Auf Bells Einladung hin setzte Cardinal sich auf das Sofa.

»Darf ich Ihnen etwas anbieten? Kaffee? Tee?«

»Nein, danke. Und danke, dass Sie mich so kurzfristig empfangen.«

»Keine Ursache. Das ist wohl das mindeste, was ich tun kann«, entgegnete Dr. Bell. Er zog seine Cordhose an den Knien hoch und nahm in einem der Sessel Platz. In seinem irischen Wollpullover wirkte er überhaupt nicht wie ein

Arzt. Eher wie ein Professor, dachte Cardinal, oder wie ein Geiger.

»Ich vermute, Sie fragen sich, wie es möglich ist, dass Sie nichts geahnt haben«, sagte Bell, als hätte er Cardinals Gedanken gelesen.

»Ja«, sagte Cardinal. »Da vermuten Sie richtig.«

»Sie sind nicht der Einzige. Ich bin ihr Psychiater, der Mann, mit dessen Hilfe Catherine seit einem Jahr ihr Innenleben erforscht hat, und *ich* habe es auch nicht kommen sehen.«

Er lehnte sich in seinem Sessel zurück und schüttelte seinen Wuschelkopf. Cardinal fühlte sich an einen Airedale erinnert. Nach einer Weile sagte Bell leise: »Selbstverständlich hätte ich sie in die Klinik eingewiesen, wenn ich es geahnt hätte.«

»Aber ist das nicht ungewöhnlich?«, fragte Cardinal. »Dass eine Patientin Sie regelmäßig aufsucht, aber nichts davon erwähnt, dass sie vorhat … Warum sollte jemand zu einem Therapeuten gehen, dem er sich nicht anvertrauen kann oder will?«

»Sie hat sich mir anvertraut. Selbstmordgedanken waren Catherine nicht fremd. Nicht, dass Sie mich falsch verstehen: Sie hat nie etwas davon erwähnt, dass sie konkret vorhatte, sich das Leben zu nehmen. Aber wir haben natürlich darüber gesprochen, was der Gedanke an Suizid für sie bedeutete. Einerseits erschreckte sie die Vorstellung, andererseits erschien sie ihr sehr anziehend – wie Sie sicherlich wissen.«

Cardinal nickte. »Es gehörte zu den ersten Dingen, die sie mir über sich selbst erzählt hat, bevor wir verheiratet waren.«

»Offenheit war eine von Catherines großen Stärken«, sagte Bell. »Sie hat oft gesagt, eher würde sie sterben, als noch einmal eine manisch-depressive Phase durchzumachen – und nicht nur, um sich selbst davor zu verschonen, möchte ich hinzufügen. Wie die meisten Menschen, die an Depressionen leiden, quälte es sie, dass die Krankheit den Menschen, die sie liebte, das Leben so schwer machte. Es würde mich wundern, wenn Sie Ihnen das über die Jahre nicht auch gesagt hätte.«

»Sie hat es oft gesagt«, erwiderte Cardinal und spürte, wie etwas in ihm zusammenbrach. Plötzlich verschwamm alles vor seinen Augen. Der Arzt reichte ihm eine Schachtel Kleenex.

Bell ließ einen Augenblick verstreichen, dann lehnte er sich stirnrunzelnd vor. »Sie hätten es nicht verhindern können. Bitte, lassen Sie mich Ihnen das versichern. Menschen, die fest entschlossen sind, sich das Leben zu nehmen, sorgen in der Regel dafür, dass niemand ihre Absichten errät.«

»Ich weiß. Sie hat nicht angefangen, Dinge zu verschenken, die ihr am Herzen lagen, oder irgendetwas dergleichen.«

»Nein. Keinerlei klassische Anzeichen. Und in ihrer Krankenakte steht auch nichts von einem früheren Versuch, obwohl sie viel über Suizid nachgedacht hat. Aber wir wissen, dass sie über Jahrzehnte gegen ihre manische Depression angekämpft hat. Die Statistiken sind eindeutig: Bei manisch-depressiven Menschen ist die Wahrscheinlichkeit, dass sie sich das Leben nehmen, am höchsten, und zwar ohne Ausnahme. Bei keiner anderen Gruppe ist die Wahrscheinlichkeit höher. Gott, ich rede, als wüsste ich, wovon ich rede, aber ich weiß es nicht.« Dr. Bell hob hilflos die Arme. »Wenn so etwas passiert, kommt man sich ziemlich inkompetent vor.«

»Ich bin sicher, dass es nicht Ihre Schuld ist«, sagte Cardinal. Er wusste eigentlich gar nicht mehr, was er überhaupt bei dem Arzt wollte. War er hergekommen, um sich anzuhören, wie dieser bärtige Engländer sich über Statistiken und Wahrscheinlichkeiten ausließ? Ganz ohne jeden Zweifel bin *ich* derjenige, der jeden Tag mit ihr zusammen war, dachte er. *Ich* bin derjenige, der sie am längsten kannte. *Ich* bin derjenige, der nicht aufgepasst hat. Zu dumm, zu egoistisch, zu blind.

»Es ist verführerisch, nicht wahr? Man ist in Versuchung, sich selbst die Schuld zu geben«, sagte Bell, als hätte er einmal mehr Cardinals Gedanken gelesen.

»In meinem Fall ist es eine traurige Tatsache«, erwiderte Cardinal, dem die Verbitterung in seiner eigenen Stimme nicht entging.

»Aber mir geht es genauso«, sagte Bell. »Das sind die Kollateralschäden des Suizids. Jeder, der einem Menschen nahestand, der sich das Leben genommen hat, wirft sich vor, nicht genug getan zu haben, nicht einfühlsam genug gewesen zu sein, nicht rechtzeitig eingegriffen zu haben, um es zu verhindern. Aber das heißt noch lange nicht, dass diese Gefühle eine korrekte Einschätzung der Realität darstellen.«

Dr. Bell sagte noch andere Dinge, die Cardinal nicht mitbekam. Später fragte er sich, ob er die ganze Zeit geweint hatte. Sein Kopf war wie ein ausgebranntes Haus. Eine leere Hülle. Woher sollte er wissen, was um ihn herum geschah?

Als Cardinal sich verabschiedete, sagte Bell: »Catherine hatte großes Glück, mit Ihnen verheiratet zu sein. Und sie wusste das.«

Die Worte des Arztes hätten beinahe dazu geführt, dass er erneut in Tränen ausbrach. Mit letzter Kraft gelang es ihm, sich zusammenzureißen, wie ein Patient, der eben noch auf dem OP-Tisch gelegen hat und verzweifelt seine beiden zusammengenähten Hälften festhält. Irgendwie schaffte er es durchs Wartezimmer und hinaus in die goldene Oktobersonne.

5

Das Bestattungsunternehmen Desmond's liegt zentral an der Ecke Sumner Street und Earl Street, was bedeutet, dass so ziemlich jeder, der aus der Stadt hinaus- oder in die Stadt hineinfährt, daran vorbeikommt – ein tägliches Memento mori für die Bürger von Algonquin Bay. Es ist kein schönes Gebäude, ein rautenförmiger Betonklotz, cremeweiß gestrichen, um die Strenge der Form zu mildern und die Düsternis seiner Bedeutung zu lindern. Jedes Mal, wenn Cardinals Vater daran vorbeigefahren war, hatte er gewinkt und ausgerufen: »Noch hast du mich nicht, Desmond! Noch hast du mich nicht!«

Natürlich hatte Mr. Desmond Stan Cardinal am Ende doch gekriegt, genauso wie Cardinals Mutter vor ihm und wie er jeden Einwohner von Algonquin Bay kriegen würde. Zumindest die Katholiken. Es gab noch ein Bestattungsunternehmen am anderen Ende der Stadt, das die Protestanten kriegte, und ein weiteres, neueres, das für verstorbene Juden, Muslime und »andere« zuständig war.

Mr. Desmond war in Wirklichkeit kein einzelner Mann, sondern ein vielköpfiges Unternehmen, dessen traurige, aber notwendige Aufgaben effizient von Mr. Desmonds zahlreichen Söhnen, Töchtern, Schwiegersöhnen und Schwiegertöchtern ausgeführt wurden.

Als Cardinal zusammen mit Kelly das Gebäude des Bestattungsunternehmens betrat, legte sich ihm ein tonnenschweres Gewicht auf die Brust. Seine Knie begannen zu zittern. David Desmond, ein adretter junger Mann, dem die Präzision ins Gesicht geschrieben stand, schüttelte ihnen die Hand. Er trug einen perfekt sitzenden grauen Anzug mit einem frisch gestärkten Einstecktuch in der Brusttasche und blank gewichste schwarze Budapester Schuhe, die besser zu einem wesentlich älteren Mann gepasst hätten. Es war, als versuchte er buchstäblich, in die Fußstapfen seines Vaters zu treten.

»Sie haben dreiundvierzig Minuten, bis die Trauergäste eintreffen«, sagte er. »Möchten Sie jetzt gleich hineingehen?«

Cardinal nickte.

»Sehr wohl. Sie sind im Rosenraum gleich da drüben, die zweite Doppeltür rechts neben der Kommode mit der Standuhr.« Er gab ihnen Hinweise, als hätten sie eine Fahrt von fünfzig Kilometern vor sich, anstatt ein paar Schritte über zehn Meter pastellfarbenen Teppichboden. Mr. Desmond junior begleitete sie sicherheitshalber und öffnete die Doppeltür, deren genaue Koordinaten er bezeichnet hatte.

»Bitte treten Sie ein«, sagte er. »Falls Sie irgendetwas brauchen, stehe ich jederzeit zur Verfügung.«

Cardinal war schon einmal in diesem Raum gewesen und wusste, was ihn erwartete: Wände in einem beruhigenden Altrosa, passende Sofas und Sessel, geschmackvolle Beistelltische mit Lampen, die ein diffuses, gnädiges Licht verbreiteten. Doch als er durch die Tür trat, blieb er wie angewurzelt stehen und stieß einen undefinierbaren Laut aus.

»Was ist?«, fragte Kelly, die hinter ihm stand. »Stimmt was nicht?«

»Ich hatte darum gebeten, den Sarg zu schließen«, brachte Cardinal mühsam hervor. »Ich hatte nicht damit gerechnet, sie noch einmal zu sehen.«

»Äh, nein. Ich auch nicht.«

Sie blieben an der Tür stehen. Der Raum erstreckte sich vor ihnen wie ein altrosafarbener Tunnel, an dessen Ende Catherine, unwirklich schön, auf sie wartete.

Schließlich sagte Kelly: »Soll ich ihn bitten, den Sarg zu schließen?«

Cardinal antwortete nicht. Mit langsamen, zögerlichen Schritten, so als könnte der Boden jeden Augenblick unter ihm nachgeben, durchquerte er den Raum.

Als Cardinals Mutter vor Jahren in diesem Raum aufgebahrt gewesen war, hatte die Gestalt in dem Sarg kaum noch Ähnlichkeit mit ihr gehabt. Die Krankheit, an der sie gestorben war, hatte die fröhliche, willensstarke Frau, die ihn sein Leben lang geliebt hatte, fast völlig zerstört. Und auch sein Vater war ihm bis auf die Brille und die soldatische Haltung vollkommen fremd erschienen.

Doch Catherine war Catherine: die hohe Stirn, die vollen Lippen mit den winzigen Fältchen an den Mundwinkeln, die braunen Locken, die sich um ihre Schultern schmiegten. Wie es den Desmonds gelungen war, sie nach dem fürchterlichen Sturz wieder so herzurichten, wollte Cardinal lieber nicht wissen. Der linke Wangenknochen war zertrümmert gewesen, aber jetzt lag seine Frau vor ihm mit intaktem Gesicht, mit intakten Wangenknochen.

Der Anblick bescherte Cardinal noch eine andere Dimension des Schmerzes. Doch das Wort *Schmerz* reichte nicht aus, um dieses Land des Leids und der Trauer zu beschreiben. Seine schiere Grenzenlosigkeit raubte ihm die Sinne.

Als er wieder zu sich kam, saß er erschöpft und stöhnend auf einem der altrosafarbenen Sofas. Kelly saß neben ihm, in der Hand einen aufgeweichten Klumpen Kleenex.

Jemand sagte etwas zu ihm. Cardinal erhob sich auf unsicheren Beinen und schüttelte Mr. und Mrs. Walcott, Nachbarn von der Madonna Road, die Hand. Die beiden waren pensionierte Lehrer, die ihre meiste Zeit mit Gezänk verbrachten. Heute hatten sie offenbar einen Waffenstillstand vereinbart und präsentierten sich als geschlossene Einheit, wenn auch eher förmlich und zurückhaltend.

»Unser herzliches Beileid«, sagte Mr. Walcott.

Mrs. Walcott trat einen Schritt vor. »Was für eine Tragödie«, sagte sie. »Noch dazu in einer so wunderbaren Jahreszeit.«

»Ja«, sagte Cardinal. »Catherine hat den Herbst immer am meisten geliebt.«

»Haben Sie das Essen bekommen?«

Cardinal schaute Kelly an, die nickte.

»Ja, danke. Das war sehr freundlich von Ihnen.«

»Sie brauchen es nur aufzuwärmen. Zwanzig Minuten bei mittlerer Hitze wird reichen.«

Weitere Trauergäste trafen ein. Einer nach dem anderen traten sie an den Sarg, einige knieten davor nieder und bekreuzigten sich. Es kamen Dozenten von der Northern University und vom College, wo Catherine unterrichtet hatte. Ehemalige Studenten. Der weißhaarige Mr. Fisk, der jahrzehntelang Fisk's Camera Shop geführt hatte, bis er dank der tödlichen Preispolitik von Wal-Mart ebenso wie die meisten anderen Läden auf der Main Street pleite gegangen war.

»Das ist ein großartiges Foto von Catherine mit den Kameras«, sagte Mr. Fisk. »Genauso ist sie immer in den Laden gekommen. Immer in diesem Anorak oder dieser Anglerweste. Erinnern Sie sich an diese Weste?« Mr. Fisk überspielte seine Verlegenheit mit Unbekümmertheit, als unterhielten sie sich über eine exzentrische Freundin, die in eine andere Stadt gezogen war.

»Geschmackvolle Einrichtung«, sagte er, während er sich anerkennend umsah.

Catherines Studenten, einige in mittleren Jahren, andere jung und mit Tränen in den Augen, sprachen Cardinal leise ihr Beileid aus. So konventionell ihre Worte auch sein mochten, sie durchdrangen Cardinal auf eine Weise, die ihn überraschte. Wer hätte gedacht, dass bloße Worte eine solche Wirkung haben konnten?

Seine Kollegen kamen: McLeod in einem Anzug, der für einen schlankeren Mann zugeschnitten war, Collingwood und Arsenault, die aussahen wie zwei arbeitslose Komiker. Larry Burke bekreuzigte sich am Sarg und blieb eine Weile mit gesenktem Kopf davor stehen. Er kannte Cardinal nicht besonders gut – er war neu auf dem Polizeirevier –, aber er kam zu ihm, um ihm sein Beileid auszusprechen.

Delorme kam in einem dunkelblauen Kleid. Cardinal konnte sich nicht erinnern, wann er sie das letzte Mal in einem Kleid gesehen hatte.

»Was für ein trauriger Tag«, sagte sie, als sie ihn umarmte. Er spürte, wie sie zitterte und gegen ihre Tränen ankämpfte, doch er brachte kein Wort heraus. Sie kniete vor dem Sarg nieder, kam nach einigen Minuten zurück, die Augen tränennass, und umarmte Cardinal noch einmal.

Der Polizeichef R. J. Kendall kam zusammen mit Detective Sergeant Chouinard, Ken Szelagy, den anderen Kollegen vom CID und mehreren Streifenpolizisten.

Ohne dass Cardinal recht wusste, wie sie dort hingekommen waren, befanden sie sich im Highlawn-Krematorium. Cardinal hatte keinerlei Erinnerung an die Fahrt in die Hügel hinauf. Auf Catherines Wunsch hin war auf einen Gottesdienst verzichtet worden, aber in dem Testament, das sie und Cardinal gemeinsam verfasst hatten, hatten sie den Wunsch geäußert, dass Pfarrer Samson Mkembe ein paar Worte sprechen möge.

Früher, zu Cardinals Zeit als Messdiener, waren alle Priester entweder irischer Abstammung oder Frankokanadier gewesen. Heutzutage musste die Kirche ihre Priester von weit her rekrutieren, und Pfarrer Mkembe zum Beispiel kam aus Sierra Leone. Er stand vor dem Eingang der Krematoriumskapelle, ein großer, knochiger Mann mit einem ebenholzfarbenen Gesicht.

Die Kapelle war fast voll. Cardinal sah Meredith Moore, die Leiterin des Instituts für angewandte Kunst am College, und Sally Westlake, eine enge Freundin von Catherine. Und inmitten der Trauergäste entdeckte er den Wuschelkopf von Dr. Bell.

Pfarrer Mkembe sprach von Catherines Stärken. Mit der Charakterisierung, die er von Catherine lieferte, lag er tatsächlich weitgehend richtig – zweifellos, weil er am Vortag angerufen und Kelly um Hinweise gebeten hatte. Doch dann beschrieb er, wie Catherines unerschütterlicher Glaube ihr die Kraft gegeben hätte, so lange gegen die Krankheit anzukämpfen – eine glatte Lüge. Catherine war nur zu Ostern und Weihnachten in die Kirche gegangen und hatte schon lange aufgehört, an Gott zu glauben.

Die Klappe der Brennkammer wurde geöffnet, und die Flammen loderten kurz auf. Der Sarg wurde hineingeschoben, die Klappe geschlossen, und der Priester sprach ein letztes Gebet. In Cardinals Herzen läuteten die Sturmglocken: *Du hast sie im Stich gelassen.*

Die Welt draußen erstrahlte in unnatürlich leuchtenden Farben. Der Himmel war so blau wie eine Gasflamme, und der Teppich aus Herbstlaub schien das Licht nicht nur zu reflektieren, sondern selbst zu verströmen – satte Gold-, Gelb- und Rottöne. Ein Schatten fiel auf Cardinal, als der Rauch, der einmal seine Frau gewesen war, die Sonne verdunkelte.

»Mr. Cardinal, ich weiß nicht, ob Sie sich an mich erinnern ...«

Meredith Moore reichte ihm ihre kleine, trockene Hand. Sie war eine winzige Frau, so dehydriert, dass sie aussah, als müsste man sie in Wasser legen, damit sie ihre natürliche Gestalt wieder erhielt.

»Catherine und ich waren Kolleginnen ...«

»Ja, Mrs. Moore. Wir sind uns im Lauf der Jahre mehrmals begegnet.« Mrs. Moore hatte Catherine in einen schmutzigen Grabenkrieg um die Leitung der Kunstfakultät verwickelt. Sie war sich nicht zu schade gewesen, Catherines Krankheit als Hinderungsgrund für ihre Nominierung anzuführen, und am Ende hatte sie den Sieg davongetragen.

»Catherine wird uns sehr fehlen«, sagte sie. »Sie war ja so beliebt bei den Studenten«, fügte sie in einem Ton hinzu, der keinen Zweifel daran ließ, was sie von der Meinung der Studenten hielt.

Cardinal ließ sie stehen und trat zu Kelly, die gerade von Sally Westlake umarmt wurde. Sally war eine kolossale Frau mit einem kolossalen Herzen und einer der wenigen Menschen, die Cardinal persönlich angerufen und über Catherines Tod benachrichtigt hatte.

»Ach, John«, sagte sie, während sie sich mit einem Taschentuch die Augen wischte. »Sie wird mir so fehlen. Sie war meine beste Freundin. Meine Inspiration. Das sage ich nicht nur so dahin: Sie hat mich immer wieder angespornt, mir mehr Gedanken über meine Aufnahmen zu machen, mehr zu fotografieren, mehr Zeit in der Dunkelkammer zu verbringen. Sie war einfach die Beste. Und sie war so stolz auf *dich*«, sagte sie zu Kelly.

»Ich kann mir nicht vorstellen, warum«, erwiderte Kelly trocken.

»Weil du genauso bist wie sie, talentiert und mutig. Sich in New York als Künstlerin durchzuschlagen, dazu gehört eine ordentliche Portion Mut, meine Liebe.«

»Andererseits könnte es sich auch als komplette Zeitverschwendung erweisen.«

»Ach, sag das nicht!« Einen Augenblick lang rechnete Cardinal fast damit, dass Sally seiner Tochter in die Wange kneifen und ihr das Haar zausen würde.

Dr. Bell trat zu ihnen, um ihnen noch einmal sein Beileid auszusprechen.

»Danke, dass Sie gekommen sind«, sagte Cardinal. »Das ist meine Tochter Kelly. Sie ist für ein paar Tage aus New York hier. Dr. Bell war Catherines Therapeut.«

Kelly lächelte wehmütig. »Keiner von Ihren erfolgreichen Fällen, schätze ich.«

»Kelly ...«

»Nein, nein, ist schon in Ordnung. Absolut berechtigt. Leider gibt es nicht viel, was ich zu meiner Verteidigung vorbringen könnte. Als Spezialist für manische Depression geht es einem ähnlich wie einem Onkologen – man muss mit einer niedrigen Erfolgsquote rechnen. Aber ich möchte Sie nicht belästigen, ich wollte Ihnen nur mein Beileid aussprechen.«

Als er weg war, wandte Kelly sich an ihren Vater. »Du hast doch gesagt, Mom hätte nicht besonders deprimiert gewirkt.«

»Ich weiß. Aber das war nicht das erste Mal, dass sie mich getäuscht hat.«

»Alle sind so nett zu uns«, sagte Kelly, als sie wieder zu Hause waren. Auf dem Esszimmertisch stapelten sich die Kondolenzkarten, und in der Küche türmten sich Plastikbehälter mit Eintöpfen, Reisgerichten, Ratatouilles, Hackbraten und gefüllten Pasteten, sogar ein Schinkenbraten war dabei.

»Eine schöne Tradition, ein Trauerhaus mit Essen zu versorgen«, sagte Cardinal. »Man fühlt sich so leer, und man weiß, dass man Hunger hat, aber die Vorstellung, sich was zu kochen, ist einfach zu viel. Alles ist zu viel.«

»Leg dich doch ein bisschen hin«, meinte Kelly, während sie sich ihren Mantel auszog.

»Nein, dann würde ich mich noch elender fühlen. Ich werde uns was in die Mikrowelle schieben.« Er nahm einen der

Plastikbehälter und starrte ihn an, als käme er direkt vom Mars.

»Es sind noch mehr Karten gekommen«, sagte Kelly, als sie aus der Diele zurückkam.

»Mach sie doch auf.«

Cardinal stellte den Behälter in die Mikrowelle und starrte mit leerem Blick auf die Schaltknöpfe. Die einfachsten Verrichtungen erschienen ihm wie unüberwindbare Hürden. Catherine war nicht mehr da. Welchen Sinn hatte es noch zu essen? Zu schlafen? Zu leben? *Du wirst es nicht überleben*, sagte ihm eine innere Stimme. *Du hast es hinter dir.*

»O mein Gott«, sagte Kelly.

»Was ist?«

Kelly hielt eine Karte in einer Hand und hatte sich die andere vor den Mund geschlagen.

»Was ist das?«, wollte Cardinal wissen. »Zeig mal her.«

Kelly schüttelte den Kopf und zog die Karte weg.

»Kelly, zeig her.«

Er packte sie am Handgelenk und riss ihr die Karte aus der Hand.

»Wirf sie weg, Dad. Sieh sie dir nicht an. Wirf sie einfach weg.«

Es war eine aufwendige, teure Karte mit einem Stillleben, das eine Lilie darstellte. Auf der Innenseite war der vorgedruckte Beileidstext mit einem rechteckigen Zettel überklebt worden, auf den jemand mit der Maschine getippt hatte: *Na, wie fühlt sich das an, du Arschloch? Man kann einfach nie wissen, was einen erwartet.*

6

Der Planet Trauer. Unzählige Lichtjahre von der Sonnenwärme entfernt. Wenn es regnet, fallen Tropfen der Trauer, und wenn die Sonne scheint, besteht das Licht aus Partikeln der Trauer. Egal, woher der Wind weht – aus Süden, Osten, Norden oder Westen –, er treibt die Asche der Trauer vor sich her. Trauer brennt einem in den Augen und saugt einem die Luft aus der Lunge. Auf diesem Planeten gibt es weder Sauerstoff noch Wasserstoff, die gesamte Atmosphäre besteht nur aus Trauer.

Nicht nur die zahllosen Gegenstände, die Catherine gehört hatten, steigerten Cardinals Trauer, die Fotos, CDs, Bücher und Kleider, die Kühlschrankmagnete, die Möbel, die sie ausgesucht hatte, die Wände, die sie angestrichen hatte, die Pflanzen, die sie gepflegt hatte. Trauer sickerte durch die Mauerritzen, drang durch Türen und Fenster ins Haus.

Er konnte nicht schlafen. Immer und immer wieder musste er an die Karte denken. Er stand aus dem Bett auf und betrachtete sie noch einmal unter dem hellen Licht der Küchenlampe. Kelly hatte den Umschlag weggeworfen, aber er hatte ihn wieder aus dem Mülleimer geholt. Der Text war zweifellos ein Computerausdruck, aber es waren keine speziellen Merkmale zu erkennen – zumindest nicht mit bloßem Auge.

Auch an der Karte selbst fand sich nichts Außergewöhnliches. Eine ganz normale Beileidskarte von Hallmark mit Umschlag, wie man sie überall in jedem Kaufhaus und Schreibwarenladen kaufen konnte.

Der Stempel wies Datum und Uhrzeit auf – was natürlich nur etwas darüber aussagte, wann der Brief abgestempelt worden war, und nicht, wann man ihn in den Briefkasten geworfen hatte – außerdem die Postleitzahl. Hinter der Postleitzahl stand ein dreistelliger Code, die Identifikationsnummer der Stempelmaschine.

Cardinal rief bei der Post an und erfuhr, dass die Postleitzahl zu Mattawa gehörte. Er kannte ein paar Leute, die in Mattawa wohnten, entfernte Bekannte, die keinerlei Grund haben könnten, ihm Leid zuzufügen. Allerdings lag Mattawa in einem beliebten Feriengebiet, und Menschen aus ganz Ontario verbrachten dort das Wochenende. Aber es war schon Ende Oktober, und die meisten Leute hatten ihre Wochenendhäuser bereits winterfest gemacht.

Andererseits, wenn jemand seinen wahren Aufenthaltsort verschleiern wollte, hinderte ihn nichts daran, nach Mattawa zu fahren und dort eine Karte in den Briefkasten zu werfen; Mattawa lag direkt am Highway 17, nur eine gute halbe Stunde von Algonquin Bay entfernt.

Lise Delorme war überrascht, ihn zu sehen. Es war Sonntag, und er hatte sie beim Fensterputzen erwischt. Sie trug Jeans mit riesigen Löchern an den Knien und ein mit Farbklecksen übersätes Flanellhemd, das aussah, als wäre es mindestens zwanzig Jahre alt. In ihrem Haus, einem Bungalow am Ende der Rayne Street, roch es nach Essig und Druckerschwärze.

»Seit August nehme ich mir vor, die Fenster zu putzen«, sagte sie, als hätte er sich danach erkundigt. »Und erst jetzt komme ich endlich dazu.«

Sie machte Kaffee. »Für dich ohne Koffein«, bemerkte sie. »Man sieht dir an, dass du kaum geschlafen hast.«

»Das stimmt, aber das hat einen Grund. Ich meine, einen anderen Grund.«

Delorme trug den Kaffee und einen Teller mit Schokoladenkeksen ins Wohnzimmer.

»Lass dir vom Arzt ein paar Valium verschreiben«, sagte

sie. »Es bringt doch nichts, mit schlaflosen Nächten alles noch schlimmer zu machen.«

»Sag mir, was du hiervon hältst.« Er nahm die Karte samt Umschlag aus einem Ordner und legte sie auf den Tisch. Er hatte sie in eine Klarsichthülle gesteckt, die Karte geöffnet, den Umschlag mit der Adresse nach oben.

Delorme hob die Brauen. »Arbeit? Wie kannst du mir Arbeit mitbringen? Ich dachte, du hättest ein oder zwei Wochen Urlaub genommen. Gott, wenn ich du wäre, würde ich mir einen ganzen Monat freinehmen.«

»Sieh es dir einfach an.«

Delorme beugte sich über den Couchtisch. »Hat dir das jemand geschickt?«

»Ja.«

»Mein Gott, John. Das tut mir leid. Das ist ja widerlich.«

»Ich wüsste gern, wer es mir geschickt hat. Und ich würde gern hören, was dein erster Eindruck ist.«

Delorme betrachtete die Karte. »Tja, wer auch immer dir das geschickt hat, hat sich zumindest die Mühe gemacht, den Text zu drucken, anstatt mit der Hand zu schreiben. Daraus schließe ich, dass es sich um jemanden handelt, der davon ausgeht, dass du seine Handschrift erkennen oder zumindest herausfinden könntest, zu wem sie gehört.«

»Irgendjemand Konkretes, der dir spontan einfällt?«

»Irgendjemand, den du ins Gefängnis gebracht hast, natürlich.«

»Irgendjemand? Da bin ich mir nicht so sicher. Ich habe Tony Capozzi vor ein paar Monaten wegen Körperverletzung eingebuchtet, und er ist garantiert sauer, aber ich kann mir nicht vorstellen, dass er so was tun würde.«

»Ich meinte Leute, die richtig lange einsitzen. Fünf Jahre oder mehr. Davon gibt es nicht so viele.«

»Und von denen müsste es jemand sein, der gewieft – und

hartnäckig – genug ist, um meine Adresse rauszufinden. Ich stehe schließlich nicht im Telefonbuch. Ich dachte an jemanden aus dem Umfeld von Rick Bouchards Gang.«

Rick Bouchard war ein Gangster übelster Sorte gewesen – selbst im Vergleich zu skrupellosen Drogendealern –, bis er vor einigen Jahren im Gefängnis gestorben war. Cardinal hatte mit dafür gesorgt, dass er für fünfzehn Jahre hinter Gitter kam, und Bouchard, der im Gegensatz zu den meisten Kriminellen über Intelligenz und ein Netzwerk von Beziehungen verfügte, hatte Cardinal bis zu seinem Tod im Visier gehabt.

»Möglich«, sagte Delorme. »Aber wie wahrscheinlich ist das? Wo Bouchard doch längst tot ist.«

»Die kennen meine Adresse, und es passt zu ihrem Stil. Vor ein paar Jahren stand Kiki B. mit einem Drohbrief bei mir vor der Tür.«

»Aber da lebte Bouchard noch, und du hast mir selbst erzählt, dass Kiki sich inzwischen zur Ruhe gesetzt hat.«

»Setzen solche Typen sich jemals zur Ruhe?«

»Viele Verbrecher werden deine Adresse kennen. Erstens gibt es das Internet. Und erinnerst du dich an diesen Idioten von Journalisten, der vor ein paar Jahren direkt vor deiner Haustür eine Live-Reportage gemacht hat? Das hat eine Menge Staub aufgewirbelt. Wer weiß, wie viele Leute die Sendung gesehen haben?«

»Aber die Sendung ist nicht landesweit ausgestrahlt worden. Ich hab's überprüft. Sie ist nur im Regionalprogramm gelaufen.«

»Die Regionalprogramme haben große Sendebereiche. John ...« Delorme nahm seine Hand in ihre warmen Hände; es kam äußerst selten vor, dass sie ihn berührte. Ihr Gesicht war glatt und weich, und trotz seines Kummers – oder vielleicht *wegen* seines Kummers – kam sie ihm in diesem Augenblick unglaublich schön vor. Ihm war klar, dass sie bei der

Arbeit ein gänzlich anderes Gesicht zur Schau trug, um sich gegen den alltäglichen Sarkasmus auf dem Revier zu wappnen. Natürlich galt das auch für ihn, es galt für jeden, aber plötzlich erschien ihm Delorme, die einzige Frau in der Truppe, wie der einzige Delphin in einem Aquarium voller Haie.

»Es kann genauso gut ein perverser Nachbar gewesen sein«, sagte sie. »Jemand, der einen Rochus auf die Polizei hat. Es muss doch nicht unbedingt gegen dich persönlich gerichtet sein.«

Cardinal nahm die Klarsichthülle in die Hand. »Der Stempel ist aus Mattawa.«

»Ja, okay ... Vergiss es doch einfach. Das hilft dir nicht. Es wird nicht dazu beitragen, dass du dich besser fühlst. Und du würdest dich gegen große Widerstände durchsetzen müssen. Ich bin mir nicht mal sicher, ob du das durchstehen würdest.«

»Ich wollte dich darum bitten, das zu tun.«

»Mich.« Als sie ihn anschaute, waren ihre Augen nicht mehr so weich.

»Ich kann das nicht machen, Lise. Ich bin persönlich betroffen.«

»Ich kann in dieser Sache keine Ermittlungen durchführen. Es ist schließlich kein Verbrechen, perverse Postkarten zu verschicken.«

»»Man kann einfach nie wissen, was einen erwartet«, las Cardinal vor. »Siehst du darin keine Drohung? Unter den gegebenen Umständen?«

»Ich würde es als eine Feststellung bezeichnen. Über das Leben im Allgemeinen. Der Satz enthält keine Drohung.«

»Findest du es nicht mal zweideutig?«

»Nein, John. Der erste Teil ist zweifellos geschmacklos, aber auch keine Drohung. Das Ganze ist nichts weiter als ein

Ausdruck der Schadenfreude. Man kann nicht gegen Leute ermitteln, die Schadenfreude zum Ausdruck bringen.«

»Angenommen, Catherine hat sich nicht selbst umgebracht«, sagte Cardinal. »Angenommen, sie wurde ermordet.«

»Aber sie wurde nicht ermordet. Sie hat einen *Abschiedsbrief* hinterlassen. Sie war manisch-depressiv. Solche Menschen bringen sich reihenweise um.«

»Das weiß ich ...«

»Du hast es schwarz auf weiß gelesen. Ich habe ihr Auto durchsucht. Ich habe den Spiralblock gefunden, aus dem sie die Seite herausgerissen hat. Der Kugelschreiber war auch da. Du hast ihre Handschrift sofort erkannt.«

»Ja, sicher, aber ich bin schließlich kein Experte.«

»Niemand hat irgendwas Verdächtiges gehört oder gesehen.«

»Aber das Gebäude wurde erst kürzlich eröffnet. Wie viele Leute wohnen da? Fünf?«

»Fünfzehn Wohnungen sind verkauft. Zehn davon sind bisher bewohnt.«

»Mit anderen Worten, es ist eine Geisterstadt. Wie hoch stehen die Chancen, dass jemand was hätte hören oder sehen können?«

»John, wir haben keine Anzeichen für einen Kampf gefunden. Nicht die geringste Spur. Ich habe das Dach selbst überprüft. Kein Blut, keine Kratzspuren, nichts zerbrochen, nichts beschädigt. Die Kollegen von der Spurensicherung und der Gerichtsmediziner haben bestätigt, dass die Position ihres Körpers auf dem Boden durchaus auf einen Sturz schließen lässt.«

»Auf einen Sturz *schließen* lässt. Was bedeutet, dass sie auch *gestoßen* worden sein könnte.«

»Die Autopsie hat aber auch nichts anderes ergeben. Alles

deutet auf Selbstmord hin. Nichts legt einen anderen Schluss nahe.«

»Ich will wissen, wer mir diese Karte geschickt hat, Lise. Wirst du mir helfen, oder nicht?«

»Ich kann nicht. Als der Bericht des Pathologen kam, hat Chouinard die Akte geschlossen. Wenn wir keinen Fall haben, dann gibt es dafür auch kein *Aktenzeichen*. Was soll ich den Leuten sagen? Wir reden hier über meinen *Job*.«

»Also gut«, sagte Cardinal. »Vergiss, dass ich gefragt habe.« Er stand auf und nahm seine Jacke vom Sessel. Vor dem Fenster knöpfte er die Jacke zu. Der Himmel war immer noch von einem unwirklichen Blau, und das Herbstlaub bildete ein Federbett in Ocker und Gold.

»John, niemand möchte glauben, dass der Mensch, den man geliebt hat, sich das Leben genommen hat.«

»Du hast eine Stelle übersehen«, sagte Cardinal und zeigte auf einen Schmutzrest am Fenster. Zwei kleine Mädchen spielten im Garten nebenan in einem Laubhaufen, rollten darin herum wie Hundewelpen.

»Du musst das nicht tun. Du musst nicht nach einem Schuldigen suchen. Es ist nicht deine Schuld, dass sie tot ist.«

»Das weiß ich«, erwiderte Cardinal. »Aber vielleicht ist es auch nicht Catherines Schuld.«

7

Als Delorme am nächsten Morgen an ihrem Schreibtisch saß, ging ihr Cardinal einfach nicht aus dem Kopf. Sie musste einen Stapel Berichte schreiben, mehrere Anzeigen wegen Körperverletzung und Einbruch bearbeiten und sich auf einen Prozess gegen einen Vergewaltiger vorbereiten, der für die kommende Woche anberaumt war. Ihr wichtigster Zeuge war dabei, kalte Füße zu bekommen, und der ganze Fall drohte zu platzen.

Und dann kam Detective Sergeant Chouinard und halste ihr einen neuen Fall auf. »Sie werden einen Anruf aus Toronto erhalten, aus der Abteilung für Sexualdelikte«, sagte er. »Sieht so aus, als hätten die was für uns.«

»Wieso sollten die in Toronto was für Algonquin Bay haben?«

»Offenbar beneiden sie uns um unseren weltweit guten Ruf. Aber Sie brauchen sich nicht bei mir zu bedanken. Die Sache wird Ihnen nicht gefallen.«

Der Anruf kam eine halbe Stunde später. Am Apparat war ein Sergeant Leo Dukovsky, der behauptete, sich von einer Konferenz über Spurensicherungsmethoden vor einigen Jahren in Ottawa an Delorme zu erinnern. Er hatte einen Vortrag über Computer gehalten, Delorme hatte an einer Diskussionsrunde über Buchprüfung teilgenommen.

»Buchprüfung?«, sagte Delorme. »Das ist mindestens zehn Jahre her. Ich muss meine Sache ja ziemlich schlecht gemacht haben, dass Sie sich nach so langer Zeit noch an mich erinnern.«

»Ganz und gar nicht. Ich erinnere mich an eine sehr attraktive Französin mit –«

»Frankokanadierin«, korrigierte ihn Delorme. Sie hatte nichts dagegen, dass man ihr schmeichelte, aber es gab gewisse Grenzen.

Sergeant Dukovsky ließ sich nicht beirren. »– mit einem sehr französischen Namen, die akzentfrei englisch sprach.«

»Ach? Hatten Sie angenommen, hier gäbe es nur Hinterwäldler? Die alle wie Jean Chrétien reden?«

»Auch ein Zug an Ihnen, an den ich mich erinnere. Leicht reizbar.«

»Vielleicht sind Sie einfach jemand, der gern provoziert. Ist Ihnen das schon mal in den Sinn gekommen?«

»Sehen Sie? Genau wegen solcher Bemerkungen bleiben Sie einem Mann in Erinnerung«, sagte Dukovsky, »wenn er gerade einen richtig unangenehmen Job zu vergeben hat. Andererseits kann es durchaus sein, dass der Fall Ihnen am Ende sogar gefällt. Es wird eine ziemliche Plackerei werden, aber die Belohnung – falls es eine gibt – wird richtig gut sein. Wir beobachten schon seit einer ganzen Weile im Internet eine Webseite mit Kinderpornographie. Ein ganz bestimmtes kleines Mädchen taucht immer wieder auf. Sie war etwa sieben, als sie uns zum ersten Mal aufgefallen ist. Wir nehmen an, dass sie inzwischen so dreizehn, vierzehn ist.«

»Sie taucht in unterschiedlichen Szenarien auf? Mit unterschiedlichen Männern?«

»Nein, es ist immer derselbe Kerl. Natürlich achtet er darauf, dass sein Gesicht nie zu sehen ist. Aber es scheint sich immer um dieselben Orte zu handeln. Wir konnten einzelne Elemente im Hintergrund herausvergrößern – Möbel, die Landschaft, die man durchs Fenster sieht, solche Dinge.«

»Und Sie glauben, der Typ wohnt in Algonquin Bay?«

»Entweder wohnt er dort, oder er hält sich häufig dort auf. Wir sind uns nicht hundertprozentig sicher. Wir würden gern Ihre Meinung dazu hören. Falls die Bilder tatsächlich in

Algonquin Bay aufgenommen wurden, werden wir alles tun, um Sie zu unterstützen, aber dann wäre das Ihr Fall. Sind Sie nicht froh, dass ich mich an Sie erinnert habe?«

Aber nicht einmal ein solcher Anruf konnte sie lange von den Gedanken an John Cardinal ablenken. Sein Schreibtisch stand direkt neben ihrem, und es kam äußerst selten vor, dass er nicht zur Arbeit erschien. Selbst als sein Vater gestorben war, hatte er sich nur einen einzigen Tag freigenommen. Das mochte für die Arbeit in der Abteilung von Nutzen sein, dachte Delorme, aber die Unfähigkeit, seine Arbeit mal eine Weile liegenzulassen, war wohl eher Ausdruck von Schwäche als von Stärke.

Delorme wusste, dass sie selbst mehr oder weniger genauso war. An ihren freien Tagen langweilte sie sich, und am Jahresende hatte sie regelmäßig noch Anspruch auf mehrere Wochen Urlaub.

Sie betrachtete das Foto von Catherine, das auf Cardinals Schreibtisch stand. Sie war mindestens fünfundvierzig, als das Bild aufgenommen wurde, hatte jedoch immer noch Sexappeal. Er lag in ihrem leicht skeptischen Blick, in ihrer feucht glänzenden Unterlippe. Man konnte gut verstehen, warum Cardinal sich in diese Frau verliebt hatte. Aber was hast du meinem Freund angetan?, hätte Delorme sie am liebsten gefragt. Warum hast du so etwas Unverzeihliches getan? Andererseits – warum tat jemand so etwas? In den vergangenen Jahren waren unter den Todesfällen, die sie zu bearbeiten hatte, eine Mutter von drei Kindern, ein Angestellter der Stadtverwaltung und ein halbwüchsiger Junge gewesen, die sich alle das Leben genommen hatten.

Delorme schlug den Notizblock auf, den sie in Catherines Auto gefunden hatte, ein kleiner handelsüblicher Block mit dem Schriftzug *Northern University* auf dem Deckblatt.

Nach dem Inhalt zu urteilen, hatte Catherine ihn für alle Arten von Notizen benutzt. Telefonnummern und Adressen standen kreuz und quer zwischen Rezepten für Champignoncremesuppe und irgendeine Art Soße, Erinnerungen, dass etwas aus der Reinigung geholt oder eine Rechnung bezahlt werden musste, und Ideen für Fotoprojekte: *Telefonserie – alle Arten von Schnappschüssen von Menschen beim Telefonieren: Telefonzellen, Handys, Funkgeräte, Kinder mit Blechbüchsen, alles.* Oder: *Neue Obdachlosenserie: Porträts von Obdachlosen, allerdings herausgeputzt und feingemacht in guten Anzügen etc., um so viel wie möglich von ihrem »Anderssein« zu eliminieren. Andere Möglichkeiten? Weniger gestellt?* Auf der nächsten Seite stand nur ganz knapp: *Johns Geburtstag.*

Delorme hatte auch den Kugelschreiber. Er war zusammen mit dem Notizblock in Catherines Schultertasche gewesen. Ein einfacher Paper Mate mit sehr heller blauer Tinte. Delorme schrieb die Worte *persönliche Habe* auf einen Zettel und verglich sie mit Catherines Notizen. Es war dieselbe Tinte – soweit sich das ohne Labortest beurteilen ließ.

Und dann war da noch der Abschiedsbrief. Die Handschrift schien dieselbe zu sein wie die in dem Notizblock. Das minimalistische *J* in *John*, das *d* mit dem schwungvollen Aufstrich in *anderen* sowohl in dem Brief wie auch in den Notizen. Was für ein schrecklicher Brief, und doch wirkte die Handschrift weder emphatischer noch zittriger als bei den alltäglichen Notizen. Im Gegenteil, der Brief war ganz besonders säuberlich geschrieben, als hätte der Entschluss zu sterben eine beruhigende Auswirkung gehabt. Aber du hattest einen guten Mann, einen liebevollen, treuen Ehemann. Warum hast du so etwas Schlimmes getan?, hätte Delorme sie gern gefragt. Egal, wie sehr du gelitten hast. Wie konntest du nur?

Sie steckte die drei Gegenstände in einen wattierten Umschlag und klebte ihn zu.

Wenige Stunden später lag der Umschlag geöffnet auf dem Küchentisch in John Cardinals Haus in der Madonna Road. Kelly Cardinal sah zu, wie ihr Vater nachdenklich in dem Spiralblock blätterte. Der Anblick der Handschrift ihrer Mutter schnürte Kelly die Kehle zu. Hin und wieder machte ihr Vater sich eine kurze Notiz in seinem eigenen Block.

»Wie kannst du es nur ertragen, dir das anzusehen, Dad?«

Cardinal blickte auf. »Geh doch so lange ins Wohnzimmer, Liebes. Ich muss das einfach tun.«

»Ich weiß nicht, wie du es aushältst.«

»Ich halte es auch nicht aus. Aber ich muss es tun.«

»Aber warum? Es macht dich doch nur verrückt.«

»Seltsamerweise führt es dazu, dass ich mich besser fühle. Ich kann mich mit etwas anderem beschäftigen als mit der simplen Tatsache, dass Catherine ...«

Kelly legte ihm eine Hand auf den Arm. »Vielleicht solltest du dich aber gerade damit beschäftigen, anstatt ihre Notizen zu analysieren. Das ist nicht gesund, Dad. Vielleicht solltest du dich einfach ins Bett legen und weinen. Oder schreien, wenn dir danach ist.«

Ihr Vater hielt den Notizblock unter die Lampe, die über dem Tisch hing. Er drehte ihn hin und her, betrachtete erst eine leere, dann eine beschriftete Seite. Kelly fühlte sich von seiner Konzentration irritiert.

»Sieh dir das an«, sagte er. »Ich meine, nur wenn du möchtest. Aber es ist interessant.«

»Was denn, Herrgott noch mal? Ich fasse es nicht, dass du dich die ganze Zeit mit diesem Zeug beschäftigst.« Ich klinge wie ein Teenager, dachte sie. In dem ganzen Stress falle ich wieder in alte Gewohnheiten zurück.

»Soweit ich es beurteilen kann, ist das Catherines Handschrift.«

»Natürlich ist sie das. Das sehe ich sogar, wenn die Schrift auf dem Kopf steht. Sie macht immer diesen merkwürdigen Aufstrich am kleinen *d*.«

»Und die Zeilen sind mit diesem Stift geschrieben – oder einem derselben Marke – auf einem Blatt, das aus diesem Notizblock rausgerissen wurde.«

»Das haben deine Kollegen bestimmt schon längst überprüft, Dad. Worauf willst du hinaus? Glaubst du etwa, jemand anders hat Moms Abschiedsbrief für sie geschrieben?«

»Nein, das glaube ich nicht – jedenfalls noch nicht. Aber sieh dir das mal an. Komm mal auf diese Seite rüber.«

Kelly überlegte, ob sie einfach ins Wohnzimmer gehen und den Fernseher einschalten sollte. Sie wollte ihren Vater nicht bestärken, andererseits wollte sie auf keinen Fall alles noch schlimmer machen. Sie stand auf, ging um den Tisch herum und stellte sich hinter ihn.

»Sieh mal«, sagte Cardinal. »Was ich komisch finde, ist, dass der Abschiedsbrief nicht das Letzte ist, was Catherine in ihren Notizblock geschrieben hat.«

»Wie meinst du das?«

»Hier vorne sieht man die Abdrücke von Notizen, die sie vorher gemacht hat. Sie sind ganz schwach, aber man kann sie erkennen, wenn man den Block im richtigen Winkel gegen das Licht hält. Siehst du es?«

»Ehrlich gesagt, nein.«

»Du schaust nicht im richtigen Winkel auf das Blatt. Du musst dich hinsetzen.«

Cardinal zog einen Stuhl heran, und Kelly setzte sich. Langsam bewegte er den Notizblock unter der Lampe hin und her.

»Stop!«, sagte Kelly. »Jetzt kann ich es sehen.«

Cardinal hielt den Block still. Oben auf der Seite mit flüchtigen Notizen waren ganz schwach die Worte *Lieber John* zu erkennen. Etwas weiter unten konnte Kelly *anderen Ausweg … Catherine* lesen. In der Mitte stand zu viel geschrieben, unter anderem die Erinnerung an Cardinals Geburtstag.

»Mein Geburtstag ist im Juli«, sagte er. »Das ist drei Monate her.«

»Du glaubst, sie hat den Brief vor drei Monaten geschrieben? Könnte möglich sein. Aber es ist schon ziemlich seltsam, einen Abschiedsbrief für einen Selbstmord drei Monate lang mit sich rumzutragen.«

Cardinal legte den Notizblock auf den Tisch und lehnte sich zurück. »Andererseits könnte es eine ganz einfache Erklärung dafür geben: Sie hat ihn irgendwann geschrieben, als sie … Und dann hat sie es sich wieder anders überlegt. Zumindest vorübergehend. Oder sie hat vor drei Monaten aus Versehen eine Seite in ihrem Block überschlagen, und dann, letzte Woche, hat sie einfach die erste leere Seite genommen, die sich ihr bot.«

»Aus Ordnungssinn? Ein ziemlich merkwürdiger Zeitpunkt, um sich darüber Gedanken zu machen, dass man bei einem popeligen Notizblock für fünfundneunzig Cent nur ja kein Papier verschwendet.«

»Ja, allerdings.«

»Aber es ist ihre Schrift. Ihr Kugelschreiber. Was macht es letztlich für einen Unterschied, auf welchem Blatt sie den Abschiedsbrief geschrieben hat?«

»Ich weiß es nicht«, sagte Cardinal. »Ich weiß es wirklich nicht.«

Cardinal hatte schon vor langer Zeit gelernt, dass ein Detective von Kontakten lebt. In der Welt der überarbeiteten und unterbezahlten Forensiker konnte der oberflächlichste persönliche Kontakt dazu beitragen, dass die Arbeit an einem

Fall schneller vorankam, und eine Freundschaft konnte wahre Wunder bewirken.

Tommy Hunn war nie ein Freund gewesen. Tommy Hunn war während der ersten Jahre in Toronto ein Kollege von Cardinal gewesen, damals, als er noch bei der Sitte gearbeitet hatte.

In vielerlei Hinsicht hatte sich Hunn als Alptraum von einem Polizisten gezeigt: muskelbepackt, zu Gewalttätigkeit neigend, offen rassistisch. Er war außerdem ein guter Detective gewesen, bis er von seinen eigenen Leuten in einem Bordell erwischt worden war. Anstatt einer Abmahnung wegen ungebührlichen Verhaltens hätte er mit einer Disziplinarstrafe rechnen müssen, wenn Cardinal sich bei der Anhörung nicht für ihn eingesetzt hätte. Er hatte Hunn in einem Gutachten positiv beurteilt und ihm später, als dieser sich entschlossen hatte umzusatteln, eine Empfehlung geschrieben. Hunn hatte noch einmal studiert, sich schließlich bis in die Abteilung für Beweismittelsichtung im Ontario Centre of Forensic Sciences hochgearbeitet und führte anscheinend seitdem ein rechtschaffenes Leben.

»Huhuu, Cardinal, das freundliche Gespenst«, sagte Hunn, als er ans Telefon ging. »Der muss ja ein ganz besonderes Anliegen haben, sage ich mir, denn sonst würde er bestimmt einfach die Zentrale anrufen.«

»Ich hab ein paar Dokumente für dich, Tommy – vielleicht drei. Ich hoffe, dass du mir helfen kannst.«

»Aha, du möchtest, dass ich was vorziehe, richtig? Ich sage dir, John, wir sind höllisch im Stress hier. Im Prinzip darf ich mir nur noch Dinge vornehmen, die fünf Minuten später vor Gericht gebraucht werden.«

»Ja, ich weiß.«

Jeder Polizist, der einem Kollegen etwas schuldig war, wusste, dass irgendwann, manchmal Jahrzehnte später, der

Zahltag kommen würde, und Cardinal brauchte Hunns Gedächtnis nicht auf die Sprünge zu helfen.

»Am besten, du sagst mir einfach, wo es dir auf den Nägeln brennt«, schlug Hunn vor, »und dann sage ich dir, was ich für dich tun kann.«

»Ich habe eine Grußkarte mit einem eingeklebten Zettel. Auf diesem Zettel steht eine Nachricht, die aussieht, als wäre sie auf einem Computer ausgedruckt. Es sind nur zwei Sätze, aber ich hoffe, du kannst mir irgendeinen Tipp geben, woher sie stammen könnten. Ich selbst könnte nicht mal sagen, ob sie auf einem Tintenstrahl- oder einem Laserdrucker gedruckt wurden.«

»So oder so werden wir nicht weit kommen, solange wir keinen anderen Ausdruck zum Vergleich haben. Das ist heutzutage nicht mehr so wie früher bei den guten alten Schreibmaschinen. Was hast du sonst noch?«

»Einen Abschiedsbrief.«

»Selbstmord. So ein Aufwand bloß für einen Fall von Selbstmord? Diese verdammten Selbstmörder bringen mich noch mal um den Verstand. Selbstmörder sind Hosenscheißer, wenn du mich fragst.«

»Ja, ja«, sagte Cardinal, »komplette Feiglinge. Keine Frage.«

»Und Egoisten«, fuhr Hunn fort. »Es gibt weiß Gott nichts Egoistischeres, als sich selbst umzubringen. Wenn man sich mal überlegt, wie viel Energie da vergeudet wird: deine Zeit, meine Zeit, Ärzte, Schwestern, Sanitäter, Psychologen, weiß der Teufel wer muss sich kümmern. Und das Ganze bloß für irgendeinen lebensmüden Idioten. Das ist doch egoistisch bis dorthinaus.«

»Gedankenlos«, sagte Cardinal. »Einfach gedankenlos.«

»Das gilt für die, die es nicht schaffen. Und wenn sie es schaffen, verursachen sie nur Leid. Ich hatte mal einen Freund

– er war sogar mein bester Freund –, der sich vor ein paar Jahren mit seiner Dienstwaffe eine Kugel in den Kopf gejagt hat. Ich sage dir, ich hab mich monatelang beschissen gefühlt. Warum hab ich's nicht kommen sehen? Warum war ich ihm kein besserer Freund? Aber soll ich dir mal was sagen? Er war der schlechte Freund, nicht ich.«

»Du sagst es, Tommy.«

»Selbstmörder, ich sage dir …«

»In diesem Fall war es möglicherweise gar kein Selbstmord.«

»Aha! Das ist natürlich was ganz anderes. Also gut, ich bin ganz Ohr.« Hunn schlug einen Tonfall an wie ein Mafioso: »Ich werde all meinen Einfluss geltend machen …«

»Ich brauche die Ergebnisse schnell, Tommy. Sozusagen gestern.«

»Kein Problem. Sobald ich die Dokumente habe. Aber falls du vorhast, dieses Material oder irgendeine Analyse, die du von mir bekommst, vor Gericht zu verwenden, musst du das über die Zentrale regeln, und die machen für niemanden eine Ausnahme. Selbst wenn der Herrgott persönlich käme und ihnen einen handschriftlichen Schrieb mit dem Briefkopf des Teufels vorlegte, würden die ihm sagen: ›Stell dich gefälligst hinten in der Schlange an, Alter.‹«

»Ich kann das nicht über die Zentrale machen, Tommy. Ich habe kein Aktenzeichen.«

»Ach du Scheiße …«

»Aber wenn du mir was Handfestes lieferst, bekomme ich ein Aktenzeichen. Und dann werde ich Himmel und Hölle in Bewegung setzen.«

Am anderen Ende der Leitung war ein tiefer Seufzer zu vernehmen. »Also gut, John. Mich könnte das hier echt in Schwierigkeiten bringen, aber ich mach's.«

8

Übelkeit war nicht das richtige Wort, um zu beschreiben, was Delorme empfand. Die Kollegen aus Toronto hatten ihr etwa zwanzig Fotos geschickt; das Päckchen hatte auf ihrem Schreibtisch gelegen, als sie aus der Mittagspause kam. Sie hatte sich die Bilder angesehen und wünschte, sie hätte es nicht getan. Die Fotos lösten eine Reaktion in ihren Eingeweiden aus, die ihr die Luft raubte, als hätte sie einen Schlag in die Magengrube bekommen. Und dann setzten kompliziertere Empfindungen ein – Beklemmung, beinahe Panik und gleichzeitig das Gefühl, dass die Menschheit nicht mehr zu retten war.

Die Bürogeräusche um sie herum – das Fiepen und Ächzen des Kopierers, McLeod, der Sergeant Flower anbrüllte, das Klappern von Tastaturen und das Klingeln von Telefonen – nahm sie nur noch wie von fern wahr. Beinahe wäre sie in Tränen ausgebrochen, doch es gelang ihr, den Impuls zu unterdrücken. Es war ein ähnlicher Gefühlsaufruhr, wie er sie überkam, wenn sie Horrorberichte in der Zeitung las: über die Enthauptungen im Irak, über den Bürgerkrieg in Afrika, wo Soldaten ganze Dörfer plünderten, Frauen vergewaltigten, allen Männern die Hände abhackten und Kinder zwangen, andere Kinder zu töten, oder über die Massenmorde in Bosnien.

Natürlich waren die Szenen auf den Fotos nicht zu vergleichen mit Genozid oder Massenmord, aber sie lösten dasselbe in Delorme aus: Verzweiflung darüber, wie tief Menschen sinken konnten. Selbst in einem Kaff wie Algonquin Bay hörte man von solchen Fotos, aber bisher hatte Delorme noch nie welche gesehen. Im vergangenen Jahr hatte ein Angestellter der Stadtverwaltung wegen Besitzes von kinderpornographischem Material vor Gericht gestanden, ein Mann, der von seinen Angehörigen und Freunden offenbar geliebt und geschätzt wurde. Aber es war nicht Delormes Fall gewesen, und sie hatte die Beweismittel nie zu Gesicht bekommen. Der Mann hatte sich, nachdem er gegen eine Kaution freigelassen worden war, das Leben genommen – anscheinend aus Scham, obwohl er lediglich wegen des Besitzes von kinderpornographischem Bild- und Filmmaterial angeklagt worden war, und nicht etwa wegen der Herstellung und Verbreitung derartiger Fotos.

Die Bilder auf ihrem Schreibtisch, schoss es Delorme durch den Kopf, waren Fotos von Tatorten, so detailgenau, als hätten die Leute von der Spurensicherung sie aufgenommen. Der Täter hatte sie selbst angefertigt, während er sein Verbrechen beging. In dieser Hinsicht war die Produktion von Kinderpornographie einzigartig.

Auf einigen Fotos wirkte das Mädchen nicht älter als sieben oder acht, mit Babyspeck an Hals und Wangen, auf anderen eher wie dreizehn. Sie hatte ein hübsches, offenes Gesicht, hellblonde, schulterlange Haare, und ihre Augen waren von einem fast unnatürlichen Grün, das noch betont wurde von den Tränen, die aus ihnen quollen. Es gab Szenen in einem Schlafzimmer, auf einem Sofa, auf einem Boot, in einem Zelt, in einem Hotelzimmer. Auf einem Foto war ein Detail unscharf gemacht; eine Mütze oder ein Hut, den das Mädchen auf dem Kopf trug, war nur noch als ein blau-weißer Fleck zu erkennen.

Der Mann hatte peinlich darauf geachtet, dass sein Gesicht nie zu sehen war, sondern nur einzelne Körperteile abgebildet waren: ein haariger Arm, eine behaarte Brust, dünne Beine, eine sommersprossige Schulter, ein Hängearsch. Sein Penis, auf mehreren Fotos in Nahaufnahme zu bewundern, war so rot, als wäre die Haut verbrüht, aber ob das an der schlechten Farbqualität lag oder daran, dass das Organ wundgerieben war, ließ sich nicht erkennen. Delorme, weder prüde noch eine Männerhasserin, fand, dass es das Widerlichste war, was sie je gesehen hatte.

Dieser Mann war kein Mensch, dachte sie, er war nichts als belebtes Fleisch, das dem Labor eines Wahnsinnigen entsprungen war. Aber die erschütternde Wahrheit lautete natürlich, dass er ein Mensch *war*. Es konnte jeder x-beliebige Mann sein, ja, es konnte jemand sein, den Delorme kannte. Und er war nicht nur ein Mensch, er wurde sogar von seinem Opfer geliebt; die Fotos, auf denen das Mädchen ihn entspannt anlächelte, bewiesen es. Es musste sich entweder um den Vater des Mädchens handeln oder um jemanden, der der Familie nahestand. Delorme zweifelte nicht daran, dass dieses kleine Mädchen ihn liebte, und die Erkenntnis drehte ihr den Magen um.

Zwei weitere Umschläge waren aus Toronto gekommen. Der erste enthielt Kopien der Fotos, aus denen das Mädchen und ihr Peiniger digital entfernt worden waren. Ohne die Akteure wirkten die Szenen völlig unspektakulär: ein altmodisches Sofa, ein Hotelbett, ein Zelt von innen, ein Garten mit einem schmuddeligen Spielhaus aus Plastik – uninteressante Schnappschüsse, wenn man nicht wusste, was sich an diesen Orten abgespielt hatte.

Der dritte Umschlag enthielt nur ein einziges Foto; es war ein vergrößerter Ausschnitt, auf dem das Mädchen mit der Mütze zu sehen war. Es handelte sich um eine wollene, blauweiße Baskenmütze, die jetzt deutlich zu erkennen war. Delorme hatte keine Ahnung, wie die Kollegen in Toronto das fertiggebracht hatten, aber sie hielt tatsächlich einen Moment lang die Luft an. Sie erkannte die Mütze. Die Buchstaben waren nicht alle zu erkennen, aber man konnte deutlich lesen ALGON ... WIN... FUR ... Algonquin Bay Winter Fur Carnival.

Das Telefon klingelte.

»Delorme, CID.«

»Sergeant Dukovsky. Sind Sie fertig mit Kotzen?«

»Sergeant, Sie mögen vielleicht an so ein Zeug gewöhnt sein, ich bin es nicht. Ich würde mich am liebsten in die Wälder verkriechen und mich für den Rest meines Lebens von Wurzeln und Beeren ernähren.«

»Ich kann's Ihnen nachfühlen. Und dieser Typ ist bei weitem nicht der Schlimmste, den wir haben. Heutzutage kriegen wir Filme mit *Säuglingen*, und zwar *Live*-Aufnahmen.«

»Live? Das versteh ich nicht.«

»Internet. Ein Typ kauft sich eine Webcam und missbraucht online ein Baby nach dem anderen, während seine Gesinnungsgenossen auf der ganzen Welt dafür zahlen, dass sie zusehen dürfen.«

»Mein Gott.«

»Leider sind ein paar von den Fotos, die wir Ihnen geschickt haben, im selben Chatroom aufgetaucht wie die Live-Aufnahmen, es würde mich also nicht wundern, wenn der Typ auf neue Ideen käme.«

»Hoffen wir, dass wir ihn vorher schnappen. Erzählen Sie mir von der Mütze von der Winterkirmes. Wie haben Sie es geschafft, die Aufnahme scharf zu kriegen?«

»Wir haben hier ein paar Computerfuzzies, die mit den neuen 64-Bit-Prozessoren arbeiten und total abfahren auf das Bildbearbeitungsprogramm. Das Geilste an neuer Technologie. Ich hab sie gefragt, wie es funktioniert, aber ich habe es sofort bereut. Die Jungs haben mich vollgetextet mit Vorträgen über Filter-Dekonvolution und Lucy-Richardson-Algorithmen. Ich sage Ihnen, die Typen fressen Athlonchips zum Frühstück.«

»Und ich dachte, Photoshop wäre cool. Interessant ist, dass der Name des Jahrmarkts vor ein paar Jahren geändert wurde, um Proteste zu vermeiden. Es heißt jetzt nicht mehr *Fur* Carnival, sondern nur noch Winter Carnival.«

»Das könnte wichtig sein. Nur leider wissen wir nicht, wann und von wem sie die Mütze bekommen hat.«

»Jedenfalls heißt das noch lange nicht, dass das Mädchen hier lebt. Der Jahrmarkt zieht Leute aus der ganzen Welt an.«

»Ich bitte Sie. Sie wollen mir doch nicht erzählen, dass scharenweise Touristen aus aller Welt anreisen, bloß um den Winterjahrmarkt in Algonquin Bay zu erleben?«

»Nicht scharenweise. Und sie kommen nicht wegen des Jahrmarkts, sondern wegen der Pelzauktion. Es kommen Käufer von den großen Kürschnereien in Paris, New York und London. Sogar Russen kommen her, um den Markt zu testen.«

»Das ist mir neu, Sergeant Delorme. Ich wusste gar nicht, dass Algonquin Bay ein internationaler Handelsknotenpunkt ist. Haben Sie sich das Foto von dem Boot angesehen? Das, wo noch andere Boote im Hintergrund zu sehen sind?«

Delorme ging die Fotos durch, bis sie das richtige fand. Es zeigte ein Kajütboot mit hölzerner Wandverkleidung, Holzboden und gemütlich wirkenden, mit rotem Stoff gepolsterten Sitzbänken. Das Mädchen, in Jeans und einem gelben T-Shirt, lag auf einer der Bänke. Auf dem Foto war sie vielleicht zehn oder elf und lächelte in die Kamera.

»Kein Wunder, dass ich das Bild übersehen hab«, sagte Delorme. »Es ist eins von denen, wo er ihr nichts antut. Die Kleine wirkt regelrecht glücklich.«

»Sehen Sie sich den Hintergrund an.«

»Da ist ein kleines Wasserflugzeug. Man kann einen Teil der Kennung entziffern: C-G-K.«

»Genau. Das ist eine Cessna Skylane, und das komplette Kennzeichen lautet CGKMC. Wir haben ungefähr fünf Minuten gebraucht, um die Buchstaben mit denen sämtlicher in der Gegend um Algonquin Bay registrierten Cessnas abzugleichen. Dabei sind wir auf einen Typen namens Frank Rowley gestoßen. Ich kann Ihnen sogar seine Adresse und Telefonnummer geben. Na, sind Sie jetzt beeindruckt?«

»Aber das Flugzeug steht nur im Hintergrund. Es gibt doch keinerlei Hinweise auf eine Verbindung zwischen dem Besitzer des Flugzeugs und dem Perversen auf den Fotos, oder?«

»Nein, aber es ist immerhin ein Anhaltspunkt. Glauben Sie mir, wir werden alles an Sie weiterreichen, was wir reinkriegen. In der Zwischenzeit könnten Sie ja schon mal Ihr logisches frankokanadisches Köpfchen anstrengen, sich mit den Fotos beschäftigen und die Möglichkeiten eingrenzen.«

»Vielleicht könnten wir ein Foto von dem Mädchen veröffentlichen – es so aussehen lassen wie eine Vermisstenmeldung? Wir könnten ihr Bild bei der Post aushängen und hoffen, dass jemand, der sie gesehen hat, sich bei uns meldet. Wir müssen unbedingt so schnell wie möglich etwas unternehmen. Der Mann zerstört das Leben dieses Mädchens.«

»Das Problem ist nur, dass der Typ das Bild wahrscheinlich eher sieht als das Mädchen selbst. Pädophile sind im Allgemeinen nicht gewalttätig, aber wenn er befürchtet, dass die Kleine ihn für Jahre hinter Gitter bringen könnte, dreht er womöglich durch und bringt sie um.«

9

Am nächsten Morgen kam Kelly in Joggingkleidung in die Küche – schwarze Leggins, altrosa T-Shirt mit einem aufgestickten Elefanten – und nahm sich eine Apfelsine aus dem Korb auf der Anrichte. Catherine hat diese Apfelsinen gekauft, dachte Cardinal. Kauft jemand ein halbes Dutzend Apfelsinen, wenn er vorhat, sich umzubringen?

Cardinal schenkte seiner Tochter Kaffee ein. »Möchtest du Haferflocken?«

»Vielleicht, wenn ich zurückkomme. Ich will nicht zu viel Gewicht mit mir rumschleppen. Gott, du siehst fix und fertig aus, Dad.«

»Das musst ausgerechnet du sagen.« Kellys Augen waren rot und geschwollen. »Hast du überhaupt geschlafen?«

»Nicht viel. Irgendwie wache ich jede halbe Stunde auf«, sagte sie, während sie Apfelsinenschalenstücke in den Mülleimer fallen ließ. »Ich hab nie gewusst, wie körperlich Gefühle sind. Ich wache nachts mit Wadenkrämpfen auf, und ich fühle mich total erschöpft, obwohl ich überhaupt nichts getan hab. Es will mir einfach nicht in den Kopf, dass sie tot ist. Ich meine, wenn sie jetzt durch die Tür käme, würde ich mich nicht mal wundern.«

»Ich hab das hier gefunden«, sagte Cardinal. Er hielt ein Foto hoch, das er in einem Album voller loser Bilder gefunden hatte, ein Schwarzweißporträt von Catherine im Alter von etwa achtzehn Jahren, mit schwarzem Rollkragenpullover und großen silbernen Kreolen, der die Launenhaftigkeit der Künstlerin bereits ins Gesicht geschrieben stand.

Zu Cardinals Verblüffung brach Kelly in Tränen aus. Seine Tochter war die ganze Zeit vergleichsweise gefasst gewesen, vielleicht, um ihm seinen Kummer zu erleichtern, aber jetzt schluchzte sie wie ein Kind. Er legte ihr einen Arm um die Schultern, während sie sich ausweinte.

»Gott«, sagte sie, nachdem sie sich im Bad das Gesicht gewaschen hatte. »Das hab ich wohl gebraucht.«

»So sah sie aus, als wir uns kennengelernt haben«, sagte Cardinal. »Für mich war sie die schönste Frau, die ich je gesehen hatte. Eine Frau, der man normalerweise nur im Kino begegnet.«

»War sie immer so finster?«

»Nein, überhaupt nicht. Am liebsten hat sie sich über sich selbst amüsiert.«

»Willst du nicht mit mir joggen?«, fragte sie plötzlich. »Dann geht es uns bestimmt besser.«

»Ach, ich weiß nicht …«

»Ach, komm. Du läufst doch noch, oder?«

»Nicht mehr so oft wie früher …«

»Komm schon, Dad. Hinterher wird es dir besser gehen. Es wird uns beiden besser gehen.«

Die Madonna Road mündete bald auf den Highway 69, auf dem sie etwa einen halben Kilometer lang auf dem Seitenstreifen weiterlaufen mussten, bis sie nach links in die Water Road einbiegen konnten, die am Trout Lake entlangführte. Es war ein klarer, heller Tag, und in der Luft hing ein scharfer Geruch nach Herbst.

»Hmm, riechst du das Laub?«, sagte Kelly. »Hier in den Hügeln gibt es alle Farben außer Blau.«

Kelly war von Natur aus nicht unbedingt eine lebhafte junge Frau, aber sie gab sich Mühe, ihn aufzumuntern, und das rührte ihn. Er hatte durchaus Augen für die Schönheit der Landschaft, aber beim Laufen schienen ihre Schritte im Takt mit den Worten *Catherine ist tot, Catherine ist tot* zu fallen.

Cardinal fühlte sich zugleich hohl und unglaublich schwer – als wäre sein Herz durch einen Bleiklumpen ersetzt worden. *Noch vor ein paar Tagen hat Catherine dieselbe Landschaft bewundert. Catherine hat dieselbe frostige Luft eingeatmet.*

»Wann musst du wieder in New York sein?«, fragte er Kelly.

»Ich habe für nächste Woche Dienstag einen Flug gebucht.«

»Du brauchst nicht unbedingt so lange zu bleiben, weißt du. Du musst doch bestimmt wieder zurück.«

»Ist schon in Ordnung, Dad. Ich möchte gern noch ein bisschen bleiben.«

»Und heute? Hast du schon irgendwelche Pläne?«

»Ich hatte überlegt, mal bei Kim Delaney anzurufen, aber ich weiß es noch nicht. Erinnerst du dich an Kim?«

Cardinal erinnerte sich an ein großes, dralles, blondes Mädchen – wütend auf die Welt und sehr politisch. Kelly und Kim waren während der letzten Highschooljahre unzertrennlich gewesen.

»Ich hätte gedacht, Kim wäre inzwischen in die große, feindliche Welt hinausgezogen.«

»Ja, ich auch.«

»Du klingst traurig.« Cardinal schrammte aus Versehen eine Mülltonne. An dem Gartenzaun dahinter sprang ein Jack-Russell-Terrier auf und ab und versuchte, sie mit seinem Gebell einzuschüchtern.

»Na ja, sie war früher meine beste Freundin, und jetzt weiß ich nicht mal so recht, ob ich sie überhaupt anrufen soll«, sagte Kelly. »Kim war die beste Schülerin auf der Highschool – viel besser als ich –, Vorsitzende des Debattierclubs, Delegierte in der Junior-UNO, Redakteurin des Jahrbuchs. Und jetzt führt sie sich auf wie die Queen of Suburbia.«

»Nicht jeden zieht's nach New York.«

»Ja, ich weiß. Aber Kim ist erst siebenundzwanzig, und sie hat schon drei Kinder und besitzt zwei – *zwei!* – Geländewagen.«

Cardinal zeigte auf die Einfahrt, an der sie gerade vorbeiliefen: ein Grand Cherokee, ein Wagoneer.

»Sie redet über nichts anderes als Sport. Ehrlich, ich glaube, ihr ganzes Leben dreht sich um Curling und Hockey und Ringette. Ein Wunder, dass sie noch keinem Bowlingclub beigetreten ist.«

»Wenn man Kinder hat, ändern sich die Prioritäten.«

»Also, ich will keine Kinder, wenn das bedeutet, dass man seinen Verstand an der Garderobe abgeben muss. Kim hat seit Jahren keine Zeitung mehr gelesen. Und im Fernsehen sieht sie sich nichts anderes an als *Survivor* und *Canadian Idol* und Hockey. Hockey! Als wir noch in der Schule waren, konnte sie Sport auf den Tod nicht ausstehen. Ehrlich, ich dachte, Kim und ich würden immer Freundinnen bleiben, aber jetzt weiß ich nicht mal, ob ich sie anrufen soll.«

»Ich mache dir einen Vorschlag. Hättest du Lust auf einen Ausflug nach Toronto?«

Kelly schaute ihn verblüfft an. Ein hauchdünner Schweißfilm hatte sich auf ihrer Oberlippe gebildet, und ihre Wangen waren gerötet. »Du fährst nach Toronto? Was willst du denn da?«

»Ich hab jemanden im Forensic Centre um einen Gefallen gebeten. Etwas, worum ich mich persönlich kümmern will.«

»Hat das was mit Mom zu tun?«

»Ja.«

Eine Weile war nur ihrer beider Atem zu hören – oder zumindest Cardinals.

Kelly schien gar nicht außer Atem zu sein. Die Water Road endete in einem Wendehammer. Sie verlangsamten ihr Tempo und liefen schließlich eine Zeitlang auf der Stelle. Jenseits der

Bungalows aus rotem Backstein mit ihren gepflegten Rasenflächen, an deren Rändern prall gefüllte Laubsäcke aufgereiht standen, leuchtete der See tiefblau.

»Dad«, sagte Kelly. »Mom hat sich das Leben genommen. Sie hat sich umgebracht, und das tut verdammt weh, aber wir wissen beide, dass sie manisch depressiv war, dass sie über die Jahre immer wieder in die Psychiatrie eingewiesen werden musste, und letztlich ist es verständlich, dass sie nicht mehr wollte.« Sie legte eine Hand auf seinen Arm. »Du weißt, dass das nichts mit dir zu tun hatte.«

»Kommst du mit?«

»Gott, du lässt dich nicht beirren, wenn du dir einmal was in den Kopf gesetzt hast, was?« Sie überlegte. »Also gut, ich komme mit. Aber nur, um dir auf der Fahrt Gesellschaft zu leisten.«

Cardinal zeigte auf einen Pfad, der sich durch den Wald schlängelte. »Lass uns den schönen Weg zurück nehmen.«

Während der Fahrt den Highway 11 hinunter in Richtung Süden konnte Cardinal an nichts anderes denken als an Catherine. Andererseits war *denken* nicht das richtige Wort. Er spürte ihre Abwesenheit in der Schönheit der Landschaft. Er hatte das Gefühl, als schwebte sie über dem Highway, über der Straße, die ihn immer zu Catherine oder von ihr fort geführt hatte. Aber diesmal hatte sie ihm nicht zum Abschied gewinkt, und sie würde ihn nicht an der Tür begrüßen, wenn er zurückkehrte.

Kelly fummelte am Radio herum.

»Hey, dreh noch mal zurück«, sagte Cardinal. »Das waren die Beatles!«

»Ich kann die Beatles nicht ausstehen.«

»Wie kann ein Mensch was gegen die Beatles haben? Das ist, als könnte man die Sonne nicht leiden, oder Vanilleeis.«

»Es sind nur ihre frühen Stücke, die ich nicht ausstehen kann. Da klingen sie wie Aufziehpuppen.«

Cardinal schaute sie aus dem Augenwinkel an. Mit ihren siebenundzwanzig Jahren war seine Tochter älter, als Catherine bei Kellys Geburt gewesen war. Cardinal erkundigte sich nach ihrem Leben in New York.

Eine Weile berichtete Kelly ihm davon, wie frustrierend es war, sich in New York als Künstlerin durchzuschlagen, wie schwer es war, in New York Fuß zu fassen. Kelly musste sich eine Wohnung mit drei Frauen teilen, mit denen sie sich nicht immer gut verstand. Und sie war gezwungen, in zwei Jobs zu arbeiten, um über die Runden zu kommen: bei einem Maler namens Klaus Meier, für den sie Leinwände auf Rahmen spannte und die Buchführung machte, und an drei Abenden in der Woche als Kellnerin in einer Kneipe. Da blieb ihr nicht viel Zeit für ihre eigene Malerei.

»Und bei all dem Stress sehnst du dich nie nach dem Leben hier zurück? Nach der kleinstädtischen Ruhe?«

»Nein, nie. Aber manchmal vermisse ich Kanada. Es ist nicht leicht, sich mit Amerikanern anzufreunden.«

»Wieso?«

»Amerikaner sind die freundlichsten Menschen auf der Welt, zumindest nach außen hin. Anfangs war ich davon sehr angetan – sie sind viel aufgeschlossener als Kanadier. Und sie haben keine Hemmungen, sich zu amüsieren.«

»Das stimmt. Kanadier sind reservierter.«

Ich agiere, dachte Cardinal. Ich führe kein Gespräch, sondern *agiere* wie ein Mann, der ein Gespräch führt. Es funktioniert folgendermaßen: Man hört zu, man nickt, man stellt eine Frage. Aber ich bin nicht da. Ich bin ebenso verschwunden wie das World Trade Center. Mein Herz ist Ground Zero. Am liebsten hätte er mit Catherine darüber geredet. Aber Catherine war nicht da.

Er hatte Mühe, sich auf Kelly zu konzentrieren.

»Irgendwann haben die Amerikaner eine Art falsche Vertrautheit erfunden«, sagte Kelly gerade. »Wenn man ihnen das erste Mal begegnet, erzählen sie einem freimütig von ihrer Scheidung oder davon, wie sie als Kinder missbraucht wurden. Kein Witz. Ein Typ hat mir mal gesagt, sein Vater hätte ihn ›inzestiert‹, wie er sich ausdrückte. Das war bei unserem allerersten Treffen. Anfangs dachte ich, die Leute würden sich einem wirklich anvertrauen, aber das tun sie gar nicht. Die haben einfach kein Gefühl für Umgangsformen. Warum grinst du?«

»Es amüsiert mich, dich über Umgangsformen reden zu hören. So unkonventionell wie du bist.«

»Im Grunde genommen bin ich total konventionell. Und ich fürchte, dass das noch mal meinen Untergang als Künstlerin bedeuten wird. Gott, sieh dir diese Bäume an.«

Die Fahrt nach Toronto dauerte vier Stunden. Cardinal setzte Kelly an einem Starbucks Café in der College Street ab, wo sie sich mit einer alten Freundin verabredet hatte, dann begab er sich zum Forensic Centre an der Grenville Street.

In architektonischer Hinsicht ist das Forensic Centre absolut uninteressant. Es ist einfach ein Riesenklotz wie die meisten Regierungsgebäude, die in einer Ära hochgezogen wurden, als nur noch mit Beton gebaut wurde anstatt mit Backsteinen. In den mit graumeliertem Teppichboden ausgelegten Innenräumen gerät man in ein Labyrinth aus altweiß gestrichenen Trennwänden mit sarkastischen Comics, die die Leute sich aus Zeitungen ausgeschnitten und über ihre Schreibtische geheftet haben.

Cardinal war schon häufig hier gewesen, wenn auch nicht in der Abteilung für Beweismittelsichtung, und dass ihm alles so vertraut vorkam, brachte ihn beinahe aus der Fassung. Er machte die schlimmsten Höllenqualen seines Lebens durch; alles müsste eigentlich verändert sein. Doch die Wachleute, der rumpelnde Aufzug, die gesichtslosen Büros, die Schreibtische, Diagramme und Aushänge waren genauso, wie sie immer gewesen waren.

»Okay, hier haben wir also die drei Sächelchen«, sagte Tommy Hunn, während er sie auf dem Labortisch ausbreitete. Im Gegensatz zu dem Gebäude hatte Tommy sich verändert, seit Cardinal ihn das letzte Mal gesehen hatte. Sein Haar war schütterer geworden, und sein Gürtel war unter einer Speckrolle verschwunden, als hätte Hunn einen schlafenden Dackel unter seinem Hemd verstaut.

»Ein Abschiedsbrief. Ein Notizblock, auf dem der Abschiedsbrief möglicherweise geschrieben wurde. Und wir haben eine gemeine Beileidskarte mit einem eingeklebten Zettel, auf den eine Botschaft gedruckt ist.«

»Vielleicht sollten wir mit der Beileidskarte anfangen«, sagte Cardinal. »Die hat wahrscheinlich mit den anderen beiden Objekten nichts zu tun.«

»Also gut, die Beileidskarte zuerst«, sagte Hunn. Er zog sich Latexhandschuhe an, nahm die Karte aus der Klarsichthülle und öffnete sie. »›Na, wie fühlt sich das an, du Arschloch?‹«, las er tonlos vor. »›Man kann einfach nie wissen, was einen erwartet.‹ Reizend.«

Er hielt die Karte zum Fenster hin, so dass das Licht darauffiel.

»Das stammt von einem Tintenstrahldrucker, das kann ich dir gleich sagen. Mit dem bloßen Auge sind keine Besonderheiten zu erkennen. Jedenfalls nicht mit meinem. Dann wollen wir mal ein bisschen Detektiv spielen.« Er klemmte sich eine Lupe vor ein Auge und hielt sich die Karte vors Gesicht. »Aha. Fehler im Druckbild in der zweiten Zeile. Sieh dir die *h*s und die *t*s an.«

Er reichte Cardinal die Lupe. Zuerst konnte Cardinal nichts erkennen, aber nachdem sein Auge sich an das Vergrößerungsglas gewöhnt hatte, entdeckte er eine feine, helle Linie, die sich durch die Oberlängen der *h*s und *t*s zog.

»Die gute Nachricht lautet, wenn ein Drucker so was macht, dann macht er es auf jeder Seite. Wie du siehst, taucht der Fehler nicht in der ersten Zeile auf. Aber wenn wir eine weitere Seite hätten, die der Typ ausgedruckt hat, dann würden wir denselben Fehler ebenfalls in der zweiten Zeile finden.«

»Und was nützt uns diese Erkenntnis?«, wollte Cardinal wissen.

»Ohne eine Vergleichsseite? Überhaupt nichts. Und die schlechte Nachricht lautet, wenn die Druckerpatrone ausgetauscht wird, verschwindet der Fehler. Wenn du mich fragst, dann würde ich sagen, der Typ hat sich wahrscheinlich einen nagelneuen Drucker zugelegt.«

Cardinal zeigte auf den Notizblock. »Und was kannst du mir dazu sagen?«

»Kommt drauf an, was du wissen willst.«

»Ich möchte wissen, ob der Brief mit demselben Stift geschrieben wurde wie alles andere auf dem Block. Und zu welchem Zeitpunkt er im Vergleich zu den anderen Eintragungen geschrieben wurde. Wenn du den Block auf der Seite aufschlägst, wo ›Johns Geburtstag‹ steht.«

»Johns Geburtstag. Ha! Vielleicht hat sie den Brief an dich gerichtet!« Hunn blätterte die Seiten durch und hielt den Notizblock ins Licht, so wie er es zuvor mit der Karte gemacht hatte. »Ah ja. Hier sind Abdrücke. Ich kann ›Lieber John‹ erkennen. Als erstes machen wir mal einen Infrarottest.«

Er hob eine breite Klapptür an einem mit *VSC 2000* beschrifteten Kasten an.

»Wirf einen Blick durch dieses Fenster da, wenn ich auf

den Schalter drücke. Ich kann die beiden Schriftproben mit verschiedenen Arten von Licht beleuchten. Mal sehen, was dabei rauskommt. Für das menschliche Auge mag eine Tinte aussehen wie die andere, aber unter dem Infrarotlicht weist die Tinte Unterschiede auf, selbst wenn es sich um dieselbe Marke handelt oder wenn sie im selben Kugelschreiber verwendet wurde. Die chemische Zusammensetzung variiert von Tintenfüllung zu Tintenfüllung. Du glaubst gar nicht, wie viele gefälschte Testamente ich schon mit Hilfe dieses zauberhaften Maschinchens entlarvt habe. ›Dear John‹. Einfach begnadet.«

Cardinal beugte sich vor, um durch das Fenster zu lugen. Die Schrift auf den Seiten begann zu leuchten.

»Die beiden sind identisch«, sagte Hunn hinter ihm. »Der Abschiedsbrief wurde mit demselben Stift geschrieben wie die Geburtstagserinnerung.«

»Kannst du mir auch noch sagen, was zuerst geschrieben wurde?«

»Aber sicher doch. Zunächst stecken wir die Proben in einen Befeuchter.« Hunn legte den Notizblock in ein Gerät mit einer verglasten Frontklappe, das aussah wie ein kleiner Grillofen. »Das dauert nur ein paar Minuten. Einkerbungen lassen sich besser erkennen, wenn das Papier feucht ist.«

Das Gerät piepte, und Hunn nahm den Notizblock wieder heraus. »Jetzt zaubern wir ein bisschen mit unserem netten kleinen ESDA-Kasten, dann sehen wir weiter.«

»Euer kleiner was?«

»E-S-D-A. Ein Gerät zur elektrostatischen Druckbilderkennung.«

Es handelte sich um eine riesige Maschine mit einem Abzugsschlauch obenauf. Hunn drückte den Notizblock mit der Textseite flach auf eine dünne Schaumstoffschicht. Dann legte er ein Stück Plastikfolie darüber.

»Unter dem Schaumstoff entsteht ein Vakuum, das die Luft ansaugt, so dass das Dokument und die Plastikfolie dicht anliegen. Jetzt nehme ich meinen Zauberstab – keine Bange, meine Hose lass ich zu ...«

Hunn nahm eine Art Stab in die Hand und drückte auf einen Schalter. »Das kleine Schätzchen hier spuckt mehrere tausend Volt aus«, sagte er, während die Maschine vor sich hin brummte. Mehrmals wedelte er mit dem Stab über der Plastikfolie hin und her. Cardinal konnte keine Veränderungen beobachten.

»Jetzt nehme ich ein bisschen Feenstaub ...« Hunn schüttelte etwas aus einem Metallbehälter, das aussah wie Eisenspäne. »Das sind winzige, mit Toner überzogene Glasperlen. Ich werde sie einfach hier drüberrieseln lassen ...«

Er schüttete das schwarze Pulver über die Plastikfolie, die den Notizblock bedeckte. Die Kügelchen rollten von dem Plastik herunter und hinterließen schwarze Spuren in den Vertiefungen. Dann blitzte es.

»Jetzt habe ich ein Foto«, sagte Hunn, »und wir werden sehen, was es uns zeigt. Ist das Zeug auf Fingerabdrücke überprüft worden?«

»Noch nicht. Warum?«

»Der Toner bringt häufig Fingerabdrücke zum Vorschein – wenn auch nicht ganz so deutlich wie das Pulver, das die Leute von der Spurensicherung benutzen. Es müssen schon ziemlich deutliche Abdrücke sein, damit es funktioniert. Sieh es dir mal an.«

Ein Foto schob sich aus einem Schlitz. Cardinal nahm es an sich.

Links von den Worten »Johns Geburtstag«, die jetzt weiß waren, war ein kleiner, dunkler Daumenabdruck zu erkennen. Quer über die Wirbel zog sich eine kurze, schwarze Linie, an der Stelle, wo Catherine sich vor Jahren beim Gemüseputzen geschnitten hatte. *Catherines Daumenabdruck, wo sie den Notizblock festgehalten hat. Da lebte sie noch. Sie dachte an mich, plante etwas für meinen Geburtstag, malte sich die Zukunft aus.*

Cardinal räusperte sich, um den Schrei zu unterdrücken, der sich seiner Kehle zu entringen drohte. Der Abdruck des Abschiedsbriefs war jetzt deutlich in Schwarz zu sehen. *Wenn du das liest ...*

Es ist ihre Handschrift. Du weißt, dass es ihre Handschrift ist. Warum tust du dir das an?

»Okay«, sagte Cardinal. »Jetzt wissen wir also, dass der Abschiedsbrief über der nächsten Seite geschrieben wurde, was logisch ist. Die folgenden Seiten müssten eigentlich leer gewesen sein, als sie den Abschiedsbrief geschrieben hat. Aber kannst du herausfinden, ob die Tinte auf der nachfolgenden Seite, also auf der Seite mit der Geburtstagserinnerung, über oder unter den Abdrücken des Abschiedsbriefs liegt?«

»Oh, der Mann hat Hintergedanken«, sagte Hunn. »Legen wir die Seite unters Mikroskop. Wenn die weißen Linien der Geburtstagserinnerung von schwarzen Linien unterbrochen sind, bedeutet das, dass die Abdrücke später entstanden sind.« Humm schaute durch das Mikroskop und justierte die Linse. »Nein. Wir haben Schwarz, unterbrochen von weißen Linien. Die Abdrücke waren vor der Tinte da.«

»Das heißt also, dass der Abschiedsbrief eindeutig *vor* der Geburtstagserinnerung geschrieben wurde?«

»Ganz genau. Ich nehme an, du weißt, wann dieser geheimnisvolle John Geburtstag hatte?«

»Ja. Vor mehr als drei Monaten.«

»Hmm. Nicht das übliche Bild von einem Selbstmord.«

»Nein. Kann ich das Foto behalten?«

»Klar doch. Dann braucht das Original nicht so oft angefasst zu werden.« Hunn zog das Original aus der ESDA-Maschine und steckte es zurück in die Klarsichthülle.

»Kannst du noch was für mich tun, Tommy?«

»Was denn?«

»Würdest du etwas von dem Feenstaub auf den Abschiedsbrief streuen?«

»Willst du den auch auf ältere Abdrücke überprüfen? Du hast doch schon die Abdrücke auf dem Blatt mit der Geburtstagserinnerung.«

»Du würdest mir wirklich einen großen Gefallen tun. Ich muss meine Waffenbrüder oben im Norden noch überzeugen, dass wir tatsächlich einen Fall haben.«

Hunn sah ihn mit seinen blassblauen Augen nachdenklich an. »Also gut, meinetwegen.«

Er wiederholte den Vorgang noch einmal, befeuchtete das Papier, sicherte den Brief mit Plastikfolie, schwenkte den Zauberstab darüber. Dann streute er etwas von dem Pulver auf die Folie.

»Sieht aus wie lauter Abdrücke von den vorherigen Seiten. Wenn du willst, können wir den Brief unters Mikroskop legen, um festzustellen, welche zuerst da waren.«

»Sieh dir das an«, sagte Cardinal.

Er zog das Foto heraus, das gerade aus dem Schlitz kam. Die Schrift auf dem Abschiedsbrief war jetzt in Weiß abgebildet. Aber am unteren Rand des Fotos war noch etwas anderes zu sehen, ein großer, schwarzer Daumenabdruck, genau in der Mitte.

»Ziemlich viel größer als der andere«, sagte Hunn. »Und ohne Narbe. Ich bin kein Experte für Fingerabdrücke, aber ich würde sagen, der hier stammt von einem ganz anderen Daumen.«

Kurze Zeit später begleitete Hunn Cardinal zu den Aufzügen, wo sie schweigend warteten, bis ein Klingelzeichen die Ankunft des Fahrstuhls ankündigte. Cardinal stieg ein und drückte den Knopf für das Erdgeschoss.

»Sag mal«, murmelte Hunn nachdenklich. »Diese Geschichte hat doch nichts mit dir zu tun, oder? Ich meine, mit dir persönlich? Du bist nicht zufällig der John aus dem Notizbuch?«

»Danke für deine Hilfe, Tommy«, sagte Cardinal, als die Aufzugstüren sich schlossen. »Ich weiß deine Unterstützung sehr zu schätzen.«

Da sie am selben Tag nach Algonquin Bay zurückfuhren, verbrachten Cardinal und seine Tochter insgesamt acht Stunden gemeinsam im Wagen. Auf der Rückfahrt sprachen sie kaum miteinander.

Cardinal erkundigte sich bei Kelly, wie der Tag mit ihrer Freundin verlaufen war.

»Schön. Jedenfalls hat sie sich nicht wie Kim in ein Gemüse verwandelt. Sie ist immer noch im Kunstgeschäft und scheint halbwegs mitzubekommen, was in der Welt vor sich geht.«

Kelly drehte sich eine Strähne ihres blauschwarzen Haars um den Finger, während sie aus dem Fenster schaute.

Cardinal musste daran denken, wie seine Freunde sich in dem Alter verändert hatten. Viele hatten das Interesse an ihm verloren, als er Polizist geworden war, und die meisten seiner Freunde aus Toronto hatten ihn abgeschrieben, nachdem er nach Algonquin Bay zurückgezogen war.

»Man weiß nie, wie die Leute reagieren«, hatte Catherine gesagt. »Jeder hat seine eigenen Pläne, und manchmal kommen wir darin nicht vor – meistens, wenn wir wünschten, wir täten es. Und manchmal schließen sie uns ein – meistens, wenn wir wünschten, sie täten es nicht.«

Und jetzt, Catherine?

Wie soll ich damit zurechtkommen, dass du nicht mehr da bist?

»Wie ein Polizist«, stellte er sich ihre Antwort vor. Mit dem angedeuteten Lächeln, das sie immer aufsetzte, wenn sie ihn aufzog. »So wie du mit allem zurechtkommst.«

Aber es hilft nicht, hätte er am liebsten geschrien. Nichts hilft.

Sie fuhren an WonderWorld vorbei, einem riesigen Freizeitpark mit einem künstlichen Berg und gigantischen Karussells nördlich von Toronto. Kelly wollte wissen, wie es im Forensic Centre gelaufen war, doch Cardinal murmelte nur etwas Nichtssagendes vor sich hin. Er hätte ihren frustrierten, mitleidigen Blick nicht ertragen.

Nachdem sie Orillia hinter sich gelassen hatten, sagte sie: »Ich nehme an, wir gehen noch zum Abendessen ins Sundial?«

»Leider nicht«, erwiderte Cardinal. »Das Sundial ist geschlossen.«

»Oje, oje. Das Ende einer Ära.«

Sie mussten sich mit Sandwiches von Tim Hortons begnügen, die nach nichts schmeckten.

Als sie zu Hause ankamen, war es dunkel. In den bewaldeten Hügeln herrschte Stille, ein Balsam für die Ohren nach dem Großstadtlärm von Toronto. Und es war kälter hier. Der zur Hälfte verborgene Mond beleuchtete Quellwolken, die reglos über dem Wasser hingen. Der See lag ruhig und glänzend da wie blank poliertes Leder.

Als Cardinal die Haustür öffnete, trat er auf die Ecke eines quadratischen, weißen Umschlags. Er hob ihn auf, ohne ihn Kelly zu zeigen.

»Ich gehe duschen«, sagte Kelly, während sie sich den Mantel auszog. »Nach so vielen Stunden im Auto fühlt man sich ganz verschwitzt.«

Den Umschlag mit zwei Fingern an einer Ecke festhaltend, ging Cardinal in die Küche. Er schaltete das Licht an und betrachtete die Adresse.

Er war sich ziemlich sicher, dass er eine feine, weiße Linie erkennen konnte, die sich durch das *M* und das *R* von *Madonna Road* zog.

10

Bei seinem ersten Besuch bei Dr. Bell war Cardinal gar nicht aufgefallen, wie sehr die Einrichtung seines Sprechzimmers darauf ausgerichtet war, dass seine Patienten sich wohlfühlen konnten. Die großen, sonnigen Fenster mit ihren zarten Gardinen, so hell wie Segel, die zimmerhohen Regale mit Büchern über Psychologie und Philosophie, die vertrauenerweckend nach Tinte und Leim und Papier rochen, die alten Perserteppiche, alles in dem Raum strahlte Stabilität, Dauerhaftigkeit und Weisheit aus – zweifellos Qualitäten, an denen es den Patienten eines Psychiaters mangelte. Der Raum war eine Zufluchtsstätte vor dem Chaos des Lebens, ein Kokon, in dem man sich geborgen genug fühlte, um sein Inneres zu erforschen.

Cardinal ließ sich auf das Sofa sinken, das Sofa, auf dem Catherine so oft gesessen hatte. Er bemerkte die Kleenexschachteln, die diskret an beiden Enden des Sofas und auf dem Tisch platziert waren – genauso viele Papiertaschentücher wie in Desmonds Bestattungsinstitut –, und er fragte sich, wie oft Catherine hier gesessen und geweint haben mochte. Hatte sie auch darüber gesprochen, wie enttäuscht sie von ihrem Mann gewesen war – der ihr nicht genug Aufmerksamkeit schenkte, nicht liebevoll oder nicht geduldig genug war?

»›Wie sehr muss sie dich gehasst haben‹«, las Dr. Bell von der letzten Beileidskarte vor. »›Du hast sie total im Stich gelassen.‹« Er schaute Cardinal über seine Lesebrille hinweg an. »Wie haben Sie reagiert, als Sie das gelesen haben? Ich meine, was war Ihre ganz spontane Reaktion darauf?«

»Dass er recht hat. Oder sie. Wer auch immer das geschrieben hat. Dass es stimmt, dass ich sie im Stich gelassen habe, und dass sie mich wahrscheinlich deswegen gehasst hat.«

»Glauben Sie das?«

Die gütigen Augen des Arztes ruhten auf ihm – kein forschender Blick, kein Röntgenblick, nur abwartend, während sich in seinen Brillengläsern die Fenster wie helle Quadrate spiegelten.

»Ja, ich glaube, ich habe sie im Stich gelassen.«

Was Cardinal *nicht* glauben konnte, war, dass er so mit jemandem redete. Er redete nie so mit jemandem, außer mit Catherine. Etwas an Dr. Bell – etwas auf unaufdringliche Weise Erwartungsvolles, ganz zu schweigen von den drahtigen Augenbrauen und all dem Cordsamt – nötigte einem Ehrlichkeit ab. Kein Wunder, dass Catherine ihn gemocht hatte, auch wenn ...

»Was ist?«, fragte Dr. Bell. »Sie zögern.«

»Mir ist gerade etwas eingefallen«, sagte Cardinal. »Etwas, das Catherine einmal zu mir gesagt hat, nachdem sie bei Ihnen gewesen war. Ich sah ihr an, dass sie geweint hatte, und ich fragte sie, was los sei. Wie es gelaufen sei. Und sie sagte: ›Ich mag Dr. Bell. Ich finde ihn großartig. Aber manchmal kann selbst der beste Arzt einem sehr wehtun.‹«

»Das ist Ihnen jetzt eingefallen, weil meine Frage Ihnen wehgetan hat.«

Cardinal nickte.

»In der Psychotherapie sagt man: Es muss erst schlimmer werden, ehe es besser wird.«

»Ja. Das hat Catherine mir auch erzählt.«

»Nicht dass man je die Absicht hätte, einem Patienten das Leben noch schwerer zu machen«, sagte Dr. Bell. Seine Hände spielten mit einem Gegenstand aus Messing, der auf seinem Schreibtisch stand. Das Ding sah aus wie eine winzige Dampflok. »Aber jeder Mensch entwickelt Abwehrmechanismen, die ihn vor bestimmten Erkenntnissen über sich selbst und seine Lebenssituation schützen – vor der Wirklichkeit, im Grunde genommen –, und die Therapie bietet einen sicheren Rahmen, innerhalb dessen diese Schutzmauern abgebaut werden können. Diese Arbeit leistet der Patient selbst, nicht der Therapeut, dennoch ist es ein äußerst schmerzhafter Prozess.«

»Zum Glück bin ich nicht als Patient hier. Ich wollte nur mit Ihnen über diese Karten sprechen. Natürlich ist mir klar, dass Sie kein Profiler sind ...«

»Ich fürchte, ich verfüge über keinerlei Erfahrung in forensischer Psychologie.«

»Das macht nichts, ich führe keine offiziellen Ermittlungen durch. Aber ich würde gern Ihre Meinung darüber hören, was für ein Mensch das sein könnte, der solche Karten schreibt. Sie wurden in zwei verschiedenen Orten aufgegeben, aber auf demselben Gerät ausgedruckt.«

»In welcher Sache genau ermitteln Sie denn – offiziell oder inoffiziell?«

»Catherines T...« Cardinal blieb die Luft weg. Er konnte das Wort im Zusammenhang mit Catherine immer noch nicht aussprechen, obwohl bereits mehr als eine Woche vergangen war. »Catherine.«

»Heißt das, Sie glauben nicht, dass sie sich selbst das Leben genommen hat?«

»Der Gerichtsmediziner hat Suizid festgestellt, und meine Kollegen auf dem Revier teilen seine Meinung. Mir persönlich fällt es etwas schwerer, diese Sichtweise zu akzeptieren, aber Sie werden mir zweifellos sagen, dass das bloß Selbstschutz ist.«

»O nein, ich würde nie sagen, dass es *bloß* Selbstschutz ist. Ich habe großen Respekt vor Schutzmechanismen, Detective. Wir brauchen sie, um unsere Tage durchzustehen, ganz zu schweigen von den Nächten. Ebenso wenig würde ich Ihre fachliche Kompetenz in Sachen Mord in Zweifel ziehen. Aufgrund meiner Erfahrungen mit Catherine würde ich es für sehr wahrscheinlich halten, dass sie sich das Leben genommen hat, aber falls Indizien auftauchen sollten, die etwas anderes nahelegen, würde ich keineswegs steif und fest auf meiner Meinung beharren. Natürlich würde es mir leichterfallen zu akzeptieren, dass sie durch einen Unfall ums Leben gekommen ist. Aber Sie sprechen nicht von einem Unfall, nicht wahr?«

»Nein.«

»Sie vermuten, dass sie ermordet wurde. Und dass derjenige, der Ihnen diese Karten geschickt hat, dahintersteckt.«

»Sagen wir einfach, ich gehe im Moment verschiedenen Spuren nach. Ich wäre bereit, Sie für Ihre Bemühungen zu bezahlen – das hätte ich vielleicht von vornherein erwähnen sollen.«

»Oh. Nein, nein, nein. Eine Bezahlung kann ich unmöglich annehmen. Das ist nicht mein Fachgebiet. Ich bin gern bereit, Ihnen meine Meinung zu sagen – inoffiziell –, aber dafür eine Honorar zu verlangen würde bedeuten, dass ich Ihnen eine fachlich begründete Analyse anzubieten hätte, was ganz sicher nicht der Fall ist.« Dr. Bell lächelte, so dass seine Augen kurz in seiner Gesichtsbehaarung verschwanden. »Das ist ein eindeutiger Vorbehalt. Möchten Sie trotzdem fortfahren?«

»Wenn es Ihnen recht ist.«

Dr. Bell ließ Kopf und Schultern kreisen. Es gab durchaus schlimmere Ticks, dachte Cardinal. Der Therapeut nahm die erste Karte und rückte seine Brille zurecht. Er veränderte seine Sitzposition, so dass er die Karte ins Licht halten konnte. Dann verharrte er reglos wie eine Figur in einem Gemälde.

»Also gut«, sagte Dr. Bell nach einer Weile. »Zunächst einmal: Was für ein Mensch würde eine solche Karte schreiben. Im Prinzip ist es ein Ausdruck der Schadenfreude.«

»Eine Freundin hat neulich genau denselben Ausdruck benutzt.«

»Und der Schreiber schleudert Ihnen seine Schadenfreude nicht einmal ins Gesicht, er äußert sie hinter Ihrem Rücken. Oder sie. So ähnlich wie ein Kind, das jemandem aus sicherer Entfernung Schimpfwörter an den Kopf wirft. Er weiß, dass Sie sich nicht wehren können. Es ist ein feiger, ängstlicher Angriff. Jemanden zu töten, jemanden zu ermorden ist dagegen ein sehr persönlicher Akt und geschieht von Angesicht zu Angesicht. Meistens. Wenn Sie diese Karten mit einem möglichen Mord an Catherine in Verbindung bringen, müssen Sie davon ausgehen, dass das Motiv in beiden Fällen dasselbe ist: *Sie* sollen getroffen werden, und Catherine war nur ein Mittel zum Zweck. Um *Ihnen* Schaden zuzufügen, hat der Mörder sich zuerst in den Besitz des Abschiedsbriefs gebracht – es sei denn, Sie sind zu der Überzeugung gelangt, dass es sich nicht um ihre Handschrift handelt. Zweifeln Sie daran, dass sie den Brief geschrieben hat?«

»Gehen wir vorerst davon aus, dass der Brief aus ihrer Feder stammt.«

»Was bedeuten würde, dass es jemandem gelungen ist, diesen Brief in seinen Besitz zu bringen. Aber wie wäre das möglich?«

»Das weiß ich nicht – zumindest noch nicht. Bitte, fahren Sie fort.«

»Der Täter hat die Absicht, Ihnen zu schaden, indem er Catherine etwas antut. Vielleicht verfolgt er sie eine Zeitlang. Womöglich über lange Zeit hinweg. Er schnüffelt in ihren persönlichen Sachen herum und findet einen Abschiedsbrief, den sie an einem besonders schlechten Tag geschrieben hat. Vielleicht findet er ihn sogar, nachdem sie ihn fortgeworfen hat, wer weiß? Jedenfalls folgt er ihr an dem Abend, als sie sich ganz allein auf den Weg macht, stößt sie vom Dach des Hochhauses und hinterlässt den Brief am Tatort, um alle auf die falsche Fährte zu bringen. Falls es sich tatsächlich so zugetragen haben sollte, würde ich vermuten, dass es sich bei der Person, die zu all dem fähig ist – Catherine zu verfolgen, geduldig abzuwarten und schließlich die Gewalttat zu begehen – nicht um einen ängstlichen Menschen handelt, der sich die Mühe macht, anonyme Spottbriefe zu schreiben. Können Sie mir so weit folgen?«

»Ich wünschte, unsere Profiler wären so schnell wie Sie«, sagte Cardinal. »Reden Sie weiter.«

»Ich würde sagen, im Falle des Kartenschreibers sollten Sie nach jemandem suchen, der Sie kennt. Und ich betone *Sie*, nicht Catherine. Er hat sich die Mühe gemacht, die Texte auszudrucken, anstatt mit der Hand zu schreiben. Und Sie sagen, er hat die Karten in zwei verschiedenen Orten aufgegeben.« Dr. Bell lehnte sich in seinem Sessel zurück, stellte einen Fuß auf den Couchtisch und fuhr fort: »Ich neige zu der Annahme, dass es sich um einen nervösen, verschlossenen Menschen handelt. Jemanden, der – oder die – sich als Versager betrachtet. Fast mit Sicherheit arbeitslos. Selbstwertgefühl nahe null. Und – nach der ersten Karte zu urteilen – jemand, der einen schrecklichen Verlust erlitten hat, für den Sie verantwortlich sind. Ich schätze, Sie haben die Möglichkeit bereits in Betracht gezogen, dass es sich um jemanden handeln könnte, den Sie hinter Gitter gebracht haben?«

»Mhm«, sagte Cardinal. »Und davon gibt es eine ganze Menge.«

»Ja, aber dieses ›Wie fühlt sich das an?‹. Das klingt doch äußerst gezielt, meinen Sie nicht? Jemand tritt Ihnen auf die Füße, also treten Sie demjenigen auch auf die Füße. Wie fühlt sich das an? Wie gefällt *dir* das? Was ich sagen will ist, es muss nicht einfach nur irgendjemand sein, den Sie ins Gefängnis gebracht haben, sondern eher vielleicht jemand, der aufgrund seines Gefängnisaufenthalts seine Frau verloren hat.«

»Wir führen darüber keine Statistiken, aber von der Sorte gibt es wahrscheinlich auch eine Menge. Viele Ehen gehen zu Bruch, wenn ein Ehepartner zu einer Gefängnisstrafe verurteilt wird.«

»Ebenso wie viele Ehen daran zerbrechen, dass ein Ehepartner lange Zeit in einer Klinik verbringen muss. Sie sind eine bewundernswerte Ausnahme.«

Am liebsten hätte Cardinal gesagt: »Ich habe mein Bestes getan, aber offenbar war es nicht genug«, doch der Schmerz schnürte ihm die Kehle zu. Er öffnete seine Aktentasche und nahm Catherines Abschiedsbrief heraus, das in Klarsichtfolie geschützte Original.

Wieder drehte Dr. Bell sich zum Licht hin. Er kratzte sich nachdenklich den Wuschelkopf, dann verharrte er so reglos wie beim ersten Mal.

Schließlich sagte er: »Es muss Sie sehr geschmerzt haben, das zu lesen.«

»Was meinen Sie, Dr. Bell? Erscheint es Ihnen wie etwas, das Catherine geschrieben haben könnte?«

»Ah. Sie haben also doch Zweifel, was die Handschrift angeht?«

»Bitte, sagen Sie mir einfach, was Sie denken.«

»Die Zeilen lesen sich wie etwas, das typisch Catherine ist. Sie war eine zutiefst traurige Frau, häufig ohne Hoffnung, aber auch zu tiefer Liebe fähig. Ich glaube, dass diese Liebe sie während der schlimmen Depressionen aufrechterhalten hat, die sie schon vor Jahren hätten in den Tod treiben können. Ihre größte Sorge war, und das hat sie mir immer wieder gesagt, wie sehr es Sie treffen würde – offenbar bis zum Ende.«

»Wenn es das Ende war«, sagte Cardinal.

11

Larry Burke war neu bei der Spurensicherung. Noch bis vor wenigen Monaten hatte er die Uniform eines Streifenpolizisten getragen, und er war bestrebt, auf seine neuen Kollegen einen guten Eindruck zu machen. Er sorgte sich sogar, dass ein kurzer Abstecher ins Country Style oben auf dem Algonquin für ein ruhiges Mittagessen als absolut klischeehaft betrachtet werden könnte: der Bulle im Donutladen. In Wirklichkeit mochte er gar keine Donuts, er stand einfach auf den Kaffee im Country Style. Außerdem gab es dort neuerdings gute Sandwiches, also warum sollte er nicht dort essen, wo es ihm schmeckte?

An seinen freien Tagen gab es für ihn nichts Schöneres, als sich mit der *Toronto Sun* – die *Sun* hatte den besten Sportteil – ins Country Style zu setzen, sich einen riesigen Becher Kaffee und ein Hühnchensalatsandwich zu bestellen und es sich für gut anderthalb Stunden gemütlich zu machen. Heute schien die Sonne durch die Fenster, und Burke schwitzte tatsächlich, obwohl es ein ziemlich kühler Oktobertag war. Draußen leuchteten die Hügel in Rot und Gold.

Burke leckte sich den letzten Rest Hühnchensalat von den Fingern und trank einen Schluck Kaffee. Vor ihm auf dem Tisch stand noch ein Muffin, aber er wollte sein Mittagessen noch ein bisschen länger genießen. Seine freien Tage waren reichlich langweilig, seit er und Brenda sich getrennt hatten, oder besser, seit Brenda ihn verlassen hatte. Burke hätte nichts dagegen gehabt, ihre unverbindliche Beziehung noch ein oder zwei laue Jährchen aufrechtzuerhalten.

Er überlegte, ob er sie anrufen sollte, einfach nur, um zu hören, wie es ihr ging, aber er wollte nicht wehleidig erscheinen. Und Brenda hatte sowieso recht: Sie hätten keine Zukunft miteinander gehabt.

»Mann, ich kann nicht glauben, was ich grade gesehen hab.«

Burke blickte von seinem Sportteil auf. Der Mann am Nebentisch starrte entgeistert aus dem Fenster. Burke drehte sich um, aber da war nur ein Parkplatz, und es war nichts zu sehen.

»Jetzt ist er weg«, sagte der Mann. »Aber ich schwöre Ihnen, da ist grade ein Typ mit 'ner Schrotflinte aus einem Honda Civic gestiegen. Er ist da drüben in den Waschsalon gegangen. Sah ziemlich sauer aus.«

»Sind Sie sicher, dass er eine Schrotflinte bei sich hatte?«

»Mann, ich hab letzte Woche sechs Enten geschossen. Ich werd doch wohl 'ne Doppelflinte erkennen, wenn ich eine seh.«

Burke bekam einen trockenen Mund. Er hatte weder seine Dienstwaffe noch ein Funkgerät bei sich. Er klappte sein Handy auf und rief den diensthabenden Sergeant im Revier an.

»Hey, Mo, hier ist Burke. Ja, ja, ich weiß, hör einfach zu. Angeblich ist gerade ein Mann mit einer Schusswaffe in den Waschsalon neben dem Country Style auf dem Algonquin gegangen. Ich hab ihn nicht gesehen, aber am Nebentisch sitzt ein Jäger, der schwört, der Typ hätte eine Schrotflinte in der Hand gehabt.«

Er hörte, wie der Sergeant die Nachricht per Funk weitergab, und legte auf. Dann ging er hinaus auf den Parkplatz und näherte sich dem Waschsalon. Der Geruch von Laub mischte sich mit dem Geruch von Waschmittel, der aus den Lüftungsrohren des Gebäudes drang. Es war so kalt, dass er eine Gänsehaut bekam. Zumindest glaubte Burke, dass es an der kalten Luft lag.

Er zögerte nicht. Seiner Erfahrung nach war Warten das Schlimmste, was man tun konnte. Solche Situationen entwickelten sich nie zum Besseren hin. Er konnte nur hoffen, dass der Typ entweder eine Spielzeugschrotflinte hatte oder aber auf dem Weg war, seine Jagdwaffe zur Reparatur zu bringen.

Er öffnete die Tür des Waschsalons und trat ein. Ein junger Mann – hager, knochig, mit einem dünnen Hals und trotz seiner höchstens fünfundzwanzig Jahre fast kahl – starrte in das runde Fenster eines Wäschetrockners am Ende der Maschinenreihe, als wäre dort ein Footballspiel zu sehen anstatt übereinanderfallende Wäschestücke. Im vorderen Teil des Ladens saßen drei Frauen auf Plastikstühlen und lasen Zeitschriften oder hatten iPod-Stöpsel in den Ohren. Keine von ihnen blickte auf.

Als Burke auf die andere Seite ging und so tat, als wollte er sich eine Zeitschrift aussuchen, sah er, dass der Mann tatsächlich eine Schrotflinte hatte. Er hielt sie lose in der Hand, so dass die beiden Läufe zu Boden zeigten. Der Mann schien niemanden im Raum zu beachten.

Burke machte ein paar Schritte rückwärts. Vorsichtig berührte er die erste Frau an der Schulter, und als sie verblüfft von ihrer Zeitschrift aufblickte, hob er einen Finger an die Lippen. Er hielt ihr seinen Polizeiausweis hin und zeigte auf die Tür. Die Frau öffnete den Mund, aber Burke bedeutete ihr erneut zu schweigen, woraufhin sie einen kleinen Rucksack vom Boden aufhob und nach draußen verschwand.

Inzwischen waren die anderen beiden Frauen auf ihn aufmerksam geworden. Burke forderte auch sie mit einer Handbewegung auf, den Waschsalon zu verlassen. Sie standen beide auf, doch anstatt Burkes Aufforderung zu folgen, ging eine auf die Trockner zu.

»O mein Gott«, sagte sie. »Der hat ja ein Gewehr.«

Burke fasste sie am Ellbogen und sagte leise: »Gehen Sie nach draußen. Sofort. Und halten Sie sich von den Fenstern fern. Lassen Sie niemanden rein, bis meine Kollegen eintreffen. Und jetzt gehen Sie, gehen Sie.«

Ohne sich noch einmal umzudrehen, rannte die Frau hinaus. Die Tür schlug hinter ihr zu.

Andere Leute im hinteren Teil des Raums hatten bei dem Dröhnen und Rumpeln der Maschinen nichts von all dem mitbekommen. Der Mann mit der Schrotflinte saß zwischen ihnen und Burke. Er schaute Burke an.

»Was wollen Sie?«, fragte er. Er hatte eine unangenehme Stimme, ein entenhaftes Quaken, das eher zu einem älteren Mann gepasst hätte.

Burke lächelte. »Nebenan ist jemand in Panik geraten, als er gesehen hat, dass Sie mit einer Schrotflinte hier reingegangen sind. Da dachte ich mir, ich komm mal rüber und seh nach.«

»Ich werd keinem was tun.«

»Das ist gut. Aber Sie wissen hoffentlich, dass es verboten ist, innerhalb der Stadtgrenzen mit einer offenen Schusswaffe rumzulaufen?«

»Wer sind Sie? Ein Cop?«

Burke nickte lächelnd. Er warf einen Blick an die Decke, dann sah er wieder den Mann an. Er versuchte sich zu erinnern, was er auf dem Polizei-College in Aylmer über Blickkontakt mit verwirrten Personen gelernt hatte. Manche fühlten sich davon bedroht, andere ließen sich dadurch beruhigen. Da er nicht mehr wusste, was für welchen Fall galt, probierte er es mit ein bisschen von beidem.

»Ich hab heute frei«, sagte Burke. »Und jetzt geben Sie mir Ihre Flinte, mit dem Kolben voraus.«

»Nein, das mach ich nicht.«

Die Leute im hinteren Teil des Raums hatten immer noch

nichts bemerkt. Wenn Burke dafür sorgen konnte, dass sie den Waschsalon verließen, konnte er ebenfalls gehen und dafür sorgen, dass niemand hineinging, bis seine Kollegen eintrafen. Wo zum Teufel blieben die eigentlich?

»Hören Sie«, sagte Burke. »Ich werde die anderen Leute bitten, sich zu verziehen. Diese Flinte macht mich ein bisschen nervös, wir wollen doch nicht, dass sie aus Versehen losgeht und jemand verletzt wird, oder?«

»Meinetwegen. Schicken Sie sie raus und dann machen Sie auch, dass Sie verschwinden.«

»Hallo, Sie da!« Es war so laut im Raum, dass Burke fast schreien musste. »Hallo, Sir! Ma'am!« Er hielt seinen Polizeiausweis hoch, als könnten die Leute aus der Entfernung etwas darauf erkennen. »Sir? Ma'am? Ich bin Polizist. Ich muss Sie bitten, den Waschsalon zu verlassen. Bitte gehen Sie nach draußen und halten Sie sich vom Gebäude fern.«

»Was soll das?«, erwiderte der Mann. »Meine Sachen sind gleich trocken.«

»Gehen Sie einfach nach draußen, Sir. Ich muss das Gebäude sichern.«

Laut vor sich hin schimpfend hob der Mann einen Rucksack und eine Flasche Eistee vom Boden auf und folgte der Frau, die Burkes Aufforderung bereitwillig beherzigt hatte, nach draußen.

Burke drehte sich wieder zu dem Mann mit der Flinte um. Eigentlich war der Kerl fast noch ein Junge.

»Noch einmal: Würden Sie mir bitte Ihre Waffe geben? Kolben voraus.«

Anstatt zu antworten legte der Mann eine Patrone ein. Burke rutschte das Herz in die Hose.

»Hören Sie.« Er hob beide Hände. »Ich bin unbewaffnet. Ich hab Ihnen ja schon gesagt, heute ist mein freier Tag. Legen Sie einfach die Waffe weg, dann können wir uns unterhalten.« Unterhalten? *Unterhalten?* Ich bin schon froh, wenn ich auch nur einen vernünftigen Satz zustande bringe, dachte Burke.

»Gehen Sie raus«, sagte der Mann mit dieser entenhaften Stimme. »Ich hab nicht vor, irgendeinem was anzutun. Nur mir selbst.«

»Dann sagen Sie mir wenigstens Ihren Namen. Ich meine, wir werden Sie schließlich identifizieren müssen.«

»Perry«, sagte der Mann. »Perry Dorn.«

»Ich heiße Larry«, sagte Burke. »Perry und Larry, ist das nicht ein Ding?« Verbündung nannte sich das. Dem Gegenüber eine Möglichkeit der Identifizierung bieten. Wenn er sich eine Zigarette anzündet, zünde dir ebenfalls eine an. Wenn er Pizza essen will, frag ihn, ob er sie mit dir teilt. Mit Verbündung konnte man eine Menge erreichen. Es führte dazu, dass der andere einen als menschliches Wesen akzeptierte, einen sympathisch fand. »Und wo wohnst du, Perry?«

»Woodruff Avenue. Dreihunderteinundvierzig Woodruff.«

»Ah ja. Das Gebäude neben dem ehemaligen Bahnhof? Sieht recht gemütlich aus.«

»Es ist ein Loch.«

»Wirklich? Würde man von außen gar nicht sagen.«

»Tja. Erstaunlich, was man von außen alles nicht sieht.«

»Stimmt«, sagte Burke. »Das stimmt allerdings. Erzähl mir doch ein bisschen von dir. Du wirkst auf mich wie ein zäher Bursche. Wie einer, der was wegstecken kann. Was ist los, Perry? Was hat dich denn so umgehauen? Dein Job? Deine Freundin?«

Der Mann schüttelte den Kopf. Angewidert zog er einen Mundwinkel hoch.

»Wenn ich's Ihnen sage, verschwinden Sie dann und lassen mich in Ruhe?«

»Ich kann nicht gehen, solange du mir deine Flinte nicht aushändigst, Perry. Ich würde richtig Ärger kriegen, wenn ich das täte. Aber willst du's mir nicht einfach erzählen?«

Der Mann blinzelte mehrmals. Schweiß stand ihm auf der Stirn und lief ihm in die Augen. Es war warm im Waschsalon, aber nicht heiß.

»Eine Gleichung mit einer Unbekannten. Keine Freundin, kein Job, das sind die gegebenen Werte. Sagen wir, X ist Student. Ehemaliger Student. Ich wollte für mein Hauptstudium an die McGill University gehen. Aber ich wollte nur gehen, wenn meine Freundin mitkäme. Sagen wir, Y ist meine Freundin. Exfreundin. Sie hatte gesagt, sie würde mitkommen, aber dann, nachdem ich schon angenommen war und meine Studiengebühren und mein Ticket und alles bezahlt waren, hat sie's sich anders überlegt. Ich wusste, dass irgendwas mit der Gleichung nicht stimmte. Ich wusste es schon, bevor sie ihren Rückzieher gemacht hat. Ich wusste einfach, dass es nicht so gut laufen konnte. Und ich hab Recht behalten. Ich hab die richtige Lösung rausgefunden. Ich konnte bloß nicht wissen, wie ich sie rausfinden würde.«

»Das ist hart, Perry«, sagte Burke. »Das ist ein echter Hammer. Aber weißt du, es könnte gar nicht schaden, wenn du dir ein bisschen Zeit lassen würdest, um drüber wegzukommen.«

Der Mann reagierte nicht.

»Ich wollte an der McGill studieren. Die hatten mir ein Stipendium angeboten, das alle meine Studiengebühren abgedeckt hätte. Ich hätte nur meine Bücher bezahlen und mich selbst verpflegen müssen, und jetzt kann ich das alles in den Wind schreiben. Es war ja gar nicht so, dass sie keine Lust hatte, nach Montreal zu ziehen. Das war nicht das Problem. Sie hat mich sitzen lassen, weil sie mit einem Typen schlief, den ich für meinen Freund gehalten hatte. Sagen wir, mein Freund ist Z. Stanley, mein sogenannter Freund.«

Burke hatte vielleicht angenommen, er würde Fortschritte machen, indem er den Kerl dazu brachte, über sich und seine Probleme zu sprechen. Aber Perry redete einfach mechanisch daher, ohne jedes Gefühl. Er quakte sich durch die Algebra seiner Leidensgeschichte und war durch nichts abzulenken. Redete, als sei sein Leben nichts anderes als eine mathematische Gleichung. Die Kälte in seiner Stimme, die absolute Emotionslosigkeit ließen Burke erschaudern.

»Mein Gott, Perry, das wird ja immer schlimmer. Kein Wunder, dass du so fix und fertig bist. Das würde jedem so gehen. Du musst dir ein bisschen Zeit für dich nehmen, Junge. Eine Auszeit, damit du dich von diesen Schicksalsschlägen erholen kannst.«

»Auszeit. Ich hätte mein Studium schon vor Wochen antreten müssen. Jetzt ist mein Platz weg. Und meine Freundin …«

»Wie heißt sie?«

»Margaret. Aber alle nennen sie Peg.«

»Margaret. Ein irischer Name.«

Der Junge hörte nicht zu.

»Die vögelt überall rum«, sagte er, als hätte er das noch nicht erwähnt. »Das bringt einen neuen Vektor in die Gleichung. Sie hat mich schon lange betrogen. Hinter meinem Rücken. Sie sagt, nein, vorher war nichts. Ich kann's nicht beweisen, aber ich weiß, dass sie lügt. Es ist so ein Gefühl. Alles ist erlogen.«

Der Junge müsste eigentlich jetzt in Tränen ausbrechen, aber er hat so eine tonlose Stimme, so eine Es-ist-alles-vorbei-Stimme. Bis auf einen Trockner an der hinteren Wand, der immer noch vor sich hin poltert, stehen inzwischen alle Maschinen still. Burke hört mehrere Wagen vorfahren: Endlich kommt die Verstärkung. Plötzlich hat er eine Eingebung, einen Geistesblitz, der einem Mann von der Spurensicherung angemessen war. Er macht eine ausschweifende Geste, die den ganzen Waschsalon einschließt.

»Hast du sie hier kennengelernt, Perry? Kann es sein, dass du und Margaret euch hier zum ersten Mal begegnet seid?«

»Eins *plus*«, sagt der Junge grinsend.

Treffer!, denkt Burke. Endlich kommen wir weiter. Und als ihm dieser Gedanke gerade durch den Kopf geht, dreht Perry die Schrotflinte blitzschnell um, so dass die Läufe sein Kinn berühren, und drückt ab.

12

Was die Arbeit eines Kleinstadtpolizisten interessanter und zugleich frustrierender macht als den Job der Kollegen in der Großstadt, ist der Umstand, dass ein Detective sich mit jeder Art von Verbrechen beschäftigen muss. In einer kleinen Stadt gibt es keine Spezialisten für Gewalt-, Drogen- oder Einbruchsdelikte, hier übernimmt jeder den Fall, den der Detective Sergeant ihm überträgt. Da Cardinal noch wegen des Trauerfalls beurlaubt war und McLeod und Burke gerade ihren freien Tag hatten, bedeutete das, dass Lise Delorme zusätzlich zu ihrer Suche nach einem Kinderschänder jetzt schon wieder einen Selbstmord bearbeiten musste – diesmal in einem Waschsalon, wo es nach Fusseln, heißem Metall und Seifenlauge roch.

Aber Delorme konnte auch das Blut riechen. Es war zusammen mit reichlich Gehirnmasse bis an die Decke gespritzt, und die Waschmaschinen, gegen die der Mann gefallen war, waren vollkommen mit Blut beschmiert. Die Blutlache auf dem Boden war bereits dunkel und halb geronnen.

»Heiliger Strohsack«, sagte Szelagy. »Was könnte wohl die Todesursache gewesen sein?«

Neben Ken Szelagy zu stehen war, als stünde man neben dem Empire State Building; er war einsneunzig groß, und in seiner Gegenwart kam Delorme sich regelrecht mickrig vor. Um das Gefühl zu kompensieren, ging sie meist ziemlich ruppig mit ihm um, was völlig unnötig war, denn Szelagy war der umgänglichste ihrer Kollegen.

Sie hielten sich abseits, damit der Gerichtsmediziner seine Arbeit tun konnte. Es war wieder Dr. Claybourne, dessen spärlich behaarter Schädel im Neonlicht glänzte.

Delorme durchsuchte die Brieftasche des Toten. Mit Latexhandschuhen war es gar nicht so einfach, die Karten und Papiere aus den Fächern zu ziehen, aber schließlich brachte sie einen Führerschein zum Vorschein, allerdings hatte das ein wenig schiefe Gesicht auf dem Foto keinerlei Ähnlichkeit mit der blutigen Masse auf dem Boden.

»Perry Wallace Dorn«, las sie vor, »wohnhaft Woodruff Avenue, falls die Adresse noch stimmt.«

»Nicht grade hier in der Nähe«, bemerkte Szelagy. »Man sollte meinen, er hätte sich wenigstens den Waschsalon um die Ecke aussuchen können. Vielleicht hat eine von den Maschinen seine Münzen gefressen.«

Delorme überflog mehrere Kreditkarten, einen Bibliotheksausweis, Krankenversicherungskarte, eine Kundenkarte von einem Buchladen, einen abgelaufenen Studentenausweis von der Northern University.

»Aha«, sagte sie. »Eine Geburtsurkunde.«

Sie drehte das Dokument um. Leider handelte es sich um die Kurzfassung, auf der die Namen der Eltern nicht angegeben waren. Sie reichte Szelagy die Karte. »Rufen Sie beim Zentralregister an und besorgen Sie die Namen der Eltern. Und finden Sie raus, ob Perry verheiratet war.«

Szelagy klappte sein Handy auf, während Delorme ein Blatt Papier entgegennahm, das Dr. Claybourne ihr reichte.

»Das war in seiner Jackentasche«, sagte Claybourne. Sein Gesicht war puterrot. Das hatte mit seinem Teint zu tun, sagte sich Delorme, egal, was McLeod behauptete. McLeod lag so oft mit seinen Vermutungen daneben, dass man sich fragen konnte, wie er es je zum Detective gebracht hatte.

Der Zettel war irgendwann zerknüllt, dann wieder geglättet und säuberlich gefaltet worden. Jedenfalls würde er nicht als einer der romantischsten Liebesbriefe in die Geschichte eingehen.

Liebe Margaret, stand da. Dann waren die Worte durchgestrichen und mehrmals an verschiedenen Stellen auf der Seite noch einmal geschrieben worden. *Liebe Margaret, Liebe Margaret, Liebe ...* Null Punkte für Eloquenz, Perry. Dann überlegte Delorme. Vielleicht war das alles, was zu sagen blieb, wenn man vorhatte, von der Bühne abzutreten. Danke, mir reicht's. Ihr könnt ohne mich weitermachen. Vielleicht hatte Perry den Abschiedsbrief auf das Wesentliche kondensiert: *Liebe ...*

Man sollte meinen, nur Versager würden sich umbringen, dachte Delorme, verkrachte Existenzen und Menschen ohne eine Spur von Zukunftsaussichten. Aber sie hatte mittlerweile genug gesehen, um zu wissen, dass Selbstmord ein Ausgang war, für den absolute Gleichberechtigung galt: Klug oder dumm, schön oder hässlich, jeder konnte jederzeit durch diese Tür gehen. Aber warum ausgerechnet jetzt? Warum im Oktober? Delorme wusste genug über Suizid, und eines stand fest: Dass die Selbstmordrate um Weihnachten steil anstieg, war ein Mythos. Es gab zu Weihnachten keinen größeren Andrang an diesem speziellen Ausgang, jedenfalls nicht in Ontario. Die höchsten Zahlen wurden im Februar verzeichnet. Was nachvollziehbar war, denn im Februar hatte man den Schnee und die Kälte so satt, dass Selbstmord einem tatsächlich wie eine vernünftige Alternative erscheinen konnte. Deswegen zog im Februar beinahe die gesamte Bevölkerung von Algonquin Bay entweder nach Florida oder in die Karibik um.

Aber warum nahm sich jemand im Oktober das Leben? Es war alles so schön, die Hügel boten sich in einer atemberaubenden Farbenpracht dar. Im Herbst war Delorme so glücklich wie sonst nie. Sie traf ihre guten Vorsätze immer im Herbst, nie zu Silvester. Vielleicht war es auch nur ein Vermächtnis des Schulsystems: Im Herbst kaufte man neue, bunte Schulhefte, deren frische, weiße Seiten einen einluden, sie mit ordentlichen Hausaufgaben zu füllen. Im weiteren Verlauf des Schuljahres dann verschlechterten sich die Noten zu undeutlichen Flecken in der Erinnerung. Aber in den ersten Herbsttagen, wenn die Vorahnung auf den Winter in der Luft lag und der Himmel tiefblau erstrahlte, konnte man – oder zumindest Delorme – einfach nur glücklich sein. Natürlich hatte auch der Sommer eine positive Wirkung auf die Stimmung, aber im Herbst ging ihr jedes Mal das Herz auf.

Die Sonne schien so hell, dass der Parkplatz draußen wie ein überbelichtetes Foto wirkte. Im Waschsalon war alles, was nicht blutig war, grau und farblos wie zu häufig gewaschene Wäsche.

Die Tür quietschte, und Burke kam herein, einen Notizblock in der Hand. »Ich hab seinen Wagen durchsucht. Der Rücksitz ist voll mit neuen Büchern und Ordnern und allem möglichen Kram.«

Burke versuchte, sich kaltschnäuzig zu geben, aber sein Gesicht war bleich, und seine Hand zitterte.

»Wir haben seinen Studentenausweis«, sagte Delorme. »Hören Sie, Larry, vielleicht sollten Sie lieber nach Hause fahren und sich ein bisschen hinlegen. Mitansehen zu müssen, wie sich jemand eine Kugel in den Kopf jagt – das ist nichts, wo man in fünf Minuten drüber wegkommt.«

»Aber sehen Sie sich das mal an.«

Er reichte ihr ein offizielles Schreiben auf teurem Papier mit Briefkopf und rotem Wappen. Es war von Anfang April datiert.

»»Sehr geehrter Mr. Dorn««, las Delorme. »»Ich freue mich, Ihnen mitteilen zu dürfen, dass die McGill University Sie zum Mathematikstudium zugelassen hat. In Anbetracht Ihrer hervorragenden Leistungen an der Northern University kann ich Ihnen wohl jetzt schon versichern, dass mit der Zulassung ebenfalls ein Stipendium verbunden ist. Vorbehaltlich der Zustimmung der für die Vergabe von Stipendien zuständigen Abteilung werden Ihre Ausgaben sich wahrscheinlich auf Miete und Lebenshaltungskosten beschränken. Wir freuen uns, Sie im Herbst bei uns begrüßen zu dürfen.‹ Das Semester hat doch schon längst angefangen. Wenn McGill ihn aufgenommen hat, warum ist er dann nicht in Montreal?«

»Der Typ hatte einen Sprung in der Schüssel«, sagte Burke. »Dieses Arschloch«, fügte er hinzu, aber es klang nicht sehr überzeugend.

»Larry«, sagte Delorme, »Sie sollten wirklich nach Hause fahren und sich ins Bett legen. Sie sind nicht in der Verfassung zu arbeiten. Nun gehen Sie schon. Niemand wird es Ihnen übelnehmen.«

»Es geht mir gut. Das ist doch alltäglicher Scheiß. Das gehört schließlich zu unserem Job.«

»Nein, tut es nicht. Ich habe noch nie miterlebt, wie sich jemand erschossen hat, und ich möchte es auch nicht erleben. Was haben Sie da in der Hand?«

»Hä?« Burke hielt einen Palmtop hoch und starrte ihn an, als wäre er gerade auf wundersame Weise in seiner Hand gelandet. »Ach ja. Lag in seinem Wagen. Dachte, es würde Sie interessieren.«

»Gut gedacht. Und jetzt machen Sie, dass Sie nach Hause kommen.«

»Vielleicht setze ich mich einfach ein bisschen draußen in die Sonne«, sagte Burke.

Szelagy klappte sein Handy zu. »Die vom Zentralregister rufen mich zurück.«

»Ist vielleicht gar nicht mehr nötig«, sagte Delorme. Sie fuhr mit dem Stift über das Display und ging die Adressen durch. Nicht unter *D* wie Dorn, nicht unter *E* wie Eltern. »Aha. Unter *M* wie Mom.«

13

Ein seltsames Glücksgefühl durchströmt Cardinals ganzen Körper. Sie sind zu dritt – Catherine, Cardinal und Kelly – im Restaurant Trianon, wo es das beste Essen von Algonquin Bay gibt. Ins Trianon gehen sie immer zu ganz besonderen Anlässen: an Geburtstagen, Hochzeitstagen oder manchmal einfach nur, weil Kelly zu Besuch ist. Jetzt ist sie aus New York gekommen, und Catherine ist gut gelaunt, die Klinik eine ferne, grün gefliese Erinnerung. Cardinals Herz ist so leicht wie ein Heliumballon.

Vielleicht hat er ein bisschen zu viel getrunken, denn er wird regelrecht gefühlsduselig. »Das ist phantastisch«, sagt er. »So soll es sein. Wir könnten glatt in einer Fernsehserie auftreten: *Die glückliche Familie.*«

Kelly verdreht die Augen. »Also wirklich, Dad.«

»Aber sieh uns doch mal an«, beharrt Cardinal. Okay, es ist wahrscheinlich der Bordeaux, aber er kann einfach nicht an sich halten. »Eine schöne, intelligente Tochter, ein kompetenter Ehemann –«

»Und eine verrückte Ehefrau«, wirft Catherine ein, und die anderen beiden lächeln.

Cardinal nimmt ihre warme Hand. »Ich bin einfach so dankbar«, sagt er. »Nein, ich bin mehr als dankbar. Ich bin einfach so –«

»Dad, was quasselst du da?« Kelly macht ein Gesicht, als wollte sie gleich die Rechnung bestellen und ins nächste Flugzeug nach New York steigen. »Können wir nicht ein ganz normales Gespräch führen?«

»Das ist ein normales Gespräch«, erwidert Cardinal. »Das macht es ja so wunderbar. Ich hab geträumt, Catherine wäre tot, und jetzt sind wir alle drei hier und unterhalten uns ganz normal.« Er legt eine Hand auf sein Herz, spürt, wie die Wärme durch seinen Körper pulsiert.

Catherine mustert ihn mit ihren ernsten braunen Augen, an ihren Mundwinkeln bilden sich kleine Fältchen. »Du hast geträumt, ich wäre tot?«

»Und es war so realistisch! Es war grauenhaft!«

»Du Ärmster«, sagt Catherine. Ihre süße, sorgenvolle Stimme. Sie legt ihm eine Hand an die Wange, und er spürt die Wärme des Bluts, das durch ihre Adern fließt. »Geht es dir wieder gut?«

»Ob es mir gut geht?« Cardinal lacht. »Es geht mir so gut, dass ich vor Glück platzen könnte. Es geht mir so gut, dass ich ...« Ihm versagt die Stimme, und er kann nicht mehr sprechen, weil er weinen muss. Er vergießt tatsächlich Freudentränen, so dass seine Frau und seine Tochter vor seinen Augen verschwimmen wie Computeranimationen.

Die Tränen auf seinen Wangen rissen Cardinal aus dem Schlaf. Er lag auf dem Rücken, und die Tränen bildeten Pfützen in seinen Augenhöhlen. Seine Nase lief, seine Oberlippe war schleimverschmiert, kalte Tränen klebten ihm an den Ohren und am Hals. Wie glücklich er war! Er wischte sich die Augen und stützte sich auf dem Ellbogen auf, um Catherine davon zu erzählen.

Seit dem Traum lagen Cardinals Nerven blank. Jede Bewegung, die er machte, wurde zehnfach verstärkt. Wenn er auch nur eine Tasse auf der Küchenanrichte abstellte, ertönte ein *Klack*, das ihm in den Ohren schmerzte. Das Wasser, das in die Spüle lief, fühlte sich unangenehm und widerlich an, Besteck in die Schublade zu räumen war eine Tortur. Selbst die Zeitung machte beim Umblättern der Seiten ein Geräusch, das ihm scharf und zischend in die Ohren stach. Und er konnte nichts lesen, nichts aufnehmen. Selbst die Schlagzeilen waren verschwommen.

Und Catherine war überall. Alles im Haus war ein Teil von Catherine. Vor allem die Gegenstände, die sie angeschafft hatte. Sie hatte sich mit diesen Dingen beschäftigt, war losgefahren, um sie zu kaufen, hatte sich Gedanken darüber gemacht. Und alles, was sie täglich benutzt hatte: die Medikamente im Medizinschränkchen, ihre Reinigungs- und Feuchtigkeitscremes im Bad. Ihre Haarbürste, in der noch ihre Haare hingen. Bewahrt man so etwas auf? Wie kannst du es wegwerfen?, rief eine innere Stimme. Was ist, wenn sie zurückkommt?

In einer Vase standen verwelkte Tulpen, die sie mitgebracht hatte – wann war das gewesen, vor zwei Wochen?

Cardinal brachte es nicht fertig, sie in den Mülleimer zu werfen, und Kelly offenbar ebenso wenig. Dann waren da noch die Fotos, die Catherine so gut gefallen hatten, dass sie sie hatte rahmen lassen: ein Porträt von Kelly, ein Bild von ihm und Catherine, mit Selbstauslöser aufgenommen. Das Regal war vollgestopft mit CDs, die sie ausgesucht hatte: *Die Goldberg-Variationen*, *Das Wohltemperierte Klavier*, einmal von Gould und einmal von Landowska. Bonnie Raitt, Sheryl Crow. Werde ich mir die Musik je wieder anhören können? Soll ich die CDs wegwerfen? Was ist, wenn sie zurückkommt?

In der leeren Küche machte Cardinal sich eine Schüssel Cornflakes mit Milch. Er aß nie Cornflakes, doch er hoffte, sie würden so wenig Geschmack haben, dass er sie problemlos herunterbekam. Während er auf die Cornflakes starrte, die in der Milch schwammen, klingelte das Telefon.

Cardinal stand auf und meldete sich. Am anderen Ende der Leitung war eine Frau, deren Stimme er nicht kannte.

»Hallo, ist Catherine da?«

Cardinal stand an der Spüle, umklammerte das Telefon, unfähig, sich zu rühren.

»Hallo? Bin ich dort richtig bei Catherine Cardinal?«

»Ja«, brachte Cardinal heraus. »Ja.«

»Kann ich bitte mit ihr sprechen?«

»Äh, nein. Sie, äh – sie ist nicht hier.«

»Wissen Sie, wann sie zurückkommt?«

»Nein. Ich meine, ich bin mir nicht sicher.«

»Oh. Könnten Sie sie bitten, mich zurückzurufen, wenn sie kommt? Ich gebe Ihnen meinen Namen und meine Nummer. Haben Sie was zum Schreiben?«

Cardinal nahm einen Stift und hörte zu, als die Frau ihm ihren Namen und ihre Telefonnummer nannte. Catherine möge sie wegen eines Wochenendworkshops über digitale Fotografie zurückrufen. Cardinal hielt den Stift über den Notizblock, den Catherine benutzt hatte, um telefonische Nachrichten zu notieren, doch er schrieb nichts auf.

Er flüchtete ins Büro. Catherine war höchstens vier, fünf Mal auf dem Revier gewesen. Bis auf ihr Foto auf Cardinals Schreibtisch gab es dort nichts, was ihn an sie erinnerte. Es war ein Männerort, trotz der Anwesenheit von Lise Delorme und Sergeant Flower und von Frances und den anderen weiblichen Hilfskräften. Das Revier war ein Männerort; hier konnte Catherine ihn nicht in Anspruch nehmen.

»Da sind Sie ja wieder«, sagte McLeod. »Dabei fing es gerade an, hier ein bisschen zivilisiert zuzugehen.«

»Ich bin nicht hier«, erwiderte Cardinal. »Ich bin nur gekommen, um ein bisschen aufzuräumen.«

»Ach wirklich«, sagte McLeod. »Ich bin nur hergekommen, um ein bisschen Schlaf nachzuholen.«

Cardinal nahm seinen Schreibtischkalender und schlug ihn bei Januar auf. Der Fall Renaud: zwei Brüder, die eine Einbruchserie begangen hatten. Als sie wegen überhöhter Geschwindigkeit angehalten wurden, hatte es in ihrem Lieferwagen ausgesehen wie in einem Pfandhaus. Die ganze Sache wäre glimpflicher ausgegangen, wenn einer ihrer Einbrüche nicht vollkommen schiefgelaufen wäre. In einem der Häuser, in das sie eingestiegen waren, hatte der Eigentümer die Brüder überrascht, woraufhin sie ihn in Panik halb totgeschlagen hatten. Cardinal hatte beide wochenlang verhört, bis es ihm schließlich gelungen war, sie gegeneinander auszuspielen. Sie waren zu sechs Jahren Haft verurteilt worden und saßen jetzt in Kingston ein.

»Was machst du denn hier?«, fragte Delorme. Sie kam direkt auf ihn zu und umarmte ihn, und Cardinal, vor Trauer übersensibel, hatte sofort einen Kloß im Hals. Delorme warf einen prüfenden Blick auf seinen Schreibtisch und den aufgeschlagenen Kalender. »Aha!«, sagte sie. »Übeltäter, die dich gekannt und geliebt haben. Wenn ich mal raten darf: Du versuchst herauszufinden, wer dir diese Karte geschickt hat.«

»Karten«, sagte er. »Ich hab noch eine bekommen.«

Delorme schaute ihn an. »Derselbe Poststempel?«

»Die zweite wurde in Sturgeon aufgegeben.«

Sturgeon Falls lag etwa eine halbe Stunde westlich von Algonquin Bay entfernt. Es dauerte nur eine Sekunde, bis Delorme Cardinals eigene Überlegungen wiedergab: »Mattawa. Sturgeon. Angenommen, die Karten stammen von ein und demselben Absender, dann würde ich sagen, dass er wahrscheinlich hier wohnt. Es ist, als versuchte er, seine Handschrift zu verbergen.«

»Und ich bin mir ziemlich sicher, dass er beide Male denselben Drucker benutzt hat.«

Delormes Schreibtisch stand gleich neben Cardinals. Sie setzte sich auf ihren Schreibtischstuhl und drehte sich zu ihm hin. »Zeigst du mir die Karte?«

»Bisher hast du dich nicht dafür interessiert.«

»Ach, John. Dreh mir nicht das Wort im Mund um.«

Er zog die Karte, die immer noch in der Klarsichthülle steckte, aus seiner Aktentasche.

Wie sehr sie dich gehasst haben muss. Du hast sie total im Stich gelassen.

»Was für ein Dreckskerl«, sagte Delorme. »Wenn es ein Mann ist. Aber Frauen können auch ganz schön gemein sein, wie dir nicht entgangen sein wird. Glaubst du, dass die Renaud-Brüder dahinterstecken? Wenn die das waren, dann fahre ich nach Kingston und trete ihnen höchstpersönlich in den Arsch.«

»Ich glaube nicht, dass sie es waren. Erstens, woher hätten sie wissen sollen, dass Catherine …«

»In einem Gefängnis sprechen sich Neuigkeiten schnell herum, das weißt du. Und sie haben immer noch Verwandte in der Stadt. Jemand könnte es erwähnt haben.«

»Und dann? Sie lassen von jemandem eine Karte in Mattawa einwerfen und von einem anderen eine in Sturgeon Falls, aber drucken beide Texte auf demselben Drucker aus? Scheint mir ziemlich weit hergeholt.«

»Tja, du weißt besser als ich, welche Fälle du im letzten Jahr bearbeitet hast.«

Delormes Telefon klingelte. Sie nahm den Hörer ab und begann sich leise mit Burke über den jungen Mann zu unterhalten, der sich in dem Waschsalon erschossen hatte.

Cardinal hatte auf dem Weg zum Revier im Autoradio die Nachrichten gehört. Es war der wichtigste Fall auf Delormes Kalender für diese Woche, aber sie hatte ihm gegenüber nichts davon erwähnt; offenbar wollte sie ihn nicht mit Gesprächen über Selbstmord belasten. Cardinal wusste nicht recht, ob es ihm gefiel, mit Samthandschuhen angefasst zu werden.

Er blätterte weiter in seinem Kalender. Alle paar Minuten kam jemand vorbei und sagte etwas wie: »Cardinal! Schön, dass Sie wieder da sind!«, und er antwortete jedes Mal: »Ich bin gar nicht da.«

Er ging seine Schublade mit den Hängeakten durch, einen Reiter nach dem anderen. So viele Namen, so viele Schurken und Verbrecher, und dennoch kamen nur sehr wenige als Kandidaten für einen Kartenschreiber, geschweige denn für einen Mörder in Frage.

Falls sie ermordet worden war. Alle anderen gingen von Selbstmord aus, obwohl im Vorfeld nichts darauf hingedeutet hatte. Und auch wenn Catherine ihren Abschiedsbrief schon vor Monaten geschrieben hatte, würde es nicht ausreichen, das war Cardinal klar. Es würde nicht ausreichen, um Delorme ins Schwanken zu bringen, und erst recht nicht, um den Gerichtsmediziner, einen Richter oder Geschworene zu überzeugen. Und auch an ihm selbst nagten immer noch Zweifel.

Er schob seine Zweifel beiseite und nahm sich die Ablage vor, in der er das aufbewahrte, was er seinen »halben Kram« nannte, unerledigte Dinge, für die er nie die notwendige Zeit fand. Zwischen Mitteilungen über die Änderung von Verfahrensweisen, Ankündigungen von Konferenzen und Unterlagen für Gerichtsprozesse befanden sich Benachrichtigungen von Strafanstalten über kürzlich erfolgte Entlassungen. Diese Mitteilungen betrafen nicht nur Cardinals eigene Fälle, sondern sämtliche Fälle im Bezirk.

Neben sich hörte er Delorme leise telefonieren. »Larry, es war nicht Ihre Schuld. Sie sollten mit einem Therapeuten darüber reden. Es ist doch keine Schande, menschlich zu sein.«

Delormes Stimme schien ihn aus weiter Ferne zu erreichen, als befände er sich unter Wasser. Er fühlte sich wie ein Ertrinkender, dessen Lunge sich mit Trauer füllte. Diese entlassenen Schurken und Verbrecher waren die Planken, an die er sich klammerte, bis die Rettung kam. Aber worin würde die Rettung bestehen?

Catherine lebendig.

Unbeirrt machte er weiter, und als er fertig war, hatte er eine kurze Liste mit drei Kandidaten. Sie lebten alle in Algonquin Bay, waren alle innerhalb der vergangenen zwölf Monate entlassen worden und hatten alle mindestens fünf Jahre im Gefängnis verbracht, was sie John Cardinal zu verdanken hatten.

14

Algonquin Bay hat viele Kirchen, und einige davon sind recht sehenswert, allerdings gehört die katholische Kirche St. Hilda nicht dazu. Auch durch das neue Blechdach mit dem wenig überzeugend an Grünspan erinnernden Anstrich hat das unansehnliche Backsteingebäude an der Sumner Street nichts gewonnen. Aber dank der ständig schrumpfenden Kirchengemeinden der Stadt bietet der große Parkplatz hinter der Kirche äußerst willkommene, kostenlose Parkmöglichkeiten.

Cardinal stellte seinen Wagen im Schatten von St. Hilda ab und ging die Frederick Street hinunter. In diesem sogenannten »gemischten« Viertel, in dem schäbige Bungalows und windschiefe Reihenhäuser das Bild prägten, wohnten Grundschullehrer, junge Polizisten und Typen wie Connor Plaskett.

Connor Plaskett hatte schon als Junge angefangen, Leim zu schnüffeln. Später hatte er eine Vorliebe für Marihuana und Alkohol in jeder Form entwickelt, vor allem billigen Fusel, wahrscheinlich wegen des hohen Zuckergehalts. Irgendwann, nachdem er ziemlich übel mit einem Bus zusammengestoßen war, hatte er eine Erleuchtung gehabt und sich den Anonymen Alkoholikern angeschlossen.

Nachdem er trocken war, hatte er sich als Web-Designer selbständig gemacht und geheiratet. Er war so erfolgreich gewesen, dass er seine Frau und sein Kind gut ernähren konnte. Dann ging das Internet-Geschäft den Bach hinunter, Plaskett war in kurzer Zeit pleite und suchte prompt wieder Zuflucht im Alkohol.

Nach einer zweiwöchigen Sauftour kam Plaskett auf die

glorreiche Idee, einen örtlichen Supermarkt auszurauben. Und zwar mit Unterstützung seiner Pistole. Geistesgegenwärtig hatte er die Videokassette aus der Überwachungskamera genommen, ohne zu bemerken, dass es sich um eine Attrappe handelte, die genau zu diesem Zweck dort angebracht war, nämlich damit ein potentieller Dieb nicht die entscheidende Kassette aus dem Gerät entwendete.

Und so war Connor Plaskett in den Sechs-Uhr-Nachrichten zu sehen gewesen, wie er die junge Kassiererin anwies, ihm die Tageseinnahmen auszuhändigen.

Es war einer der einfachsten Fälle gewesen, die Cardinal jemals zu bearbeiten hatte.

Anschließend hatte Plaskett nicht nur mit seinem Staatsanwalt und seinem Richter Pech gehabt, sondern auch mit seiner Frau.

Er wurde für fünf Jahre eingebuchtet, und während er im Knast saß, hatte seine Frau erkannt, dass sie lesbisch war, ihn mitsamt dem Kind verlassen und lebte seitdem mit einer Frau zusammen, die ihren Lebensunterhalt als Hochspannungstechnikerin verdiente.

Plaskett konnte den Schicksalsschlag nur schwer verwinden. Noch während er im Gefängnis einsaß, wurde er wieder drogen- und alkoholabhängig. Als er nach fünf Jahren entlassen wurde, war er in einem noch erbärmlicheren Zustand als zuvor.

Kurz darauf hatte er Cardinal eines Abends vor der Chinnok Tavern angepöbelt. Cardinal hatte gerade jemand anderen verhaftet – einen Mann, an den er sich nicht einmal mehr genau erinnern konnte –, als Plaskett aus der Kneipe getorkelt kam und ihn erkannte.

»Du Arschloch«, hatte er gellt und Cardinal seine Bierfahne entgegengeblasen. »Du Arschficker. Du hast mein Leben zerstört.«

»Nein, Connor«, hatte Cardinal geantwortet. »Das Verdienst kannst du dir selbst zuschreiben.«

»Ich hatte ein anständiges Leben, bevor du mir in die Quere gekommen bist. Das werd ich dir heimzahlen.«

Plaskett war auf Cardinal zugewankt, hatte zu einem Schlag ausgeholt und war dann mitten auf dem Parkplatz zusammengeklappt.

Daraufhin hatte Cardinal ihm seine Autoschlüssel abgenommen, ihn auf die Rückbank seines klapprigen Pick-up geschoben, die Tür zugeschlagen und die Schlüssel in der Chinook Tavern hinterlegt.

Die Nummer 164 war ein winziger, braun-weißer Bungalow, der deutlich Schieflage hatte, als würde er ebenfalls Leim schnüffeln. Die Nummer 164 B stand auf der Tür zu dem Betonanbau, den man in dem vergeblichen Versuch errichtet hatte, das Haus aufzuwerten.

Cardinal drückte auf die Klingel, doch von innen waren keine Geräusche zu hören. Er klopfte an die Tür, auf die jemand vor Jahren mit Hilfe einer Schablone eine Weihnachtsdekoration gemalt hatte.

Eine raue Stimme, möglicherweise die einer Frau, rief: »Moment!« Anschließend krachte es hinter der Tür, als wäre ein Tablett mit Geschirr aus großer Höhe zu Boden gefallen, dann fluchte jemand vor sich hin.

Das Wort »Schlampe«, das zwar durchaus zu Cardinals Vokabular gehörte, kam ihm nur selten in den Sinn. Es war jedoch das Erste, was ihm einfiel, als die Tür geöffnet wurde.

Die Frau sah aus, als wäre sie vor Monaten durch ein mit Glasscherben übersätes Schlammfeld bis hierher gerollt worden und hätte noch keine Zeit gehabt, sich zu waschen. Ihre Augen waren blutunterlaufen, ihre Knöchel schrundig und ihre verfilzten Haare wahrscheinlich ein bevorzugtes Biotop für alle möglichen Krabbeltiere.

»Was gibt's?« Einige von den Scherben mussten ihr in den Hals geraten sein.

»Ich suche Connor Plaskett.«

»Gut«, sagte die Frau. »Ich auch.«

Sie öffnete die Tür, und Cardinal betrat die Küche, in der es aussah wie in einem Sperrmülllager.

»Tut mir leid wegen der Unordnung«, sagte sie. »Hab keine Schränke.«

Im dämmrigen Licht, das durch das winzige Fenster fiel, konnte Cardinal an einer Wand eine Spüle ausmachen, eine einzelne Herdplatte, die auf einem kleinen Kühlschrank stand, ein paar feuchte, schiefe Obstkisten, die als Regale dienten.

Cardinal folgte der Frau ins nächste Zimmer, wo es noch dunkler war. Sie setzte sich auf ein ungemachtes Schlafsofa, das so niedrig war, dass ihr Kinn beinahe ihre Knie berührte. Cardinal lehnte sich gegen den Türrahmen. Es stank nach altem Rauch und feuchtem Teppichboden.

»Wo ist Connor?«, fragte er.

»Keine Ahnung. Zigarette?«

»Nein, danke. In welchem Verhältnis stehen Sie zu ihm?«

»Fickbraut.« Als sie seinen Blick bemerkte, sagte sie: »Was hatten Sie denn gedacht? Finanzberaterin?«

»Und Sie wissen nicht, wo er jetzt ist?«

»Keinen blassen Schimmer.«

»Tja, wenn Sie es nicht wissen, dann wird sein Bewährungshelfer es auch nicht wissen, und das würde bedeuten, dass Connor gegen seine Bewährungsauflagen verstößt.«

»Ach nee«, sagte die Frau. Nach mehreren Versuchen hatte sie ihrem Feuerzeug endlich eine Flamme entlockt und zog gierig an einer DuMaurier. Sie blies den Rauch in Cardinals Richtung. »Scheiße. Was wollen Sie von ihm?«

»Ich suche ihn im Zusammenhang mit einem Todesfall.«

»Connor könnte keinen umbringen. Der kann sich ja kaum die Schuhe zubinden.«

Der grauenhafte Zustand der Wohnung schien das zu bestätigen. Zwar wäre das Haus ein denkbarer Unterschlupf für jemanden, der eine Frau heimlich beobachtete, verfolgte und schließlich ermordete, aber nicht für einen Typen, der in der Lage wäre, eine Karte zu kaufen, einen Text zu tippen, ihn auszudrucken, das Ganze in einen Umschlag zu stecken und in Mattawa oder Sturgeon Falls in den Briefkasten zu werfen.

Aber Cardinal musste erneut an Plasketts Worte denken: *Das werd ich dir heimzahlen.*

»Wo treibt Connor sich in letzter Zeit rum?«, fragte Cardinal. »Ich brauche Adressen.«

»Scheiße, Connor geht in letzter Zeit nirgendwohin, das ist ja das Komische. Der sitzt Tag und Nacht vor der Glotze und kuckt Fußball, sonst nichts. Ich brauch ein Bier. Sie wollen wahrscheinlich keins.«

»Nein, danke.«

Sie ging zum Kühlschrank, nahm eine Dose Molson Canadian heraus, riss sie auf und trank sie in einem Zug fast leer. Als sie sich wieder aufs Bett setzen wollte, stieß sie einen Beistelltisch um, so dass das Telefon krachend auf dem Boden landete. Einen Moment lang betrachtete sie es mit zusammengekniffenen Augen, als versuchte sie, sich an seinen Namen zu erinnern.

»Mir fällt grade was ein«, sagte sie schließlich. »Gestern Abend hatte ich ein merkwürdiges Telefongespräch.«

»Mit wem?«

»Gott, weiß ich doch nicht. Kannte den Typ nicht. Er meinte, er ist ein Freund von Russell McQuaig, einem Saufkumpan von Connor, und Russell hätte ihm gesagt, er soll hier anrufen. Russell und Connor fahren manchmal zusammen nach Toronto runter. Ein bisschen Großstadtluft schnuppern. Mir kann Toronto gestohlen bleiben. Zu dreckig. Jedenfalls sagte der Typ, Connor würde nicht mehr wiederkommen.«

»Was meinen Sie damit, nicht mehr wiederkommen? Connor ist nach Toronto gefahren, und dann ruft Sie ein Fremder an und sagt Ihnen, er kommt nicht mehr wieder?«

»Ja, sieht so aus. So was in der Art.« Sie kratzte sich den verlausten Kopf. »Wenn ich's mir recht überleg, hat er sogar gesagt, Connor wär tot. Ja, genau.«

»Das scheint Ihnen ja nicht sehr viel auszumachen.«

»Na ja, ich kannte den Typ doch überhaupt nicht. Warum sollte ich ihm glauben? Und zweitens, wenn Connor tot wär, müsste die Polizei mir doch Bescheid sagen, oder? Oder einer vom Krankenhaus. Die würden doch seine Angehörigen benachrichtigen.«

»Eine ›Fickbraut‹ wird normalerweise nicht als Angehörige betrachtet«, sagte Cardinal. »Man würde zuerst seine Verwandten benachrichtigen, oder sogar seine Exfrau, ehe sie sich bei Ihnen melden. Eine Krankenhausverwaltung würde nicht mal von Ihrer Existenz wissen.«

»Also, keine Ahnung.« Sie wischte sich eine Strähne aus dem Gesicht, als handelte es sich um Nebel. »Glauben Sie, Connor ist tot?«

»Das weiß ich nicht«, erwiderte Cardinal. »Aber das dürfte sich leicht feststellen lassen.«

»Scheiße, hoffentlich ist er nicht tot«, sagte die Frau. Sie legte den Kopf in den Nacken, trank die Bierdose aus, zerdrückte sie und versuchte, einen Rülpser zu unterdrücken. »Wenn ich schon wieder umziehen müsste, das würd ich nicht durchstehen.«

15

Sergeant Mary Flower setzte sich auf Delormes Schreibtisch. Das tat sie immer, wenn sie wollte, dass jemand alles fallen ließ und ihr seine ganze Aufmerksamkeit schenkte. Nervig, aber effektiv.

Delorme telefonierte gerade mit der Sekretärin des Gerichtsmediziners und erkundigte sich nach dem Verbleib seines Berichts in einem Mordfall, der in zwei Wochen vor Gericht verhandelt werden sollte. Sie legte eine Hand über die Sprechmuschel und sah Flower fragend an.

»Eine Mrs. Dorn ist draußen, und sie ist fuchsteufelswild«, sagte Flower. »Sie will Sie sprechen, warum weiß ich nicht.«

»Ich kenne ihre Tochter.«

»Gut. Die ist auch hier. Schönes T-Shirt, übrigens. Ist das von Gap?«

»Benetton. Sagen Sie ihnen, ich komme gleich.«

Delorme traf die beiden Frauen im Warteraum an. Eine Frau von Mitte fünfzig stand unter der Uhr, die Arme vor der Brust verschränkt, und klopfte mit einem Fuß auf den Boden, als zählte sie die Sekunden, in denen die Gerechtigkeit auf sich warten ließ. Ihre Tochter Shelly saß hinter ihr auf einem Stuhl. Shelly war eine lustige, rothaarige junge Frau, die Delorme aus dem Fitnessstudio kannte. Sie gingen häufig nebeneinander auf den Stepper und plauderten beim Trainieren, um sich die Zeit zu vertreiben. Delorme mochte sie, aber Shelly war verheiratet und hatte zwei kleine Kinder, und es war das erste Mal, dass sie sich außerhalb des Fitnessstudios begegneten. Shelly stand auf, als Delorme erschien.

»Hallo, Lise. Ich weiß, wir hätten uns anmelden sollen.«

»Ist schon in Ordnung«, sagte Delorme. »Das mit deinem Bruder tut mir schrecklich leid. Er war noch so jung.«

»Ja, er war jung«, sagte die Mutter, und in ihrer Stimme lag tiefer Schmerz, der sich als Wut äußerte. »Er war noch fast ein Junge. Er war Student, und er war äußerst begabt. Die McGill University hat ihm ein Stipendium angeboten, und er hatte allen Grund, leben zu wollen. Er hätte nicht sterben müssen.«

»Lise, das ist meine Mutter, Beverly Dorn.«

»Mrs. Dorn, mein tiefes Beileid.«

»Werden Sie uns helfen? Das möchte ich nämlich wissen. Was werden Sie tun, um uns zu helfen, dieses Unrecht zu sühnen? Perry war ein intelligenter, sensibler junger Mann, und jetzt ist er tot, und das hätte nicht passieren müssen. Es müssen Ermittlungen durchgeführt werden. Wir haben es verdient, Antworten auf unsere Fragen zu bekommen.«

»Mom, Lise wird tun, was sie kann. So beruhige dich doch.«

»Kommen Sie mit«, sagte Delorme. Sie führte die beiden in einen Raum, der oft für Gespräche mit Angehörigen benutzt wurde, die Schlimmes erlebt hatten und betreut werden mussten. Im Gegensatz zu den anderen Vernehmungszimmern gab es dort Teppichboden und ein beinahe gemütliches Sofa. An einer Wand hing ein modernes Kunstwerk, das eine Mutter mit Kind darstellte, an einer anderen eine Tafel ohne Kreide. Delorme schloss die Tür.

»Nehmen Sie doch Platz«, sagte sie.

»Ich kann nicht sitzen«, erwiderte Mrs. Dorn. »Ich bin viel zu wütend.«

»Mom, du hast keinen Grund, auf Lise wütend zu sein.«

»Es war ein Polizist bei Perry in dem Waschsalon. Was ist mit ihm? Er war dabei, als es passiert ist. Er war da, *bevor* es passiert ist. Warum hat er dem Jungen nicht die Waffe abgenommen, können Sie mir das mal erzählen? Warum hat er nichts *getan*?«

Delorme zeigte noch einmal auf das Sofa und wartete, bis Mrs. Dorn sich neben ihre Tochter setzte. Die Augen der Frau waren wund und gerötet von der Art Weinen, das keine Erleichterung bringt, und sie war so überdreht wie jemand, der keinen Schlaf mehr findet.

Delorme setzte sich den beiden gegenüber und sagte ruhig: »Ja, es war ein Polizist in dem Waschsalon. Er hatte seinen freien Tag und saß in dem Café nebenan, als ein Mann am Nebentisch sah, wie Ihr Sohn den Waschsalon mit einer Schrotflinte betrat. Nachdem er Verstärkung angefordert hatte, ist der Polizist Ihrem Sohn in den Waschsalon gefolgt.«

»Warum hat er ihm die Waffe nicht abgenommen? Das möchte ich wirklich wissen. Warum hat er ihm die Waffe nicht einfach aus der Hand gerissen? Er hat tatenlos danebengestanden und es geschehen lassen!«

»Der Kollege musste sich zuallererst um die Sicherheit der anderen Kunden im Waschsalon kümmern. Es waren Leute dort. Er hat dafür gesorgt, dass sie so schnell wie möglich nach draußen gingen.«

»Perry ist noch nie eine Gefahr für andere gewesen, nur für sich selbst. Das merkt man doch gleich, wenn man ihn sieht. Er könnte keiner Fliege etwas zuleide tun. Das stimmt übrigens buchstäblich. Selbst Spinnen trägt er vorsichtig aus dem Haus und passt auf, dass er ihnen nur ja kein Haar krümmt.«

»Der Kollege kannte Ihren Sohn nicht. Was er gesehen hat, war ein verzweifelter Mann mit einer Schusswaffe in einem Raum, in dem sich viele Menschen befanden. Er hat das Richtige getan und zuerst die anderen nach draußen geschafft.«

»Und dann hat er zugelassen, dass mein offensichtlich verzweifelter Sohn sich umbringt. Bravo. Der Mann hat einen Orden verdient.«

»Mom. Hör ihr zu.« Shelly legte eine Hand auf Mrs. Dorns Arm, den diese wegriss.

»Hör auf, mich zu bevormunden.«

»Niemand bevormundet dich, Mom. Du hast eine Frage gestellt, und Lise versucht, dir zu antworten. Lass sie ausreden.«

»Der Kollege hat versucht –«

»Der Kollege, der Kollege – hat der Mann keinen Namen? Keine Dienstnummer?«

»Selbstverständlich. Wir werden Ihnen diese Informationen keinesfalls vorenthalten, aber sie ändern dennoch nichts an den Tatsachen. Mein Kollege hat versucht, Ihren Sohn zu beruhigen. Er hat mit ihm gesprochen und ihn mehrmals gebeten, die Waffe auf den Boden zu legen. Ihr Sohn hat sich geweigert.«

»Er war noch ein Junge! Da war ein ausgebildeter Polizist, und der schafft es nicht, einen Jungen davon abzuhalten, dass er sich umbringt? Wieso hat er ihm die Waffe nicht einfach aus der Hand gerissen?«

Delorme ließ die Frage – oder besser den Vorwurf – einen Moment lang in der Luft hängen.

»Ich glaube, Sie kennen die Antwort auf diese Frage, Mrs. Dorn.«

Mrs. Dorn schüttelte den Kopf.

»Der Kollege wollte Perry nicht noch mehr in Panik versetzen, als er es schon war. Außerdem wollte er selbst nicht erschossen werden. Ich wiederhole, er war unbewaffnet.«

»Ein Polizist ist es gewöhnt, Risiken einzugehen, das gehört zu seinem Job. Er hätte in Ruhe auf ihn einreden und zusehen sollen, dass er nahe genug an ihn rankommt, um ihm die Waffe zu entreißen.«

»Das hätte er ganz bestimmt getan, wenn es möglich gewesen wäre. Er hat mit ihm gesprochen, versucht, ihn zu beruhigen, wie Sie sagen. Sie haben sich unterhalten, und dann hat Ihr Sohn ganz plötzlich die Waffe auf sich gerichtet und abgedrückt.«

»Und niemand hat ihn davon abgehalten.«

»Mrs. Dorn, von dem Zeitpunkt, als jemand gesehen hat, wie Ihr Sohn den Waschsalon betrat, bis zu dem Moment, als er abgedrückt hat, sind weniger als acht Minuten vergangen. Es hat drei oder vier Minuten gedauert, bis die anderen Leute draußen waren. Das hat dem Kollegen und Ihrem Sohn höchstens fünf Minuten Zeit gelassen, um miteinander ins Gespräch zu kommen.«

»Zeit genug, um sein Leben zu retten. Warum hat er ihn nicht aufgehalten? Mein Gott, warum hat er ihn nicht aufgehalten, er war doch noch ein Junge!«

»Er hat sein Bestes getan, Mrs. Dorn. Er hatte einfach nicht genug Zeit.«

»Könnte ich bitte mit dem Polizisten sprechen?«

»Mom –«

»Er ist heute nicht hier«, sagte Delorme. »Und zwar ist er deswegen nicht hier, weil er das, was vorgefallen ist, noch nicht verkraftet hat. Jeder Polizist, der in eine solche Situation gerät, wünscht sich, dass alles gut ausgeht. Glauben Sie mir, Mrs. Dorn, in diesem entscheidenden Augenblick im Waschsalon hat niemand verzweifelter gehofft, dass Ihr Sohn am Leben bleibt, als dieser Polizist. Wäre es ihm gelungen, Perry von seinem Vorhaben abzubringen, dann wäre er heute hier, dann wäre er heute ein Held. Aber er ist nicht hier, weil er sich elend fühlt.«

»Wahrscheinlich hat er Schuldgefühle. Vielleicht fühlt er sich deswegen elend. Vielleicht, weil er als Polizist versagt hat.«

»Ich hoffe, dass Sie das anders sehen werden, wenn Sie sich erst einmal beruhigt haben.«

Mrs. Dorn schniefte. Sie betrachtete das Bild an der Wand, dann schaute sie ihre Tochter an.

»Wir bestehen jedenfalls darauf, dass die Sache untersucht wird.«

»Hier bei uns gibt es keine Abteilung für Sonderermittlungen mehr, aber ich kann Ihnen die Nummer der Kollegen in Toronto geben. Wenn die der Meinung sind, dass Ihre Forderung begründet ist, werden sie eine Untersuchung einleiten.«

16

Delorme war erleichtert, endlich dem Revier zu entkommen und sich auf den Weg zu machen, um in der Kinderporno-Sache zu ermitteln. Der arme Burke hatte zwar Perry Dorn nicht retten können, aber Delorme war optimistisch, dass sie das geheimnisvolle Mädchen finden würde, um es vor seinem Peiniger zu retten.

Sie fuhr nach Trout Lake hinaus und stellte ihren Wagen auf dem kleinen Parkplatz oberhalb von Fredericks Jachthafen ab. Als sie die hölzerne Treppe hinunterging, wehte ihr vom See her ein kühler Wind entgegen. Allein die Herbstluft war die Fahrt hier heraus wert. Reiner Sauerstoff angereichert mit den ersten Vorboten von Frost. Man fühlte sich voller Tatendrang, wollte neue Projekte angehen, Verbrechen aufklären.

Delorme hatte als Kind Schwimmunterricht gehabt – nicht hier am Jachthafen, sondern nur wenige hundert Meter entfernt am Dock vor dem Naturschutzministerium. Die Schwimmlehrer hatten ihre Opfer direkt von der Kaimauer ins eiskalte Wasser springen lassen, wo sie sich gegenseitig herumschleppen und diverse Rettungsgriffe erlernen mussten. Delorme hatte an Maureen Stegg die Mund-zu-Mund-Beatmung üben müssen, und die Erinnerung daran drehte ihr immer noch den Magen um.

Von den Docks her mischten sich Gerüche nach Tauen und Teer und Benzin mit der frischen Luft. Die meisten Boote waren bereits für den Winter aufs Trockendock gebracht worden, aber ein paar Kajütboote lagen noch in der Nähe der Kaimauer vor Anker und schaukelten sanft auf dem tiefblauen Wasser. Delorme stockte kurz der Atem, als sie die kleine Cessna in der Sonne glänzen sah und die Registriernummer erkannte, die sie auf dem Foto mit dem Mädchen gesehen hatte.

»Kann ich Ihnen helfen?« Der Mann trug eine teure Sonnenbrille und eine Baseballmütze mit der Aufschrift *Fredericks Marina*. Offenbar ein ziemlich wetterfester Typ, denn er lief bei der Kälte immer noch in Shorts herum.

»Ich wollte mich erkundigen, was es kostet, hier bei Ihnen ein Boot zu parken.« Delorme hatte noch nie ein Boot besessen und kannte sich mit der Terminologie nicht aus. Wahrscheinlich hätte sie irgendwas mit »Liegeplatz pachten« sagen müssen.

»Kommt drauf an, was Sie brauchen«, sagte der Mann. Delorme sah, wie sein Blick kurz zu ihrer Hand wanderte, um festzustellen, ob sie einen Ehering trug.

»Was ich brauche?«

»Na ja, ob Sie zum Beispiel Strom und Licht brauchen und so weiter. Außerdem ist es natürlich eine Frage der Größe. Sind Sie aus dieser Gegend?«

Delorme drehte sich um und zeigte auf die Cessna. »Da hinten in der Nähe des Flugzeugs. Gleich am Ende der Kaimauer. Wie viel würde ein Anlegeplatz dort kosten?«

»Ich fürchte, da haben Sie keine Chance. Das sind die beliebtesten und teuersten Liegeplätze, und sie werden jedes Jahr von denselben Leuten gepachtet. Selbst wenn sie umziehen – nach Sudbury, nach Sundridge, egal, wohin – behalten sie diese Liegeplätze.«

»Und das Flugzeug? Das liegt also auch immer an derselben Stelle?«

»Aber sicher. Flugzeuge wechseln den Platz noch seltener als Boote. Der Typ hat sein Flugzeug an der Stelle stehen, seit ich den Platz hier übernommen hab, und das war vor zehn Jahren.«

»Wirklich? Können Sie mir vielleicht zeigen, was an diesen Liegeplätzen am Ende des Docks so besonders ist? Ich meine die Liegeplätze, die aussehen, als wären sie eingezäunt.«

Der Mann grinste, große weiße Zähne blitzten in seinem immer noch vom Sommer gebräunten Gesicht auf. Er glaubt, er hat mich an der Angel, dachte Delorme. Er sah gar nicht schlecht aus mit seinen blonden Locken und dem breiten Lächeln – und muskulös war er auch –, und er war es vermutlich gewohnt, dass Urlauberinnen ihm schöne Augen machten. Jedenfalls war er nicht der Kinderschänder – zu jung, falsche Haarfarbe und zu schlank.

Er öffnete ein Tor und führte Delorme die Kaimauer entlang.

»Was kostet so ein Boot?«, fragte Delorme. »Vierzigtausend?«

»Oh, da müssten Sie noch ein bisschen drauflegen. Das geht bei siebzig-, achtzigtausend los. Sehen Sie mal hier.« Er legte seine Hand auf einen blauen Kasten, der an einem Strommast befestigt war. »Das verschafft den Jachten hier Komfort, ganz wie zu Hause. Strom, Kabelfernsehen, Satellitenfernsehen, was Sie wollen.«

»Haben das nicht alle Liegeplätze?«

»Nein, nein. Nur diese beiden. Ein paar andere haben Strom, aber mehr nicht. Und diese hier sind, wie Sie sehen, noch extra abgesichert durch die Scheinwerfer da oben und die Überwachungskamera. Wer hier einbricht, wird auf jeden Fall geschnappt.«

»Heißt das, dass die anderen Liegeplätze frei zugänglich sind?«

Der Mann wirkte regelrecht gekränkt. »Alle unsere Liegeplätze sind sicher. Ich sage nur, dass wer mehr bezahlt auch mehr bekommt.«

»Und wie sieht es mit der Versicherung aus?«

»Für die Versicherung müssen Sie selber sorgen«, erklärte er ihr. »Natürlich sind wir gegen Brand und Diebstahl und so weiter versichert. Und wir haben eine Haftpflichtversicherung. Aber wenn Ihr Boot gestohlen oder beschädigt wird, kommt Ihre eigene Versicherung dafür auf, nicht unsere.«

»Verstehe. Ich bin Detective Delorme von der Kriminalpolizei in Algonquin Bay.« Sie zeigte ihm ihren Ausweis. Es war nicht zu übersehen, dass das Interesse des Mannes an ihr rapide abnahm. So war es immer. Manche Männer mochten ja vielleicht die Vorstellung von weiblichen Polizisten erotisch finden, aber nach Delormes Erfahrung konnten es nicht allzu viele sein, und es waren nie die richtigen.

»Jeff Quigly«, sagte er, während er ihr wenig begeistert die Hand schüttelte.

»Ich leite die Ermittlungen in Bezug auf einige Delikte, die in der Gegend verübt wurden, und ich brauche Ihre Unterstützung.«

»Sicher. Ich tue, was ich kann.«

Ich tue, was ich kann, um dich abzuwimmeln, meinte er sicherlich.

»Ich brauche die Namen der Personen, die diese Liegeplätze gepachtet haben.«

»Welche, diese beiden?«

»Ganz genau. Und nicht nur die Namen der derzeitigen Pächter, sondern die Namen sämtlicher Pächter aus den letzten zehn Jahren.«

»Selbst wenn ich wollte, ich glaube nicht, dass ich diese Informationen überhaupt habe.«

»Sie sagten doch eben, dass die Leute sich ungern von dieser Art Liegeplatz trennen.«

Der Mann hatte die Arme vor der Brust verschränkt und schaute auf den See hinaus.

»Hören Sie, ich glaube nicht, dass ich Ihnen Informationen

über unsere Kunden geben kann. Das verstößt gegen unsere Gepflogenheiten. Die Leute haben ein Recht auf ihre Privatsphäre.«

»Sie betreiben einen Jachthafen, kein Krankenhaus. Sie unterliegen nicht der Schweigepflicht.«

»Nein, aber überlegen Sie mal. Angenommen, ich sage Ihnen, dass Soundso diesen Liegeplatz gepachtet hat. Und das Boot von Soundso ist gerade nicht da. Ein Dieb könnte daraus den Schluss ziehen, dass Soundso in Urlaub ist und irgendwo auf den Großen Seen rumschippert. Oder nach New York runtersegelt. Dann wird das Haus von Soundso ausgeraubt. Wie stehe ich dann da?«

»Dann wären Sie völlig unschuldig, Mr. Quigly. Ich bin keine Diebin, ich bin Polizistin, und ich untersuche ein Verbrechen.«

»Ja, hm, das ist auch so eine Sache. In was für einem Fall ermitteln Sie denn überhaupt? Sicher, die Leute trinken auf ihren Booten, sie kiffen, aber wieso sollten Sie ausgerechnet jetzt, wo die Saison vorbei ist, hinter so was her sein? Und wegen solchem Kleinkram würden Sie bestimmt nicht von mir verlangen, dass ich die Namen von meinen Kunden rausrücke.«

Delorme wollte ihm nicht sagen, um was es ging. Die Erwähnung von Kinderpornographie würde die Gerüchteküche zum Brodeln bringen. Und dieser Kinderschänder durfte nicht eher Wind davon bekommen, dass sie ihm auf die Schliche gekommen waren, bis sie ihm Handschellen anlegen konnte.

»Ich muss mich auf Ihre Diskretion verlassen können«, sagte sie. »Sie dürfen das niemandem gegenüber erwähnen.«

»Das ist doch selbstverständlich.«

»Es geht um Körperverletzung.«

»Wirklich?« Er schüttelte den Kopf. »Kann aber nichts allzu Schlimmes gewesen sein, sonst hätte ich garantiert davon gehört.«

»Im Moment kann ich Ihnen nicht mehr sagen. Werden Sie mir helfen? Ich könnte mir natürlich einen Durchsuchungsbefehl besorgen, aber das dauert mindestens einen Tag und würde bedeuten, dass ein Verbrecher noch länger frei herumläuft.«

Quigly führte sie in sein vollgestopftes Büro. An einer Wand hing eine Karte des Trout Lake, und an der anderen stand ein riesiges Modell der *Bluenose*. Überall waren Fotos von Angelszenen und vergrößerte Kopien von Cartoons mit Seglerwitzen angepinnt. Quigly kramte in einem Aktenschrank herum und zog schließlich einige Schnellhefter heraus.

»Die Pachtverträge der letzten zehn Jahre«, sagte er. »Aber die sind nicht nach irgendeinem Ordnungssystem abgelegt.«

17

Nachdem Delorme die Namensliste nach Wohnorten sortiert hatte, stand Frank Rowley an oberster Stelle. Sie wusste nicht so recht, was sie von einem Mann erwartet hatte, der ein eigenes Flugzeug besaß – vielleicht ein herrschaftliches Backsteinhaus auf dem Beaufort Hill. Oder eine viktorianische Villa auf der Main West Street. Doch es stellte sich heraus, dass Frank Rowley in einem einfachen kleinen Haus in der Nähe der Umgehungsstraße wohnte. Delorme fuhr in die Einfahrt und parkte hinter einem braunen Ford Escort, einem bescheidenen, unprätentiösen Modell, das nicht zu ihrer Vorstellung von einem Mann mit Privatflugzeug passte.

Ein kleiner Ahornbaum hatte sein Laub auf dem Rasen abgeworfen, wo es einen farbenprächtigen Kreis bildete, aber die säuberlich beschnittenen Ilexsträucher direkt vor dem Haus waren leuchtend grün. Noch ehe sie aus ihrem Zivilfahrzeug ausstieg, hörte sie das Kreischen und Jaulen einer E-Gitarre. Es hörte sich an, als wäre ein geschundener Geist im Viertel entfesselt worden.

Die Gitarre kreischte, verstummte, legte wieder los. Diesmal erkannte Delorme eine Melodie aus einem Beatles-Song, dessen Titel sie jedoch nicht hätte nennen können.

Auf ihr Klopfen hin öffnete ein glatzköpfiger Mann von Anfang vierzig, die Gitarre immer noch umgehängt. Männer und ihre Spielzeuge, dachte Delorme.

»Mr. Rowley?«

»Ja, das bin ich. Kann ich was für Sie tun?«

Sie zeigte ihm ihren Ausweis. »Haben Sie ein paar Minuten Zeit für mich?«

Im Haus duftete es wie in einer Bäckerei, und Delorme

entdeckte mit Wohlwollen feine Mehlspuren an Rowleys kahlem Kopf.

Sie folgte ihm ins Wohnzimmer, wo auf einem blau-schwarz gemusterten Teppich lauter Puppen und Stofftiere verstreut waren wie nach einer Kissenschlacht. An einer Wand stand ein Kinderroller, und auf Sofa und Sesseln lagen verschiedene Bilderbücher. Delorme stolperte über die Teppichkante.

»Tut mir leid«, sagte Rowley. »Zweite Wahl. Sonst hätte ich ihn mir nicht leisten können.«

»Sie haben Kinder, wie ich sehe«, bemerkte Delorme. »Wie alt sind sie?«

»Wir haben eine Tochter, Tara. Sie ist sieben. Sie kommt gleich aus der Schule. Bitte, nehmen Sie doch Platz.«

Delorme setzte sich auf einen niedrigen Sessel aus grob behauenem Holz. Das ganze Zimmer war mit gemütlichen, rustikalen Möbeln eingerichtet, überall Holz, Kissen und kleinere Teppiche, die den großen mit den blauen und schwarzen Dreiecken teilweise überlappten. Und mittendrin ein etwa vierzigjähriger Mann mit einer Gitarre um den Hals und einem Kopf, der sich gut auf einem Billardtisch gemacht hätte. Der Mann auf den Fotos hatte fast schulterlange Haare, und bloß weil Rowleys Flugzeug auf einem der Fotos im Hintergrund zu sehen war, hatte Delorme noch lange keinen Grund, ihn zu verdächtigen. Außerdem war seine Tochter zu jung. Trotzdem wollte sie gern ein bisschen mehr über ihn wissen.

»Mr. Rowley, Sie haben einen Pilotenschein, ist das richtig?«

»Ja, ich arbeite bei Northwind«, antwortete er. Northwind war eine Fluggesellschaft mit Sitz in Algonquin Bay, die mit kleinen Flugzeugen Städte im Norden wie Timmins und Hearst anflog.

»Um diese Jahreszeit haben Sie wenig zu tun?«

»Nein, ich arbeite in einem Vier-Tage-Rhythmus: vier Tage fliegen, vier Tage frei. Deswegen kann ich hier den Hausmann spielen.«

»Und Sie haben ein kleines Flugzeug in Fredericks Marina stehen, richtig?« Delorme las ihm die Kennung vor, die sie sich auf ihrem Block notiert hatte.

»Warum? Ist es beschädigt worden?«

»Ich möchte mich nur vergewissern, dass ich mit dem Richtigen spreche.«

»Das tun Sie. Möchten Sie einen Kaffee? Ich wollte sowieso gerade einen aufsetzen.«

»Nein, danke.«

»Ich hab zufällig ein paar großartige Muffins im Ofen, die gleich fertig sein müssten. Tara ist ganz verrückt danach.«

Rowley schaltete einen Vox-Verstärker aus und stellte seine Gitarre an der Wand ab. Es war ein großes, schwarzes Instrument mit viel Chrom und einer Menge Knöpfen, und Delorme hatte das Gefühl, dass es besser geeignet wäre für Country Music als für Beatles-Songs. Andererseits kannte sie sich mit Gitarren nicht besonders gut aus.

»Sind Sie oft am Jachthafen, Mr. Rowley?«

»Kommt drauf an, was Sie unter oft verstehen. Ich gehe eigentlich nur hin, wenn ich Bessie bewegen will.«

»Bessie?«

»Bessie, die Cessna.« Er grinste. »So heißt sie einfach, fragen Sie mich nicht, warum. Ich fliege sie ein- oder zweimal pro Woche für eine oder zwei Stunden. Wendy – das ist meine Frau – wollte, dass ich sie verkaufe. Zu gefährlich, meint sie. Aber ich kann mich nicht von Bessie trennen. Ich fliege einfach viel zu gern, und allein zu fliegen macht mehr Spaß als im Auftrag der Firma.«

»Das kann ich mir vorstellen«, sagte Delorme. Rowley, ein Mann, der Muffins backte und umgeben von Bilderbüchern und Stofftieren Gitarre spielte, schien sein Leben zu genießen. »Kennen Sie viele Leute am Segelhafen?«

»Na ja, ich kenne Jeff Quigly, den Hafenmeister.«

»Sonst noch jemanden?«

Rowley zuckte die Achseln. »Eigentlich nicht. Ich halte mich dort nicht lange auf. Ich gehe nach dem Fliegen nicht in die Bar wie die meisten. Das ist letztlich so eine Art Clubhaus. Aber diesem Club möchte ich nicht beitreten – Sie wissen schon, Typen, für die es nichts Schöneres gibt, als sich ein paar Kästen Bier zu besorgen, auf den See rauszufahren und sich die Kante zu geben. Außerdem hab ich Frau und Kind. Ich weiß gar nicht, wo diese Typen ihre Zeit hernehmen.«

»Erzählen Sie mir doch ein bisschen über sie. Ich muss mehr über die Leute wissen, die sich im Jachthafen herumtreiben.«

»Warum? In was für einer Sache ermitteln Sie denn?«

»Körperverletzung«, erwiderte Delorme.

»Ach Gott. Also, als ich von den Sauftouren gesprochen hab, wollte ich damit nicht andeuten, dass ich diese Leute für gewalttätig halte.«

»Nein, natürlich nicht. Ich suche nach Zeugen. Können Sie mir irgendeinen Hinweis geben?«

»Der Einzige, den ich gut kenne, ist Owen Glenn.«

Delorme notierte sich den Namen. Sie war bereits in Quiglys Unterlagen auf ihn gestoßen, hatte jedoch festgestellt, dass Glenn keinen von den Liegeplätzen gepachtet hatte, die sie interessierten.

»Owen ist auch Pilot. Er hat eine kleine Piper, die er vielleicht einmal im Monat fliegt. Ich sehe ihn häufig, vor allem im Sommer. Aber wir sind nicht befreundet oder irgendwas. Er ist wesentlich konservativer eingestellt als ich. Jedes Mal, wenn das Thema Politik ins Gespräch kommt, mache ich, dass ich schleunigst wegkomme. Owen gehört zu den Leuten, die der Meinung sind, Mike Harris sei mit den Etatkürzungen nicht weit genug gegangen, und wünschten, wir wären im Irak.«

»Ihm gehört also keins von den Kajütbooten, die man immer im Hafen liegen sieht?«

»Nein, er hat nur ein kleines Skiff, genau so eins wie ich.«

»Kennen Sie irgendeinen von den Leuten mit den Kajütbooten?«

»Nur vom Grüßen.«

»Wirklich? Aber Sie müssen doch an denen vorbei, um zu ihrem Flugzeug zu gelangen, oder?«

»Die Skiffs liegen am anderen Ende des Hafens. Unter der Sonnenterrasse vor der Kneipe. Ich rudere von dort zu meinem Flugzeug rüber, und da komme ich nicht in die Verlegenheit, mit meinen Nachbarn zu plaudern, wenn Sie sie so nennen wollen.«

»Kennen Sie irgendeinen von ihnen mit Namen?«

»Sicher. Zum Beispiel Matt Morton. Dem gehört eins von den Kajütbooten. Ich kenne Matt aus der Highschool, aber Freunde waren wir nie. Er war Footballspieler, und ich – na ja, ich war eher so was wie der Klassendepp.«

»Eher künstlerisch veranlagt«, schlug Delorme vor.

»Künstlerisch veranlagt!« Rowley grinste. »Ganz genau. Das bin ich. Jetzt muss ich nur noch eine Kunst finden, die ich beherrsche.«

»Nach dem, was ich eben gehört habe, war das eine ziemlich gute Interpretation eines Beatles-Stücks. Sind Sie Profi?«

»Nein, es ist nur ein Hobby. Ich spiele in einer Beatles-Tribute-Band namens Sergeant Tripper. Wir spielen hauptsächlich auf privaten Festen wie Hochzeiten und Bar-Mizwas.«

»Welchen Liegeplatz hat Mr. Morton gepachtet?« Delorme kannte die Antwort bereits, aber als Kriminalpolizistin hatte sie schon früh gelernt, dass es sich lohnt, sich Informationen bestätigen zu lassen, wenn sich die Gelegenheit bietet.

»Matts Boot liegt am Ende von Nummer drei, auf der Nordseite.«

»Und das ist wie weit von Ihnen entfernt?«

»Näher geht's eigentlich kaum. Ich meine, manchmal kann ich direkt in seine Kajüte sehen. Nicht dass mich das besonders interessieren würde.«

»Warum nicht? Haben Sie irgendwann mal etwas Merkwürdiges beobachtet?«

»Auf Matts Boot? Nein, überhaupt nicht.«

»Wie würden Sie Mr. Morton beschreiben?«

»Matt? Ich weiß nicht. Mittelgroß, eher kräftig. Hat wie gesagt auf der Highschool Football gespielt. Braune Haare, die allmählich grau werden – wie bei uns allen. Wobei ich mir in dem Punkt keine Sorgen zu machen brauche.« Er fuhr sich grinsend mit der Hand über die Glatze.

»Kinder?«

»Ein Sohn und eine Tochter, glaub ich. Aber an die Namen kann ich mich nicht erinnern.«

»Und der Liegeplatz gegenüber von Mr. Morton?«

»Auf der Südseite? Die Leute kenn ich nicht. Aber die haben einen riesigen Kahn.«

Laut Auskunft von Jeff Quigly und laut Informationen aus dessen Akten war der Liegeplatz an einen André Ferrier verpachtet. Die Pacht wurde pünktlich gezahlt, doch der Pächter ließ sich nur selten im Hafen blicken.

Delorme schrieb sich alle Informationen auf, dann klappte sie ihren Notizblock zu. »Also, wie gesagt, Mr. Rowley, im Moment suche ich nur nach Zeugen. Sie haben mir sehr geholfen.«

Sie reichte ihm eine Visitenkarte. Auf dem Weg zur Haustür versuchte sie, einen Blick in die anderen Zimmer zu erhaschen, aber sie konnte keine Wand, keinen Gegenstand, kein Möbelstück – zumindest nichts Offensichtliches – entdecken, das zu den Fotos gepasst hätte.

»Falls mir noch was einfällt, rufe ich Sie an«, sagte Rowley. »Aber ich bin da draußen noch nie jemandem über den Weg gelaufen, der mir vorkam, als könnte er gewalttätig werden.«

»Sie würden sich wundern«, entgegnete Delorme. »Ich jedenfalls wundere mich immer wieder, wer alles zu was fähig ist.«

18

Frederick Bell schob sich den letzten Bissen seines Stücks Erdbeertorte in den Mund und kratzte mit der Gabel die Sahnereste auf seinem Teller zusammen.

»Bist du sicher, dass das Zeug fettarm ist?«, fragte er seine Frau Dorothy, die gerade dabei war, den Kühlschrank aufzuräumen.

»Ich hab das Rezept aus einem Diät-Backbuch«, sagte sie in den Kühlschrank. »Es ist garantiert kalorienarm.«

»Aber das gilt nur dann, wenn man nicht mehr als ein Stück isst. Was ist, wenn man plötzlich Lust auf ein zweites bekommt?«

»Du kriegst kein zweites.« Dorothy war mit einem gesunden Menschenverstand gesegnet, der ihr sehr zugute gekommen war, als sie noch als Krankenschwester gearbeitet hatte, und der ihr ebenfalls in ihrer Eigenschaft als Ehefrau eines Psychiaters zugute kam. »Wenn du noch ein Stück verdrückst, führst du den ganzen Aufwand mit der kalorienarmen Ernährung ad absurdum.«

»Dinge ad absurdum zu führen ist schon immer mein Lebenszweck gewesen, warum sollte ich also jetzt eine Ausnahme machen?« Bell trank seinen Tee aus, der mittlerweile kalt war, aber er hatte nichts gegen kalten Tee. Tee war immer gut. Manche britischen Gewohnheiten waren einfach schwer abzulegen.

»Ich hab übrigens ein nettes kleines Häuschen in der Nähe von Nottingham gefunden«, sagte Dorothy. »Ich hab dir ein Bild davon auf den Schreibtisch gelegt. Wahrscheinlich bist du noch gar nicht dazu gekommen, einen Blick darauf zu werfen.«

»Ach je, hab ich dich schon wieder enttäuscht.«

»Frederick, was ist so schwer daran, sich ein Bild anzusehen?«

»Ich weiß nicht. Ich glaube, ich kann mich immer noch nicht mit der Idee anfreunden, mich in England zur Ruhe zu setzen.«

»Wir haben doch darüber gesprochen. Ich dachte, wir wären uns einig gewesen, dass es uns dort beiden gefallen würde. Es ist ein hübscher kleiner Ort, in Fußnähe zur Küste. Und der Trent River fließt ganz in der Nähe. Du hast immer gesagt, du wolltest in der Nähe von Wasser leben, wenn du in den Ruhestand gehst.«

»Helden gehen nicht in den Ruhestand. Das liegt nicht in unserer Natur.«

»Irgendwann wird dir nichts anderes übrig bleiben, und ich habe keine Lust, mit anzusehen, wie du in den endlos langen kanadischen Wintern die ganze Zeit im Haus rumschleichst.«

»England ist zu teuer, verdammt. Das Pfund steht so hoch wie lange nicht.«

»Es ist wieder gefallen, Frederick. Wir können uns dieses Häuschen leisten. Es ist so romantisch.«

Was dieses Thema anging, hatte Dorothy ihr gesunder Menschenverstand verlassen, fand Bell. Das Haus, das sie hier in Kanada besaßen, war riesig, fast eine Villa. Aber in England kosteten selbst die kleinsten Hütten eine halbe Million Pfund. Dorothy schien eine völlig falsche Vorstellung davon zu haben, was ein Psychiater in Kanada verdiente. Sie lebten schließlich nicht in den Staaten. Na ja, es machte ihr halt Freude, die Immobilienprospekte mit den bunten Bildern von hübschen Häusern und romantischen Gärten zu studieren, und ein bisschen zu träumen konnte ihr nicht schaden.

Bell stellte seine Tasse auf der Anrichte ab und zwickte seine Frau in den Hintern.

Dorothy wirbelte herum und schlug ihm auf die Finger. »Komm mir jetzt bloß nicht damit. Mitten am helllichten Tag, Herrgott noch mal.«

»Nichts könnte mir ferner liegen. Ich habe in fünf Minuten eine Patientin. Ich muss mich auf meine *Würde* konzentrieren.«

»Sehr richtig. Vergiss bloß nicht deine *Würde*. Wo kämen wir denn da hin?«

In den ersten Jahren ihrer Beziehung, als sie noch in London gelebt hatten, waren Bell und seine Frau ständig übereinander hergefallen. Aber mit den Jahren war ihre Leidenschaft einer gewissen Gewohnheit gewichen, was Bell völlig in Ordnung fand. Sie liebten einander, und sie gingen fürsorglich miteinander um, das war ihm das Wichtigste. Natürlich war Dorothy ihm intellektuell unterlegen, aber es war angenehm, mit ihr zusammen zu sein. Sie sah immer noch gut aus, obwohl sie schon Mitte fünfzig war. Sie hatte ein schmales Gesicht und die schlanke Figur einer wesentlich jüngeren Frau.

Bell wusch sich im Bad im Erdgeschoss die Hände. Er ließ seine Schultern kreisen, dann öffnete er die Tür, die die Küche von der Diele und seinem Sprechzimmer trennte. Eine junge Frau mit blonden Haaren, die dringend einer Wäsche bedurften, saß auf der Bank in der Diele. Andere Patienten hätten vielleicht im *New Yorker* geblättert oder mit einem iPod herumhantiert, aber diese junge Frau hatte nicht einmal ihre Jacke abgelegt und lümmelte sich mit vor der Brust verschränkten Armen auf der Bank. Das war Melanie, achtzehn Jahre alt, ein Bild des Elends.

»Hallo, Melanie«, sagte Bell.

»Hallo.«

Selbst in diesem einzelnen Wort lag eine Trägheit, die zeigte, welche Mühe es sie kostete, diese beiden Silben auszusprechen. Augenblicklich war die Depression mit im Raum, eine dritte Wesenheit. Bell stellte sie sich wie eine schweigende, für den Patienten unsichtbare Gestalt mit Umhang und Maske vor. Manchmal kam Bell sich vor wie der alte Priester in dem Film *Der Exorzist*, vom Schicksal dazu bestimmt, immer wieder im Kampf gegen die unsterbliche Nemesis anzutreten. Die Wesenheit.

Melanie folgte ihm ins Sprechzimmer, setzte sich auf die Couch, knöpfte ihre Jacke auf und ließ ihre Umhängetasche zu Boden gleiten. Dann lehnte sie sich zurück und betrachtete ihre Füße. Dr. Bell nahm in einem der kleinen Sessel ihr gegenüber Platz, legte sich seinen großen Notizblock auf die Knie und schaute sie ernst und abwartend an. Es war wichtig, dass der Patient nach der Begrüßung als Erster etwas sagte, denn die ersten Worte enthüllten so vieles. Aber manchmal, wie zum Beispiel jetzt, war es schwer zu warten, bis der Patient überwunden hatte, was auch immer ihn am Sprechen hinderte, und die Sitzung beginnen konnte. Die Minuten vergingen.

Melanie wirkte wesentlich älter als achtzehn. Sie war dürr und schmalbrüstig und erinnerte Bell irgendwie an eine ertrunkene Ratte. Sie hatte eine lange, flache Nase und langes, strähniges Haar, das ihr ins Gesicht fiel. Das Sweatshirt mit dem Schriftzug der Northern University trug auch nicht dazu bei, den Gesamteindruck zu verbessern. Den Blick immer noch auf ihre Füße geheftet, fing sie endlich an zu sprechen.

»Ich konnte mich kaum dazu aufraffen herzukommen«, sagte sie.

»Es ist Ihnen schwergefallen? Können Sie mir sagen, warum?«

»Ich weiß nicht ...« Wieder versank sie in Schweigen, während ihr linker Fuß wie ein Metronom hin und her wackelte. »Ich find mich einfach so zum Kotzen. Es kotzt mich an, über mich nachzudenken. Über mich zu sprechen. Es gibt nichts, worüber es sich zu reden lohnt. Warum soll ich also herkommen? Warum soll ich das alles hundertmal wiederkäuen?«

»Meinen Sie, dass Sie es nicht wert sind, dass man über Sie spricht? Oder dass nichts, was Sie sagen, dazu beitragen kann, dass es Ihnen besser geht?«

Zum ersten Mal hob sie den Blick, Verzweiflung in den grünen Augen, dann senkte sie ihn wieder.

»Beides, glaub ich.«

Dr. Bell ließ das Schweigen eine Weile währen, ließ sie die Übertreibung ihrer Äußerungen spüren oder eher die Übertreibungen der Gestalt mit der Maske, die außerhalb ihres Blickfelds im Schatten lauerte. Die Wesenheit brachte ihre Opfer immer dazu, so zu reden. Dazu, dass sie sich einredeten, wertlos zu sein, um nur ja keine Anstrengung zu unternehmen, sich selbst zu retten.

»Ich möchte Sie etwas fragen«, sagte Bell. »Angenommen, jemand würde auf Sie zukommen – eine Freundin, eine Fremde, das spielt keine Rolle – und sagen: ›Am besten, du sprichst nicht mal mit mir. Ich bin so wertlos. Ich bin es nicht mal wert, dass man über mich nachdenkt.‹ Was würden Sie zu ihr sagen?«

»Ich würde ihr sagen, dass das Unsinn ist. Dass niemand wertlos ist.«

»Aber sich selbst gegenüber sind Sie nicht bereit, so großzügig zu sein.«

»Ich weiß nicht ... Ich weiß nur, dass ich die ganze Zeit so unglücklich bin. Ich hab es satt, darüber zu reden. Reden hilft nicht. Nichts hilft. Ich will einfach nur, dass es aufhört. Ich hab sogar ...«

»Sogar was?«

Melanie fing an zu weinen. Nach einer Weile nahm Bell die Kleenex-Schachtel vom Tisch und reichte sie ihr. Sie riss ein paar Papiertücher heraus, hielt sie jedoch nur in der Hand. Schluchzend verbarg sie ihr Gesicht mit der anderen Hand.

»Warum verstecken Sie sich?«, fragte Bell, doch das führte nur dazu, dass das Schluchzen noch heftiger wurde. Man konnte es an den zuckenden Schultern sehen, an dem lauten Wehklagen hören.

»O Gott«, stieß sie hervor, als sie keine Tränen mehr hatte.

»Das war offenbar nötig.«

»Ja, wahrscheinlich. Puh.« Sie wirkte erschöpft.

»Sie sagten: ›Ich will nur, dass es endlich aufhört. Ich hab sogar …‹«

»Ja.« Immer noch japsend und seufzend putzte Melanie sich die Nase. »Ja. Ich war neulich im Buchladen, und da gab es ein Buch über Freitod. Begleiteten Freitod, nehm ich an. Es hieß *Ein würdiger Tod*. Darin wird beschrieben, wie man es macht … wie man sich umbringt … ohne Schmerzen. Im Prinzip braucht man sich nur eine Plastiktüte über den Kopf zu stülpen.«

»Und?«

»Na ja, ich hab das Buch am Ende doch nicht gekauft. Aber ich bin ziemlich lange in dem Laden geblieben und hab darin gelesen.«

»Weil Sie schon darüber nachgedacht hatten, sich das Leben zu nehmen.«

»Ja.«

»Okay. Eine ganz direkte Frage, Melanie – ich muss das wissen: Haben Sie schon einmal versucht, sich das Leben zu nehmen?« Er war sich sicher, dass die Antwort negativ ausfallen würde.

»Nein. Eigentlich nicht.«

»Wie meinen Sie das: eigentlich nicht?«

»Na ja, ich hab mir mal mit einer Rasierklinge am Handgelenk rumgekratzt, aber es hat richtig wehgetan. Wenn es um

Schmerzen geht, bin ich ein echter Feigling. Ich konnte mir noch nicht mal tief genug in die Haut ritzen, dass es blutete.«
»Wann war das?«
»Ach, das ist schon lange her. Als ich zwölf war oder so.«
»Zwölf. Haben Sie damals einen Abschiedsbrief geschrieben?«
»Nein. War wohl kein ernst gemeinter Versuch. Ich war bloß so unglücklich.«
»Schlimmer als jetzt?«
»Nein, nein. Jetzt ist es viel schlimmer. *Viel* schlimmer.«
»Wie oft denken Sie heutzutage an Selbstmord?«
»Ich weiß nicht ...«
»Ich denke doch, Melanie.«

Noch sanfter konnte er weiß Gott nicht mit ihr sprechen. Dr. Bell bemühte sich, alles an Wärme und Bestärkung in seine Worte zu legen – und vor allem bedingungslose Achtung. Hier bist du vollkommen in Sicherheit, wollte er Melanie zu verstehen geben, hier kannst du dich getrost deinen Dämonen stellen.

»Ich denke ziemlich oft an Selbstmord«, sagte Melanie. »Eigentlich jeden Tag. Meistens nachmittags. Spätnachmittags. Dann erscheint mir alles ganz besonders aussichtslos. Ein Tag ist fast vorbei, und mein Leben ist immer noch nichts wert. *Ich* bin nichts wert. Ich höre die anderen Studenten im Haus lachen und telefonieren und ausgehen und sich amüsieren, und die kommen mir vor, ich weiß nicht, als gehörten sie einer anderen *Spezies* an oder so. Ich glaub, so glücklich wie die war ich noch nie. Vier Uhr, fünf Uhr, wieder ein vergeudeter Tag. Wieder ein Tag, an dem ich versucht hab, einen völlig sinnlosen Aufsatz zu schreiben. Schon wieder ein Tag, an dem ich mir den Kopf zerbreche, wie ich die Studiengebühren fürs nächste Jahr auftreiben soll. In solchen Momenten kommen mir solche Gedanken.«

»All diese Gedanken an Selbstmord. Haben Sie schon mal einen Abschiedsbrief geschrieben?«

»Ich war schon oft drauf und dran, aber ich hab noch nie einen geschrieben.«

»Wenn Sie es täten, was würde darin stehen?« Sie will ihrer Mutter nicht wehtun, dachte Bell. Es ist schließlich nicht ihre Schuld. Sie leidet Höllenqualen und macht sich Sorgen um ihre Mutter.

»Ich glaub, ich würde schreiben ... Ich weiß es eigentlich gar nicht so genau. Ich würde meiner Mutter sagen wollen, sie soll sich keine Vorwürfe machen, dass es nichts mit ihr zu tun hat. Dass sie ihr Bestes getan hat und alles. Ich meine, dass sie mich großgezogen hat. Mehr oder weniger allein.«

»Melanie, ich weiß, dass Sie sich in letzter Zeit von Ihrem Studium ziemlich überfordert fühlen, aber ich werde Ihnen diesmal eine Hausaufgabe aufgeben, ist das in Ordnung?«

Melanie zuckte die Achseln. Winzige Brüste bewegten sich unter ihrem Sweatshirt.

»Ich möchte, dass Sie diesen Abschiedsbrief schreiben«, fuhr Dr. Bell fort. »Schreiben Sie Ihre Gedanken auf. Ich glaube, das würde Ihnen guttun. Es könnte dazu beitragen, dass Sie sich über Ihre Gefühle klar werden. Meinen Sie, dass Sie das schaffen?«

»Glaub schon.«

»Machen Sie sich nicht zu viele Gedanken darüber. Es muss kein langer Brief sein. Schreiben Sie einfach auf, was Sie sagen würden, wenn Sie tatsächlich vorhätten, sich das Leben zu nehmen.«

19

Es ist kein Geheimnis, dass sich ein bestimmter Typ Mensch oder ein Mensch in einer bestimmten Stimmung genau von dem Menschen oder dem Ort angezogen fühlt, der ihm den größten Schmerz bereitet. Ein Alkoholiker wird die nächste Kneipe aufsuchen, ein Spieler wird das Sparbuch eines Freundes stehlen, ein verlassener Liebhaber wird zu dem Ort zurückkehren, an dem ihn seine Geliebte sitzengelassen hat. John Cardinal stand am Nachmittag des folgenden Tages reglos, umgeben vom Geruch nach Chemikalien, im dämmrigen Licht von Catherines Dunkelkammer.

Die Dunkelkammer war ihr und nur ihr Territorium gewesen, und Cardinal hatte nie ohne Aufforderung einen Fuß hineingesetzt.

Zwar hatte Catherine ihm manchmal von geplanten Projekten erzählt, aber über ihre Arbeit in der Dunkelkammer hatte sie nie gesprochen. Sie war wie ein Koch gewesen, der niemanden in seine Küche lässt und es vorzieht, eine fertig zubereitete Mahlzeit auf den Tisch zu bringen, als hätte er sie herbeigezaubert. Catherine war regelmäßig mit einer Handvoll frischer Abzüge aus dem Keller gekommen und hatte sie auf dem Tisch ausgebreitet, damit Cardinal sie einen nach dem anderen begutachten konnte.

Wenn Cardinal zu lange gebraucht hatte, seine Meinung zum Ausdruck zu bringen, hatte sie die Bilder über seine Schulter hinweg selbst kommentiert.

»Auf diesem Bild gefällt mir die Feuerleiter besonders gut. Die Diagonale bringt Spannung in die Komposition.« Oder: »Sieh dir den Radfahrer im Hintergrund an, wie er in die entgegengesetzte Richtung fährt. Ich liebe solche Zufälle.«

Meistens hatte Cardinal feststellen müssen, dass er die falschen Details bewunderte: das süße kleine Mädchen am Bildrand, den glitzernden Schnee. Aber das hatte Catherine anscheinend nie gestört.

An der Leine über den Becken, die Cardinal vor Jahren angebracht hatte, hingen mehrere Abzüge von ein und demselben Foto.

Es waren Schwarz-Weiß-Bilder. Im Vordergrund war eine Backsteinmauer zu sehen und im Hintergrund ein Mann, der die Straße herunterkam. Der Mann und die Mauer waren beide gestochen scharf, und Cardinal wusste aus seiner eigenen begrenzten Erfahrung, dass so etwas sehr schwierig hinzubekommen war. Es ließ das Bild befremdlich erscheinen, so als wäre der Mann ebenso gegenständlich wie die Mauer. Der Mann hielt den Kopf gesenkt, sein Gesicht war von einem Hut verborgen, wie ihn kaum noch jemand trug. Ein rätselhaftes Bild ... oder vielleicht wirkte es auch nur im Rückblick so.

»Was machst du denn hier unten?« Kelly lehnte im Türrahmen, ausnehmend hübsch in Jeans und weißer Bluse. Catherine vor zwanzig Jahren.

Cardinal zeigte auf die Regale, die eine ganze Wand einnahmen, auf den hohen Schrank für Kameras und Objektive, die breiten Regalbretter für die Aufbewahrung von großen Abzügen. Die Kästen für Rahmen.

»Das hab ich ihr alles gebaut«, sagte er.

»Ich weiß.«

»Natürlich hat Catherine es entworfen. Schließlich war es ihr Arbeitsplatz.«

»Hier war sie glücklich.« Kellys Worte versetzten Cardinal einen Stich.

»Ich möchte dich um einen Gefallen bitten, Kelly. Nicht jetzt gleich, aber vielleicht in ein paar Monaten.«

»Kein Problem. Was brauchst du denn?«

»Ich kenne mich mit Fotografie nicht aus. Und ehrlich gesagt, hat mir jedes Foto gefallen, das Catherine gemacht hat. Wenn sie etwas gesehen und für wert befunden hatte, es zu fotografieren, war es für mich kostbar. Aber du bist Künstlerin.«

»Ich bin eine erfolglose Malerin, Dad. Keine Fotografin.«

»Ja, aber du hast den Blick der Künstlerin. Ich hatte gehofft, du könntest irgendwann Catherines Fotos durchgehen, weißt du, und die besten aussuchen. Ich dachte, wir könnten – vielleicht nächstes Jahr – in der Uni oder in der Bibliothek eine Ausstellung mit ihren Bildern machen.«

»Klar, Dad. Mach ich. Aber ich finde, du solltest nicht hier runterkommen. Es ist alles noch zu frisch, meinst du nicht?«

»Ja. Du hast recht.«

»Komm«, sagte sie, nahm tatsächlich seine Hand und führte ihn aus der Dunkelkammer. Um ein Haar wäre er schon wieder in Tränen ausgebrochen.

Aber Kelly hatte recht. Im Erdgeschoss, das ihr gemeinsames Territorium gewesen war, fühlte er sich wesentlich wohler. Er ging ins Wohnzimmer und überflog die Titel auf den Buchrücken in den Regalen. Catherine hatte die meisten Bücher gekauft. Hauptsächlich Bücher über Fotografie, aber es gab auch welche über Yoga, über Buddhismus, die Romane von John Irving und auch einige Bücher über Depressionen und bipolare Störungen. Eins war von Frederick Bell und trug den Titel: *Gegen Selbstmord*. Cardinal nahm es vom Regal.

Im Klappentext waren weitere Bücher zum Thema erwähnt, alle mit sehr wissenschaftlich klingenden Titeln, aber dieses schien sich an ein breites Publikum zu wenden und war in einem beruhigenden Ton geschrieben. Außerdem gab Bell auf erstaunlich offene Weise Einblick in sein eigenes

Leben. Auf den ersten Seiten berichtete er darüber, wie er als Achtjähriger den Selbstmord seines Vaters hatte verkraften müssen und wie seine Mutter sich zehn Jahre später das Leben nahm, als er selber gerade mit dem Studium begonnen hatte. Kein Wunder, dass derartige Erfahrungen einen Menschen dazu brachten, wie Bell es in der Einleitung formulierte, »die Felder der Trauer und der Verzweiflung zu bearbeiten«.

Cardinal blätterte die Seiten durch. Das Buch war auf einer Reihe von Fallstudien aufgebaut, wobei jedes Kapitel mit der Beschreibung eines Selbstmordversuchs begann, in dessen Folge der Patient in Bells Praxis gelandet war. Dann gab es noch einen Teil, der sich den Partnern von Selbstmördern widmete, mit besonderem Augenmerk auf solche, die mehr als einen Ehepartner durch Suizid verloren hatten. »Manche Menschen, die selbst unterdrückte Selbstmordphantasien hegen«, schrieb Bell, »suchen die Nähe von Menschen, die in der Lage sind, sich das Leben zu nehmen. Weil sie selbst unfähig sind, sich in den Abgrund zu stürzen, brauchen sie jemanden, der *an ihrer Stelle* Selbstmord begeht.«

Cardinal kam zu dem Schluss, dass es wahrscheinlich keine gute Idee war, das Zeug jetzt zu lesen.

Er ging in die Küche, wo Kelly über ihren Skizzenblock gebeugt saß. Er nahm sich die Post vor, die Kelly auf der Anrichte abgelegt hatte. Das meiste war für Catherine: eine Fachzeitschrift für Fotografie, Benachrichtigungen von der Art Gallery von Ontario und dem Royal Ontario Museum über bevorstehende Ausstellungen, eine Rechnung von ihrer MasterCard und verschiedene Rundschreiben von der Northern University. Einige Umschläge waren an ihn adressiert. Weitere Kondolenzkarten.

Er suchte gerade nach dem Brieföffner, als das Telefon klingelte.

Es war Brian Overholt, ein Kollege von der Mordkommission in Toronto, den Cardinal schon seit Ewigkeiten kannte. Sie hatten vor mehr als zwanzig Jahren beim Drogendezernat zusammengearbeitet. Sie waren ein gutes Team gewesen, und Overholt war einer der wenigen Kollegen aus Toronto, die Cardinal manchmal vermisste. Cardinal hatte ihn wegen Connor Plaskett angerufen.

»John, ich hab was für dich. Plaskett ist tatsächlich tot. Ist vor ein paar Wochen hier im Kneipenviertel überfahren worden. Hat noch eine Weile auf der Intensivstation gelegen und ist am Samstag vor einer Woche gestorben.«

»War er bei euch in irgendwas verwickelt, über das ich Bescheid wissen müsste?«

»Uns ist nichts bekannt. Seine Kumpel haben das Weite gesucht, als er überfahren wurde, daraus kannst du deine eigenen Schlüsse ziehen. Die wollten auf keinen Fall der Polizei über den Weg laufen.«

»Habt ihr den Fahrer?«

»Nein, aber das ist nur eine Frage der Zeit. Kann ich sonst noch was für dich tun? Hallo? Bist du noch dran?«

Cardinal hatte während des Gesprächs einen der an ihn adressierten Umschläge geöffnet und starrte die Karte an, die er ihm entnommen hatte.

»Äh, ja. Vielen Dank, Brian. Vielleicht kann ich mich ja mal revanchieren.«

»Ganz bestimmt. Wenn ich das nächste Mal einen Eskimo suche, ruf ich dich an. Wie geht's übrigens Catherine?«

»Ich muss los, Brian. Hab grade was reinbekommen.«

Dieser Umschlag war in Mattawa abgestempelt, genau wie der erste, wieder eine aufwendige Beileidskarte von Hallmark, wie man sie in jedem Schreibwarenladen und jedem größeren Supermarkt im Land kaufen konnte.

Der Absender hatte also mindestens drei davon gekauft.

Vielleicht hatte er sie alle gleichzeitig in demselben Laden erworben. Einem Verkäufer würde jemand, der drei Beileidskarten auf einmal kaufte, womöglich auffallen.

Cardinal gab sich alle Mühe, als Polizist zu denken und sich von den Worten in der Karte nicht beeinflussen zu lassen.

Du musst ja ein großartiger Ehemann gewesen sein, stand da, genau wie bei den anderen Karten auf einen Zettel gedruckt, mit dem der Originaltext überklebt war. *Sie wollte lieber sterben, als weiter mit dir zusammenzuleben. Denk mal drüber nach. Sie hat buchstäblich den Tod vorgezogen. Daran kannst du ablesen, was du wert bist.*

Cardinal trat ans Fenster und hielt die Karte ins Licht. Ja, er konnte so gerade eine feine weiße Linie erkennen, die sich in der zweiten Zeile durch die Großbuchstaben zog. Der Text war also mit größter Wahrscheinlichkeit mit demselben Gerät ausgedruckt worden, und selbst wenn nicht, konnte er davon ausgehen, dass die Karte von demselben Absender stammte. Wer auch immer das war, Connor Plaskett konnte es nicht sein, denn der war vor Catherine gestorben.

Sie wollte lieber sterben, als weiter mit dir zusammenzuleben.

»Du kannst mich mal!« Cardinal schlug mit der Faust gegen die Kühlschranktür, so dass alle Magnete, Merkzettel und Fotos auf den Boden flogen.

»Dad, alles in Ordnung?«

Kelly war aufgesprungen und schaute ihn aus dunklen, besorgten Augen an.

»Alles in Ordnung.«

Sie fasste sich ans Herz. »Ich glaube, so hab ich dich noch nie fluchen hören.«

»Du wirst dich womöglich dran gewöhnen müssen«, sagte er, während er seine Jacke überzog.

»Du gehst weg?«

Cardinal schnappte sich seine Wagenschlüssel.

»Du brauchst mit dem Abendessen nicht auf mich zu warten«, sagte er. »Ich weiß nicht, wie lange ich unterwegs sein werde.«

20

»Können Sie mir die Adresse von Neil Codwallader geben?«

Cardinal fuhr über die 63 in die Stadt. Er wunderte sich selbst über das Ausmaß seiner Wut. Er spürte, wie sie in seinen Handgelenken pulsierte, in seinen Schläfen pochte.

»Neil Codwallader ist inzwischen allein. Er hat keine Frau mehr, die er verprügeln kann.«

Das war Wes Beattie am anderen Ende der Leitung, ein Bewährungshelfer. Beattie hatte eine unerschütterlich weiche, schnurrende Stimme. Man konnte sich kaum vorstellen, dass er einmal Polizist gewesen war, aber er war fünfzehn Jahre bei der Ontario Provincial Police gewesen, ehe er seine sanfte Seite entdeckt hatte. Jedes Mal, wenn Cardinal mit ihm telefonierte, hatte er das Bild eines fetten Katers vor Augen.

»Ich muss ihn wegen was anderem sprechen«, sagte Cardinal und hupte, als ein Wagen vor ihm plötzlich die Spur wechselte. »Und zwar sofort.«

»Sie klingen ziemlich aufgebracht, John. Wenn Neil gegen seine Bewährungsauflagen verstoßen hat, sagen Sie es am besten. Wir sollten doch keine Geheimnisse voreinander haben, oder?«

»Ich sag's Ihnen, wenn ich mit ihm gesprochen hab. Geben Sie mir jetzt seine Adresse?«

»690 Main Street East. Aber er wird nicht zu Hause sein. Er hat zur Zeit zwei Jobs.«

»Lassen Sie mich raten: Er arbeitet ehrenamtlich im Krisenzentrum.«

»Nein, es wird nicht so bald passieren, dass Neil misshandelte Frauen tröstet. Er arbeitet an drei Tagen die Woche bei Wal-Mart und an vier Tagen bei Zappers.«

»Dem Copy-Shop?«

»Genau. Hören Sie zu, John, Sie haben hoffentlich nicht vor, da reinzuplatzen und seinen Job zu gefährden, oder? Ich hege keine besonderen Sympathien für Männer, die ihre Frauen verprügeln, aber Neil hat seine Strafe abgesessen, und jetzt macht er einen ehrlichen Versuch –«

»Tja, was sagt man dazu? Ich bin schon am Wal-Mart«, sagte Cardinal, trennte die Verbindung und fuhr auf einen Parkplatz von der Größe mehrerer Fußballplätze.

Cardinal ging äußerst selten zu Wal-Mart. Es war so schwer, dort etwas zu finden, und die Preise waren die Mühe nicht wert. Außerdem waren die Gänge meistens von fettleibigen Pärchen verstopft, die Kinderwagen vor sich herschoben, aber diesmal war es relativ leer. Auf jeden Fall unterstützte er lieber die kleinen Läden in der Innenstadt – ein Unterfangen, das ihm von Jahr zu Jahr mehr wie ein Kampf gegen Windmühlen vorkam.

Das Einzige, was Cardinal an Wal-Mart sympathisch fand, war, dass sie ältere Menschen einstellten. Auch wenn dort reichlich Teenager beschäftigt waren, die betont hilflos herumstanden, gab es doch viele ältere Angestellte, die ihre Rente aufbesserten, indem sie verwirrten Kunden halfen, die Dinge zu finden, die sie suchten. Cardinal fragte eine winzige Frau von etwa siebzig, wo er Grußkarten finden könne.

»Gleich da drüben«, sagte die Frau. »Im nächsten Gang.«

Cardinal überflog die Beileidskarten. Ja, es gab reichlich Karten von Hallmark.

»Aha«, murmelte er. »Unser tiefes Beileid ...«

Er nahm eine Karte heraus, die identisch war mit der dritten, die er erhalten hatte, dann eine, die genauso aussah wie die zweite. Die erste Karte war offenbar ausverkauft.

»Haben Sie gefunden, was Sie suchen?«, fragte die alte Dame, als er an ihr vorbeiging.

»Ja, danke. Können Sie mir sagen, ob Neil Codwallader heute hier ist?«

»Neil? Der Große, der in der Fotoabteilung arbeitet?«

»Viele Muskeln, viele Tätowierungen«, sagte Cardinal.

»Ah, ja. Er war heute hier. Aber ich glaube, er ist schon nach Hause gegangen.«

Sie erklärte ihm den Weg zur Fotoabteilung. Man brauchte wirklich ein Moped in diesem Laden.

»Neil ist vor einer Stunde gegangen«, sagte der jugendliche Angestellte in der Fotoabteilung. »Er hat irgendwo noch einen anderen Job.«

Zehn Minuten später war Cardinal am anderen Ende der Stadt und stellte seinen Wagen vor Zappers im Parkverbot ab.

Zappers war die Art Laden, in den man ging, wenn man von außerhalb war und unbedingt seine E-Mails abrufen musste, wenn man ein Fax abschicken oder empfangen musste oder wenn man ein betrügerisches Unternehmen betrieb und eine anonyme E-Mail-Adresse brauchte. Außerdem konnte man hier zu Minimalpreisen veraltete Computer benutzen. Als Cardinal eintrat, war nur eine Kundin im Laden, eine Asiatin, die mit Lichtgeschwindigkeit auf einer Tastatur tippte.

Codwallader stand mit dem Rücken zum Verkaufsraum hinter dem Tresen und war gerade dabei, einen Riesenstapel Papiere zu kopieren. Als er sich umdrehte, erkannte er Cardinal nicht gleich.

Mit seinen langen Haaren und seinem Walrossschnurrbart hätte er vor dreißig Jahren Furore machen können, wenn er ein Rockstar gewesen wäre, dachte Cardinal. Im Gefängnis waren seine Muskeln, über denen sich sein T-Shirt spannte, nicht schlaffer geworden. Seine Unterarme waren über und über tätowiert.

»Kann ich Ihnen helfen?«, fragte er.

»Das möchte ich gern von dir wissen.«

Codwallader wurde ganz ruhig, aber er musterte Cardinal nicht von oben bis unten wie ein normaler Mensch es tun würde, sondern durchbohrte ihn mit einem eiskalten Knackiblick.

»Ich kenne dich«, sagte er. »Du bist der Cop.«

»Und du bist der Typ, der Frauen verprügelt.«

»Das hast du behauptet. Das macht es noch lange nicht wahr.«

»Tja, die Ärzte und die Sozialarbeiter haben das alle bestätigt. Ganz zu schweigen von Cora.«

»Ich hab dir nichts zu sagen, Kumpel. Ich kann mich nicht mal an deinen Namen erinnern.«

»Cardinal. John Cardinal. Ich bin der, der dem Richter gesagt hat, wie ich deine Frau vorgefunden hab: mit gebrochener Nase, mit gebrochenem Arm und büschelweise ausgerissenen Haaren. Mit blau geschlagenen Augen und zerrissenen Kleidern.«

»Wie ich schon vor Gericht ausgesagt hab – ich hatte nichts damit zu tun.«

»Sprach der Gewalttäter. Nie schuldig, nie im Unrecht.«

»Dass ich keine Frau mehr hab, hab ich Leuten wie dir zu verdanken. Leuten, die sich in alles einmischen. Im Moment tue ich meine Arbeit, damit ich halbwegs über die Runden komme. Wenn du also nicht vorhast, irgendeinen von diesen Computern zu benutzen, machst du am besten, dass du so schnell wie möglich verschwindest.«

»Eigentlich interessiere ich mich für die Drucker hier in dem Laden.«

»Die Drucker sind da drüben.« Ein tätowierter Finger zeigte auf drei Geräte, die nebeneinanderstanden. »Die erste Seite zwei Dollar, jede weitere zehn Cent. Tu dir keinen Zwang an.«

Cardinal öffnete seine Aktentasche. Er nahm eine CD heraus, schob sie in einen der Computer und klickte einen Brief an, den er an seine Versicherung geschrieben hatte. Er würde die Police ändern müssen, in der Catherine als Begünstigte eingetragen war.

Cardinal wählte Drucker Nummer eins aus, dann Nummer zwei, schließlich Nummer drei und druckte den Brief dreimal hintereinander aus. Es waren zwar verschiedene Druckerfehler zu erkennen, aber keine haarfeine Linie, die sich in der zweiten Zeile quer durch die Großbuchstaben zog. Natürlich wurden in einem solchen Laden die Druckerpatronen häufig gewechselt. Wenn alle Nachrichten an ein und demselben Tag ausgedruckt worden waren – zum Beispiel einen oder zwei Tage nach Catherines Tod –, würde die Patrone sich wahrscheinlich jetzt nicht mehr in einem der Geräte befinden. Und falls Codwallader der Absender der Beileidskarten war, konnte er auch eine eigene Patrone benutzt haben.

Cardinal steckte die ausgedruckten Seiten in seine Aktentasche und nahm die CD aus dem Laufwerk.

»Was bin ich dir schuldig?«

»Zweifünfundsiebzig plus Steuern. Dreisechzehn.«

Cardinal bezahlte.

»Sag mal, Cardinal – bist du eigentlich verheiratet?«

Cardinal hielt seine linke Hand hoch und zeigte ihm seinen Ehering. Auf der Innenseite war Catherines Name eingraviert. Er hatte sich immer vorgenommen, mit dem Ring am Finger begraben zu werden.

»Du bist doch so rechtschaffen«, sagte Codwallader. »Sag mir die Wahrheit. Ist dir nie danach, deiner Frau eine Ohrfeige zu verpassen? Einen kleinen Klaps? Ich will nicht behaupten, dass du dem Impuls nachgibst. Es ist nur eine Frage. Sei ehrlich. Ist dir nie danach, ihr eine zu verpassen?«

»Nein. Und jetzt hab ich auch eine Frage. Wo warst du am Abend des siebten Oktober? Letzten Dienstag.«

»Dienstag? Da war ich hier. Wir haben an Wochentagen bis zehn Uhr abends geöffnet. Hör zu, wenn Cora was zugestoßen ist, ich hab keine Ahnung, wo sie wohnt oder ob sie ihren Namen geändert hat oder was auch immer. Wenn sie am Dienstagabend verprügelt worden ist, hab ich nichts damit zu tun.«

»Wenn du das sagst.«

»Du kannst ja die Überwachungskamera überprüfen.« Er zeigte auf eine winzige Kamera über dem Eingang. »Die Bilder werden mindestens einen Monat lang gespeichert. Du kannst dich gern bei meinem Chef erkundigen.«

»Mach ich. Wo finde ich ihn?«

»Der ist in Urlaub. Nächste Woche kommt er zurück. Scheiß auf Cora. Ich dachte, ich würde nie wieder was von dem Miststück hören.«

21

Delorme hatte bis sechs Uhr gewartet. Als sie sich ziemlich sicher sein konnte, dass Matt Morton zu Hause sein würde, war sie zur Warren Street gefahren, einer Sackgasse im Osten der Stadt, wo sie höchstens ein- oder zweimal in ihrem Leben gewesen war.

Die Mortons wohnten in einem niedrigen Bungalow aus Holz, der ihr ziemlich beengt vorkam für ein Ehepaar, erst recht für ein Paar mit zwei Kindern, und die Fahrzeuge, die in der Einfahrt standen – ein Toyota Land Cruiser, ein Chrysler Pacifica und ein Ford Taurus (das einzige Auto von normaler Größe) – ließen das Haus noch winziger erscheinen. Neben der Garage standen zwei leuchtend rote Schneemobile unter einem Vordach.

Die Krönung des Ensembles war das Boot, ein riesiges Chris-Craft – nicht dass Delorme ein Chris-Craft von einem U-Boot hätte unterscheiden können, aber der Markenname prangte in glänzenden Chrombuchstaben auf dem Rumpf. Delorme kam das Boot ziemlich hässlich vor, zu lange Schnauze und irgendwie platt, aber zweifellos war es auf Geschwindigkeit ausgelegt und weniger auf Ästhetik – und vielleicht sah es ja im Wasser schon ganz anders aus. Delorme hatte keine Ahnung, wie viel PS der Motor hatte, aber die Schraube wirkte durchaus leistungsfähig.

Warum kaufte sich jemand all diese überdimensionalen Fahrzeuge und wohnte dann in so einer mickrigen Hütte? Delorme hatte sich schon oft über Leute gewundert – bei der Polizeiarbeit traf man häufig auf diese Sorte –, die ihr ganzes Geld für irgendwelche Hobbys ausgaben, aber keins für die Verschönerung ihrer Wohnung. In den letzten armseligen

Löchern standen mitunter Fernsehbildschirme von der Größe einer Schultafel.

Das Haus der Mortons allerdings mochte zwar klein sein, aber es war in gutem Zustand.

Von Matt Morton ließ sich dasselbe nicht behaupten. Falls er tatsächlich einmal ein Footballspieler gewesen war, wie Frank Rowley behauptete, dann war davon nicht mehr viel zu sehen. Alles, was er einmal an Muskelmasse besessen haben mochte, hatte sich längst in schwabbeliges Fett verwandelt. Er hatte eine Figur wie eine auf dem Kopf stehende Birne, so als hätte ihn jemand an den Knöcheln gepackt und sein ganzes Fett in Hals und Schultern gepresst. Sein Haar hatte dasselbe Braun wie das des Kinderschänders auf den Fotos, aber er trug einen ordentlichen Fassonschnitt.

Delorme stellte sich vor und zeigte ihren Dienstausweis.

»Kommen Sie rein«, sagte Morton. »Aber ich hab nicht viel Zeit. Wir wollen gleich zu Abend essen.«

»Kein Problem. Ich brauche nicht lange.« Das Wohnzimmer enthielt nichts, was sie auf den Fotos gesehen hatte. Die Küche lag am Ende des Flurs, zu weit weg, um mehr zu erkennen als ein paar hölzerne Schranktüren. Delorme hörte Kinder laut herumtollen und eine Frau, die sie ermahnte, leise zu sein. Den Stimmen nach zu urteilen, handelte es sich um einen Jungen und ein Mädchen.

»Ich habe Ihre Fahrzeuge draußen bewundert«, sagte Delorme. »Vor allem das Boot.«

»Ja, das ist mein ganzer Stolz. Hat mich eine ordentliche Stange Geld gekostet. Die Raten zahle ich immer noch ab.«

»Mr. Morton, ich untersuche mehrere Straftaten, die am Jachthafen begangen wurden, und in dem Zusammenhang möchte ich einen Blick auf Ihr Boot werfen, wenn Sie nichts dagegen haben.«

»Was denn für Straftaten?«

»Körperverletzung unter anderem.«

»Körperverletzung. Damit hab ich nichts zu tun, das kann ich Ihnen gleich sagen.«

»Bisher suchen wir nur nach Zeugen.«

»Also, ich hab nichts beobachtet, was nach Körperverletzung ausgesehen hätte. Und gehört hab ich auch nichts davon. Was hat mein Boot also damit zu tun?«

»Vielleicht hat es gar nichts damit zu tun. Wenn ich nur einen kurzen Blick hineinwerfen könnte, wäre das eine große Hilfe.«

»Tun Sie sich keinen Zwang an.«

»Danke.«

Morton zog sich eine Windjacke über und begleitete sie zu seinem Boot. Er hatte den vorsichtigen, tastenden Gang der Übergewichtigen. Aber im Lauf von mehreren Jahren konnte jemand stark zunehmen, und Delorme hatte ihn noch nicht von der Liste der Verdächtigen gestrichen.

»Wollen Sie wirklich da rauf?«

»Ja.«

»Auf diesem Boot ist niemandem ein Haar gekrümmt worden. Ich weiß nicht, was Sie sich davon versprechen.«

»Es wird mir helfen, das eine oder andere auszuschließen. Kann ich einfach auf den Anhänger klettern?«

»Es wäre mir lieber, wenn Sie eine Leiter benutzen würden.«

Delorme half ihm, eine zweieinhalb Meter lange Leiter aus der Garage zu holen. Nach der zweiminütigen Anstrengung war der ehemalige Footballspieler verschwitzt und außer Atem. Trotzdem stieg er als Erster die Leiter hoch. Delorme folgte ihm aufs Bootsdeck.

»Macht nicht viel her, im Moment«, sagte Morton. »Das ist, wie wenn man ein Rennpferd im Stall sieht. Man kriegt keinen richtigen Eindruck.«

»Ach, ich glaube, der Eindruck kommt ganz gut rüber«, erwiderte Delorme. »Es macht bestimmt großen Spaß, damit übers Wasser zu düsen.«

»Es gibt nichts Schöneres, das garantiere ich Ihnen. Die Luft, die Sonne. Kühles Bier. Und alle sind gut drauf. Die Kinder amüsieren sich, meine Frau ist im siebten Himmel, und ich bin so weit weg von meiner Arbeit wie nur irgend möglich.«

»Was machen Sie denn beruflich, Mr. Morton?«

»IT. Computernetzwerke. Früher konnte man damit mal gutes Geld verdienen. Aber die Zeiten sind vorbei. Jedenfalls hier in der Gegend. Wir wollten uns ein größeres Haus kaufen, aber das können wir jetzt vergessen.«

»Darf ich mal die Schutzbezüge hier von den Sitzen nehmen?« Delorme war sich bereits ziemlich sicher, dass dies nicht das Boot war, das sie suchte.

Das Steuerrad war weiß, das auf dem Foto dagegen aus Holz. Steuerräder ließen sich natürlich auswechseln, aber es war keinerlei hölzerne Verkleidung auf dem Boot zu entdecken, und sie bezweifelte, dass jemand so etwas austauschen würde.

Morton nahm die Schutzbezüge von den beiden Sitzen vor ihnen. Es handelte sich um drehbare, gepolsterte Sitze, zu denen kleine, fest stehende Tische gehörten. Die Sitze auf den Fotos waren rot gepolstert und mit den Rücken zueinander angeordnet gewesen. Und der gesamte hintere Teil des Bootes hatte anders ausgesehen.

»Wollen Sie auch die Kajüte sehen?«

»Nein, danke, Mr. Morton. Sie haben mir sehr geholfen.«

»Es würde nicht lange dauern. Jetzt, wo wir schon mal hier sind.«

»Also gut. Es kann nicht schaden, einen kurzen Blick hineinzuwerfen.«

Sie ließ sich von ihm herumführen, während er sie mit Stolz verschiedene Vorrichtungen bewundern ließ. Mehrmals sagte er: »Meine Frau würde mich umbringen, wenn sie wüsste, was mich das gekostet hat.«

»Das ist wahrscheinlich wie eine Art Zweitwohnung«, bemerkte Delorme. »Zumindest im Sommer.«

»Ganz genau.« Morton unterstrich seine Worte, indem er mit einem Wurstfinger auf sie zeigte. »Sie haben den Nagel auf den Kopf getroffen.«

Delorme hatte Booten nie viel abgewinnen können, aber das Innere der Kajüte hatte wirklich einen ganz besonderen Reiz. Jede Menge winzige Schränke und Behälter, alles im Miniaturformat und mit abgerundeten Kanten.

»Ihre Kinder sind bestimmt gern auf dem Boot«, bemerkte sie.

»Gott, mein Sohn würde ganz auf das Boot ziehen, wenn er könnte. Aber Brittney interessiert sich nicht die Bohne dafür. Sie ist dreizehn.«

Delorme hatte das Mädchen liebend gern gesehen, doch im Moment wusste sie einfach nicht, unter welchem Vorwand sie Morton bitten konnte, sie mit seiner Tochter sprechen zu lassen.

»Mr. Morton, wie verstehen Sie sich mit den anderen Leuten im Hafen? Haben Sie viel mit ihnen zu tun?«

»Eigentlich nicht. Das sind fast alles Familien, wissen Sie. Die Leute sind alle so mit ihren Kindern beschäftigt, dass man gar nicht dazu kommt, einander kennenzulernen. Wir reden übers Wetter, mehr nicht.«

»Da draußen ist es doch ziemlich eng. Und das ist ein teures Boot. Gibt es jemals Probleme?«

»Mit dem Hafen?«

»Oder mit den Leuten, die ihre Liegeplätze neben Ihrem haben.«

Morton überlegte und fuhr sich mit der Hand über den Kopf.

»Na ja, es gibt einen bescheuerten Italiener, der dauernd laute Musik spielt. Er hat seinen Liegeplatz am anderen Ende des Docks, aber auf dem Wasser tragen Geräusche sehr weit. Den können Sie meinetwegen verhaften und sonst wohin ausweisen.«

»Da muss ich Sie leider enttäuschen. Was ist mit den Leuten gleich neben Ihnen?«

»Die Ferriers? Das sind nette Leute. Wir sind nicht befreundet, aber wir kommen gut miteinander aus. André und ich trinken ab und zu mal ein Bierchen zusammen und plaudern über Football. Damit hat sich's auch schon.«

»Haben sie Kinder?«

»Zwei Mädchen: Alex und Sadie. Sadie ist acht oder so, und Alex ist in Brittneys Alter, eine frühreife Dreizehnjährige, Sie wissen ja, wie das heutzutage ist.«

Dreizehn. Delorme hätte gern mehr über die Mädchen erfahren, wollte aber vorerst noch nicht zu viel Aufmerksamkeit auf das Thema lenken. Es war nicht ausgeschlossen, dass Morton die Nachbarsmädchen befummelte. Um ihn abzulenken, fragte sie ihn nach Frank Rowley.

»Frank? Den kenne ich aus der Highschool. Über Frank kann ich Ihnen nichts Negatives sagen.« Plötzlich schnippte Morton mit den Fingern. »Da fällt mir was ein. Sie ermitteln in einem Fall von Körperverletzung?«

»Ja, richtig.«

»Ein Typ namens Fred Bell. Dem bin ich mal zu Hilfe geeilt, als irgend so ein Verrückter auf ihn losgegangen ist.«

»Frederick Bell?« Delorme war Dr. Bell nie begegnet, doch sie wusste, dass er Psychiater war.

»Genau. Ein Engländer. Aber das war nicht auf einem der Bootsstege, sondern vor dem Fischrestaurant.«

»Worum ging es denn bei dem Streit?«

»Keine Ahnung. Der Typ hat Bell angeschrien, weil der sein Kind falsch behandelt hatte oder so ähnlich. Ich halte ja nichts von diesen Seelenklempnern. Jedenfalls war der Typ fuchsteufelswild und hatte Bell am Kragen gepackt. Da bin ich halt dazwischengegangen und hab dem Typen gesagt, er soll sich verziehen. Aber das als Körperverletzung zu bezeichnen, wäre wohl übertrieben. Das war so vor einem oder anderthalb Jahren.«

»Können Sie mir sagen, wie der Mann heißt?«

»Ich kann mich nicht genau erinnern – Whiteside oder so ähnlich.«

»Eine letzte Frage, Mr. Morton. Haben Sie am Hafen mal irgendetwas gesehen oder gehört, das Sie beunruhigt hat? Vielleicht etwas, das Sie denken ließ, dass der Hafen kein guter Ort für Ihre Kinder wäre?«

»Wie meinen Sie das? Aus Gründen der Sicherheit?«

»Aus irgendeinem Grund.«

Morton schüttelte den Kopf. »Der Jachthafen ist wie eine Reihenhaussiedlung, wo jeder auf die Kinder des anderen aufpasst. Wo man sich gegenseitig mit einer Tasse Zucker aushilft und so, wissen Sie? Auch wenn man sich nicht besonders gut kennt, haben wir alle ein Gefühl von Kameradschaft, von gegenseitigem Vertrauen, wie man es nicht oft findet. Es ist der perfekte Zufluchtsort – für jeden, und ganz besonders für Kinder.«

22

Cardinal saß am Esstisch und ging Rechnungen durch, während Kelly sich im Wohnzimmer eine Wiederholung von *Emergency Room* ansah. Genau wie Catherine hatte sie die Angewohnheit, beim Fernsehen Popcorn aus einer Schale auf ihrem Schoß zu knabbern und zwischendurch das Geschehen auf dem Bildschirm zu kommentieren mit Bemerkungen wie: »Also wirklich, kein vernünftiger Arzt würde so was tun.«

Cardinal hatte Schecks ausgeschrieben, um Catherines Kreditkartenrechnungen zu bezahlen, und versah jedes Anschreiben mit der Notiz: »Adressatin verstorben, Konto bitte auflösen.«

Seine Gedanken wanderten zu den beiden Personen, die er bisher ausfindig gemacht hatte: einer war schon tot gewesen, als Catherine umgebracht wurde, der andere noch nicht vom Verdacht ausgeschlossen. Er musste Codwalladers Alibi noch überprüfen, aber sein Gefühl sagte ihm, dass es wahrscheinlich wasserdicht war. Cardinal spürte, dass ihm irgendetwas Offensichtliches entging, dass er sich auf dem Holzweg befand. Bisher hatte er sich auf Motiv und Gelegenheit konzentriert: Wer hatte einen Grund, ihm Schaden zuzufügen, indem er seine Frau tötete? Wer war kürzlich aus dem Gefängnis entlassen worden?

Aber es gab noch andere grundlegende Dinge zu klären: Wer kannte seine Adresse? Wer wusste, dass Catherine seine Frau war? Wer konnte derartige Informationen so gezielt einsetzen? Jedenfalls kein Säufer wie Connor Plaskett (selbst wenn er noch gelebt hätte) und vielleicht auch kein egozentrischer Verlierer wie Codwallader.

Cardinals Adresse und Telefonnummer standen nicht im Telefonbuch, und auf dem Revier konnte man sie auch nicht erfragen.

Seit seiner Zeit beim Drogendezernat in Toronto hatte er sich angewöhnt, stets darauf zu achten, ob ihn jemand beobachtete oder ob ihm jemand folgte. Einem Polizisten, der nicht äußerst wachsam war, konnte es passieren, dass irgendein Krimineller ihm zu seinem Haus oder seiner Wohnung folgte und seiner Familie etwas zuleide tat. Wenn jemand ihn verfolgt hätte, würde Cardinal es wissen.

Er überflog die restlichen Rechnungen. Ein Großteil waren Beitragsrechnungen und Spendenaufrufe: von der Audubon Society, dem Sierra Club und von Amnesty International (für Catherine), vom Kinderkrankenhaus und von UNICEF (für Cardinal). Und es gab Rechnungen von Algonquin Bay Hydro, von den Wasserwerken, der Telefongesellschaft und von Desmonds Bestattungsinstitut.

Die meisten Umschläge waren bereits geöffnet und ein Teil der Rechnungen bereits bezahlt. Cardinal setzte seine Lesebrille auf und hielt jedes einzelne Schreiben unter die Lampe neben dem Telefon, um es genau zu überprüfen, doch keins wies denselben Druckerfehler auf wie die gehässigen Beileidskarten.

Also gut, das war vielleicht zu simpel. Bei den meisten Rechnungen handelte es sich sowieso um computererstellte Schreiben. Kein Mensch würde sie überhaupt zu sehen bekommen, ehe sie nicht mit einem beigelegten Scheck zurückkamen.

Er öffnete den Umschlag, der vom Bestattungsinstitut gekommen war.

*Sehr geehrter Mr. Cardinal,
wir möchten Sie unseres tiefsten Mitgefühls versichern. Außerdem möchten wir Ihnen dafür danken, dass Sie sich vertrauensvoll an uns gewendet haben. Wir hoffen, dass wir Ihnen mit unseren Diensten in den schwersten Stunden Ihres Lebens Trost spenden konnten.
Unsere Rechnung ist beigefügt.
Bitte überweisen Sie den angegebenen Betrag, sobald es Ihnen möglich ist. Falls wir Ihnen noch weiter behilflich sein können, lassen Sie es uns wissen, wir stehen Ihnen jederzeit zur Verfügung.*
Mit Dank und tiefem Mitgefühl.

Das Schreiben war von David Desmond unterzeichnet. Keiner der Großbuchstaben wies die geringste Spur eines Druckerfehlers auf.

»Die Frau hat doch einen Sprung in der Schüssel«, sagte Kelly zum Fernseher. »Möchte wissen, wie die es geschafft hat, Krankenschwester zu werden.«

Während der Werbepause kam sie auf dem Weg in die Küche zu Cardinal an den Tisch. »Willst du dich nicht ein bisschen zu mir vor den Fernseher setzen, Dad?«

»Gleich.«

»Es tut einfach gut zu sehen, wie Leute ihr Leben noch viel weniger im Griff haben als man selbst. Aber das erlebst du wahrscheinlich jeden Tag bei der Arbeit.«

»Allerdings.«

»Ich hole mir eine Cola light. Willst du auch eine?«

»Gern.«

Cardinal betrachtete gerade die Rechnung, die zusammen mit dem Brief vom Bestattungsinstitut gekommen war. Ein Posten war ihm besonders aufgefallen, und es war nicht der Preis, über den er sich wunderte.

Sarg – Walnuss, natur – $ 2.500.

Eine deutlich zu erkennende weiße Linie zog sich durch die zweite Zeile.

Und weiter unten: *Als Vorauszahlung erhalten – $ 3.400.*

Dieselbe Linie im *A* und im *V*.

»Der Film geht weiter«, rief Kelly aus dem Wohnzimmer. »Und deine Cola steht hier auf dem Tisch.«

Cardinal nahm die drei Beileidskarten aus seiner Aktentasche. *Lieber wollte sie sterben …* Eine Linie im *L*. *Wie sehr muss sie dich gehasst haben.* Dieselbe Linie im *W*. Er nahm sich eine Lupe und untersuchte die Großbuchstaben genauer. Es passte zusammen.

Konnte es sein, dass ein Bestattungsunternehmer es satt hatte, für all den Schmerz und das Leid, das er Tag für Tag mit ansehen musste, Mitgefühl zu empfinden? Konnten einem all die Tränen und Gebete zum Hals heraushängen? Das endlose Brüten über die Einzelheiten einer Bestattung, sich zum x-ten Mal anhören zu müssen, dass der oder die Verstorbene ein ganz besonderer Mensch gewesen war, ganz anders als die Leute, die man Tag für Tag beerdigte? Cardinal nahm an, dass man all das durchaus leid sein konnte, und ja, wahrscheinlich konnte man auch eines Tages durchdrehen und anfangen, gehässige Beileidskarten zu verschicken.

Aber das eigentliche Anschreiben wies keinerlei Druckerfehler auf.

Er rief David Desmond zu Hause an.

Desmond, durch und durch Profi, war auf der Stelle verbindlich. »Ah, Mr. Cardinal«, sagte er. »Was kann ich für Sie tun?«

»Ich habe mir gerade Ihre Rechnung angesehen.«

»Ach, das hat keine Eile, Sie haben ja bereits die Hälfte im Voraus bezahlt, und ich kann mir vorstellen, dass Sie im Moment andere Dinge im Kopf haben.«

»Ich wüsste gern, ob Sie die Rechnungen selbst erstellen.«

»Nun, wir stellen natürlich die Beträge zusammen, aber die eigentlichen Rechnungen werden von einer Abrechnungsfirma formuliert und gedruckt.«

»Diese Leute scheinen Ihnen gute Dienste zu leisten. Ich muss in diesem Jahr eine ziemlich komplizierte Steuererklärung machen und dachte, ich könnte vielleicht von Ihnen den Namen und die Adresse der Firma bekommen.«

»Selbstverständlich. Die Firma nennt sich Beckwith & Beaulne. Einen Augenblick bitte, ich habe die Visitenkarte hier irgendwo.«

»Bei wem sind Sie denn? Bei Beckwith oder bei Beaulne?«

»Weder noch. Unser Sachbearbeitet ist ein Mann namens Roger Felt.«

»Ich werd verrückt.«

»Ach? Sie kennen den Mann?«

23

Roger Felt. An Roger Felt hatte Cardinal seit mindestens fünf, sechs Jahren nicht mehr gedacht. Roger Felt hatte als Börsenmakler und Finanzberater bei Fraser & Grant gearbeitet, und zwar in deren Zweigstelle in Algonquin Bay. Er hatte in dem Ruf gestanden, ein goldenes Händchen für Wachstumsaktien zu haben.

Wie fast jeder andere Finanzberater in der Stadt hatte Felt seine Brötchen in erster Linie mit Investmentfonds verdient. Er hatte die Ersparnisse von Leuten in mehr oder weniger sichere Fonds investiert. In Wirtschafts- und Finanzmagazinen hatte er allerdings über die Jahre zu viel über Finanzgenies gelesen, die Riesengewinne einfuhren und sich in relativ jungen Jahren mit Segelboot, einer Villa in den Bergen und einem Haus in Südfrankreich zur Ruhe setzten. Eine Maisonettewohnung in Algonquin Bay und ein Ferienhäuschen am Mud Lake waren für einen erfolgreichen Börsenmakler einfach nicht standesgemäß.

Und so hatte Roger Felt sich einen Plan zurechtgelegt, mit dessen Hilfe er das richtig große Geld verdienen würde. Er hatte sein eigenes Portfolio in riskanten Aktien des Testosteronmarkts angelegt und dazu auch das ihm anvertraute Kapital benutzt. Als die ersten Rückforderungen an ihn herangetragen worden waren, hatte er diese noch durch sein eigenes Geld ausgelöst.

Dieses Geld war natürlich nicht nur für seine eigene Altersversorgung, sondern auch für die seiner Frau vorgesehen sowie für die Unterbringung seiner Schwiegermutter in einem Seniorenheim und für die Ausbildung seiner drei Kinder, die nacheinander an die Uni gingen. Kein Problem. Sobald die

Aktien wieder stiegen, was zwangsläufig passieren würde, wie Felts Instinkt als Wirtschaftsexperte ihm sagte, würde er einen solchen Gewinn machen, dass er all das aus der Portokasse bezahlen konnte.

Zahlreiche Verluste und zahlreiche Rückforderungen später befand Roger Felt sich in der unangenehmen Situation, sich eingestehen zu müssen, dass er nicht nur seine eigenen Konten, sondern auch die seiner vermögendsten Kunden geplündert hatte. In Algonquin Bay waren diese »vermögendsten« Kunden keine Millionäre. Es waren ältere Leute mit hohen Renten und abbezahlten Häusern, die noch ein bisschen was auf der hohen Kante hatten. Roger Felt war so frei, sich das Geld von den Konten dieser Leute zu »leihen«, und zwar nicht nur, um die Rückforderungen zu bedienen, sondern auch, um größere Investitionen zu tätigen mit der Absicht, wie er später vor Gericht erklärte, alles zurückzuzahlen – selbstverständlich mit Zinsen.

Seine Träume von einem Leben im Luxus an der Côte d'Azur begannen zu verblassen, und nach einer Weile träumte er nur noch davon, das Geld zurückzuzahlen, das er unterschlagen hatte, den finanziellen Ruin seiner Familie zu verhindern und dem Gefängnis zu entgehen.

Aber es hatte nicht sollen sein.

Eine seiner Kundinnen, eine Mrs. Gertrude M. Lowry, wünschte ihr gesamtes Vermögen woanders anzulegen. Als sie Felts ausweichende Erklärungen satt hatte, schaltete sie die Polizei ein. Cardinal bekam den Fall, und da er kein Finanzgenie war, wurde Delorme ebenfalls auf den Fall angesetzt. Sie stand kurz vor dem Examen in Wirtschaftswissenschaften, als sie zur Polizei gegangen war, und hatte sechs Jahre lang Fälle von Wirtschaftskriminalität bearbeitet.

Sie verhafteten Felt wegen Betrugs, Unterschlagung und Verstoßes gegen seine treuhänderischen Verpflichtungen. Er wurde aller Vergehen für schuldig erklärt. Sein Anwalt, Leonard Scofield, bat in einem eloquenten Plädoyer, das der Richter sich ungerührt anhörte, um eine milde Strafe. Nachdem alle Zeugen ihre Aussage vorgetragen hatten, konnte der Richter nicht viel für Felt tun: Männer, längst über das Rentenalter hinaus, die gezwungen waren, wieder arbeiten zu gehen, junge Leute, deren Traum vom eigenen Haus sich in Luft aufgelöst hatte, wütende Paare, die ihre Eigenheime verloren hatten, und ängstliche alte Frauen, die sich als Putzfrauen verdingen mussten, um über die Runden zu kommen. Roger Felt wurde zu acht Jahren Gefängnis verurteilt und nach fünf Jahren auf Bewährung entlassen.

Cardinal fuhr zu der Adresse, die Desmond ihm gegeben hatte. Felt wohnte über einem Stoffladen auf der Sumner Street. Um zur Eingangstür zu gelangen, musste sich Cardinal durch einen Gang zwischen den Häusern quetschen, der so eng war, dass er nur seitwärts hindurchpasste.

Die Tür war im Lauf der Jahre von verschiedenen Graffiti-Künstlern dekoriert worden, die sich gegenseitig an Phantasielosigkeit überboten hatten: Der letzte hatte sich in riesigen, himbeerroten Buchstaben mit den Worten *I Love You* verewigt. Cardinal klingelte und betrachtete den Müll, der in dem Gässchen herumlag: zerdrückte Coladosen, zerknüllte Papierservietten und sogar ein aufgeweichter, riemenloser Sportschuh. Ein krasser Gegensatz zu der Villa am See, die Roger Felt besessen hatte, als Cardinal und Delorme gekommen waren, um ihn festzunehmen. Damals hatte er mit einem Glas Cola mit Rum in einer Hängematte gelegen.

Eine Stimme krächzte aus der Gegensprechanlage. »Wer ist da?«

»Paketdienst.«

»Moment, ich komme.« Schwere Schritte auf der Treppe, dann wurde die Tür geöffnet.

Roger Felts Erscheinungsbild hatte sich im Gefängnis nicht verbessert. Er war schon immer ein bulliger, eher schwerfälliger Typ gewesen, aber teure Anzüge und regelmäßiges Squash-Spielen hatten ihm zu einer gewissen Eleganz verholfen. Jetzt jedoch wirkte er wie ein fetter Troll. Sein Hemd sah aus, als wäre es seit Jahrzehnten nicht mehr gebügelt worden, und unter den Armen zeigten sich Schweißringe. Er stank nach Zigarettenrauch und atmete keuchend.

»Kommen Sie von Alma's?«, fragte Felt. »Ich hab eigentlich nichts bestellt.«

Cardinal hielt seinen Ausweis hoch. »Überraschung!«

Felt beäugte ihn durch seine dicken Brillengläser. »O nein.«

Cardinal stieß die Tür auf. »Mr. Felt, wir haben Grund zu der Annahme, dass Sie gegen Ihre Bewährungsauflagen verstoßen haben. Ich möchte mich mal in Ihrer Wohnung umsehen.«

»Zeigen Sie mir erst den Durchsuchungsbefehl.«

»Mr. Felt, Sie sind ein auf Bewährung entlassener Krimineller, und es besteht der Verdacht, dass Sie gegen die Auflagen verstoßen haben. Ich brauche keinen Durchsuchungsbeschluss.«

Cardinal schob sich an ihm vorbei und ging die düstere Treppe hoch. Durch die Tür am Ende der Treppe gelangte man in eine vollgestopfte Küche, die von einem dieser Neonringe beleuchtet wurde, wie sie von geizigen Vermietern bevorzugt wurden. In einem Aschenbecher auf dem Tisch qualmte eine Zigarette vor sich hin. Daneben standen eine Rechenmaschine, ein Stapel Akten, ein ziemlich zerbeulter Laptop und ein Drucker.

Cardinal zog eine bedruckte Seite aus der Ablage.

Es war eine Rechnung von Beckwith & Beaulne, adressiert an Nautilus Marine Storage and Repair. Eine haarfeine weiße Linie zog sich durch die Oberlängen der zweiten Zeile. Normalerweise blieb Cardinal gelassen, wenn er jemanden verhaftete. Aber als Roger Felt in die Küche geschnauft kam, packte ihn die Wut. Es gelang ihm jedoch, seine Wut vorerst zu unterdrücken. Er zeigte auf die Rechenmaschine, die Akten und die Zahlenreihen auf dem Laptopbildschirm.

»Ihre Bewährungsauflagen besagen, dass Sie nicht im Finanzsektor arbeiten dürfen. Offensichtlich betätigen Sie sich als Steuerberater. Kann ich Mr. Beckwith kurz sprechen?«

»Der ist nicht hier.«

»Und Mr. Beaulne?«

»Der ist im Moment nicht zu sprechen.«

»Beaulne und Beckwith sind Ausgeburten Ihrer Phantasie, stimmt's?«

»Es ist nur ein Name. Es klang einfach gut.«

»Sie betreiben eine Scheinfirma, Mr. Felt. Die Sie gegründet haben, um Ihre Mitbürger mal wieder hinters Licht zu führen.«

»Ich brauche Kunden. Der Name klang gut. Sie können nicht von mir erwarten, dass ich von einem Job in einem Schnellimbiss lebe.«

»Bei Ihrer Vorgeschichte in Sachen Betrug und Verstoß gegen treuhänderische Verpflichtungen wird der Richter sich sehr für die fiktiven Herren Beaulne und Beckwith interessieren.«

»Bitte, tun Sie das nicht. Ich will nicht wieder ins Gefängnis.«

»Ziehen Sie Ihre Schuhe an, Mr. Felt. Denn genau da werden wir hinfahren.«

24

Auf dem Revier wurden Roger Felts Personalien festgestellt, und nachdem man ihm gestattet hatte, seinen Anwalt anzurufen, wurde er in einer Arrestzelle untergebracht. Cardinal informierte den Staatsanwalt und den Bewährungshelfer. Dann schrieb er seinen Bericht, erledigte noch einigen Papierkram und trug die Kartons mit den Beweismitteln, die er aus Felts Wohnung mitgenommen hatte, ins Sitzungszimmer.

Das Sitzungszimmer war der ruhigste und am seriösesten eingerichtete Raum im Revier. Der lange Eichentisch und die schweren Stühle verliehen ihm den Anstrich des Konferenzsaals einer kleinen, aber florierenden Firma. Cardinal öffnete den ersten Karton und nahm die Rechenmaschine, den Laptop und den Drucker heraus. Dem zweiten Karton entnahm er die Aktenordner und das Briefpapier.

Sergeant Mary Flower betrat den Raum. Mary war gerade mal einssechzig groß, hatte aber ein Kreuz wie eine Ringerin und eine tiefe, kräftige Stimme. Sie war den uniformierten Polizisten eine fürsorgliche Chefin, aber wenn sie einen ihrer Schützlinge im Verdacht hatte, seine Pflichten zu vernachlässigen, konnte sie eine Strafpredigt halten, dass die Wände wackelten. Sie war jahrelang in John Cardinal verknallt gewesen, was dieser mehr als einmal ausgenutzt hatte, um sich vom Streifendienst eine Gefälligkeit zu erschleichen.

»Hören Sie zu, John.« Sie waren schon so lange Kollegen, dass sie sich mit Vornamen ansprachen, wenn sie außer Hörweite der übrigen Kollegen waren. »Sie werden mir zwar sagen, dass es mich nichts angeht, aber –«

»Es geht Sie nichts an, Mary …«

»Eigentlich doch. Weil es etwas mit korrektem Verhalten

im Dienst zu tun hat, und das fällt ziemlich genau in meinen Zuständigkeitsbereich, nämlich die Ausbildung der Neulinge, aber darum geht es mir gar nicht. Ich spreche Sie darauf an, weil wir Freunde sind und weil ich genug Achtung vor Ihnen habe, um Ihnen zu sagen, wenn ich der Meinung bin, dass Sie einen Fehler machen.«

»Ich mache viele Fehler. Um welchen genau geht es Ihnen?«

»Erstens, mein Lieber, dürften Sie noch gar nicht wieder im Dienst sein. Sie trauern immer noch, und Sie werden noch lange trauern. Das Polizeirevier ist kein Ort für gebrochene Herzen.«

»Sie hat mich nicht sitzen lassen. Sie, äh ...« *Ist gestorben.* Er würde die Worte nie über die Lippen bringen. Nicht im Zusammenhang mit Catherine.

»Das weiß ich, John. Also sollten Sie sich zugestehen, dass Sie auch nur ein Mensch sind. Gestehen Sie sich zu, dass Sie vielleicht im Moment überreagieren und dazu neigen, Fehler zu machen. Ich bin kein Detective, ich werde Ihre Ermittlungsmethoden nicht in Frage stellen.«

»Er hat gegen die Bewährungsauflagen verstoßen. Auflagen haben entweder einen Sinn oder nicht. Man kann nicht beides haben.«

»Sehen Sie, so etwas zum Beispiel würden Sie normalerweise nie sagen. Sie sind nicht der Typ, der alles nur schwarz oder weiß sieht. Ich rate Ihnen nur, sich noch eine Weile freizunehmen. Sie sind noch nicht wieder in Topform.«

»Sind Sie fertig?«

»Ja, Mama Mary ist fertig, Schätzchen.«

»Gut. Denn ich hab zu tun.«

Roger Felts Bewährungshelfer war Wes Beattie. Zwar telefonierte Cardinal häufig mit Beattie, doch er hatte ihn schon seit über einem Jahr nicht mehr gesehen. Beattie hatte inzwischen einen buschigen Vollbart und erschien ungewöhnlich formell gekleidet in Anzug und Krawatte.

»Meine Güte, Wes«, sagte Cardinal. »Haben Sie sich in einer Limousine herbringen lassen?«

»Sie haben mich aus der Oper geholt«, schnurrte Beattie. »Da versucht man einmal im Jahr, sich ein bisschen Kultur zu gönnen, und schon wieder ruft die Pflicht.«

»In Algonquin Bay gibt es keine Oper.«

»Heute Abend schon. Die Manhattan Light Opera Company gibt eine einzige Vorstellung in der Stadthalle, und Sie reißen mich da raus.«

»Felts Anwalt ist unterwegs, und der Staatsanwalt ebenfalls.«

»Freuen Sie sich nicht zu früh, John«, sagte Beattie. »Ich hab schon mit dem Staatsanwalt gesprochen, und er wird nur Anklage erheben, wenn ich es befürworte. Und ich muss Ihnen gestehen, John, dass mir das zutiefst widerstreben würde.«

»Roger Felt hat gegen die Bewährungsauflagen verstoßen, Wes. Er operiert im Finanzsektor unter Vorspiegelung falscher Tatsachen. Er hat mir Droh- und Schmähbriefe geschickt, die Sie sich vielleicht ansehen sollten, ehe Sie sich entscheiden und dem Staatsanwalt Ihre Empfehlung geben.«

Beattie gehörte zu der Sorte korpulenter Männer, die eine ansteckende Ruhe verströmen. Er stand vor Cardinal und wippte beim Zuhören auf den Absätzen. Dabei nickte er die ganze Zeit verständnisvoll. Ein Bewährungshelfer – bedrängt von Richtern, Straftätern, Opfern, Anwälten und nicht zuletzt gestressten Polizisten – lernt entweder gut zuzuhören oder dreht durch.

»Können wir uns irgendwo hinsetzen und uns in Ruhe unterhalten?«, fragte er. Sein verständnisvoller Ton gab Cardinal plötzlich das Gefühl, als führte er sich auf wie ein quengelndes Kind.

»Ja, sicher.«

Cardinal ging mit ihm ins Sitzungszimmer, wo Felts Gerätschaften immer noch auf dem Tisch standen.

Cardinal hielt einen Briefbogen mit Briefkopf hoch. »Ist Ihnen klar, dass es sich bei Beckwith & Beaulne um eine Scheinfirma handelt?«

»Streng genommen trifft das nicht zu, John. Es ist ein Buchhaltungsbüro, betrieben von Roger Felt, der freiberuflich arbeitet. Beckwith & Beaulne ist nichts weiter als ein Name – es spielt keine Rolle, dass es sich nicht um echte Personen handelt. Merrill und Lynch sind auch schon seit Ewigkeiten tot.«

»Merrill und Lynch waren echte Personen, die eine Firma gegründet haben.«

»John, mit dem Betrugsvorwurf werden Sie nicht durchkommen. Roger führt tatsächlich die Buchhaltungsdienste durch, die er anbietet. Nicht mehr und nicht weniger.«

»Er macht Steuererklärungen für andere Leute, und das fällt unter Finanzberatung, eine Tätigkeit, die ihm laut Bewährungsauflagen streng verboten ist.«

»Da bin ich anderer Meinung, und das Gericht wird das genauso sehen wie ich. Was er macht, ist keine Finanzberatung, sondern Buchhaltung. Dabei geht es nur um Zahlen. Er hat keinen Zugang zu Bankkonten, keine treuhänderischen Verpflichtungen. Das ist eine anerkannte Dienstleistung und entspricht seinen Fähigkeiten.«

»Das Gericht könnte das anders sehen.«

»John, ich habe es mit einem Richter besprochen, bevor ich Roger grünes Licht gegeben habe. Der Richter hatte kein Problem damit. Und der Staatsanwalt auch nicht, was erklärt, warum er nicht hier ist.«

»Den Staatsanwalt abzubestellen steht Ihnen nicht zu, Wes.«

»Ich versuche nur, Sie vor einem Fehler zu bewahren, John. Glauben Sie mir, Sie tun sich keinen Gefallen, wenn Sie damit vor Gericht gehen. Roger hat sich verändert. Durch seine Straftat hat er alles verloren, und ich meine alles. Nicht nur sein Geld. Sie haben ja gesehen, wo er haust. Seine Frau hat sich, kurz nachdem er ins Gefängnis kam, von ihm getrennt. Zwei seiner Kinder wollen nichts mehr mit ihm zu tun haben. Er hat seine Freunde verloren, alles.«

»Und Sie meinen, er hat sich verändert.«

»Ich weiß es, und die Bewährungskommission wusste es auch. Er hat im Gefängnis seinen Glauben wiedergefunden – er ist katholisch –, und obwohl ich gewöhnlich auf solche Beteuerungen überhaupt nichts gebe, scheint es in Rogers Fall der Wahrheit zu entsprechen. Er ist sehr engagiert in der Kirchengemeinde.«

Cardinal nahm mehrere unbeschriebene Beileidskarten aus dem Karton.

»Die hab ich neben seinem Laptop gefunden.« Dann öffnete er seine Aktentasche und holte die Karten heraus, die ihm per Post zugeschickt worden waren. »Und die hat er mir geschickt. Sehen Sie sich die an, Wes. Sehen Sie sich die an, und sagen Sie mir, wie sehr er sich verändert hat.«

Beattie nahm die Karten entgegen und betrachtete sie eingehend. Sie steckten aufgeklappt in Klarsichthüllen. Er sah sich jede einzeln von beiden Seiten an und warf sie dann auf den Tisch.

»Sie glauben also, dass Roger Ihnen die geschickt hat?«

»Er hat einen Computer benutzt, um sich nicht mit seiner Handschrift zu verraten, aber in den Großbuchstaben und Oberlängen ist ein Druckerfehler zu sehen. Hiermit können Sie den Fehler gut erkennen.«

Er reichte Beattie ein Vergrößerungsglas. Beattie betrachtete zuerst eine der Karten, dann die Rechnung, die Cardinal vom Bestattungsinstitut erhalten hatte. Schließlich verglich er die Rechnung mit den anderen beiden Karten und klopfte mit dem Zeigefinger darauf.

»Es tut mir leid, dass Sie so was bekommen haben. Muss Sie ziemlich aufgewühlt haben.«

»Aufgewühlt ist kein Ausdruck. Meine Frau ist – Sie wissen, was mit meiner Frau passiert ist. Der Gerichtsmediziner mag vielleicht davon überzeugt sein, dass sie sich selbst das Leben genommen hat, aber ich glaube das nicht. Angenommen, Sie würden jemanden umbringen und es dann aussehen lassen wie Selbstmord. Das könnte Sie doch auf die Idee bringen, solche Karten zu schreiben, oder?«

Ich gerate in Panik, dachte Cardinal. Ich verliere die Kontrolle. Es war ein Fehler gewesen zu erwähnen, dass er einen Mord vermutete, aber er konnte sich nicht mehr beherrschen. Die Worte sprudelten nur so aus ihm heraus.

»Vor sechs Jahren hab ich Felt verhaftet, weil er jede Menge Geld unterschlagen hat. Wie Sie bereits erwähnten, hab ich damit nicht nur seinen Ruf ruiniert, sondern auch dafür gesorgt, dass er seine Freunde, seine Frau, seine Kinder verliert. Sein ganzes Leben ist zum Teufel, und dann hat er im Gefängnis fünf Jahre Zeit, um seinen Hass auf mich zu nähren. Er sagt sich, wenn ich ihn nicht erwischt hätte, hätte er ein Riesengeschäft gemacht, wäre reich geworden und hätte das ganze Geld, das er unterschlagen hatte – beziehungsweise *geliehen*, wie er sich ausdrückt – zurückzahlen können. Wie kann er mir das alles heimzahlen? Indem er mich umbringt? Nein, das ist zu einfach, zu direkt, und es wäre auch keine richtige Rache, denn ich würde nicht leiden wie er, der von seiner Frau sitzengelassen wurde. Also tötet er *meine Frau*, um sich an mir zu rächen, und schreibt mir diese Karten, um noch zusätzlich Salz in meine Wunden zu streuen. Der Typ ist purer Abschaum, Wes. Er ist es schon immer gewesen.«

Selbst in Cardinals eigenen Ohren klang sein Vortrag wie der Schrei eines verwundeten Tiers. Und zu allem Überfluss musste er auch noch den mitfühlenden Blick in Wes Beatties bärtigem Gesicht ertragen. Beattie legte ihm tatsächlich eine Hand auf die Schulter.

»John, was machen Sie überhaupt hier? Sie dürften noch gar nicht wieder im Dienst sein.«

»Wieso nehmen Sie diesen Typen in Schutz, Wes? Er hat doch schon Scofield auf seiner Seite. Halten Sie es für unmöglich, dass er diese Karten geschrieben hat?«

»Nein, denn man sieht ja den Druckerfehler auf den Karten und auf der Rechnung. Ich weiß, dass Felt die Rechnungen für Desmonds Bestattungsinstitut erstellt. Und ich kann zwei und zwei zusammenzählen. Ich kann mir sogar vorstellen, dass er so was Perverses schreiben würde. Der Mann hat schräge Neigungen, keine Frage. Aber ich bin noch selten jemandem begegnet, der so wenig zu Gewalttätigkeit fähig ist, und dass er jemandem etwas zuleide tun könnte, ist absolut undenkbar. Sie haben noch nicht mal einen Beweis für einen Mord. Nehmen Sie sich Urlaub. Gehen Sie zu einem Trauerberater. Lassen Sie sich nicht aus der Bahn werfen.«

»Selbst wenn wir annehmen, dass Felt niemandem ein Haar krümmen könnte, haben wir einen Mann, der gegen seine Bewährungsauflagen verstoßen hat, der einen Polizisten mit perversen Briefen schikaniert und bedroht. Das reicht doch wohl, um ihn wieder in den Knast zu stecken.«

»Okay, die Karten sind primitiv. Sie sind verletzend. Sie sind boshaft. Fällt das unter ›Schikane‹? Ich weiß nicht. Darüber ließe sich diskutieren. Aber die Briefe als ›Bedrohung‹ zu bezeichnen ist reichlich übertrieben. Sie werden keinen Richter finden, der das unterschreibt. Sagen Sie mir eins,

John: Wenn Sie akzeptieren würden, dass der Befund ›Selbstmord‹ korrekt ist, würden Sie sich dann überhaupt die Mühe machen, nach dem Absender dieser Karten zu suchen?«

Die Tür wurde aufgerissen, und im nächsten Augenblick stand Leonard Scofield vor ihnen, eine lederne Aktentasche in der einen und einen Briefbogen in der anderen Hand. Scofields Anzüge sahen immer aus, als käme er gerade von einem Maßschneider in der Savile Row, und seine Schuhe, als wären sie nagelneu. Es war zwar schon halb elf abends, dennoch erschien er in einem dunklen Nadelstreifenanzug, einem blütenweißen Hemd und mit dunkelroter Krawatte.

Scofield hatte eine sonore Stimme, die ihm die Autorität eines Nachrichtensprechers verlieh und noch das schwächste seiner Argumente vernünftig klingen ließ. Cardinal hatte es geschafft, zwei oder drei seiner Mandanten hinter Gitter zu bringen, aber nie für so lange, wie sie es verdient hätten.

Und als wäre das alles noch nicht genug, war Scofield auch noch ein anständiger Mensch. Wie die meisten Polizisten war Cardinal Anwälten gegenüber instinktiv misstrauisch, auch wenn er intelligent genug war, um zu wissen, dass sich dieses Misstrauen nicht begründen ließ. Aber Scofield war ein Mann, den man einfach respektieren musste, selbst wenn er gerade dabei war, einen Fall, den man für wasserdicht gehalten hatte, vor Gericht in der Luft zu zerreißen. Er war stets bereit zu Gesprächen im Vorfeld eines Prozesses, immer zugänglich für rationale Argumente, und egal, mit welchem Ingrimm er einen Mandanten verteidigte, nie kam auch nur der geringste Zweifel an seiner Integrität auf. Cardinal hatte sich schon oft gewünscht, Scofield würde sich um den Posten des Staatsanwalts bewerben.

Kurz gesagt, es bestürzte Cardinal jedes Mal, Scofield bei einem Verfahren auf der Gegenseite zu sehen.

»Gentlemen«, sagte Scofield, »lassen Sie mich vorausschicken, dass ich es äußerst unerquicklich finde, zu so später Stunde gerufen zu werden.«

»Wenn Sie Felt verteidigen«, erwiderte Cardinal, »werden Sie sich noch wünschen, überhaupt nicht gerufen worden zu sein.«

Scofield hatte dunkle Augenbrauen – sehr ausdrucksvoll und sehr nützlich, um sowohl vor Gericht eloquent schweigend Skepsis und eine ganze Reihe subtilerer Gefühle zum Ausdruck zu bringen, als auch wie im vorliegenden Fall wohlwollende Besorgnis.

»Detective Cardinal«, sagte er, »ich möchte Ihnen mein tiefstes Beileid aussprechen.«

»Danke.« Es gab einfach nichts anderes zu sagen. Scofield war entweder die Rechtschaffenheit in Person oder in der Lage, Ernsthaftigkeit nach bester Hollywoodmanier zu spielen.

»Und ich möchte Ihnen das hier geben.« Scofield reichte Cardinal mehrere Dokumente und gab Wes Beattie einen Satz Kopien. »Deswegen bin ich so spät dran. Ich bin noch kurz in der Kirche gewesen und habe mit Pastor Mkembe gesprochen. Da er Priester ist, würden Sie wahrscheinlich nicht auf einer eidlichen Aussage bestehen, aber für alle Fälle habe ich eine mitgebracht. Pastor Mkembe schwört, dass Roger Felt am Dienstag, dem siebten den ganzen Abend – und zwar von acht bis elf Uhr – in der Kirche an einer Benefizveranstaltung teilgenommen hat. Die anderen eidlichen Aussagen sind von einem Diakon und von Schwester Catherine Wellesley, die ebenfalls bezeugen, dass Roger Felt an dem Abend in der Kirche war. Offenbar hat er über die Einnahmen aus dem jährlichen Flohmarkt Buch geführt – wofür er, wie ich betonen möchte, kein Honorar verlangt hat.«

Cardinal war nicht selbstgerecht. Er war katholisch erzogen und folglich ausgestattet mit einer überdimensionalen

Bürde aus Schuldgefühlen. Er wusste, dass er fähig war, Dinge zu tun, für die er sich später schämte, ja, er hatte sogar schon selbst gegen das Gesetz verstoßen, und deswegen war er kein Polizist, der auf hohem Ross an einem Tatort erschien, entschlossen, alle Übeltäter der Welt zur Strecke zu bringen. Und je älter er wurde – und je weiter er sich von der Religion entfernte, in die er hineingeboren war –, umso weniger traute er Leuten über den Weg, die die Rechtschaffenheit für sich gepachtet hatten: rechtschaffene Gangster, die Rivalen grün und blau prügelten, weil sie es gewagt hatten, einen Fuß auf ihr Territorium zu setzen, rechtschaffene Ehemänner, die ihre Frauen mit Füßen traten, mit Messern verletzten oder gar erschlugen, um ihnen »Respekt« beizubringen, rechtschaffene Polizisten, die Knie und Ellbogen zum Einsatz brachten, wenn sie jemanden verhafteten, von dem sie annahmen, dass er durch das Netz der Justiz schlüpfen könnte. Cardinal, der sein Leben in den Dienst der Gerechtigkeit gestellt hatte, hatte gelernt, dass derartige Rechtschaffenheit eine Menge Unrecht mit sich brachte.

Es war ein harter Schlag für ihn, vor seinen eigenen Augen als selbstgerechter Polizist entlarvt zu werden, der einen Rachefeldzug gegen einen Unschuldigen führte. Die Scham kroch ihm heiß in den Nacken, und Schweißperlen traten ihm auf die Stirn.

Wes Beattie begriff nur langsam. »Das verstehe ich nicht. Was zum Teufel hat Dienstag der Siebte damit zu tun, dass Roger geschmacklose Beileidskarten mit der Post verschickt?«

»An dem Abend ist Detective Cardinals Frau gestorben«, sagte Scofield. »Ich möchte Sie noch einmal meines tiefen Mitgefühls versichern, Detective. Ich bringe das Thema nur ins Gespräch, weil die Umstände mich dazu zwingen.«

Beattie, der entspannt zurückgelehnt auf seinem Stuhl gesessen hatte, richtete sich auf und beugte sich mit seinem enormen Brustkorb über den Tisch. »Soll das heißen, Sie haben sich auf dem Weg hierher drei eidliche Aussagen besorgt, um einen Mandanten zu verteidigen, gegen den noch gar keine Anklage erhoben wurde? Niemand hat von Mord gesprochen – zumindest nicht Ihnen gegenüber. Jedenfalls noch nicht.«

»Ganz genau, Mr. Beattie. In dem Moment, als ich Ihren Anruf erhielt, war mir klar, dass es nur eine Erklärung geben kann für diese bedauerliche Sachlage. Ich kenne Detective Cardinal schon viel zu lange, und ich habe schon oft genug vergeblich versucht, seine Aussagen zu entkräften, um nicht den größten Respekt für ihn zu empfinden. Wenn Detective Cardinal sich so ins Zeug legt, um meinen einigermaßen resozialisierten Mandanten zurück ins Gefängnis zu bringen, dann muss mehr dahinterstecken als ein paar geschmacklose Beileidskarten. Ich habe in der vergangenen Woche eine Reihe von Straftätern vor Gericht vertreten, und mir ist einiges an Gerüchten zu Ohren gekommen.«

»Gerüchte?«, fragte Cardinal. »Was erzählt man sich denn bei Gericht? Dass ich übergeschnappt bin? Dass ich vor lauter Trauer jeden Realitätssinn verloren habe?«

»Nichts auch nur annähernd so Krasses, Detective. Es heißt, der Gerichtsmediziner sei jung und unerfahren gewesen und dass ein älterer Kollege – oder auch eine Kollegin – wahrscheinlich eine gerichtliche Untersuchung angeordnet hätte.«

Es ermutigte Cardinal ein wenig – wenn auch nicht allzu sehr – zu hören, dass er möglicherweise Unterstützung hatte, dass er vielleicht nicht allein war.

»Und es heißt«, fuhr Scofield fort, »Detective Cardinal befinde sich auf einem Ein-Mann-Kreuzzug gegen den oder die Unbekannten, die hinter einem möglichen Tötungsdelikt stecken könnten. Was ich unter den gegebenen Umständen sehr gut verstehen kann. Daher schien es mir wahrscheinlich, dass mein Mandant Opfer einer Fehleinschätzung des Detectives wurde – einer unter den gegebenen Umständen verständlichen, aber dennoch einer Fehleinschätzung. Ich hoffe, dass diese eidlichen Aussagen Ihren Verdacht zerstreuen werden.«

»Sie haben noch nicht gesehen, was er mir geschickt hat«, sagte Cardinal und schob die Karten über den Tisch.

Scofield betrachtete sie, ohne sie zu berühren, als könnten sie mit einem Virus behaftet sein.

»Das ist so ziemlich das Gehässigste, was ich je geschrieben gesehen habe«, bemerkte der Anwalt.

Beattie sagte: »Ein Druckerfehler auf den Karten stimmt mit dem auf der Rechnung überein, den John von Desmonds Bestattungsinstitut erhalten hat. Roger macht die Buchführung für Desmond.«

»Wunderbar«, sagte Scofield. »Dummheit und Gehässigkeit in einer Person vereint, wie so oft. In diesem Fall eine so bodenlose Dummheit, dass man meinen könnte, der Schreiber der Karten wollte unbedingt gefasst werden. Aber angesichts dieser eidlichen Aussagen ...«

Cardinal stand auf. »Lassen Sie mich mit ihm reden.«

»Im Moment kann ich nicht zulassen, dass Sie ihn befragen. Nicht ohne meine Anwesenheit.«

»Ich habe keine Fragen. Sie können draußen sitzen und zusehen.«

Cardinal führte Beattie und Scofield in eine kleine Küche. Es gab einen Automaten für Getränke und einen für Süßigkeiten, und auf einem Fernsehbildschirm war das Vernehmungszimmer zu sehen.

Dann ließ er Felt aus der Arrestzelle holen und forderte ihn auf, sich an den Verhörtisch zu setzen.

»Mein Anwalt ist hier«, sagte Felt nervös. »Sie können mich nicht verhören, wenn er nicht dabei ist.«

Cardinal legte die Karten in der Reihenfolge, wie sie bei ihm eingetroffen waren, nacheinander auf den Tisch. Sie befanden sich immer noch in den Klarsichthüllen, aufgeschlagen, so dass die gehässigen Zeilen zu lesen waren. Dann legte er die Rechnung des Bestattungsinstituts neben die Karten.

»Ich habe Post von Ihnen bekommen«, sagte Cardinal ruhig.

»O Gott«, sagte Felt.

Er betrachtete erst die Karten, dann die Rechnung.

»O Gott«, sagte er noch einmal. Und dann brach er zu Cardinals Verwunderung in Tränen aus. Anfangs versuchte er, sein Gesicht mit den Händen zu verbergen. Doch dann lehnte er sich zurück und weinte ungehemmt, ohne sich die Mühe zu machen, sich die Tränen von den Wangen zu wischen. Er versuchte, etwas zu sagen, brachte jedoch kein verständliches Wort heraus.

Cardinal wartete.

Schließlich riss Felt ein paar Kleenex aus der Schachtel auf dem Tisch, wischte sich das Gesicht ab und putzte sich die Nase. Er beugte sich vor, stützte die Stirn in eine Hand und schüttelte den Kopf. Sein Atem wurde immer noch durch Schluchzer unterbrochen. Er setzte an zu sprechen, wurde jedoch erneut von Tränen überwältigt. Cardinal wartete weiterhin schweigend ab.

Endlich beruhigte sich Felt. Cardinal reichte ihm einen Pappbecher mit Wasser.

»Es tut mir so leid«, sagte Felt. »Ich kann Ihnen gar nicht sagen, wie leid es mir tut.«

»Komisch, wie die Aussicht auf Gefängnis die Reue weckt.«

»Es stimmt, die Vorstellung, wieder ins Gefängnis zu müssen, ist entsetzlich. Aber das ist nicht der Grund, warum mir das alles so leid tut. Diese ... diese Worte zu lesen. Mir vorzustellen, wie sie auf Sie gewirkt haben müssen. Sie neben der Rechnung für die Beerdigung Ihrer Frau zu sehen ...«

Ihm versagte erneut die Stimme. Noch ein Kleenex. Noch ein Schluck Wasser.

»Ich bin einfach so entsetzt über das, was ich getan habe.« Er sah Cardinal mit flehenden Augen an. »Haben Sie jemals etwas getan – etwas, für das Sie sich fürchterlich schämen? Etwas, von dem Sie hoffen, dass es nie jemand erfährt?« Er zeigte auf die Karten. »Das ist ... das ist ... Es ist widerwärtig. Wie kann ein Mensch einem anderen Menschen so was antun? Ich habe es getan, und trotzdem kann ich die Frage nicht beantworten: Wie kann ein Mensch einem anderen Menschen so etwas antun?«

Schluchzend schüttelte er den Kopf. Seine Hemdbrust war so nass, als wäre er gerade in einen heftigen Regenschauer geraten.

Cardinal fiel auf, wie recht Dr. Bell gehabt hatte, als er sagte, dass derjenige, der die Karten geschrieben hatte, ein ganz anderer Typ sein musste als derjenige, der Catherine ermordet hatte – *falls* sie ermordet worden war. Plötzlich war seine ganze Wut verflogen.

»Meine Frau hat sich von mir getrennt, nachdem ich mein erstes Jahr abgesessen hatte«, sagte Felt. »Sie hat meine Töchter mitgenommen. Sie haben mich alle nur noch verachtet. Ich dachte, ich hätte meine Schuld endlich akzeptiert. Ich dachte, ich hätte aufgehört, alle anderen für das verantwortlich zu machen, was ich getan habe. Aber dann, letzte Woche, als ich die Buchführung für Desmond machte, hatte ich plötzlich Ihre Akte in der Hand, Ihre Frau betreffend. Und ich weiß gar nicht, was da über mich gekommen ist.«

»So was nennt man Rachegelüste«, sagte Cardinal.

»Ja, wahrscheinlich war es das.«

Felt sah ihn mit seinen geröteten Augen an, doch es lag kein Flehen mehr in seinem Blick, kein Bitten um Verständnis. Er wirkte nur noch erschöpft.

Mit einem Mal fühlte sich auch Cardinal vollkommen erschöpft. Er wollte nur noch nach Hause, nur noch schlafen, nur noch so weit wie möglich vom Polizeirevier weg sein. Er erhob sich und hielt Felt die Tür auf.

»Zurück in die Zelle, nehme ich an«, sagte Felt.

Cardinal schüttelte den Kopf. »Nein, Sie können gehen.«

»Wirklich?« Felt sah sich im Vernehmungszimmer um, als könnten dort Leute sitzen, die abwarteten, ob er auf den schlechten Scherz hereinfallen würde. »Sie meinen, ich kann nach Hause gehen?«

Cardinal musste an die schreckliche kleine Küche mit der einzelnen Herdplatte und den schiefen Wänden denken und daran, wie lieblos das Ganze gewirkt hatte. Was für ein Zuhause.

»Unter einer Bedingung«, sagte er.

»Ich tue alles, was Sie wollen. Ehrlich. Sagen Sie es mir einfach.«

»Schreiben Sie mir keine Briefe mehr.«

25

Dr. Frederick Bell, der sich als ruhigen, rational denkenden Menschen betrachtete, empfand es als äußerst beunruhigend, dass er in letzter Zeit immer nervöser wurde. Daran war Catherine Cardinal schuld. Es hätte ganz anders enden können, und alle wären glücklich und zufrieden gewesen, aber nein, sie hatte alles vermasselt. Als er seine Hände betrachtete, sah er, dass sie zitterten. Das ging einfach nicht so weiter. Er konnte es sich nicht leisten, die Nerven zu verlieren.

Dr. Bell drückte die Play-Taste, und sofort ließ das Zittern in seinen Fingern nach. Der DVD-Recorder war ein britischer Arcam, das Neueste, was die Technik zu bieten hatte, ein Gerät mit einer Hundert-Gigabyte-Festplatte, Lesezeichen-Funktion und automatischer Archive-to-Tape-Funktion. Und er war fast geräuschlos – für Therapiesitzungen besonders wichtig.

Aber das Beste war die digitale Videokamera, eine Canon etwa von der Größe eines Golfballs, die in einer Wandlampe neben den Bücherregalen versteckt war. Das Weitwinkelobjektiv (von Carl Zeiss) erfasste den Therapeuten und den Patienten, ohne das Bild zu verzerren, und das Kugelmikrofon, ein Wunderwerk der Technik, versteckt in dem Kronleuchter von Arts and Crafts über dem Beistelltisch, war etwa so groß wie ein Radiergummi. Die Aufnahmesoftware sorgte auch bei unterschiedlicher Distanz der Sprechenden zum Mikrofon für eine gleichbleibende Tonqualität, für die sich Dr. Bell beim Abspielen immer wieder aufs Neue begeistern konnte.

Er sah sich die ersten Filme noch einmal an. Anfangs hatte er immer erst mit der Aufnahme begonnen, nachdem die Begrüßung vorbei und die Hemmschwellen überwunden waren, doch inzwischen nahm er die Sitzungen komplett auf.

Perry Dorn trat ins Bild und setzte sich, sein schütteres Haar schimmerte im Sonnenlicht. Bells Erregung stieg, während er sich die höflichen Begrüßungsworte anhörte. Dann verharrte der Patient auf dem Bildschirm so lange reglos in seinem Sessel, dass Bell einen Augenblick lang dachte, er hätte aus Versehen die Pausentaste gedrückt.

Jeder Therapeut muss lernen, mit den Pausen in einem Patientengespräch umzugehen. Manche sind der Meinung, der Therapeut sollte einen zögernden Patienten nicht zum Sprechen drängen. Fünf Minuten, zehn Minuten, sollten sie sich ruhig die ganzen fünfzig Minuten lang in Schweigen hüllen. Der Patient sollte derjenige sein, der das Tempo vorgab.

Andere greifen nach spätestens einer Minute ein, weil sie der Meinung sind, dass Patienten das Schweigen des Therapeuten als feindselig missdeuten könnten, als würde man sie am ausgestreckten Arm verhungern lassen. Man kann zum Beispiel eine vorsichtige Frage stellen, nichts zu Drängendes, oder man kann kurz zusammenfassen, was in der vorangegangenen Sitzung besprochen wurde. Wieder andere, pragmatischer veranlagte Therapeuten erkundigen sich nach »Hausaufgaben«, die sie dem Patienten auferlegt haben.

Perry bricht das Schweigen. Der arme Perry.

»Tut mir wirklich leid, dass ich neulich angerufen hab«, sagt er. »Tut mir leid, dass ich Sie gestört hab.«

»Schon in Ordnung«, sagt Dr. Bell. »Mir tut es leid, dass ich Ihnen nicht mehr Aufmerksamkeit schenken konnte. Aber es war einfach unmöglich.«

»Ja, ich weiß. Ich kann schließlich nicht erwarten, dass jemand alles stehen und liegen lässt, sobald ich depressiv werde. Ich hatte ein schlechtes Gewissen anzurufen, aber ich … Ich hatte einfach das Gefühl, als würde ich kurz davorstehen, es zu tun, wissen Sie. Ich dachte wirklich, ich würde es tun ...«

Wie lange sollte man so ein Schweigen währen lassen? Hätte er Perrys Gedanken an seiner Stelle aussprechen sollen? Oder lieber zusehen, wie es dem Jungen immer und immer wieder durch den Kopf dröhnte? Als Kind hatte Dr. Bell einmal einen Film gesehen, einen alten Historienschinken, in dem einem bedauernswerten Gefangenen eine riesige Glocke über den Kopf gestülpt wurde, auf die die Folterknechte anschließend mit Hämmern einschlugen. Als die Glocke wieder hochgehoben wurde, lief dem Opfer Blut aus den Ohren. Ein langes Schweigen konnte manchmal denselben Effekt haben wie diese Glocke. *Ich bring mich um, ich bring mich um, ich bring mich um*, dröhnte es unablässig im Schädel.

Und das war das Endspiel. Bell genoss es mit derselben Befriedigung wie ein Schachspieler, der sich die Aufnahme von einer gewonnenen Partie noch einmal ansieht. Den Sieg klar vor Augen, boten sich ihm mit jedem Spielzug mehr Möglichkeiten. Für den Patienten dagegen, der eigentlich schon verloren hatte – und dem nicht einmal bewusst war, dass er an einem Spiel beteiligt war –, blieben mit jedem Zug weniger Alternativen übrig, bis er schließlich keine Wahl mehr hatte.

Auf dem Bildschirm lässt Dr. Bell das Schweigen währen.

Perry senkt den Kopf.

Dr. Bell wartet, bis das Schweigen sich wie Gas im ganzen Raum ausbreitet.

Perry beginnt zu schluchzen.

Dr. Bell schiebt eine Schachtel Kleenex über den Sofatisch. Springer bedroht Königin.

Perry nimmt ein Kleenex und putzt sich die Nase. »Tut mir leid«, sagt er.

»Sie waren verzweifelt«, sagt Dr. Bell. »Sie wollten sich das Leben nehmen.«

Perry nickt.

»Aber Sie haben es nicht getan.«

»Nein.«

»Warum nicht?«

»War wohl zu feige. Ich bin einfach der größte Feigling der Welt.«

Perry schnaubt verächtlich. Er braucht noch ein Kleenex.

Es war erstaunlich, wie sehr ein Mensch von Selbsthass erfüllt sein und trotzdem weiterleben konnte, dachte Dr. Bell. Perry Dorn hätte sich eigentlich schon vor Jahren umbringen können, aber nein, er klammerte sich ans Leben, hielt Tag für Tag, Monat für Monat, Jahr für Jahr durch und litt wie ein Hund.

»Es hat doch sicherlich nicht nur etwas mit Feigheit zu tun«, sagt Dr. Bell im Film. »Wovor sollten Sie denn Angst haben?«

Achselzucken.

»Die Schmerzen. Einerseits hab ich Angst vor den Schmerzen. Und ich hätte Angst, es falsch zu machen und mir am Ende nur das Gesicht wegzupusten, ohne mich wirklich umzubringen.«

»Das könnte natürlich passieren, wenn man nicht aufpasst. Aber vielleicht gab es noch etwas anderes, das Sie dazu bewogen hat, von Ihrem Vorhaben zurückzuschrecken.«

»Ich weiß nicht, was Sie meinen?«

»Nun, was würde Margaret denken, wenn sie erführe, dass Sie sich umgebracht haben?«

»Wollen Sie eine ehrliche Antwort?«

»Ja, eine ehrliche Antwort.«

Perry denkt ein paar Minuten lang nach.

»Na ja, anfangs würde sie wohl ziemlich bestürzt sein.«

»Und dann? Auf lange Sicht?«

»Auf lange Sicht würde es sie wahrscheinlich einen Scheißdreck interessieren. Sie würde bloß denken, dass das mal wieder gezeigt hat, was …«

»Was für ein Versager Sie sind?«

»Genau. Was ich für ein Versager bin.«

»Sie wäre froh, Sie endlich los zu sein.«

»Genau. Sie würde sich dazu beglückwünschen, dass sie mir rechtzeitig den Laufpass gegeben hat.«

Selbstmord aus Rache, hatte Dr. Bell gedacht, aber nicht gesagt. Den Gedanken in Worte zu fassen würde ein unausgesprochenes Motiv ans Tageslicht bringen, das Perry hätte analysieren, womöglich verwerfen können. Aber so ging man nur vor, wenn man den Patienten um jeden Preis am Leben halten wollte.

»Sie soll wissen, was sie Ihnen angetan hat, richtig? Wie sie Ihr Leben zerstört hat.«

»Ja, genau. Früher war ich nie so depressiv.«

In diesem Punkt hatte Bell seine Zweifel gehabt und hatte sie immer noch. Selbstmordgedanken spielten schon lange eine Rolle in Perrys Leben, er hatte schon mehrfach Antidepressiva genommen. Er hatte eine dominante Mutter, eine fähigere Schwester.

»Haben Sie sich seitdem weitere Gedanken darüber gemacht, wie Sie das ändern könnten? Wie Sie sozusagen den Effekt verstärken könnten?«

»Hören Sie mal«, sagt Perry, fast mit einem Lächeln. Fast. Perry hat in Dr. Bells Sprechzimmer noch nie gelächelt. »Wäre es nicht eigentlich Ihre Aufgabe, mir das alles auszureden?«

»Oh, ich möchte Ihnen auf keinen Fall etwas einreden. Meine Aufgabe ist es, Ihnen dabei zu helfen, die Muster zu erkennen, nach denen Sie handeln. Ihre Gefühle zu analysieren. Und Ihnen zu helfen, Alternativen zu diesen Mustern zu finden, mit denen Sie sich das Leben zu schwer machen.«

»Sie meinen zum Beispiel das Muster, mir Frauen zu suchen, die mich dann sitzen lassen.«

»Ja, das ist eines Ihrer Muster. Hart ausgedrückt, aber richtig.«

»Und meine Angewohnheit, alles Gute, das sich mir bietet, kaputtzumachen. Das Stipendium, mein Studium und so weiter und so weiter.«

»Auch das. Harte Worte, aber wahr.«

»Wissen Sie, ich denke oft über etwas nach, was Sie mir vor langer Zeit mal gesagt haben. Als ich mit der Therapie angefangen hab. Sie sagten: ›Man kann Glück in der Arbeit finden. Oder man kann Glück in der Liebe finden.‹ Und einige wenige, meinten Sie, wie Filmstars oder so, könnten vielleicht in beidem ihr Glück finden.«

»Und ich habe gesagt, es ist möglich, ja sogar gang und gäbe, dass man nur in einem dieser Bereiche sein Glück findet. Viele Menschen sind glücklich in ihrem Beruf, aber unglücklich in der Ehe. Oder umgekehrt. Und dennoch führen sie ein erfülltes Leben.«

»Ja, richtig! Genau das haben Sie damals gesagt. Und Sie haben gesagt, dass es sehr schwer ist weiterzuleben, wenn man weder im Beruf noch in der Liebe glücklich ist. Und vor ein paar Tagen ist mir klar geworden, dass das haargenau auf mich zutrifft. Ich meine, genau darauf läuft es doch hinaus. Ich hab immer gern gelernt, aber ohne Margaret nach McGill zu gehen, sie hier in Algonquin Bay zurückzulassen, ist für mich absolut undenkbar. Das bedeutet, dass ich mein Studium und einen befriedigenden Beruf in den Wind schreiben kann.«

»Also kein Glück im Beruf.«

»Genau. Und dann gibt Margaret mir den Laufpass.«

»Und kein Glück in der Liebe.«

»Welchen Sinn hat es also für mich, weiterzuleben? Ich meine, wenn man's mal ganz logisch betrachtet. Ich will ja nicht rumjammern oder Sympathie heischen oder so. Ich sage nur, dass mein Leben keinen Sinn mehr hat. Mir bleibt nichts mehr, woraus ich Glück schöpfen könnte. Für das Glück bin ich ein schwarzes Loch. Was hat es noch für einen Sinn, weiterzuleben? Ich leide doch nur noch.«

»Auf diese Frage kann ich Ihnen keine Antwort geben, Perry. Das kann niemand. Jeder muss seinem Leben selbst einen Sinn geben. Ich meine, wenn Sie das wirklich wünschten, könnte ich Ihnen alle möglichen Gründe nennen, warum es sich für Sie lohnt weiterzuleben: Sie sind jung, Sie sehen gut aus, Sie sind intelligent, Situationen ändern sich, Wolken verziehen sich, Flutwasser zieht sich wieder zurück.«

»Sie könnten es mir schönreden, meinen Sie. Und das will ich nicht.«

»Nein.«

»Ich will die Wahrheit.«

»Ich weiß, dass Sie das wollen. Deswegen sage ich, dass Sie mir nicht vorkommen wie jemand, der zu ›feige‹ ist, etwas zu tun. Ich glaube, dass Sie zu allem fähig sind, was Sie sich vornehmen. Letztlich hängt es nur davon ab, ob ein Entschluss, den Sie gefasst haben, wirklich feststeht. Neulich haben Sie nicht abgedrückt, weil Sie nicht wirklich fest entschlossen waren, es zu tun. Margaret hätte gar nicht gewusst, dass es etwas mit ihr zu tun hat.«

»Stimmt.« Perry sinkt noch tiefer in die Couch. »Nichts kommt bei ihr an, egal, was ich sage oder tue. Ist wahrscheinlich von Anfang an so gewesen. Aber eine Zeitlang hab ich mir eingebildet, es wäre anders. Da hab ich wirklich geglaubt, ich würde ihr etwas bedeuten. Da hatte ich das Gefühl, wirklich zu leben.«

Während des langen Schweigens, das folgt, schiebt Perry die Hände zwischen die Knie und krümmt sich beinahe zusammen wie ein Embryo. Sein Blick wird leer, und sein Gesicht ist ein einziger Ausdruck der Verzweiflung.

Dr. Bell schaltete auf Standbild. Die meisten Psychiater hätten Perry in die psychiatrische Klinik eingewiesen und Antidepressiva verschrieben. Unter der Rubrik »Gründe für die Einweisung« würden sie Krankengeschichte, Verhalten, Suizidgedanken und persönliche Lebensumstände eintragen. Und was würde dann passieren? Perry Dorns erbärmliches Leben würde weitergehen, und er würde allen, die mit ihm zu tun hatten, das Leben schwer machen. Dabei war es so unnötig, sein Leiden zu verlängern. Der Ausweg, nach dem er so verzweifelt suchte, stand ihm längst offen.

Dr. Bell ließ den Film weiterlaufen.

»Haben Sie die Hausaufgabe erledigt, um die ich Sie gebeten habe?«, sagt er auf dem Bildschirm. Und als keine Antwort kommt: »Perry?«

Perry windet sich. »Ich hab's versucht.«

Perry langt in seine Hosentasche und bringt ein zerknülltes Blatt Papier zum Vorschein. Dann, wie mit letzter Kraft, setzt er sich auf und wirft es auf den Tisch vor ihm, so dass es auf Dr. Bell zurollt.

Dr. Bell nimmt das Blatt und streicht es glatt.

»›Liebe Margaret‹«, liest Dr. Bell vor. »Warum haben Sie nach ›Liebe Margaret‹ aufgehört?«

»Weil es zwecklos ist. Sie will nichts von mir wissen. Sie interessiert sich nicht für meine Gedanken. Sie will nicht wissen, dass ich sie immer noch liebe. Sie will, dass ich aus ihrem Leben verschwinde. Genau deswegen dachte ich, ich erspar ihr das lieber und sehe zu, dass ich endgültig aus ihrem Leben abtrete.«

»Aber Sie haben es nicht getan.«

»Noch nicht. Irgendwie fürchte ich immer noch, dass sie und Stanley sich bloß freuen würden, wenn ich mir eine Kugel in den Kopf jage.«

»Meinen Sie das ernst?«, fragt Dr. Bell. »Glauben Sie wirklich, sie würden sich darüber freuen? Lassen Sie es mich anders formulieren: Wie wird Margaret Ihrer Meinung nach reagieren, wenn sie von Ihrem Tod hört? Und wenn sie Ihren Abschiedsbrief erhält? So wie er jetzt ist ...«

»Sie wird schockiert sein. Sie wird bestürzt sein. Vor allem, weil sie wahrscheinlich fürchtet, dass die Leute ihr die Schuld geben. Aber das werden sie nicht tun. Sie werden sich liebevoll um sie kümmern – alle sind immer so um sie besorgt – und ihr versichern, dass es nicht ihre Schuld ist. ›Du warst doch immer so lieb zu ihm‹, ›Arme Margaret, dabei hast du dir solche Mühe gegeben, ihm nicht wehzutun.‹ Ich war das Problem. Mit mir stimmte was nicht. Ich hatte *Probleme.*«

»Wird sie ihnen glauben?«

»Klar. Sie glaubt alles Negative, das jemand über mich sagt.«

Schweigen.

Dr. Bell ging dasselbe durch den Kopf, was er während jener Sitzung gedacht hatte: Perrys Plan war nicht gut genug durchdacht. Sein Selbstmord würde nicht die Wirkung haben, die der junge Mann sich wünschte. Aber so etwas musste dramaturgisch ausgefeilt werden wie eine Theateraufführung. Auf dem Bildschirm macht Dr. Bell seinen nächsten Zug. Läufer bedroht König, der Ritter mit dem Abschiedsbrief blockiert die anderen Fluchtwege.

»Irgendetwas fehlt«, sagt Dr. Bell, lehnt sich zurück und betrachtet die Zimmerdecke wie ein Philosoph, der über den Sinn des Lebens nachdenkt und seine Theorie auf Schwachpunkte überprüft. »Nein, das stimmt nicht ...«

»Wie?« Perry richtet sich auf wie eine Katze, die ihren Fressnapf klappern hört.

»Ach, eigentlich nichts. Nur ein Gedanke ...«

»Nein, ich will es wissen. Wirklich. Was wollten Sie sagen?«

»Nun, ich musste gerade an den Waschsalon denken. Mir ist eingefallen, dass der Waschsalon für Sie beide eine symbolische Bedeutung hatte, als Sie anfangs zusammen waren. Sie haben einmal gesagt, dass es für Sie war wie ein sauberer Anfang. Ich erinnere mich noch, dass mir das sehr geistreich erschien. Keiner von Ihnen beiden hatte Bazillen – so haben Sie sich ausgedrückt – einer alten Beziehung an sich. Und da dachte ich gerade ...«

»Der Waschsalon«, sagt Perry. Er wirft ein halb aufgelöstes Kleenex auf den Tisch. »Ganz genau, das würde sie kapieren.«

Dr. Bell schaltete auf Standbild.

Schachmatt.

26

Seit Delorme mit Cardinal zusammenarbeitete, hatte sie noch nie einen Grund gehabt, an seinem Geisteszustand zu zweifeln. Als sie jedoch hörte, dass er Roger Felt verhaftet hatte, weil er ihn verdächtigte, Catherine ermordet zu haben – die Geschichte hatte sich in Windeseile auf dem ganzen Revier herumgesprochen –, fragte sie sich, ob die Trauer ihn allmählich um den Verstand brachte.

Aber im Moment konnte sie sich nicht den Kopf über Cardinal zerbrechen. Irgendwo gab es ein zwölf- oder dreizehnjähriges Mädchen, das auf schlimme Weise missbraucht worden war und das auch weiterhin missbraucht werden würde, wenn es Delorme nicht gelang, das Kind mit Hilfe der Kollegen aus Toronto zu finden. Aus diesem Grund war sie an ihrem freien Tag bei André Ferrier.

Delorme war weiß Gott keine besonders gute Hausfrau. An manchen Tagen – zugegeben, wochenlang – häufte sich die Wäsche zu Bergen, stapelte sich das Geschirr in der Spüle und tummelten sich Staubmäuse unter den Schränken. Andererseits gab es, wenn man allein lebte, niemanden, der meckerte, wenn man nicht dauernd sauber machte. Sie war also nicht übertrieben kritisch gegenüber der Haushaltsführung anderer Leute.

Aber die Zustände im Hause der Ferriers übertrafen alles, was Delorme je gesehen hatte. Die Jalousien waren heruntergelassen und so eingestellt, dass die durchscheinenden Lichtstreifen nicht den Fußboden, sondern die Decke trafen. Überall hingen Spiegel, Bilder und Kunstwerke. Doch das Durcheinander hatte nichts Kunstvolles, es war unangenehm.

Als gehörte sie zum Kontrastprogramm, war Mrs. Ferrier tadellos gekleidet, und ihr Nackenknoten wurde von einem Haarnetz zusammengehalten, aus dem keine einzige Strähne entkommen konnte. Sie führte Delorme ins Wohnzimmer und bat sie, in einem Sessel Platz zu nehmen, der unter den vielen Kissen kaum noch zu erkennen war.

»Oh, Entschuldigung«, sagte Mrs. Ferrier, griff einen Armvoll Kissen und legte sie auf den Boden. Dann, nachdem sie sich selbst einen Platz inmitten der Kissenberge auf dem Sofa freigeräumt hatte, versanken ihre Füße in einem Meer aus Kissen, Stofftieren und schlafenden Hunden – nichts, was Delorme von einem der Fotos wiedererkannte. Vor einem Radiator schnarchte ein offenbar stocktauber Bernhardiner, daneben ein grauer Pudel, der kurz ein Auge öffnete, um gleich wieder in Tiefschlaf zu versinken, und ein braun-weißer Sheltie, der womöglich tatsächlich bereits das Zeitliche gesegnet hatte. Im ganzen Zimmer roch es nach Hund.

Obwohl Delorme eigentlich keine Allergikerin war, verspürte sie plötzlich starken Juckreiz.

»Also, was möchten Sie von mir wissen?«, fragte Mrs. Ferrier. Im Gegensatz zu dem Chaos in ihrem Wohnzimmer wirkte sie in ihrem cremefarbenen Pullover und den Jeans regelrecht aseptisch. Sie war etwa Mitte dreißig, hätte aber auch für zehn Jahre älter durchgehen können. Delorme, die selbst kinderlos war, kamen Eltern immer unglaublich erwachsen vor.

Sie erzählte Mrs. Ferrier, dass sie in einem Fall von Körperverletzung ermittelte, der sich im Jachthafen zugetragen hatte.

»Das schockiert mich wirklich. Also, wir haben da draußen noch nie irgendwelchen Ärger gehabt. Wann ist es denn passiert?«

»Wir wissen es noch nicht genau«, erwiderte Delorme. Sie konnte schlecht sagen, vor zwei oder drei Jahren.

Sie stellte Mrs. Ferrier dieselben Fragen wie den anderen, erkundigte sich nach den Nachbarn, ob es Beschwerden gegeben habe, ob sie je etwas Verdächtiges beobachtet habe. Die Antworten waren ebenfalls mehr oder weniger dieselben: Die Leute im Jachthafen pflegten einen freundlichen, wenn auch distanzierten Kontakt, hin und wieder gebe es Meinungsverschiedenheiten, aber sie habe sich im Hafen nie unsicher gefühlt.

Delormes Blick fiel auf die Fotos, die eine ganze Wand bedeckten.

»Was macht Ihr Mann eigentlich beruflich, Mrs. Ferrier?«

»Er ist Autoverkäufer. Bei der großen Nissan-Niederlassung. Aber das hier ist sein geliebtes Steckenpferd«, fügte sie mit einer Handbewegung in Richtung der Wand hinzu. »André ist ein leidenschaftlicher Hobbyfotograf.«

Plötzlich kamen von oben laute Fernsehgeräusche wie von Strahlenkanonen, von gebrüllten Befehlen und unterbrochen von dem Geräusch futuristischer Waffen. Schnelle Schritte auf der Treppe, und dann stand ein kleines Mädchen im Zimmer.

Sie war vielleicht sieben, acht Jahre alt, und ihre blonden Haare waren so fest zu einem Pferdeschwanz zusammengebunden, dass sich ihre Augen zu Schlitzaugen verzogen.

»Mum, kann ich zu Roberta rübergehen? Tammy und Gayle gehen auch hin.«

»Ich dachte, Roberta würde hierher kommen.«

»Ach Mama, bitte, bitte.«

Mrs. Ferrier warf einen Blick auf ihre Armbanduhr. »Also gut, meinetwegen. Aber zum Mittagessen bist du wieder zurück.«

»Juhuu!«

Das Mädchen führte einen kleinen Freudentanz auf und rannte nach draußen.

»Nette Kleine«, sagte Delorme. »Die hält Sie bestimmt auf Trab.«

»Sadie ist ja noch klein, Gott sei Dank. Aber ihre Schwester macht uns neuerdings immer mehr Sorgen. Sie sollte jetzt eigentlich auch zu Hause sein. Haben Sie Kinder? Wahrscheinlich nicht, nach Ihrer perfekten Figur zu urteilen.«

»Ich bin nicht verheiratet«, antwortete Delorme und trat an die Wand, um die Fotos genauer zu betrachten. Gleichzeitig versuchte sie, unauffällig einen Blick ins Nebenzimmer zu werfen, aber die Tür war halb geschlossen, und es war zu dunkel.

»Schöne Bilder«, sagte sie. Es gab Fotos von Booten, Fotos von Leuten, Fotos von Bäumen, Häusern, Zügen und Gebäuden. Sie waren von wesentlich besserer Qualität als die Pornofotos, die sie aus Toronto bekommen hatte. Nicht dass das viel zu bedeuten hatte. Selbst ein Profi würde womöglich seine Ansprüche nicht so hoch hängen, wenn die Geilheit ihn überkam.

Mrs. Ferrier stand auf und gesellte sich zu Delorme. Sie duftete nach Zitronenseife.

»Das ist Sadie«, sagte sie und zeigte auf ein Foto von einem vierjährigen Kind, das auf dem Rücken eines Bernhardiners saß. »Mein Mann hat es vor ein paar Jahren aufgenommen, als wir uns Ludwig gerade zugelegt hatten. Gott, hat sie den armen Hund gequält. Sie ist auf ihm geritten, als wäre er ein Pony. Kein Wunder, dass er nur noch schläft, stimmt's, Ludwig?«

»Sie sagten, Sie hätten noch eine Tochter?«

»Alex. Alex kann es nicht ausstehen, fotografiert zu werden. Sie hat sogar die Kinderfotos von der Wand genommen, die hier hingen. Dreizehnjährige sind so ... extrem in allem.«

»Und Alex ist im Augenblick nicht hier?«

»Nein, sie verbringt das Wochenende bei ihrer Kusine in Toronto.«

Sie hörten, wie die Haustür geöffnet wurde.

»Ach, da kommt André«, sagte Mrs. Ferrier. »Er kann Ihnen mehr über den Hafen erzählen.«

Aus der Diele kam ein lauter Seufzer, dann das Geräusch von Schuhen, die ausgezogen und abgestellt wurden.

»Gott, ich bin fix und fertig«, kam es aus der Diele.

»Wir sind hier drinnen«, rief Mrs. Ferrier.

»Wir?« Mr. Ferrier betrat das Wohnzimmer und streckte Delorme eine Hand entgegen. »André Ferrier«, sagte er, ehe seine Frau dazu kam, ihn vorzustellen.

»Lise Delorme.«

»Ms. Delorme ist Kriminalpolizistin«, erklärte ihm Mrs. Ferrier. »Sie ermittelt in einem Fall von Körperverletzung, der sich im Jachthafen ereignet hat.«

»Im Hafen? Gott, wer wurde denn angegriffen? Aber das dürfen Sie mir wahrscheinlich nicht sagen.«

»Nein, das kann ich nicht. Darf ich Ihnen ein paar Fragen stellen, Mr. Ferrier?«

»Selbstverständlich. Solange es Ihnen nichts ausmacht, wenn ich die Beine hochlege. Ich hab gerade neun Runden Golf gespielt, mir qualmen die Füße.«

»Ist es im Moment nicht ein bisschen zu kalt für Golf?«

»Sagen Sie das meinem Chef. Er ist ein Fanatiker. Honey, haben wir noch eine Cola light oder so was für die junge Frau?«

»Lassen Sie nur«, sagte Delorme. »Ich brauche nichts.«

André Ferrier machte es sich in dem Kissenberg auf dem Sofa bequem. Er war mittelgroß und breitschultrig, aber besser in Form, als man es von einem Autoverkäufer erwarten würde. Sein mittelbraunes Haar reichte ihm gerade über die Ohren und den Kragen.

Möglich, dachte Delorme. Er könnte der Mann von den Fotos sein, nur dass seine Haare kürzer sind. Sie hätte sich gern sein Boot angesehen, am liebsten auf der Stelle, wollte ihn jedoch nicht aufschrecken. Einmal mehr ging sie ihren Fragenkatalog durch. Inzwischen war sie geübt darin, ihre Fragen so zu formulieren, dass man meinen konnte, sie ermittelte in einem Fall von Körperverletzung, der sich bei einer aus dem Ruder gelaufenen Party unter Teenagern ereignet haben könnte.

Mr. Ferrier trank entspannt seine Cola, während er Delormes Fragen beantwortete. Er wirkte nicht im mindesten beunruhigt.

»Sind Sie viel auf den Beinen?«, fragte er irgendwann. »Ich meine, müssen Sie viel stehen in Ihrem Job?«

»Jetzt nicht mehr«, erwiderte Delorme. »Das ist das Beste daran, nicht mehr Streife gehen zu müssen.«

»Ich stehe fast den ganzen Tag lang im Ausstellungsraum und rede mit Kunden. Sie glauben gar nicht, wie anstrengend das ist. Deswegen geht mein Chef wahrscheinlich dauernd mit uns zum Golfspielen. Der geborene Sadist.«

»Aber wie ich sehe, haben Sie auch ein interessantes Hobby«, sagte Delorme.

»Wie? Oh, meine Fotos. Ja, ich liebe es zu fotografieren. Das ist für mich die schönste Freizeitbeschäftigung – irgendwohin zu fahren, wo ich noch nie gewesen bin, ein paar Kameras über der Schulter, und den ganzen Nachmittag lang fotografieren.«

»Du machst es eigentlich kaum noch«, bemerkte seine Frau. »Du solltest öfter mal rausfahren.«

»Es ist schwierig mit den Kindern«, entgegnete Ferrier. »Die langweilen sich, wenn ich eine Aufnahme vorbereite, die richtige Linse aussuche und all das. Erst recht, wenn ich mehrere Fotos von ein und demselben Motiv mache. Aber so geht das nun mal. Wenn man etwas entdeckt, was man fotografieren möchte, dann macht man so viele Aufnahmen davon wie möglich. Da spart man nicht am Film.«

»Mehrere Kameras, sagten Sie? Haben Sie auch eine Digitalkamera oder eine Filmkamera?«

»Mit der digitalen Fotografie fange ich gerade erst an. Aber meiner Meinung nach ist die Technik noch nicht ausgereift. Um die Bildqualität zu erhalten, die mich interessiert, müsste ich mir für Tausende von Dollars eine Kamera kaufen, die in ein paar Jahren schon wieder veraltet wäre. Ich besitze zwar eine einfache, kleine Digitalkamera, aber das ist nicht der Grund, warum ich immer zwei Kameras mitnehme. Man macht das, damit man nicht andauernd die Linse wechseln muss. An der einen habe ich ein Weitwinkelobjektiv, an der anderen ein Teleobjektiv. Ein kleiner Trick, den ich von einer großartigen Lehrerin gelernt hab, die ich mal hatte.«

»Ach? Und wer war das?«

»Catherine Cardinal. Da fällt mir ein, ihr Mann war Polizist. Haben Sie sie gekannt?«

»Ja«, sagte Delorme. »Ich habe sie sehr bewundert.«

»Ich kann es immer noch nicht fassen, dass sie tot ist. Wissen Sie, ob es Selbstmord war?«

»Ihr Tod kam sehr unerwartet«, erwiderte Delorme. »Warum hat sie Ihnen nicht einfach geraten, eine Zoomlinse zu benutzen?«

Ferrier verzog das Gesicht. »Zu schwer, zu unhandlich. Zu viel Glas.«

»Entwickeln Sie Ihre Bilder selbst?«

»Aber ja. Nur so gewinnt man Kontrolle über seine Arbeit.«

»Mr. Ferrier, es wäre eine große Hilfe für unsere Ermittlungen, wenn Sie mir einen Blick auf Ihr Boot gestatten würden.«

»Moment mal. Sie nehmen doch nicht etwa an, dass jemand auf meinem Boot zusammengeschlagen wurde? Tut mir leid, aber das ist verrückt, Detective. Außer uns kommt niemand auf das Boot.«

»Auch nicht, wenn Sie nicht da sind?«

»Nein. Im Jachthafen haben alle ein Auge auf die Boote der anderen. Wenn ich Matt Morton oder Frank Rowley sage, dass ich eine Weile weg bin, dann sorgen die dafür, dass niemand sich an meinem Boot zu schaffen macht.«

»Aber die sind ja auch nicht immer da. Sie wohnen ja schließlich nicht auf ihren Booten.«

»Stimmt. Aber es gibt eine Menge Sicherheitsvorkehrungen da draußen. Das muss sein. Seit vor ein paar Jahren in einige Boote eingebrochen worden ist, gibt es Überwachungskameras.«

»Natürlich ist es Ihr gutes Recht, auf einem Durchsuchungsbeschluss zu bestehen«, sagte Delorme und stand auf. »Mrs. Ferrier, vielen Dank für Ihre Hilfe.«

»Ich glaube nicht, dass André sagen wollte, Sie dürften sich das Boot nicht ansehen, oder, Liebling?«

»Nein, eigentlich nicht. Ich halte es einfach für Zeitverschwendung, das ist alles.«

»Für uns ist es schon eine Hilfe, wenn wir es als Tatort ausschließen können«, sagte Delorme. »Das Problem ist, dass die meisten Boote bereits auf dem Trockendock sind. Wo bringen Sie Ihr Boot im Winter unter?«

»Am Four-Mile-Hafen. Auf der anderen Seite des Sees. Die haben wesentlich mehr Platz, und es ist billiger dort.«

»Ist das in der Nähe der Island Road?«

»Fahren Sie über die Island und biegen Sie an der Royal rechts ab. Nach ungefähr einem halben Kilometer sehen Sie das Schild. Sie können es nicht verfehlen. Ich werde denen Bescheid sagen, dass Sie kommen.«

Von der Stadt aus waren es etwa sechs Kilometer über den Highway 63 in Richtung Norden bis zur Island Road. Auf dem Weg dorthin kam Delorme an der Madonna Road vorbei, die am Westufer des Sees entlangführte und nach einigen hundert Metern wieder parallel zum Highway verlief. Cardinals Haus lag wie ein dunkler Würfel unter Wolken aus leuchtend bunten Blättern. Delorme fragte sich, ob seine Tochter ihm wohl noch Gesellschaft leistete oder ob sie schon wieder nach New York zurückgekehrt war.

Ohne Cardinal war die Arbeit nicht dieselbe. Delorme lag vor allem die Beinarbeit, sie kümmerte sich darum, Zeugen zu befragen und alle Fakten zusammenzutragen, und schrieb ihre Berichte pünktlich und akribisch. Cardinal dagegen war eher bestrebt, das Blickfeld möglichst schnell einzuengen – und er lag fast immer richtig mit seinen Schlussfolgerungen. Erst dann begann er, wie Delorme, die wichtigen Details zusammenzutragen. »Als Team«, hatte Chouinard ihnen einmal gesagt, »würden Sie beide glatt einen Top-Ermittler abgeben.«

Die beiden Kollegen von der Spurensicherung lebten in ihrer eigenen Welt. Szelagy, eine Quasselstrippe vor dem Herrn, war wie ein Radio, das sich nicht mehr abstellen ließ, und McLeod sah es offenbar als seine Aufgabe, der Welt ständig seine Meinung kundzutun – die meistens unerträglich war. Ständig machte er irgendwelche sexistischen, rassistischen oder sonstwie reaktionären Bemerkungen, von denen Delorme nur hoffen konnte, dass er sie nicht ernst meinte. Bisher war ihr nie bewusst gewesen, wie sehr Cardinal derartige Auswüchse durch seine Anwesenheit in Schach hielt.

Während sie die Island Road hinunterfuhr, fragte sie sich, wie es Cardinal wohl gehen mochte. Delorme, die noch nie verheiratet gewesen war, hatte folglich noch nie einen Mann verloren, aber sie erinnerte sich, wie sehr sie nach dem Tod ihrer Mutter getrauert hatte. Das war jetzt zwölf Jahre her. Damals hatte Delorme noch an der Carleton University in Ottawa studiert. Aber sie wusste noch gut, wie sie unter der Trauer gelitten hatte, Tag für Tag, über Wochen und Monate. Sie hoffte, dass Cardinal bald etwas Ruhe finden würde.

In einem Tagtraum sah sie sich und Cardinal in einem teuren Restaurant sitzen, wo sie zu Abend aßen. Aus unerfindlichen Gründen in Montreal. Dann schlenderten sie über den Mount Royal und blickten auf die Stadt hinunter. Sie umarmte ihn, einfach, um ihn ein bisschen zu trösten, und als er auch die Arme um sie legte, weckte das ein Gefühl in ihr, das auf mehr als Freundschaft schließen ließ.

»Herrgott, Delorme«, sagte sie laut und machte eine Vollbremsung, weil sie die Abfahrt zur Royal Road verpasst hatte. Sie setzte zurück, was einen Jeepfahrer hinter ihr zu wütendem Hupen veranlasste, und bog in die unbefestigte Straße ein.

FOUR MILE MARINA: VERKAUF, WARTUNG, WINTERLAGERUNG. Das Schild war eher als erwartet aufgetaucht, neben einer Einfahrt, die breit genug war für große Fahrzeuge mit Bootsanhänger.

Ein junger Mann in Cargo-Hosen und modisch aufwendigen Sportschuhen führte Delorme zum Bootsschuppen. Das Gebäude sah aus wie ein riesiger Schuhschrank mit metallenen Rolltoren. Es hatte zwei Ebenen, und Delorme war erleichtert zu erfahren, dass Ferriers Boot auf der unteren abgestellt war.

»Ich muss zurück ins Büro«, sagte der junge Mann. »Rufen Sie mich, wenn Sie irgendwas brauchen.«

»Mach ich. Danke.«

Weit und breit war kein Mensch zu sehen. Ein leichter Regen hatte eingesetzt, der auf die Wellblechdächer trommelte und den Duft nach Kiefern und feuchtem Laub verstärkte.

Delorme öffnete das Vorhängeschloss, schob das Tor hoch und drückte auf den Lichtschalter.

Das Boot lag auf dem Anhänger, wodurch es unglaublich groß wirkte. Allein der Rumpf war fast zwei Meter hoch, ganz aus strahlend weißem Fiberglas. Auf dem Dach der Kajüte prangten Antennen, Scheinwerfer und eine Satellitenschüssel.

Delorme kletterte erst auf den Anhänger und dann auf die kleine Metallleiter am Heck, bis sie über die Reling sehen konnte. Bis auf den hölzernen Handlauf am Dollbord (wenn das der richtige Ausdruck war) war das gesamte Boot mit durchsichtiger Plastikplane eingehüllt, die mit gelber, durch offenbar dafür vorgesehene Ösen gezogener Schnur befestigt war.

Delorme brauchte fast eine Viertelstunde, um so viele Knoten zu lösen, dass sie die Plane weit genug zurückschlagen und ins Boot klettern konnte.

Sie sah sich um und betrachtete den hölzernen Boden, die auf Hochglanz polierten hölzernen Verkleidungen. Sie stieg in die Kajüte und untersuchte das hölzerne Steuerrad und die Armaturen aus Messing. Im Heckbereich gab es rot gepolsterte Sitze, die mit dem Rücken zueinander angebracht waren. Es war das Boot von dem Foto.

Delorme ging nach unten aufs Deck und setzte sich auf die unterste Stufe der Treppe. Hier hatte er also gesessen und das Bild aufgenommen. Das Mädchen, zu dem Zeitpunkt nicht älter als zehn oder elf, hatte auf dem hinteren, nach vorn gerichteten Sitz gehockt. Frank Rowleys Cessna war rechts im Hintergrund zu sehen gewesen. Mit Daumen und Zeigefingern formte Delorme wie ein Filmregisseur einen Bilderrahmen vor ihren Augen. Ja, man konnte sich das Flugzeug gut in der Ecke des Fotos vorstellen. Obwohl er stets so sorgfältig darauf geachtet hatte, seine Anonymität zu wahren, war der Fotograf so sehr in sein pornographisches Projekt vertieft gewesen, dass er die verräterische Kennung des Flugzeugs übersehen hatte.

Delorme hatte ihren Tatort gefunden – zumindest einen davon –, und sie hatte die Fährte des Täters aufgenommen. Aber es war sein Opfer, das sie vor allem finden wollte.

27

Dr. Bell trocknete sich die Hände ab und trat aus der Toilette. Da er kein Chirurg war, brauchte er sich nicht zu desinfizieren, aber das Händewaschen vor jedem Patientenkontakt war noch eine Angewohnheit aus der Zeit seines Medizinstudiums. Zu diesem Zweck benutzte er eine äußerst milde Glyzerinseife von Caswell-Massey, die leicht nach Mandeln duftete.

Es war ein Ritual, das ihm ein Gefühl der Macht verlieh, und das brauchte er jetzt, denn in letzter Zeit schien er nicht mehr ganz Herr seiner selbst zu sein. Seinen Gleichmut zu bewahren fiel ihm zunehmend schwerer, und immer wieder schlichen sich unerwünschte Gedanken in seinen Kopf: Manchmal ballte er unwillkürlich die Fäuste und verspürte große Lust, einige seiner Patienten so lange zu verprügeln, bis sie taten, was er wollte.

Er rief nach Dorothy, doch dann fiel ihm ein, dass sie ihm gesagt hatte, sie würde am Nachmittag weggehen, auch wenn er sich beim besten Willen nicht mehr erinnern konnte, wohin. Es musste das Alter sein, das begann, ihm zu schaffen zu machen.

Er öffnete die Tür zum »öffentlichen« Teil seines Hauses. Melanie saß auf ihrem üblichen Platz, allerdings nicht in ihrer üblichen Haltung. Sie las in einer Ausgabe von *Toronto Life*, die sie sich mitgebracht haben musste. Bell abonnierte den *New Yorker* für seine Praxis, um ihr einen intellektuellen Anstrich zu geben.

Melanie war so sehr in ihre Lektüre vertieft, dass sie nicht sofort aufblickte. Anscheinend war sie in vergleichsweise guter Verfassung, dachte Bell. Das Interesse an der Außenwelt war stets ein Anzeichen dafür, dass die Depression nachließ.

»Hallo, Melanie«, sagte er.

»Oh, hallo.« Sie stopfte die Zeitschrift in ihren Rucksack und folgte ihm ins Sprechzimmer.

»Ist es in Ordnung, wenn ich mich heute zur Abwechslung mal dorthin setze?« Sie zeigte auf einen Sessel neben dem Sofa.

»Selbstverständlich.«

Melanie ließ sich in den Sessel fallen. »Der Anblick des Sofas hat mich plötzlich total deprimiert, und da hab ich mir gesagt, vielleicht setze ich mich einfach mal woanders hin – irgendwo, wo man sitzt, wenn man nicht deprimiert ist.«

»Verstehe.«

»Ich meine, manchmal gehe ich mir schon selbst auf die Nerven. Dieses ewige Gestöhne und Gejammere. Und ich glaube, das liegt zum Teil daran, dass ich mir allmählich vorkomme wie ein hoffnungsloser Fall – eine kranke Frau, die sich andauernd bei ihrem Seelenklempner auf der Couch ausheult –, und ich dachte mir, vielleicht mach ich mal was ganz anderes.«

»Eine neue Perspektive, sozusagen.«

»Genau. Ich fühle mich gut heute. Besser jedenfalls.«

»Haben Sie deswegen um die Extrasitzung gebeten?«

»Mhm. Ich muss Ihnen was Wichtiges berichten, aber zuerst gehen wir den normalen Kram durch.«

»Aber gern. Bringen Sie mich auf den neuesten Stand, Melanie.«

Ihr ganzes Verhalten drückte eine Verbesserung ihres Zustandes aus. Große Schauspieler verstehen instinktiv die Physiognomie der Gefühle. Auf diesem Gebiet war Bell teilweise aufgrund seiner Veranlagung und teilweise aufgrund seiner langjährigen Erfahrung Experte. Die junge Melanie war im

Moment fast eine Karikatur – nicht des Glücks, das traf ihren Zustand nicht ganz – nein, einer Mischung aus Erleichterung und Erregung. Man sah es deutlich an ihren ungewohnt animierten Gesichtszügen, den Brauen, die sich über ihrer Brille wölbten, anstatt sich zusammengezogen dahinter zu verkriechen. Man merkte es an ihren raumgreifenderen Gesten, an ihren Händen, die durch die Luft tanzten, während sie ihm erzählte, was sie im Lauf der vergangenen Woche erlebt hatte. Es zeigte sich in der entspannten Art, wie sie die Beine übereinandergeschlagen hatte, Knöchel auf Schenkel, anstatt wie üblich ihre Beine zusammenzupressen. Beim Sprechen wippte sie mit dem Knie. Bell unterdrückte das Gefühl extremer Frustration, das das alles in ihm auslöste.

»Ich hab es tatsächlich geschafft, innerhalb von ein paar Tagen einen kompletten Roman zu lesen«, sagte Melanie. »Wissen Sie, ich war total im Rückstand mit meinem Lesepensum für die Uni, aber auf einmal ist mir das Lesen ganz leicht gefallen. Es war dieser Roman von E. M. Forster, ich fand ihn plötzlich so spannend, dass ich mir wünschte, er würde nie aufhören. Die Charaktere haben mich fasziniert, die Art, wie Forster Dinge beschreibt, und ich war richtig froh, mal über was anderes nachzudenken als immer nur über mich selbst.«

»Sie haben sich nicht mit sich selbst, sondern mit anderen Dingen beschäftigt.«

»Genau. Und am meisten hat mich gewundert, dass es so einfach war.«

Sie rutschte auf dem Sessel nach vorn und warf ihre langen Haare nach hinten. Bell fiel auf, dass ihre Haare frisch gewaschen waren. Mit ihrem erwartungsvollen Gesicht erinnerte sie ihn nicht im Entferntesten mehr an eine ertrunkene Ratte.

»Es war absolut irre – ich musste das Buch lesen und hatte

es immer und immer wieder vor mir hergeschoben, weil ich fürchtete, ich könnte mich nicht bis zum Ende darauf konzentrieren, und dass mich das dann noch mehr deprimieren würde –, aber es war wirklich verrückt, denn das Buch zu lesen war einfacher, als es nicht zu lesen. Verstehen Sie, was ich meine? Ich war fix und fertig, weil ich mit meinem Lesepensum im Rückstand war und weil ich mich einfach nicht aufraffen konnte, mit dem Lesen anzufangen. Ich war total deprimiert und hatte Schuldgefühle ohne Ende. Aber nachdem ich einmal mit dem Lesen angefangen hatte, lief alles bestens.«

»Das ist sehr erfreulich«, sagte Dr. Bell. »Können Sie sich erklären, was die Veränderung bewirkt hat?«

»Das ist ja das Komische. Mir ist nämlich was passiert, was mich eigentlich hätte total umhauen müssen, aber das hat es nicht getan. Ich meine, es hat mich schon umgehauen, aber nicht so, dass es mich deprimiert hätte. Ich hab noch keinem davon erzählt und ...«

Bell wartete.

Melanie atmete tief aus und ließ die Schultern hängen. »Ich hab's meiner Mutter nicht erzählt, ich hab's Rachel nicht erzählt ...«

Rachel war ihre ehemalige beste Freundin und derzeitige Hausgenossin. Melanie hatte Bell schon vieles anvertraut, worüber sie weder mit Rachel noch mit ihrer Mutter hatte sprechen können, und sie würde ihm auch diesmal alles erzählen.

»Ich hab den Dreckskerl gesehen«, sagte sie.

»Wirklich? Sie haben Ihren Stiefvater gesehen?«

»Meinen *ehemaligen* Stiefvater. Ich nenne ihn nur noch Dreckskerl, weil er genau das ist.«

»Nennen Sie ihn, wie Sie wollen. Aber ich dachte, er wäre in eine andere Stadt gezogen.«

»Ist er auch – aber nicht weit weg. Nach Sudbury.«
»Wo haben Sie ihn denn gesehen?«
»In der Algonquin Mall. Er kam gerade aus dem Radio Shack. Ich kam aus dem Shoppers Drug Mart, und er kam aus dem Radio Shack. Ich fasse es einfach nicht, dass er wieder hier ist.«
»Und trotzdem sagten Sie, es hätte Sie erleichtert.«
»Hab ich das gesagt?« Einen Moment lang sah sie ihn ausdruckslos an. »Kann sein.«
»Das ist der Mann, der Sie wiederholt missbraucht hat. Der Sie jahrelang als sein Sexspielzeug benutzt hat. Können Sie sich erklären, warum es sie erleichtert hat, ihn zu sehen?«
»Ich hab mich falsch ausgedrückt. Es hat mich nicht erleichtert, ihn zu sehen. Im Gegenteil, zuerst war es, als hätte ich einen Schlag in die Magengrube gekriegt. Ich hab mich buchstäblich vor Schmerzen gekrümmt. Aber dann bin ich ihm gefolgt. Er hat mich nicht gesehen. Und vielleicht hätte er mich nicht mal erkannt, wenn er mich gesehen hätte. Aber ich bin ihm zum Parkplatz gefolgt und hab ihn beobachtet, wie er in seinen Wagen eingestiegen ist. Es war niemand anders in dem Auto. Ich hab mir sein Kennzeichen aufgeschrieben.«
»Warum?«
Eine Hand hörte auf zu gestikulieren. »Ach, ich weiß nicht. Eigentlich hab ich gar nicht darüber nachgedacht. Hab's einfach getan. Ich hab meinen Stift aus der Tasche genommen und die Nummer auf meine Hand geschrieben. Ist das nicht seltsam?«
»Finden Sie es seltsam?«
»Na ja, vielleicht nicht seltsam. Es war irgendwie instinktiv. Und die ganze Zeit hat mein Herz wie verrückt geklopft.« Sie schlug sich mehrmals mit ihrer kleinen Faust aufs Brustbein. »Bumm, bumm, bumm. Ich konnte es tatsächlich hö-

ren. Und als er weggefahren ist, bin ich ihm wieder gefolgt. Ist das nicht irre?«

»Erzählen Sie weiter.«

»Ich bin ihm bis nach Hause gefolgt. Er wohnt in so einem Einfamilienhaus mit einer Riesengarage. Ich hab beobachtet, wie er in der Einfahrt geparkt hat. Ich hab ein bisschen weiter die Straße runter angehalten und so getan, als würde ich eine Adresse suchen oder so, aber ich hab gesehen, wie er ins Haus gegangen ist. Jetzt weiß ich also, wo er wohnt. Zuerst wollte ich meine Mutter anrufen und ihr das alles erzählen, aber dann hab ich's mir anders überlegt. Sie würde sich viel zu sehr aufregen. Sie kann es nicht mal ertragen, seinen Namen zu hören. Also hab ich meine Mutter nicht angerufen und bin ins Studentenheim gefahren, hab meine neue Radiohead-CD aufgelegt, mich aufs Bett gesetzt und mir die CD bis zum Ende angehört.«

»Woran haben Sie dabei gedacht?«

»An nichts. Ich glaub, ich hab an überhaupt nichts gedacht.«

»Wie haben Sie sich gefühlt?«

»Gut. Besser jedenfalls. So als wäre, ich weiß nicht, als wäre das große Gummiband, das mich die ganze Zeit fast erstickt hat, plötzlich gerissen. So als könnte ich wieder atmen.« Sie sah Bell fragend an. »Wie kann das sein?«

»Nun, einerseits mochten Sie ihn, erinnern Sie sich?«

»Ja, irgendwie schon.«

»Er hat Sie mit Engelszungen verführt, Sie dazu gebracht, dass Sie ihn mochten, ihm vertrauten. Er hat wundervolle Ausflüge mit Ihnen gemacht.«

»Stimmt. Er ist mit mir nach WonderWorld gefahren.«

»Und er hat Sie mit zum Musical Ride genommen, wie Sie mir erzählt haben. Er hat lauter Dinge mit Ihnen unternommen, die ein kleines Mädchen begeistern.«

»Aber das war es nicht, warum ich mich so gut gefühlt hab, nachdem ich ihn gesehen hatte.«

»Was dann? Können Sie mir das sagen?«

Natürlich wusste er, was es war. Ihren Stiefvater zu sehen, musste auf doppelte Weise positiv für sie gewesen sein. Erstens hatte es ihn auf normale Größe zurechtgestutzt, so dass er nicht länger das überlebensgroße Monster ihrer Phantasie war, sondern ein menschliches Wesen, ein Mann, der bei Radio Shack Batterien kaufte, der wie jeder andere auch auf dem Parkplatz in sein Auto stieg. Das war gut, damit konnte Bell arbeiten. Es war kein so großer Rückschlag, wie er befürchtet hatte. Aber es gab offenbar noch etwas, das sie ihm zu sagen versuchte.

»Hat Ihr Stiefvater Sie gesehen?«, fragte Bell. »Sie sagten, Sie sind ihm auf den Parkplatz gefolgt. Hat er Sie gesehen?«

»Nein.« Sie sagte es mit Nachdruck. Ohne jede Spur von Zweifel.

»Sie haben ihn gesehen, aber er Sie nicht. Wie haben Sie sich dabei gefühlt?«

»Überlegen.«

Bell nickte. Sollte sie das ruhig glauben. Sollte sie dieser Spur in den dunklen Tunnel folgen.

»Es war, als würde ich einen Vogel beobachten oder so. Ich meine, ich hatte Angst. Ich hatte tierisches Herzklopfen. Aber gleichzeitig hatte ich überhaupt keine Angst. Gleichzeitig hab ich mich richtig gut gefühlt.«

»Als wäre er ein Vogel«, sagte Bell, »und Sie …«

»Eine Katze.«

»Eine Jägerin.«

»Genau. Zur Abwechslung mal nicht die Gejagte.«

Sie lehnte sich zufrieden mit sich selbst im Sessel zurück, die Hände offen, entspannt. Sollte sie ihren kleinen Triumph ruhig auskosten. Am Ende würde sie womöglich sogar auf die Idee kommen, einen Angriff zu planen. Vollkommen uncharakteristisch. Aber das würde am Ergebnis nichts ändern. Die Kunst der Therapie bestand darin, den Patienten klarzumachen, welche Optionen sie hatten, und ihnen zu helfen, die richtige zu wählen. Aber nur ein mutiger Therapeut, nur ein ehrlicher Therapeut war in der Lage zu erkennen, dass Selbstmord die beste Option war.

Bell würde sie vorsichtig an den Rand des Abgrunds führen, wo sie das einsehen würde: Ja, nur ein Schritt, und alles Elend hätte ein Ende. Um das zu erreichen, musste er die Ruhe bewahren, doch die Wut und die Ungeduld führten schon wieder dazu, dass sein Herz flatterte, dass sein Atem flach und schnell ging. Am liebsten hätte er Melanie ins Gesicht geschlagen, er stellte sich den leuchtend roten Abdruck seiner Hand auf ihrer Wange vor. Aber er holte tief Luft und unterdrückte den Impuls.

»Haben Sie die Phantasie, Ihrem Stiefvater aufzulauern, um ihn zu bestrafen?«

»Also, wo wir jetzt so darüber reden, merke ich, dass ich total wütend auf ihn bin. Ich fände es in Ordnung, wenn er sich bei mir entschuldigen würde. Wenn er irgendwie anerkennen würde, dass er mir was ganz Schlimmes angetan hat.«

Ziemlich schwach, wenn man bedachte, dass Melanie Dinge über ihren Stiefvater erzählt hatte, für die er glatt für Jahre ins Gefängnis wandern würde, wenn es herauskäme. Wenn sie sich entschloss, zur Jägerin zu werden, konnte sie ihre Entschuldigung bekommen und auch ihre Rache. Aber das würde ihre Schuldgefühle mindern und ihr teilweise ihre Depressionen nehmen, und das war keine Lösung. Sie würde sich zu einer Frau entwickeln, die ewig herumjammerte und eine Last für ihre Umwelt war. Er ließ sie noch ein bisschen erzählen von Briefen, die sie vielleicht schreiben, Anrufen, die sie vielleicht machen würde, aber er würde noch einmal ausführlicher mit ihr über die Ereignisse in ihrer Kindheit sprechen müssen.

»Unsere Zeit ist fast um für heute«, sagte Bell, als Melanie endlich einmal Luft holte.

»Ja, ich weiß. Es ist immer ein blödes Gefühl, wenn die Stunde fast vorbei ist.«

»Ich möchte, dass Sie sich bis zum nächsten Mal ein paar Gedanken über einige Dinge machen. Erstens haben Sie den Brief nicht geschrieben wie versprochen.«

»Ach, den Abschiedsbrief? Den hab ich ganz vergessen. Ich meine, nachdem ich meinen Stiefvater gesehen hatte, hab ich einfach nicht mehr dran gedacht.«

»Sie haben überlegt, was Sie ihm vielleicht sagen möchten.«

»Das überlege ich immer noch.«

»Darüber können wir uns unterhalten. Aber zuerst möchte ich, dass Sie diesen Abschiedsbrief schreiben. Wenn Sie Ihre Depressionen überwinden wollen, ist es wichtig, diese Gedanken zu formulieren. Man muss dem Monster einen Namen geben, sozusagen.«

»Ich mache es. Versprochen.«

»Zweitens. Im Moment fühlen Sie sich Ihrem Stiefvater so überlegen, dass Sie glauben, Sie könnten ihn vielleicht dazu bringen, sich bei Ihnen zu entschuldigen. Das wäre tatsächlich eine gute Sache. Ich könnte Ihnen ein Dutzend Lehrbücher nennen, die genau das empfehlen. Aber wir wollen lieber nichts überstürzen.«

»Warum denn nicht? Meinen Sie nicht, er sollte sich für das entschuldigen, was er mir angetan hat? Sehen Sie mich an. Ich bin achtzehn Jahre alt, und an den meisten Tagen komme ich morgens kaum aus dem Bett. Und die halbe Zeit denke ich, es würde mir besser gehen, wenn ich tot wäre.«

»Wenn ich ein Chirurg wäre, würden Sie dann wollen, dass ich Sie überstürzt operiere?«

»Nein.«

»Wenn Sie einen Tumor hätten, würden Sie wollen, dass ich Ihre Chemotherapie abkürze? Selbst wenn die Behandlung Ihnen Übelkeit verursachen würde?«

»Nein, aber ich weiß nicht, ob man das vergleichen kann …«

»Nun, die Entscheidung liegt bei Ihnen, Melanie. Sie sind der Chirurg, nicht ich. Aber ich bin der Meinung, dass wir uns zunächst noch einmal ganz genau ansehen sollten, was Ihr Stiefvater Ihnen angetan hat. In allen Einzelheiten.«

»Ich soll Ihnen in allen Einzelheiten beschreiben, was er getan hat? O Gott, mir wird ja schon bei dem Gedanken ganz schlecht.«

»Solange Sie die Dinge nicht klar zum Ausdruck bringen, behalten sie ihre Macht über Sie. Außerdem könnte es sein, dass Ihnen nicht ganz klar ist, für was genau Ihr Stiefvater sich entschuldigen soll, wessen genau er sich schuldig gemacht hat. Ich finde, über diese Dinge sollten Sie sich absolut im Klaren sein.«

»Ich weiß ja, dass Sie recht haben. Es leuchtet mir wirklich ein, aber …«

»Aber?«

»Es ging mir so gut, als ich hergekommen bin. Und jetzt geht es mir so beschissen.«

»Man braucht Mut, um sich selbst in die Augen zu sehen, um die Dinge zu untersuchen, die einem Angst machen. Aber Sie sind eine starke junge Frau.«

»Das glaube ich nicht. Im Moment fühle ich mich total elend.«

»Also.« Bell erhob sich. »Nächstes Mal werden wir eine Menge zu bereden haben. Dann haben wir Ihren Abschiedsbrief und eine detaillierte Beschreibung all dessen, was Ihr Stiefvater mit Ihnen gemacht hat. Das können Sie auch alles schriftlich festhalten, wenn Sie wollen. Vielleicht fällt Ihnen das leichter, als es mir gegenüber offen auszusprechen. Aber wir werden natürlich darüber reden müssen.«

»Ich glaube, über manche Sachen, die er mit mir gemacht hat, kann ich einfach nicht sprechen.«

»Es besteht kein Grund zur Eile«, sagte Bell. »Wir gehen in dem Tempo vor, das Sie bestimmen, und kein bisschen schneller.«

Melanie nahm ihren Rucksack und stand auf. Alle Energie war aus ihr gewichen, und sie sah wieder aus wie eine ertrunkene Ratte.

»Also gut«, sagte sie. »Dann bis zum nächsten Mal.«

»Auf Wiedersehen, Melanie.«

28

Dr. Bell versuchte nur, ihr zu helfen, das war Melanie klar. Er war ein wunderbarer Therapeut, trotz seiner seltsamen Marotten wie das Schulterrollen und das Kopfschütteln. Manchmal hatte sie das Gefühl, sie würde sich nicht wundern, wenn er plötzlich bellen würde wie ein großer Hund. Und auf seinem Schreibtisch hatte er dieses komische alte Maschinchen stehen. Einmal hatte er ihr sogar gezeigt, wie es funktionierte. Als er ihr die Einzelteile erklärt und all die Hebelchen betätigt hatte, war er ihr vorgekommen wie der beste Vater, den sie sich vorstellen konnte, ein Vater, wie sie ihn nie gehabt hatte.

Also, er versuchte wirklich, ihr zu helfen, aber Melanie wünschte, er hätte ihr nicht so eine schwierige Hausaufgabe gegeben. Wie formulierte man einen Abschiedsbrief, wenn man tatsächlich vorhatte, sich umzubringen? Vor drei oder vier Wochen wäre es ihr nicht schwergefallen, so einen Brief zu schreiben. Vor drei oder vier Wochen hatte sie sich nur deswegen nicht umgebracht, weil sie sich nicht dazu hatte aufraffen können.

Am Ende des Korridors hörte sie ihre Hausgenossinnen Rachel und Laryssa über etwas lachen. Melanie und Rachel waren früher beste Freundinnen gewesen, aber in den letzten Jahren war Rachel immer mehr auf Distanz gegangen – zweifellos, weil Melanie dauernd so deprimiert war. Rachel und Laryssa waren ganz anders als sie, sie ließen immer die Zimmertür offen, waren immer unterwegs zu einer Verabredung oder einer Party.

Melanie hatte in diesem Jahr angefangen, englische Literatur zu studieren, und sie beschloss, das Verfassen des

Abschiedsbriefs nicht als therapeutische, sondern als literaturwissenschaftliche Übung zu betrachten. Jedes Mal, wenn sie kurz davorgestanden hatte, sich umzubringen, hatte sie – zumindest im Kopf – mehrere Abschiedsbriefe formuliert. Manchmal waren sie an ihre Mutter adressiert gewesen, manchmal an ihren Stiefvater, manchmal an den leiblichen Vater, den sie nie gekannt hatte, oder auch an die Welt im Allgemeinen. Aber sie hatte noch nie einen wirklich geschrieben.

Natürlich handelte es sich nicht unbedingt um eine literarische Form, die man analysieren oder studieren konnte. Melanie hatte Sylvia Plaths Gedicht *Ariel* gelesen – ihrer Meinung nach ein langer Abschiedsbrief, ein Brief von einer Lady Lazarus, die beschlossen hatte, baldmöglichst den Schritt in die andere Welt zu tun. Ein Abschiedsbrief voller rasender Wut.

Dann war da noch Diane Arbus. Melanie war völlig beeindruckt gewesen von ihren Fotos von Freaks: dem Mann mit dem Flohzirkus, dem Transvestiten, dem jüdischen Riesen. Offenbar hatte die Fotografin sich selbst als Randfigur empfunden. Insgesamt fühlte Melanie sich Diane Arbus ähnlicher als Sylvia Plath; wahrscheinlich hätten Diane und sie gute Freundinnen sein können.

Jedenfalls bin ich keine Dichterin, dachte Melanie. Ich könnte niemals solche Gedichte schreiben wie Sylvia Plath, selbst wenn ich wollte. Und alles, was Diane Arbus geschrieben hatte, ehe sie eine Überdosis Schlaftabletten genommen und sich die Pulsadern aufgeschnitten hatte, war: »Das letzte Abendmahl ...« Es war, als hätte sie niemanden mit einem Abschiedsbrief behelligen wollen. Das letzte Abendmahl.

Tja, Melanie hatte gerade ein Sandwich mit Erdnussbutter und Schinken gegessen, und sie konnte schlecht »Das letzte Mittagessen« auf einen Zettel schreiben und den mit zu Dr.

Bell nehmen. Sie hatte das Gefühl, dass er sie für ein bisschen unterbelichtet hielt, und sie wollte ihn gern beeindrucken.

Ich weiß einfach nicht mehr weiter ..., schrieb sie. Das wäre an die Welt im Allgemeinen gerichtet, als würde die Welt sich dafür interessieren. Das war so ziemlich das Langweiligste, was man schreiben konnte, auch wenn es ihre Situation genau erfasste. Es brachte die Sache auf den Punkt, warum also noch weitere Worte verschwenden? Vielleicht war das der Grund, warum viele Künstler Selbstmord begingen. Es war jedenfalls die eloquenteste und zugleich die knappste Aussage. Worte können überflüssig sein.

Liebe Mom, das wird dir schrecklich wehtun, und deswegen möchte ich zweifelsfrei klarstellen, dass DICH KEINE SCHULD TRIFFT. Wer auch immer mein Vater ist, es war rücksichtslos von ihm, dich zu verlassen, als du schwanger warst, und dass du mich ganz allein großgezogen hast, war eine beachtenswerte Leistung. Das hast du großartig gemacht, viel besser, als ich es je hätte machen können. Dein einziger Fehler war, dass du diesen Dreckskerl geheiratet hast, wie wir ihn nennen, aber ich weiß natürlich, dass du eine alleinerziehende Mutter warst, dass du allein und überfordert warst, und als er daherkam und dir Liebe und Schutz und ein bisschen Freude versprach, muss er dir wie ein Geschenk des Himmels vorgekommen sein. Er hat dir schrecklich wehgetan, und das werde ich ihm niemals verzeihen ...

Es hatte keinen Zweck, ihrer Mutter zu erzählen, was der Dreckskerl ihrer Tochter angetan hatte. Nicht in einem Abschiedsbrief.

Es tut mir so leid, dass ich all die Liebe und Fürsorge, die du mir gegeben hast, auf diese grausame Weise vergelte. Aber ich leide an unheilbarer Traurigkeit, so wie andere an unheilbarem Krebs leiden. Mein Leben ist nichts mehr wert. Ich kann weder gutes Essen noch Sonnenschein genießen, und ich finde kaum noch Schlaf. Wenn ich morgens aufwache, empfinde ich nichts als Angst und Erschöpfung. Und obwohl ich einen wunderbaren Therapeuten habe, weiß ich, dass für mich keine Hoffnung auf Heilung besteht.

Inzwischen war es fast dunkel geworden. Es war still im Haus: Rachel und Laryssa waren entweder ausgegangen oder hatten sich an ihren Schreibtisch gesetzt, um zu lernen. Melanie saß im Halbdunkel, den Kugelschreiber in der Hand, und starrte ins Leere. Das passierte ihr manchmal, dann verharrte sie absolut reglos, im Kopf nichts als weißen Nebel. Mal verging eine Stunde, manchmal auch zwei. Diesmal dauerte es nur eine halbe Stunde.

Sie stand auf und ging ins Bad am Ende des Flurs. Das Waschbecken war mit winzigen braunen, schwarzen und blauen Sprenkeln übersät, als hätte es die Masern. Offenbar hatte Laryssa mal wieder mit einem neuen Make-up experimentiert. Laryssa probierte immer wieder neue Schminkstile aus, was Melanie vielleicht auch tun würde, wenn sie es ertragen könnte, lange genug in den Spiegel zu sehen.

Als sie wieder in ihrem Zimmer war, nahm sie ihr Handy aus der Tasche. »Mom?«

»Hallo, Mel. Hast du Lust, zum Abendessen rüberzukommen? Ich hab gerade eine Lammpastete im Ofen.«

»Äh, heute nicht, danke. Aber ich wollte dich fragen, ob du mir dein Auto leihen kannst.«

»Natürlich. Ich brauche es heute Abend nicht. Aber du

musst es mir heute noch zurückbringen, weil ich morgen früh damit zur Arbeit fahre.«

»Klar, ich brauche es nur für ein paar Stunden. Ich möchte mit ein paar Freunden zum Chinook fahren, und es ist so lästig, auf den Bus zu warten.«

»Weißt du, Liebes, wenn du zu Hause wohnen würdest, hättest du viel mehr Freiheit.«

»Ich bin zu alt, um noch zu Hause zu wohnen, Mom.«

Melanie zog sich eine Jacke über. Auf dem Weg zu ihrer Mutter dachte sie immer noch über ihre letzte Bemerkung nach. Die Studentenpension würde sie nie als ihr Zuhause empfinden, egal, wie nett Mrs. Kemper war.

Ihre Mutter löcherte sie mit Fragen über ihr Studium und ihre Mitbewohnerinnen, und es dauerte ewig, bis sie endlich dort wegkam und sich auf den Weg machen konnte.

Doch jetzt parkte sie am Straßenrand in der Nähe des Hauses, in dem der Dreckskerl wohnte, und wartete – na ja, worauf sie wartete, wusste sie eigentlich nicht so recht. Sein Wagen stand in der Einfahrt, und im Haus brannte Licht. Es war ziemlich groß, ein Einfamilienhaus, eigentlich zu groß für eine einzelne Person.

Falls er herauskam, würde sie ihn ansprechen. Komm nur raus, du Dreckskerl, dann sage ich dir ins Gesicht, was ich von dir halte. Dann erzähle ich dir, was aus mir geworden ist wegen all der schrecklichen Dinge, die du mit mir gemacht hast, wie elend ich mich mein Leben lang gefühlt habe, wie mir die Scham und die Schuldgefühle die Luft zum Atmen rauben. Falls er herauskam, würde sie ihm sagen, dass sie einen Jungen nicht einmal küssen konnte, ohne an *ihn* zu denken, an diesen Dreckskerl, an sein Gesicht, seinen Penis, seine riesigen Hände. Die Hände, die sie überall angefasst, die sie gefesselt hatten. Die Hände, die die Kamera gehalten hatten.

Sie würde ihm sagen, dass sie nie ins Internet gehen konnte, ohne daran zu denken, dass irgendwo im Netz ihre Fotos herumschwirrten. Warum sonst hatte er all diese Fotos gemacht? Sie würde ihm sagen, wie sie sich wegen dieser Fotos in Grund und Boden schämte. Selbst in diesem Augenblick kroch ihr bei diesen Gedanken die Scham über den Rücken hoch in die Schultern wie ein Hautausschlag, kroch ihren Hals hoch, bis ihr die Ohren brannten.

Einen Moment lang hatte sie das Gefühl, sich übergeben zu müssen, doch dann schlug die Übelkeit in Trauer um, die ihr die Brust zuschnürte und Tränen in die Augen trieb. Nein, sie würde jetzt nicht weinen, sie weigerte sich zu weinen. Sie starrte auf das Backsteinhaus mit dem großen Garten und der riesigen Garage und dachte, du verdammter Dreckskerl, wenn du eine neue Frau hast, dann werde ich ihr alles erzählen. Ich werde ihr haarklein beschreiben, was du mit mir gemacht hast, und dann wird sie dich verlassen und vielleicht sogar zur Polizei gehen, was ich schon vor Jahren hätte tun sollen.

Ja, ich hoffe, du hast eine Frau. Ich hoffe, sie ist jung und schön, und ich hoffe, dass du sie abgöttisch liebst, denn wenn ich fertig bin, dann wird sie dich fallen lassen wie eine heiße Kartoffel.

»Bieg dich nach hinten, Liebes. Komm schon, Mel. Bieg dich ganz nach hinten. Ja, so ist es gut. Gott, wie schön du aussiehst!«

Die Kamera macht klick, klick, klick, und er kommt immer näher, manchmal bis auf wenige Zentimeter. Und dann die nächsten Anweisungen.

»Okay, leg dich auf den Bauch und tu so, als würdest du schlafen.«

Der Geruch nach Bleichmitteln in den Hotelbetten, raue, gestärkte Laken, nicht so schöne weiche wie zu Hause. Sonnenlicht fällt durchs Fenster, und von draußen sind die Geräusche des Vergnügungsparks zu hören: Dampfklaviere, Orgeln, Glockenspiele und Rockmusik. Das Geschrei von Kindern, die die Wasserrutsche hinuntersausen, das Gekreische junger Mütter auf den Kettenkarussells, den Schiffschaukeln und Achterbahnen.

»Daddy, können wir ins WonderWorld gehen?«
»Gleich, Kleines. Mach jetzt einfach die Augen zu.«
Klick, klick, klick.
Mit geschlossenen Augen: »Daddy, können wir jetzt gehen? Bitte, bitte.«
»Ja, Mel, gleich. Lass uns das Laken ein bisschen weiter runterziehen.«
Klick, klick, klick.
»Daddy, du hast es versprochen.«
»Ich weiß, Liebes. Gott, wie süß du aussiehst, ich könnte dich glatt auffressen!«
Klick, klick, klick.
Dann fängt er an, mit ihr herumzutollen, drückt ihr nasse Küsse auf den Rücken und kitzelt sie, bis sie kaum noch Luft bekommt. Was für ein Spaß!

Atemlos und aufgeregt springt sie aus dem Bett und sucht nach ihrem Höschen und den übrigen Kleidern.

»Was machst du, Mel?«
»Ich ziehe mich an. Ich will ins WonderWorld.«
»Liebes, wir gehen in den Vergnügungspark, wie ich es versprochen habe, aber jetzt musst du erst noch mal aufs Bett.«

Er packt sie unter den Achseln, hebt sie hoch und legt sie aufs Bett. Inzwischen ist er nackt, und sie weiß, was passieren wird. Sie wusste es die ganze Zeit, aber sie wollte nicht daran denken. Sie hatte sich so auf diesen Ausflug gefreut. WonderWorld!

»Ich will jetzt nicht ins Bett. Ich will Karussell fahren. Du hast es mir versprochen.«

»Okay, ich mache dir einen Vorschlag. Wir werden Karussell fahren, aber auf welchen Karussells wir fahren, liegt ganz bei dir. Mit allem, was du für deinen Daddy tust, kannst du dir eine Fahrt auf einem Karussell verdienen, einverstanden? Aber zuerst wollen wir ein bisschen kuscheln.«

Er nimmt sie in die Arme, und es fühlt sich an, als würde sie von einer Boa constrictor gewürgt.

»Du erinnerst dich doch, was ich dir über unser Spiel gesagt hab, nicht wahr? Dass es unser Geheimnis ist?«

»Ja.«

»Du darfst weder deiner Mom noch sonst jemandem davon erzählen. Erinnerst du dich?«

»Ja.«

»Nie, niemals.«

»Niemals.«

»Und was passiert, wenn du es doch tust?«

»Dann kommt die Polizei mich holen und steckt mich in ein Heim für böse Mädchen.«

»Ganz genau. Und das wollen wir doch nicht, oder? Und jetzt sei ein braves Mädchen.«

Mehr als zehn Jahre später sitzt Melanie im Auto ihrer Mutter und beobachtet das Haus des Dreckskerls in der Hoffnung, dass er herauskommt. Sie fischt ein zerdrücktes Päckchen Kleenex aus ihrem Rucksack, wischt sich die Augen, putzt sich die Nase. Früher, als er diese Dinge mit ihr tat, hat sie nie geweint. Nur ein- oder zweimal, als er ihr richtig wehgetan hat, weil sein erwachsener Körper zu groß war für ihren Kinderkörper.

Aber meistens hat er ihr keine körperlichen Schmerzen zugefügt. WonderWorld. Wie sehr sie sich gewünscht hatte, dorthin zu gehen. Alle ihre Freunde waren schon dort gewesen und hatten ihr davon vorgeschwärmt. Und dann, als

Überraschung zu ihrem achten Geburtstag, fuhr er mit ihr hin. Irgendwie hatte er den Ausflug so arrangiert, dass ihre Mutter nicht mitkommen konnte. Vor lauter Aufregung hatte Melanie überhaupt keine Angst gehabt. Es war gewesen, wie auf Weihnachten zu warten.

Aber in dem Augenblick, als sie ihre Taschen in dem Hotelzimmer abstellten, hatte es ihr den Magen umgedreht, und sie hatte angefangen zu zittern. Damals hatte sie kein Wort gehabt für das Gefühl in ihrem Bauch. Diese Angst, verstärkt durch die Aufregung. Sie war jedes Mal vollkommen verwirrt, denn wenn er diese Dinge mit ihr tat, war er gleichzeitig so *nett* zu ihr. Aufmerksam. Liebevoll. Lustig. Er tat alles, was sie wollte – mit Puppen spielen, mit Phantasiegästen Tee trinken – solange sie tat, was er wollte.

Manchmal nahm er sie mit zum Angeln an einen von den kleineren Seen. Sie fuhren mit einem Ruderboot hinaus aufs Wasser. Er erklärte ihr, wie man die Haken und Köder befestigte. Geduldig brachte er ihr bei, wie man die kleine Angelleine, die er ihr gekauft hatte, auswarf. Er zeigte ihr, wie man die Fische ausnahm und wie man sie so briet, dass sie köstlich schmeckten.

Natürlich gab es das alles nicht ohne Gegenleistung. Nachts im Zelt musste sie sich all die Aufmerksamkeit und all den Spaß verdienen. Im Zelt musste sie für ihn posieren und seine Wünsche erfüllen. Im Zelt bestand ihre Aufgabe darin, ihm zu Gefallen zu sein. Und er dachte sich immer neue Methoden aus, wie sie ihm zu Gefallen sein konnte.

Eines Tages, Jahre später, hatte ihre Freundin Rachel sie schockiert, als sie ihr ein paar Bilder auf dem Computer gezeigt hatte, den sie sich mit ihrem älteren Bruder teilte. Angewidert und zugleich fasziniert hatte Rachel von Bild zu Bild geklickt und dabei die ganze Zeit gekichert. Damals waren sie beide zwölf gewesen.

»Ihh, wie ekelhaft«, rief Rachel aus.

»Ihh, wie ekelhaft«, wiederholte Melanie, bemüht, denselben entgeisterten Ton zu treffen. Aber sie merkte, dass sie die Bilder nicht mit denselben Augen sah wie Rachel. Das Entsetzen und Staunen ihrer Freundin war echt und ließ keinen Zweifel daran aufkommen, dass sie unschuldig war.

»Machen die Leute so was wirklich?«, rief Rachel. »Das ist ja widerlich.«

»Abartig«, sagte Melanie.

»Also, das ist das Perverseste, was ich je gesehen hab! Ich glaub, ich muss gleich kotzen!«

Nein, Rachel hatte so etwas noch nie in ihrem Leben gesehen. Aber Melanie hatte solche Dinge nicht nur gesehen, sondern auch getan. Sie tat sie, seit sie sieben Jahre alt war.

Hin und wieder huschte ein Schatten hinter den Vorhängen am Wohnzimmerfenster vorbei. Der Schatten eines Mannes.

»Komm raus«, murmelte Melanie vor sich hin. »Komm nur raus, du Dreckskerl, dann sag ich dir, was ich von dir halte.«

Seit dem Tag, an dem sie die Bilder im Internet gesehen hatten, war die Freundschaft zwischen den beiden Mädchen abgekühlt. Rachel war so angewidert gewesen, dass Melanie sich gefragt hatte, was sie wohl denken würde, wenn sie Bescheid wüsste. Sie würde entsetzt sein, sie würde sich abgestoßen fühlen. Sie würde nie wieder etwas mit Melanie zu tun haben wollen.

Eine neue Angst hatte von ihr Besitz ergriffen. Offenbar gab es zahllose solcher Fotos im Internet, von ganz normalen Leuten, manche von Jugendlichen. Zum ersten Mal fürchtete Melanie, dass es auch Hunderte Fotos von ihr im Internet geben könnte, die nur darauf warteten, dass einer ihrer Freunde sie entdeckte. Seitdem lebte sie ständig mit dieser Angst.

All diese Fotos, unzählige Fotos. Denn es passierte nicht

nur auf besonderen Ausflügen. Selbst zu Hause, jedes Mal, wenn ihre Mutter auch nur für ein paar Stunden fort war, kam der Dreckskerl zu Melanie ins Zimmer. Als Liebkosungen und Aufmerksamkeiten nicht mehr ausreichten, um sie gefügig zu machen, bot er ihr Geld. Wie wär's mit ein paar Dollar für eine neue CD? Wünschst du dir vielleicht neue Jeans von Guess? Darüber können wir reden. Wenige Tage später hatte ihre Mutter sich über die neuen Jeans gewundert. Wo hast du denn die teuren Jeans her?

»Ach, Mel hat mir geholfen, den Keller aufzuräumen«, sagte der Dreckskerl, »und ich hab ihr ein bisschen Geld gegeben.«

Und einmal waren sie auf einem Boot gewesen, diesem tollen Kajütboot, das der Dreckskerl sich von irgendeinem Bekannten ausgeliehen hatte. Zu dritt waren sie tagelang auf dem Trout Lake herumgeschippert und hatten alle zusammen in derselben Kabine geschlafen. Ihre Mutter und der Dreckskerl auf der einen, Melanie auf der anderen Seite. Da war sie ungefähr elf gewesen. Einmal war sie mitten in der Nacht aus dem Schlaf aufgeschreckt. Der Dreckskerl saß auf ihrer Bettkante und befummelte sie unter ihrem Schlafanzug, während ihre Mutter nicht mal einen Meter weit entfernt schlief. Er musste ihr ein Schlafmittel in den Wein getan haben. In jener Nacht hatte Melanie sich ein paar neue Nikes verdient.

Und jetzt kam der perverse Typ aus dem Haus. In fünf Jahren hatte er sich kaum verändert. Er trug eine hellblaue Windjacke und auf dem Kopf eine Baseballmütze. Früher hatte er nie Baseballmützen getragen. Er ging ein paar Schritte die Einfahrt hinunter, legte den Kopf in den Nacken, um die frische Abendluft einzuatmen. Er blieb stehen, die Hände in den Hosentaschen, wartete einen Moment, dann trat er auf den Rasen, um irgendetwas zu betrachten.

Wie ein ganz normaler Mann, dachte Melanie. Als würde er sich durch nichts von den anderen unterscheiden.

Sie legte ihre Hand auf die Autotür und holte tief Luft. Sie würde ihm ihre Meinung ins Gesicht sagen, darauf konnte er Gift nehmen. Dann hielt sie inne.

Eine Frau trat aus der Seitentür des Hauses und ging zu Melanies ehemaligem Stiefvater hinüber. Sie war hübsch, vielleicht vierzig, mit dunklen Locken, die ihr bis zu den Schultern reichten. Die Jeansjacke und die Khakihose standen ihr gut. Sie hatte eine ausgesprochen gute Figur. Sie sieht besser aus als Mom, dachte Melanie, und der Gedanke machte sie zugleich wütend und traurig.

Ich werde seiner Frau alles erzählen. Selbst wenn er es leugnet, selbst wenn er mich für verrückt erklärt, wird sie wissen, dass es stimmt. Ihr hübsches Gesicht wird sich vor Entsetzen verzerren. Das fröhliche Leuchten in ihren Augen wird verschwinden, und sie wird Misstrauen, Wut und Abscheu empfinden.

Melanie öffnete die Autotür. Weit und breit waren weder andere Autos noch Fußgänger zu sehen. Das glückliche Paar stand jetzt wieder zum Haus gewandt, es sah aus, als würden die beiden auf irgendetwas warten. Macht euch auf was gefasst, ihr zwei. Jetzt kommt etwas, womit ihr nicht im Traum rechnet. Melanie war nur noch knapp zwanzig Meter von ihnen entfernt und überquerte gerade die Straße. Sie holte noch einmal tief Luft, um sich zu beruhigen. Sie wollte nicht wie eine Verrückte erscheinen; es war wichtig, dass sie vernünftig klang, dass diese Frau ihr glaubte. Sie bewegte sich forsch und zielbewusst, wie eine junge Geschäftsfrau auf dem Weg zu einer wichtigen Besprechung.

Dann ging die Seitentür des Hauses noch einmal auf, und ein kleines Mädchen kam heraus, einen Gummiball und einen Holzschläger unter dem Arm.

»Wo fahren wir hin?«, fragte die Kleine.

»Wir machen nur einen kleinen Spaziergang. Es ist so ein schöner Abend«, sagte die Frau. »Aber in der Dunkelheit kannst du den Ball nicht sehen.«

»Doch, kann ich.«

»Also gut, Liebes, aber du hast vergessen, die Tür zuzumachen.«

Die Kleine drehte sich zum Haus um.

»Na geh schon und mach sie zu.«

Zögernd ging das Mädchen zurück zum Haus.

»Ich mach's«, sagte der Dreckskerl und ging auf das Mädchen zu.

Melanie zuckte zusammen, als hinter ihr ein Auto laut hupte. Als sie herumfuhr, hielt der Wagen knapp einen Meter vor ihr.

»Entschuldigung«, brachte sie mit Mühe heraus. Sie lief zu ihrem Wagen zurück. »Entschuldigung ...«

Der Mann fuhr kopfschüttelnd weiter.

Zitternd stieg Melanie in den Wagen ihrer Mutter. Sie bekam den Zündschlüssel nicht ins Schloss. Die drei Mitglieder der erbärmlichen Familie starrten alle zu ihr herüber. Endlich gelang es ihr, den Motor anzulassen. Mit abgewandtem Gesicht, so als würde sie am Autoradio herumfummeln, fuhr sie an ihnen vorbei.

Das Herz schlug ihr bis zum Hals, und sie verpasste prompt die Straße nach Algonquin. Zitternd fuhr sie auf den Parkplatz von Mac's Milk, wo sie eine ganze Weile bei laufendem Motor im Auto sitzen blieb und versuchte, sich zu beruhigen. Der Dreckskerl hatte eine neue Tochter, vielleicht sieben Jahre alt. Der Dreckskerl hatte ein neues kleines Mädchen.

29

Kelly legte die Fotos zurück in die Schublade und machte sie zu.

»Ich glaube, das waren die letzten«, sagte sie, »zumindest hier. Wahrscheinlich hat sie noch jede Menge im College. Und auch Negative.«

»Ja, allerdings«, sagte Cardinal. »Sie hat ein paar Aktenschränke im College.«

Er hatte die ganze Zeit in einer Ecke der Dunkelkammer auf einer Truhe gesessen und Kelly beim Kramen zugesehen, obwohl sie ihn gebeten hatte, wegzugehen und sich so lange mit etwas anderem zu beschäftigen. Aber er hatte einfach das Bedürfnis, in der Nähe seiner Tochter zu sein, vor allem, wenn sie etwas für ihre Mutter tat.

»Du solltest dich mal mit dem College in Verbindung setzen«, schlug sie vor. »Vielleicht gibt es da jemanden, der weiß, woran sie in letzter Zeit gearbeitet hat. Ihre Kollegen können ihre Arbeiten bestimmt besser beurteilen als ich.«

»Auf keinen Fall. Du bist Künstlerin, du bist ihre Tochter. Wer sollte besser geeignet sein, ihre Arbeiten zu sichten?«

»Ein Fotograf. Jemand, der die ganze Zeit mit ihr zusammengearbeitet hat. Ich finde einfach, du solltest dich erkundigen. Wenn es dann immer noch so aussieht, als wäre ich die am besten geeignete Person, um eine Ausstellung zu organisieren, dann bin ich gern dazu bereit. Es würde mir sogar großen Spaß machen.«

»Catherine hat immer allein gearbeitet. Sie mochte es nicht, wenn jemand dabei war, während sie fotografierte. Oder wenn sie sich in der Dunkelkammer vergrub.«

»Bitte, Dad, ruf einfach an und vergewissere dich. Wir

wollen doch das tun, was ihrer Arbeit am besten gerecht wird.«

»Also gut. Ich sag dir Bescheid, was dabei rausgekommen ist.«

»Es überrascht mich ein bisschen«, sagte Kelly, während sie mit der Hand über den weißen Schubladenschrank fuhr, »dass Mom so gut organisiert war.«

»O ja. Sie war unglaublich ordentlich und hat immer großen Wert darauf gelegt, alles rechtzeitig fertigzubekommen. Sie mag ihre Probleme gehabt haben, aber zerstreut war sie nicht.«

»Sie hat alle ihre Kontaktabzüge hier in den Schubladen, säuberlich zusammen mit den Negativen nach Datum abgelegt. Und bei allen Abzügen steht die Negativnummer auf der Rückseite.«

»Ja, sie konnte sich fürchterlich aufregen, wenn sie nicht genau das Bild fand, das sie suchte. Und von ihren Studenten hat sie auch stets verlangt, alles picobello in Ordnung zu halten. Schlamperei gab es bei ihr nicht.«

Kelly berührte einen Aktenschrank mit dem Zeigefinger, eine unbedeutende Geste, die Cardinal an ihre Mutter erinnerte.

»Sogar die neueren Sachen sind archiviert. Die Digitalfotos. Sie hat sie alle auf CDs gespeichert und die CDs durchnummeriert. Gott, ich wünschte, ich hätte ihren Ordnungssinn.«

»Komisch. Catherine hat sich oft gewünscht, Malerin zu sein, so wie du. ›Manchmal würde ich am liebsten nur rumkleckern‹, hat sie mal gesagt. ›Fotografieren hat immer so was Klinisches. Diese ganze technische Ausrüstung kann einem wirklich lästig werden.‹«

Kelly öffnete den Hochschrank in der Ecke. In den Regalen, auf denen Objektive und Filter säuberlich aufgereiht waren, befanden sich Lücken, wo die Utensilien fehlten, die

Catherine für ihr letztes – ihr allerletztes – Projekt benötigt hatte.

Am Abend trug Kelly ihren kleinen Koffer zum Auto, und Cardinal fuhr sie zum Flughafen. Sie hatte ihm während der Beerdigung und der ersten beiden Wochen als Witwer beigestanden – was konnte er mehr verlangen? Er versuchte, ein Gespräch mit ihr zu führen, aber sie war in Gedanken bereits in New York. New York. Geografisch gesehen eigentlich gar nicht so weit weg, aber so wie es sich für Cardinal anfühlte, hätte sie genauso gut in Schanghai leben können.

Er blieb mit ihr in der Wartehalle, bis sie durch die Sicherheitskontrolle gehen musste. Zum Abschied umarmte sie ihn und sagte: »Ich rufe dich bald an, Dad.«

»Pass auf dich auf.«

»Mach ich.«

Cardinal fuhr langsam den Airport Hill hinunter, aber es war nicht langsam genug. Er wollte nicht nach Hause, wollte nicht zurück in die Stille, die ihn dort erwartete. Anstatt nach links auf den Highway 11 abzubiegen, fuhr er geradeaus in die Stadt.

Er fuhr zur Main Street und von dort weiter zum See hinunter. Unter einem von Wolken verunstalteten Mond trabten Jogger am Ufer entlang, und Leute, die ihre Hunde ausführten, standen schwatzend in Grüppchen zusammen. Gedankenverloren setzte Cardinal seinen Weg fort in den westlichen Teil der Stadt und kurvte ziellos durch kleine Straßen. Ziemlich lächerlich, dachte er, sich nicht nach Hause zu trauen.

Irgendwann kam er an Lise Delormes Haus vorbei, einem kleinen Bungalow am Ende einer ruhigen Straße in der Nähe der Rayne Street. Er sah, dass bei ihr Licht brannte, und fragte sich, was sie wohl gerade tat. Am liebsten hätte er angehalten und an ihre Tür geklopft, aber was sollte er ihr sagen? Er wollte sich Delorme gegenüber nicht lächerlich machen.

Aber was mochte sie gerade tun? Lesen? Fernsehen? Einerseits kannte er Delorme sehr gut, nach all den Fällen, die sie gemeinsam bearbeitet hatten. Sie verstanden sich prächtig, lachten viel. Andererseits hatte er keine Ahnung, wie sie ihre Freizeit verbrachte, wusste nicht mal, ob sie zur Zeit einen Geliebten hatte. Allerdings hatte er sie ein paarmal freundlicher als nötig mit Shane Cosgrove plaudern sehen.

Es hätte ihm gutgetan, mit ihr zu reden in dieser Abendstunde, die ihm überhaupt nicht vorkam wie eine bestimmte Stunde an einem bestimmten Ort, sondern eher wie eine Lücke zwischen den Stunden, eine Leere zwischen zwei Leben: seinem Leben mit Catherine und dem, was übrig geblieben war.

Er hielt an der Ampel an der Ecke.

»Lächerlich«, sagte er laut. »Keine fünf Minuten allein, und ich werde sentimental.«

Es dauerte eine Weile, bis er merkte, dass die Ampel auf Grün gesprungen war.

In seinem Haus herrschte eine nie gekannte Stille. Die Geräuschlosigkeit war so tief, so vollständig, dass es ihm schien, als wäre sie nicht nur um ihn herum, sondern in ihm, als würde sie ihn mit ihrer Kälte und Trostlosigkeit durchdringen. Es war, als wäre die Welt bis auf den geringen Raum, den er selbst einnahm, verschwunden.

Aus keinem Zimmer kam ein Geräusch von Catherine. Nirgendwo waren ihre Schritte zu hören: nicht in Pantoffeln, nicht barfuß, kein Tack, Tack, Tack von hochhackigen Pumps, kein Stampfen von schweren Schneestiefeln. Aus der Dunkelkammer im Keller drang kein Ton von Fleetwood Mac oder Aimee Mann. Kein Klappern von Entwicklerschalen, kein Summen eines Föhns. Kein plötzlicher Ruf: »John, komm dir das mal ansehen!«

Vergeblich versuchte Cardinal, ein Buch zu lesen. Er schaltete den Fernseher an. Ein Team von Spurensicherern trampelte durch einen Tatort und zerstörte Beweismittel. Eine Weile starrte er auf den Bildschirm, ohne etwas mitzubekommen.

»Der Versuch, so zu tun, als wäre alles ganz normal«, murmelte er vor sich hin. Aber nichts war mehr normal. Es würde noch sehr lange dauern, bis irgendetwas wieder normal sein würde.

Er nahm das gerahmte Foto von Catherine vom Regal, wo Kelly es wieder hingestellt hatte, das Foto, auf dem sie in ihrem Anorak zu sehen war, mit zwei Kameras über der Schulter.

Hast du dich umgebracht?

Er musste an all die Male denken, wo sie getobt hatte, wenn er sie wieder in die Klinik brachte, wo sie ihn verflucht hatte, weil er sich in ihre Krankheit einmischte, wo sie sich beklagt hatte, wenn er überprüfte, ob sie ihre Medikamente regelmäßig nahm. An all das Geschrei und die Tränen über die Jahre. Hatte sie das alles ernst gemeint? War das die echte Catherine gewesen? Er konnte einfach nicht glauben, dass die Frau, die er so lange geliebt hatte, ihm seine Liebe vor die Füße geschleudert hatte, dass sie ihm zu verstehen gegeben hatte: Nein, deine Liebe reicht mir nicht, du reichst mir nicht, lieber sterbe ich, als noch eine Minute länger mit dir zu verbringen. Genau das hatte Roger Felt ihm mit seinen Karten gesagt. Nein, das konnte er einfach nicht glauben.

Dennoch hatte er keinen Beweis dafür, dass es sich anders verhielt. Roger Felt, sein Hauptverdächtiger, hatte sich als rachsüchtiger Versager entpuppt. Und Codwalladers Chef hatte bestätigt, dass Codwallader, wie er behauptete, zur fraglichen Zeit bei der Arbeit gewesen war. Die Filme der Sicherheitskamera bewiesen es.

Du hast den Abschiedsbrief geschrieben. Aber kann es wirklich sein, dass du dich umgebracht hast?

Hatte Catherine Feinde gehabt? Cardinal hatte genug Mordfälle untersucht, um zu wissen, dass man in dem Punkt sein blaues Wunder erleben konnte. Ein kleiner Drogendealer konnte sich als eine Seele von Mensch entpuppen, dessen Tod nicht von irgendwelchen Rivalen, sondern durch eine Überdosis herbeigeführt worden war.

Dann gab es die Heilige, die Frau, die bereitwillig sämtliche ehrenamtlichen Aufgaben übernahm, die immer die Erste war, die ihre Freunde aufforderte, »die Karte für Shirley zu unterschreiben«, die Besuche im Krankenhaus organisierte und Geld für das Sommerzeltlager sammelte. Bei solchen Heiligen konnte es passieren, dass sie mit dem Mann der falschen Frau geschlafen, Geld unterschlagen, sich Illusionen hingegeben oder heimliche Laster gepflegt hatten und in einem Mordfall entweder als Opfer endeten oder als Täter dastanden.

Aber Catherine? Gut, sie hatte ihre Grabenkriege im College geführt. Und sie alle verloren. Sie hatte weiß Gott eine scharfe Zunge gehabt, wenn sie wütend war, und es war durchaus denkbar, dass irgendein Konkurrent oder eine Konkurrentin am College sich über eine unüberlegte Bemerkung aufgeregt hatte. Und sie hatte mit ihren Fotografien Preise gewonnen – einige auf Bezirksebene, aber auch ein paar landesweit ausgeschriebene –, und ihre Werke waren mehrfach nicht nur in Algonquin Bay, sondern auch in Toronto ausgestellt worden. Wenn jemand einen Preis gewinnt, fühlt sich jemand anders vielleicht zurückgesetzt.

Cardinal ging in die Küche, um sich etwas zu trinken zu holen. Das Klimpern der Eiswürfel im Glas und das Gluckern des Whiskys klangen unverhältnismäßig laut in der vollkommenen Stille. Er schaltete das Radio ein, hörte drei Takte Country-Musik, schaltete es wieder aus. Normalerweise hörte er spätabends nie Radio, es war nichts als die blanke Verzweiflung.

Er setzte sich an den Küchentisch. Wenn er nachts nicht schlafen konnte, kam er in die Küche und aß eine Schüssel Cornflakes. Als Catherine noch nebenan im Bett gelegen hatte, war ihm die Küche nie trostlos vorgekommen. Er schlug die Akte auf, die er für Catherine angelegt hatte. Sie war dünner als jede Akte, die er je bearbeitet hatte. Wenn es einen Fall gab, dann hatte man Aufzeichnungen, dann hatte man Spuren, man hatte eine Vorstellung von der Lösung des Falles. Aber diese Akte enthielt so gut wie gar nichts.

Da waren die gehässigen Beileidskarten, aber die waren inzwischen keinen Pfifferling mehr wert. Da waren seine Aufzeichnungen über Codwallader und Felt, Schritte in dieselbe Sackgasse. Und da war die Seite aus Catherines Notizblock. Das Blassblau aus ihrem Lieblingskugelschreiber. Und ihre Handschrift mit den schnörkellosen Js und den schwungvollen Ts.

Wenn du das liest ...

Die Akte enthielt zwei Versionen des Abschiedsbriefs: das Original in blauer Tinte und die Kopie, die Tommy Hunn im kriminaltechnischen Labor gemacht hatte, weiße Schrift auf schwarzem Grund, auf dem der Toner die auf dem Original unsichtbaren Fingerabdrücke zum Vorschein gebracht hatte. Am Rand befand sich Catherines Daumenabdruck mit der feinen Querlinie, wo sie sich vor Jahren geschnitten hatte. Am seitlichen Rand waren kleinere Abdrücke zu sehen, die wahrscheinlich ebenfalls von Catherine stammten. Das ließe sich leicht überprüfen.

Aber dann gab es da noch den Daumenabdruck am unteren Rand der Seite, der zu groß war, um von Catherine stammen zu können. Außerdem war Catherine Rechtshänderin gewesen. Als sie das Blatt aus dem Notizblock gerissen hatte, müsste sie es normalerweise mit der rechten Hand angefasst haben. Aber wessen Daumenabdruck konnte das sein, der sich in der Mitte am unteren Rand befand? Wenn er weder vom Gerichtsmediziner noch von Delorme oder sonst jemandem stammte, der am Tatort gewesen war, wer konnte dann Catherines Abschiedsbrief in der Hand gehalten haben?

30

Tote Mutter und Kind. Das Gemälde von Edvard Munch war Frederick Bells Lieblingsbild, und er wusste genau, warum. Die reglose Gestalt der toten Mutter auf dem Bett, bleich, fast transparent, die trauernden Angehörigen, und niemand beachtet das kleine Mädchen im Vordergrund, das die Hände hebt, als wollte es die Augen oder die Ohren bedecken, um sich gegen die Erkenntnis zu wehren, dass die Mutter tot ist. Bell wusste, dass Munchs Mutter an Schwindsucht gestorben war, als dieser noch ein Junge war, und ihr früher Tod hatte Munchs ganzes Leben überschattet. Der Tod der Mutter hatte ihn traumatisiert, und er hatte ihn zum Künstler gemacht.

Schwindsucht. Die Medizin hatte in den vergangenen hundert Jahren große Fortschritte gemacht. Schwindsucht, oder Tuberkulose, war mit Hilfe von Antibiotika praktisch vom Planeten Erde getilgt worden. Depressionen dagegen florierten mehr denn je.

Munch hatte sein Sterbebett gehabt. Bell hatte schon an zweien gesessen.

Zum ersten Mal, im Alter von acht Jahren, an dem seines Vaters. Jeden Tag hatte er nach der Schule eine Stunde lang am Bett seines Vaters sitzen müssen, bis seine Mutter, die Krankenschwester war, von der Arbeit nach Hause kam.

Sein Vater war dunkelhaarig gewesen: buschiger Bart, buschige Augenbrauen, krauses, schwarzes Haar. Ein schwarzer Ire, hatte Bells Mutter immer gesagt, und der Junge hatte sich gefragt, ob sein Vater vielleicht etwas mit den Unruhen in Nordirland zu tun gehabt hatte. Später hatte er jedoch erfahren, dass sein Vater niemals einen Fuß in das Land gesetzt hatte. Später hatte er alle möglichen Dinge erfahren.

Doch damals, am Sterbebett Nummer eins, hatte ein weißer Kopfverband, der ein Auge bedeckte, dem schönen Gesicht seines Vaters etwas Heroisches verliehen. Er wirkte wie ein gerade aus dem Krieg zurückgekehrter Soldat, der im Kampf für sein Vaterland verwundet worden war und angesichts der erlebten Greuel den Verstand verloren hatte.

Ein Unfall, hatte seine Mutter gesagt. Ein schrecklicher Unfall beim Säubern seiner Pistole, einer Luger, die er 1945 einem toten deutschen Soldaten abgenommen hatte.

Die Tür zum Arbeitszimmer von Bells Vater hatte offen gestanden, was noch nie vorgekommen war. Das Arbeitszimmer seines Vaters hatte niemand unaufgefordert betreten dürfen. Der kleine Frederick war nur wenige Male in dieses Zimmer zitiert worden, einmal, um ein Lob zu empfangen, weil er das Schuljahr als Klassenbester abgeschlossen hatte, mehrmals, um Strafe zu empfangen.

Sein Vater hatte ihm Angst und Schrecken eingejagt – mit seinen düsteren Stimmungen, seinen Wutanfällen –, aber er konnte auch liebenswert sein. Einmal, im Sommer, hatte er Frederick zu einem Spaziergang durch die Wiesen mitgenommen, um Schmetterlinge zu fangen und zu bestimmen, ein Nachmittag, der zu Bells glücklichsten Erinnerungen zählte. Sein Vater war Biologielehrer in der nahe gelegenen Grundschule gewesen, und er hatte tatsächlich immer dann entspannt und zufrieden gewirkt, wenn er jemandem etwas beibringen konnte.

Wenn er sich abends Zeit nahm, um seinem Sohn etwas zu erklären, war er ein anderer Mensch gewesen: geduldig, gutgelaunt und auf vielen Gebieten beschlagen. Er konnte ebenso über die Geschichte der Luftfahrt referieren wie über die Funktionsweise eines Verbrennungsmotors, die DNS-Struktur, die diatonische Tonleiter. Stundenlang konnte er mit dem kleinen Frederick zusammensitzen und ihm Dinge erklären, sie in einen größeren Kontext setzen, ihm Ratschläge geben, was er sich notieren oder wie er Zeichnungen anfertigen sollte, um das Gelernte zu behalten. Und zwischendurch legte er dem Jungen immer wieder eine Hand auf die Schulter und sagte: »Roll nicht so mit den Schultern, das wird noch mal zu einem Tick.«

Bell hatte immer noch das kleine Modell einer Dampfmaschine, das sein Vater ihm geschenkt hatte, der es wiederum von seinem Vater bekommen hatte. Ein einfaches, formschönes Spielzeug mit einem winzigen Messingdampfkessel, der von zwei Messingbügeln über einem hölzernen Unterbau gehalten wurde. Der Kessel hatte einen fest sitzenden Deckel, den man abschrauben konnte, um aus einem Messbecher Wasser in die Öffnung des Kessels zu füllen. Ein Kolben, eine Antriebswelle, ein Schwungrad, das war alles. Man stellte eine winzige, mit Brennspiritus gefüllte Lampe unter den Kessel. Wenn das Wasser kochte, bewegte der Dampf den Kolben, der Kolben bewegte die Antriebswelle, die wiederum das Schwungrad in Bewegung setzte. Das Beste war das winzige Ventil an einem Ende des Dampfkessels, das, wenn man es mit einem Hebel öffnete, ein überraschend lautes Pfeifen von sich gab.

Diese pädagogischen Nachmittage und Abende waren allerdings Ausnahmen gewesen. Mr. Bell litt an Depressionen, die dazu führten, dass er tagelang sein Arbeitszimmer nicht verließ. Wenn er in so einer düsteren Stimmung war, tat man besser daran, ihn nicht zu stören. Selbst wenn Frederick einsam war und sich langweilte, weil alle seine Freunde irgendwohin in die Ferien gefahren waren, wagte er es nicht, an die Tür des Arbeitszimmers zu klopfen. Nicht selten saß der Junge auf dem Stuhl in der Diele vor dem Zimmer, saß einfach da, ließ die Füße baumeln und wartete darauf, dass sein Vater endlich herauskam.

Manchmal hörte er jemanden im Arbeitszimmer weinen, hörte, wie Papier zerrissen, wie ein Buch an die Wand geworfen wurde, obwohl sein Vater ganz allein da drin war. Das Schluchzen beunruhigte den Jungen, es machte ihm Angst. Hin und wieder klopfte seine Mutter vorsichtig an die Tür. Dann hörte das Schluchzen auf, und sie ging hinein. Durch die Tür hörte Frederick ihre Stimme, fragend, tröstend, flehend, und die lakonischen, unverständlichen Antworten seines Vaters.

Damals hatte niemand einen Namen dafür gehabt, zumindest niemand innerhalb der Familie. Menschen hatten Stimmungen, manche hatten eben besonders düstere Stimmungen, das war alles. Sie lebten in England, sie hatten den Krieg überstanden, etwas Schlimmeres konnte es nicht geben. Kopf hoch, hieß es, nur keine Gefühle zeigen, nicht murren und sich unter keinen Umständen anmerken lassen, dass man emotionale Probleme hatte. Das Wort *Depression* nahm niemand in den Mund.

Und so stellte Frederick keine Fragen, als seine Mutter ihm erklärte, sein Vater habe beim Säubern seiner Pistole einen schrecklichen Unfall gehabt. Und doch wunderte er sich. Einmal hatte sein Vater ihn mit in sein Arbeitszimmer genommen, um ihm zu zeigen, wie man eine Schusswaffe reinigte und pflegte. So etwas war Männersache, und im Zimmer roch es nach Öl und Metall. Sein Vater hatte ihm eingeschärft, dass man eine Schusswaffe weder in geladenem Zustand verstaute noch gemeinsam mit der Munition aufbewahrte. Er hatte ihn ermahnt, niemals den Lauf einer Pistole auf einen Menschen zu richten, sich selbst eingeschlossen, nicht einmal im Scherz. Man achtete darauf, eine Schusswaffe so zu halten, dass sie auf den Boden gerichtet war oder in eine Ecke, sogar dann, wenn man die Waffe zum Reinigen in ihre Einzelteile zerlegte und diese auf einem Tuch ausbreitete.

Viel später, während seines Medizinstudiums, war Bell klar geworden, dass die Kugel über den hinteren Nasenrachenraum eingedrungen war, den Gaumen durchschlagen und wahrscheinlich eine Augenhöhle zertrümmert hatte und schließlich durch die hintere Schädeldecke ausgetreten war. Damals waren die Notärzte noch nicht so geschickt im Umgang mit Schusswunden gewesen. Heute würden sie einen Mann mit einer solchen Verletzung wahrscheinlich nach ein paar Wochen mit eingeschränktem Sprech- und Sehvermögen wieder nach Hause schicken. In den fünfziger Jahren jedoch war eine solche Verletzung tödlich gewesen, wenn auch nicht auf der Stelle.

Fredericks Vater war zäh. Ein Krankenhausbett wurde im Wohnzimmer aufgestellt. Jeden zweiten Tag kam eine Krankenschwester, um nach ihm zu sehen und seinen Verband zu wechseln. Dann wurde Frederick jedes Mal hinausgeschickt. Manchmal murmelte sein Vater vor sich hin, unverständliches Zeug wie »Drachenfuß« oder »auf Draht«.

Fredericks Mutter war so überwältigt von Trauer, dass sie ihrem kleinen Sohn kaum eine Hilfe war. Im Gegenteil, er war es, der versuchte, sie zu trösten, der ihr Tee servierte und die Brote, die seine Tanten vorbeibrachten. Dann lächelte sie ihn traurig an, und ihre Augen füllten sich mit Tränen. Während dieser ganzen Zeit kam Frederick sich vor, als wäre er unsichtbar. Seine Tanten unterhielten sich, als wäre er gar nicht da, und mehr als einmal hörte er eine von ihnen – Tante May – ins Telefon flüstern: »... hat sich erschossen«, auf eine Weise, die es ganz und gar nicht so klingen ließ, als wäre es ein Unfall gewesen.

Der unsichtbare Junge saß im dunklen Treppenhaus und lauschte. Jedes Mal, wenn jemand heraufkam, um die Toilette zu benutzen, flitzte er in sein Zimmer und tat so, als würde er ein Buch lesen. Er bekam alles Mögliche mit, und mehrmals hörte er seine Mutter wehklagen: »Warum hat er das getan? Warum nur?«

»Er muss schrecklich gelitten haben, der Ärmste«, sagte Tante May.

»Er war nicht recht bei Sinnen«, meinte Tante Josephine.

Und so dämmerte dem kleinen Frederick ganz allmählich, dass sein Vater sich absichtlich erschossen hatte. Die Erkenntnis war ihm unheimlich, aber er konnte nichts damit anfangen. Es gab weder Priester noch Nonnen, die er um Rat hätte bitten können. Nicht dass sie ihm hätten helfen können, aber er war ohne Religion aufgewachsen. Und mit seiner Mutter konnte er auch nicht darüber sprechen, denn sie behauptete immer noch steif und fest, es sei ein Unfall gewesen. Er war wie das kleine Mädchen in dem Bild von Munch: verwirrt und allein, ohne jemanden, an den er sich wenden konnte.

Das unheimliche Gefühl in seinem Magen blieb und verhärtete sich. In der Schule kam es ihm so vor, als würde der Lehrer aus großer Ferne zu ihm sprechen, wie vom Rand eines tiefen Brunnens aus, in den Frederick gestürzt war. Doch er hatte nicht das Bedürfnis, aus dem Brunnen herauszuklettern. Seine Mitschüler und deren Spiele und Albereien interessierten ihn nicht mehr. Während der Pausen setzte er sich unter einen Baum, zählte Steinchen oder Grashalme oder las eine von seinen Forscherbiografien.

Sein Vater sank immer tiefer ins Koma. Die Schwester sagte, es stehe schlecht um ihn. Ein Arzt wurde gerufen – damals machten sie noch Hausbesuche – und dann noch einer. Beide erklärten, sie könnten nichts tun, Fredericks Vater würde entweder wieder aufwachen oder nicht.

Nichts zu machen.

Dr. Bell hatte oft gedacht, hätte Munch sich selbst als kleinen Jungen gemalt, wie er an dem Sterbebett saß, dann hätte er dem Bild diesen Titel gegeben. *Nichts zu machen.* Man konnte nichts tun, als zu trauern und sich von den Gefühlen überwältigen zu lassen, über die in den fünfziger Jahren in einem britischen Haushalt nicht gesprochen werden durfte. Als Psychiater war Dr. Bell sich darüber im Klaren, dass er damals eine unbändige Wut auf seinen Vater gehabt haben musste, weil er ihn, seinen Sohn, auf so drastische Weise im Stich gelassen hatte, weil er seiner Mutter so unendlich großes Leid zugefügt hatte. Aber er hatte diese Wut nie empfunden. Damals nicht, und heute empfand er sie auch nicht.

Frederick Bells Vater starb im März 1952 an einem Freitagnachmittag. Weder der Junge noch seine Frau waren in seiner Todesstunde bei ihm. Fredericks Tante May war gerade an der Reihe gewesen, an seinem Bett Wache zu halten. Ihrem Bericht zufolge (wie sie jemandem am Telefon *im Flüsterton* erzählte, während der Junge lauschte) war es ein schreckliches Ereignis gewesen. Mr. Bell, der sich während der vorangegangenen drei Wochen kaum noch gerührt hatte, war plötzlich im Bett hochgefahren, das unverbundene Auge weit aufgerissen. Tante May war vor Schreck wie gelähmt. Vor ihr saß ihr Bruder kerzengerade im Bett und starrte fast eine Minute lang vor sich hin.

»Dann hat er angefangen zu sprechen«, berichtete sie. »So als hätte ihm jemand gerade eine schlimme Nachricht überbracht. *O mein Gott*, sagte er. Nicht ehrfürchtig, wie ein Gläubiger. Ich glaube nicht, dass er eine Gotteserscheinung hatte. Er sagte es in einem Ton, als hätte er gerade erfahren, dass eine Schule abgebrannt ist, eine Mischung aus Entsetzen und Staunen. *O mein Gott*, sagte er, dann hat er sich wieder hingelegt. Ich hab versucht, mit ihm zu sprechen, aber er hat kein Wort mehr gesagt, nur noch einmal gejapst, und das war's. Jane hat es natürlich schrecklich mitgenommen.«

Jane war Fredericks Mutter, und nach dem Tod seines Vaters waren nur noch sie beide im Haus. Irgendwann räumte sie das Arbeitszimmer seines Vaters um und machte wieder einen Salon daraus, so wie früher, aber trotzdem wurde das Zimmer nie wieder benutzt. Kurze Zeit später waren sie aufgrund finanzieller Schwierigkeiten gezwungen, sich eine bescheidenere Bleibe zu suchen. Sie zogen in eine dunkle, kalte Wohnung, wo sie die nächsten zehn Jahre verbrachten. Als Frederick eines Tages von seinem Aushilfsjob in der örtlichen Apotheke nach Hause kam, fand er an der Tür eine Nachricht in der Handschrift seiner Mutter:

Frederick, komm nicht in die Wohnung. Geh bitte zu Tante May und sag ihr, sie soll einen Arzt rufen.

Und so folgte Sterbebett Nummer zwei. Diesmal ging es vergleichsweise schnell. Fredericks Mutter hatte eine Überdosis Schlaftabletten geschluckt, hatte sich jedoch übergeben. Und so brauchte sie drei Tage zum Sterben anstatt der ein, zwei Stunden, die sie zweifellos einkalkuliert hatte. Am Ende war ihre Hirnfunktion derart beeinträchtigt, dass die übrigen Organe versagten.

Frederick musste die Wohnung aufgeben und in einen Kellerraum bei Tante Josephine ziehen. Beim Sortieren der Papiere seiner Mutter fand er einen alten Briefumschlag, auf dem in der Handschrift seines Vaters nur ein einziges Wort stand: *Jane*. Er enthielt folgenden Brief:

Liebe Jane,
ich werde mich umbringen und dieser Farce ein Ende setzen. Es tut mir leid, dass ich dir solche Unannehmlichkeiten bereite. Aber ich bekomme mich einfach nicht in den Griff.

Keine Unterschrift, keine Liebeserklärung, kein Wort über ihren gemeinsamen Sohn. Frederick Bell, achtzehn Jahre alt, setzte sich im Schlafzimmer seiner Mutter zwischen Koffern und Kisten aufs Bett und starrte lange auf den Abschiedsbrief seines Vaters.

Zum Glück war er ein intelligenter junger Mann, und er war entschlossen, Erfolg im Leben zu haben. Er absolvierte sein Studium mit Hilfe von Stipendien und Teilzeitjobs. Dank der Unterstützung von Tante Josephine hielten sich seine Lebenshaltungskosten in Grenzen, solange er an der Universität in Sussex studierte.

Nach außen hin gelassen und zu Scherzen aufgelegt, entwickelte Frederick innerlich ein ausgeprägtes Sendungsbewusstsein. Er wollte die Blindheit kurieren, wie er es selbst ausdrückte – die Blindheit der Medizin gegenüber dem Problem des Suizids. Er hatte beide Eltern durch Selbstmord verloren, und beide waren bei Hausärzten in Behandlung gewesen, die sie weder als depressiv noch als suizidgefährdet diagnostiziert hatten.

Er nahm sich vor, die Behandlung suizidgefährdeter Patienten zu perfektionieren. Dabei war er ebenso fasziniert von den Möglichkeiten der Pharmazie wie der Behandlung durch verschiedene Arten der Gesprächstherapie. Bis auf gelegentliche Ausflüge mit einem Ruderboot auf einem nahe gelegenen Fluss widmete er seine ganze Zeit und Energie ausschließlich diesem Thema. Er betrat die Universitätsbibliothek an einem Tag im September und verließ sie Jahre später mit einem Doktortitel. Nach weiteren vier Jahren an der London University hatte er die Approbation zum Psychiater, bereit zum Kampf mit der Wesenheit.

In den verschiedenen Kliniken, in denen er Praktika absolvierte, fiel seine besondere Begabung für die Behandlung von depressiven Patienten auf, und er erhielt ausnahmslos hervorragende Beurteilungen. Sein letztes Praktikum machte er in der Kensington Clinic, wo man ihm nach den sechs Monaten eine Stelle als Assistenzarzt anbot. Er war engagiert, sensibel und stets auf dem Laufenden, was neue Medikamente anging. Seine Resultate sprachen für sich.

Sein erstes Jahr war mit Arbeit und Erfolgen ausgefüllt. Irgendwie fand er trotzdem die Zeit, Dorothy Miller, einer Krankenschwester aus der Klinik, den Hof zu machen. Sie lachte über den sanften, witzigen Mann mit den nervösen Ticks – mit seinem Schulterrollen und Kopfschütteln –, und sie bewunderte ihn. Er fand Dorothy attraktiv, und es gefiel ihm, dass sie ihn gelegentlich dazu verdonnerte, mit ihr ins Kino oder essen zu gehen, damit er wenigstens hin und wieder wie ein normaler Mensch lebte.

Während seines zweiten Jahres als Psychiater fingen die Probleme an. Selbst dreißig Jahre später erinnerte er sich noch an das erste Mal, als die Veränderung sich deutlich bemerkbar machte. Schon seit einigen Wochen war es ihm immer schwerer gefallen, seinen Patienten zuzuhören. Manchmal schreckte er aus seinen Gedanken auf und merkte, dass er eine Frage nicht gehört hatte. Oder dass jemand ihm gerade etwas Wichtiges erzählt hatte und er gar nicht reagierte. Dann schaute der Patient ihn erwartungsvoll an, und er hatte keine Ahnung, weswegen.

Eines Tages beschrieb ihm ein Mann in mittleren Jahren – seit zwölf Jahren verheiratet, drei Kinder –, wie schrecklich deprimiert er sei, wie er jeden Morgen stöhnend und fluchend aufwachte, weil er nicht wusste, wie er den Tag hinter sich bringen sollte. Und plötzlich packte Bell die Wut. Er konnte sich das selbst nicht erklären, es kam wie aus heiterem Himmel. Er führte ein angenehmes Leben, er liebte seinen Beruf, und sein Patient hatte ihn nicht provoziert, und dennoch spürte er, wie die Wut ihm vom Bauch in die Brust stieg und so stark wurde, dass er am liebsten aufgesprungen wäre, den Mann am Kragen gepackt und kräftig geschüttelt hätte.

An jenem Tag war das Gefühl ziemlich schnell wieder verflogen, doch diese Anwandlungen überkamen ihn immer häufiger. Und es war nicht nur dieser eine Patient, der die Wut in ihm auslöste, es waren alle seine Patienten – zumindest die mit Depressionen. Es war eine alarmierende, kräftezehrende Entwicklung, aber er wagte nicht, mit einem seiner Kollegen darüber zu sprechen.

Es wurde ihm zunehmend unangenehm, seinen Patienten überhaupt gegenüberzutreten. Er konnte es nicht ertragen, sich anzuhören, wie sehr sie sich selbst hassten, mit welcher Verachtung sie auf ihr Leben blickten. Er konnte es nicht ertragen, wie sie lamentierten, sie hätten keine Zukunft mehr, wie sie greinten, sie hätten das Leben so satt, sie hätten sich selbst satt, vor allem sich selbst. Es war eine Tortur.

Und dann passierte es eines Tages. Die Wut brach aus ihm heraus.

Edgar Vail war ein sechsunddreißigjähriger Werbegrafiker, der in die Klinik eingewiesen worden war, weil er versucht hatte, sich zu ertränken, nur um festzustellen, dass er ein besserer Schwimmer war, als er in Erinnerung hatte. In der Vergangenheit hatte es bereits Fälle von Suizid in seiner Familie gegeben, und im Augenblick fühlte er sich völlig isoliert. Zusätzliche Faktoren waren der Kummer über eine kürzlich erfolgte Scheidung und eine Reihe von beruflichen Enttäuschungen. Anders ausgedrückt, es gab eine Menge Gründe, traurig zu sein.

Vail wollte Bilder malen. Das heißt, er malte bereits Bilder, aber er fand keine Galerie, die seine Werke ausstellte, und niemand außer seinen Freunden hatte je ein Bild von ihm gekauft. Er redete endlos über das Thema, starrte auf den Boden, schüttelte den Kopf, fragte sich, warum er sich überhaupt die Mühe machte zu malen, meinte, vielleicht sollte er seine Pinsel einfach in den Müll werfen und die Kunst ganz aufgeben. Genauso sei es ihm mit seinem Liebesleben ergangen, fuhr er fort, obwohl er sich so große Mühe gegeben habe, sei nichts dabei herausgekommen.

»Warum bringen Sie sich nicht einfach um?«, stieß Bell hervor. »Warum machen Sie nicht endlich Schluss und sehen zu, dass Sie es diesmal nicht vermasseln?«

Vail sah ihn an. Der Schock in seinem sonst so gequälten Blick machte Bell Angst.

Um zu retten, was zu retten war, sagte er: »Nun, ich wollte Sie nicht erschrecken. Was ich sagen wollte ist: Sie hatten eine volle Schachtel Seconal zu Hause, aber stattdessen springen Sie ins Wasser, obwohl Sie genau wissen, dass Sie ein guter Schwimmer sind. Sie hätten Ihre Qualen ganz einfach mit einer Handvoll Tabletten beenden können, doch Sie haben sich dagegen entschieden. Vielleicht sollten wir uns auf das konzentrieren, was hinter dieser Entscheidung steht.«

Vail wirkte schon etwas weniger schockiert.

»Einen Moment lang dachte ich tatsächlich, Sie würden gleich auf mich losgehen.«

»Um Himmels willen, nein. Ich bitte Sie. Fahren Sie fort.«

Vail schien sich zu beruhigen. Er ließ sich wieder auf die Couch sinken und vertraute darauf, dass sein Psychiater bemüht war, ihm zu helfen.

Während der folgenden Monate machte Bell es sich zur Aufgabe, seine Wut verbergen zu lernen. Er versuchte es damit, sich vor einer Therapiesitzung an Situationen zu erinnern, in denen er glücklich gewesen war. Es funktionierte nicht, denn kaum wurde er mit dem Elend des Patienten konfrontiert, war alles wieder vergessen. Er versuchte es mit Sport, nahm das Rudern wieder auf. Aber das verursachte ihm einen derartigen Muskelkater, dass er nur noch jähzorniger wurde – und zwar gegenüber jedem, nicht nur gegenüber den Patienten.

Doch schließlich bekam er seine Wut in den Griff, indem er sich die Fähigkeit antrainierte, sie nicht einmal mehr zu empfinden. Und er tat das, indem er sich verhielt wie jeder andere Psychiater auch. Er kam darauf, als er eines Nachmittags zum Rudern ging. Er blieb stehen, die Ruder in der Hand, und ließ sich schwer auf eine Bank am Flussufer fallen.

Die Themse schimmerte silbern und golden im letzten Sonnenlicht. Er hörte das Wasser plätschern, das Laub im Wind rascheln und von fern das Rauschen des Verkehrs. Einen Moment lang meinte er, ein Gespräch zu hören, das mehrere Straßen entfernt geführt wurde. Ein Augenblick völliger Verwirrung, hätte man meinen können, aber Bell erkannte, dass es ein Augenblick vollkommener Klarheit war.

Ihm war plötzlich bewusst geworden, dass man die Werkzeuge der Therapie auf ganz neue Weise benutzen konnte, genau wie ein Chirurg seine Klinge einsetzte. Man konnte dieselben Fragen stellen, die Brauen auf dieselbe Weise heben, tiefes Mitgefühl zeigen, positive Aufmerksamkeit schenken und alles, was dazugehörte. Aber wenn man das alles ganz leicht verdrehte, wenn man den Winkel um einige Grade änderte, konnte man den Patienten in eine ganz andere Richtung lenken.

Als Edgar Vail das nächste Mal sein Sprechzimmer verließ, versorgt mit einem neuen Rezept für Beruhigungsmittel, sprach Bell laut zu seinen mit Bücherregalen vollgestopften Wänden: »Erschieß dich und bring es endlich hinter dich, du erbärmlicher Versager.«

Die Worte schienen in dem leeren Zimmer widerzuhallen, und Bell wurde ganz schwindlig. Er musste laut lachen. Es war so einfach, warum war er nicht eher darauf gekommen? Er lachte vor Verblüffung angesichts seiner Erkenntnis, aber auch aus Erleichterung.

Es war erstaunlich, wie einfach es war. Man nehme einen Patienten, der kreuzunglücklich ist, bestelle ihn zu ein paar Therapiesitzungen, um das Vertrauen herzustellen, und verschreibe ihm eine Familienpackung Schlaftabletten. Damals waren das noch Barbiturate. Bei richtiger Anwendung absolut tödlich.

In einigen Fällen, wie zum Beispiel bei Edgar Vail, der zwar vor Selbstverachtung verging, aber ansonsten ein völlig normales Leben führte, musste man sich vergewissern, dass die Patienten die richtige Dosierung kannten. Wenn sie zu viel nahmen – wie Bell aus der Erfahrung mit seiner Mutter wusste –, übergaben sie sich und hatten eine Chance zu überleben. Wenn sie zu wenig nahmen, kam nicht mehr dabei heraus als ein schlimmer Kater.

In anderen Fällen, bei Patienten, die aus unerklärlichen Gründen vor Gram gebrochen waren, so wie es bei seinem Vater der Fall gewesen war, musste Bell etwas geschickter vorgehen. Diese Leute bestellte er für Montag oder Dienstag zu einer Therapiesitzung und schickte sie mit einem Rezept für eins von diesen trizyklischen, schnell wirkenden Antidepressiva nach Hause. Bis zum Wochenende verfügte der Patient über genügend Energie, um sich die Pistole an den Kopf zu setzen, aufs Dach zu steigen oder eine Schlinge zu knoten. Es war, als würde man eine Lunte zünden. Von den ersten zwanzig von ihm betreuten Selbstmördern war etwa die Hälfte auf diese Weise geendet. Weitere fünfundzwanzig Prozent (darunter Edgar Vail) hatten sich für Sedativa entschieden. Die anderen waren so heillos depressiv gewesen, dass sie sich wahrscheinlich auch ohne seine Hilfe umgebracht hätten, in diesen Fällen rechnete Bell sich kein Verdienst an.

Aber das Verschreiben von Medikamenten war problematisch. Zum einen kam es ihm zu *einfach* vor. Die Medikamente übernahmen die ganze Arbeit, das war keine Herausforderung für einen Psychiater. Außerdem war es riskant. In der Krankengeschichte eines Selbstmörders machte sich ein Rezept über eine große Menge Sedativa überhaupt nicht gut, da die tödliche Wirkung der trizyklischen Antidepressiva hinlänglich bekannt war. In Swindon wäre er einmal um ein Haar über dieses Problem gestolpert. Auch später, in Manchester, hätte es beinahe eine Untersuchung gegeben, allerdings aufgrund der hohen Sterbequote seiner Patienten, nicht wegen zu großzügigen Verschreibens von Medikamenten. Jedenfalls war Bell vorsichtshalber nach Kanada gezogen. Er arbeitete schon lange nicht mehr mit Beruhigungsmitteln, sondern verließ sich einzig und allein auf seine therapeutischen Fähigkeiten.

31

Nach Dr. Bells professioneller Einschätzung hatte Melanie Greene nur noch wenige Wochen zu leben. Diesmal hatte sie ihre Hausaufgaben gemacht und gleich drei – drei! – Abschiedsbriefe mitgebracht. Nicht dass er sie brauchen würde. Wenn er nicht mehr in der Lage war, ein solches Häufchen Elend in den Selbstmord zu treiben, konnte er sich gleich selbst die Kugel geben. Nein, diesmal würde er keinen Fehler machen.

Sie erzählte ihm, wie sie ihrem Stiefvater nach Hause gefolgt war, wie sie vorgehabt hatte, seiner neuen Frau alles über seine sexuellen Neigungen zu erzählen, und wie sie es sich anders überlegt hatte, als das kleine Mädchen aus dem Haus kam. Dass sie im letzten Augenblick die Nerven verlor, war typisch für Melanie, und es konnte sich als leichtes Hindernis erweisen, wenn er sie dazu bringen wollte, einen ordentlichen Abgang zu machen. Aber das war ein geringfügiges Problem.

»Was hat Sie aufgehalten?«, fragte Bell. »Sie wollten seiner neuen Frau reinen Wein einschenken, warum nicht auch seiner Tochter?«

»Na ja, erstens ist sie erst sechs oder sieben Jahre alt.«

»Sie meinen, eine Sechsjährige sollte so etwas nicht hören?«

»Nein, natürlich nicht.«

»Über Dinge, die Ihnen angetan wurden, als Sie sieben waren?«

»Ich finde, kleine Kinder sollten von solchen Dingen nicht mal was wissen. Ich meine, würden *Sie* etwa mit einer Sechsjährigen über Oralsex reden?«

»Es sind Ihre Gefühle, die zählen, Melanie.«

»Also, ich werde jedenfalls nicht mit einem kleinen Mädchen über so was reden. Aber was mich aufgehalten hat, war der Schock. Ich meine, es ist ja schon schlimm genug, dass dieser Dreckskerl wieder geheiratet hat und wahrscheinlich seiner neuen Frau das Leben zur Hölle macht. Aber dass er wieder eine Tochter hat! Ich war einfach wie vom Donner gerührt. Um ein Haar wäre ich von einem Auto überfahren worden. Ganz bestimmt macht die Kleine dasselbe durch, was ich damals erlebt hab auf den Angelausflügen, auf dem Boot und an dem Tag, als wir zu WonderWorld gefahren sind.«

Dr. Bell hatte das Gefühl, dass er allmählich die Kontrolle über Melanie verlor. Seine Hände begannen zu schwitzen, und am liebsten hätte er sich auf sie gestürzt, sie gewürgt und ihr ins Gesicht geschrien: »Kapierst du's denn nicht? Du gehörst hier nicht her! Tu uns allen einen Gefallen und bring dich endlich um!« Es kostete ihn große Mühe, das Pochen in seiner Brust zu unterdrücken. Er beschloss, Melanie aus der Gegenwart fort und zurück in ihr Trauma zu führen.

»Was war das Schlimmste damals? Als Sie ein kleines Mädchen waren. Was war das Allerschlimmste? War es der körperliche Schmerz?«

Melanie schüttelte den Kopf.

Gleich wird sie wieder anfangen, an ihren Fingerknöcheln zu knabbern, dachte Bell.

Als hätte er sie mit seinem Willen dazu gezwungen, hob sie die linke Hand und begann, an ihrem Knöchel herumzuknabbern.

»Eigentlich hat er mir keine körperlichen Schmerzen zugefügt. Nur ein- oder zweimal, wenn er … na, Sie wissen schon. O Gott. Von hinten.«

»Analsex?«

»Äh, ja.«

»Haben Sie geblutet?«

Sie schüttelte den Kopf und starrte auf ihre Füße. Bell sah, wie sie zitterte, als die Wesenheit ins Zimmer trat. Die schattenhafte, unter einer Kapuze verborgene Gestalt aus Eis und Tod legte der jungen Frau einen Arm um die Schultern.

»Normalerweise hat er aufgepasst, dass so was nicht passierte«, sagte Melanie. »Und meistens wollte er Oralsex. Bis meine Lippen ganz taub waren. Manchmal war ich wund zwischen den Beinen. Ein paarmal, wenn ich nicht schlafen konnte, hat meine Mutter mich gefragt, was los sei, und am liebsten hätte ich es ihr erzählt. Gott, ich hätte es ihr so gern erzählt.«

»Aber Sie haben es nicht getan.«

»Nein.«

»Weil ...«

»Weil ich zu viel Angst hatte. Er hat mir gesagt, wenn irgendjemand davon erführe, würde ich abgeholt und in eine Besserungsanstalt gesteckt. Und er würde ins Gefängnis kommen.«

»Die körperlichen Schmerzen waren also nicht das Schlimmste. Was war es dann? Die Angst?«

Melanie nickte und umschlang sich mit den Armen, als wäre es eiskalt, obwohl die Sonnenstrahlen, die durch die Fenster fielen, das Zimmer fast überhitzten.

»Ich hatte die ganze Zeit Angst. Ich hatte so schreckliche Angst, dass irgendjemand davon erfahren könnte.«

»Wegen der Konsequenzen, die Sie eben erwähnten?«

»Ja. Aber auch – das war später, als ich ungefähr dreizehn war –, dass meine Mutter es rausfinden könnte. Weil ich wusste, dass es ihr sehr wehtun würde. Und weil ich wusste, dass ich etwas nahm, das ihr gehörte. Ich habe meiner eigenen Mutter etwas Unrechtes angetan.«

»Indem Sie mit ihrem Mann schliefen.«

Das dürfte die Schleusen öffnen, dachte Bell, als er sah, wie Melanie schluckte.

»Es war, als wäre ich seine Zweitfrau. Es ...«

Sie konnte die Tränen nicht mehr zurückhalten. Herzzerreißende Schluchzer brachen aus ihr heraus, sie krümmte sich zusammen.

Dr. Bell reichte ihr die Kleenexschachtel und wartete. Wieder einmal mehr war er beeindruckt von der Macht der Schuldgefühle. Geschickt eingeflößt waren sie wirkungsvoller als jede Droge.

Als Melanie sich wieder halbwegs gefasst hatte, sagte er: »Sie hatten also Angst. Und Sie hatten Schuldgefühle, weil Sie Ihrer Mutter den Mann wegnahmen. Das ist eine große Überforderung für ein kleines Mädchen. Aber kommen wir noch einmal auf WonderWorld zurück. Etwas, das Sie vorhin sagten, ließ mich darauf schließen, dass das Wochenende in WonderWorld das Allerschlimmste gewesen sein könnte, aber wir haben immer noch nicht über die Einzelheiten gesprochen.«

Melanie nickte. Ihre Augen waren vom Weinen gerötet, ihre Wangen von schwarzer Wimperntusche verschmiert. Die Wesenheit hatte sie in eine Lumpenpuppe verwandelt.

Im Allgemeinen lässt ein Therapeut den Patienten in seinem eigenen Tempo vorgehen. Man durfte einen Patienten nicht drängen, denn es bestand die Gefahr, dass er sich entweder noch stärker hinter Schutzmauern verbarrikadierte, weil er so viel auf einmal nicht verdauen konnte, oder dass man eine Gefühlslawine auslöste, auf die der Patient noch nicht vorbereitet war. Je nach vorliegender Neurose konnte das verschiedene Reaktionen auslösen: dass der Patient davonlief, dass er zu toben begann oder dass er sich umbrachte.

Und so drängte Dr. Bell seine Patientin, ihm Einzelheiten

zu offenbaren. Melanie war jung und leidenschaftlich und hatte ein starkes Bedürfnis, sich von ihrem Leid zu befreien. Mit diesen Voraussetzungen konnte Dr. Bell arbeiten.

»Zunächst einmal möchte ich mich vergewissern, dass ich Sie richtig verstanden habe. Sie konnten es kaum erwarten, auf all den Karussells in WonderWorld zu fahren, und genau das hatte er Ihnen versprochen. Sie kommen also an, er bringt Sie in ein Hotelzimmer und verlangt, dass Sie ihm erst zu Diensten sind, ehe er mit Ihnen zu den Karussells geht. Er bietet Ihnen Karussellfahrten als Belohnung für Sex.«

»Richtig.«

»Sie haben das bereits angedeutet, als Sie sagten, er hätte Sie um eine Liste Ihrer Lieblingskarussells gebeten. Eine Art Weihnachtswunschliste. Sie erwähnten das Riesenrad.«

»Genau. Wenn ich auf das Riesenrad wollte, dann, äh …«

»Nehmen Sie sich Zeit, Melanie.«

Sie ging ihr gesamtes Repertoire an Verzögerungstaktik durch: betrachtete ihre Füße, betrachtete ihre Fingernägel, seufzte tief, starrte aus dem Fenster, schaute auf die Wanduhr. Schließlich, als ihr nichts mehr einfiel, sagte sie – so leise, dass Bell sich vorbeugen musste, um sie zu verstehen: »Für eine Fahrt auf dem Riesenrad verlangte er Oralsex.«

Sie bedeckte ihr Gesicht mit einer Hand.

»Es war eine Art Vertrag. Er hat sozusagen mit Ihnen verhandelt.«

Sie schüttelte den Kopf. »Es gab überhaupt nichts zu verhandeln. Er hat das einfach bestimmt, wissen Sie. Ich war doch erst acht, Herrgott noch mal. Ich habe mich nicht widersetzt. Er war mein Vater. Zumindest habe ich ihn als Vater betrachtet. Damals lebte er ja schon seit Jahren mit uns zusammen.«

»Und er hat bekommen, was er wollte?«

»Ja.«

»Und Sie durften auf das Riesenrad.«

»Ja.«

Bell ließ sie eine Weile weinen, sah, wie sich ihr Gesicht verzerrte, wie ihr der Rotz aus der Nase lief, hörte sich ihr widerliches Geheul an. Sie hätte im Zirkus auftreten können: die Superheulsuse, die Tränentrine. Er ließ ihr nicht viel Zeit, er musste die zerstörerische Energie ausnutzen.

»Dann war da noch die Wasserrutsche«, sagte er. »Die stand doch auch auf Ihrer Liste, oder?«

Melanie nickte. »Mir ist ein bisschen schlecht. Meinen Sie, wir könnten vielleicht ...«

»Möchten Sie sich hinlegen? An alten Schmerz zu rühren kann einen ganz schön mitnehmen.«

»Äh, ja, vielleicht mach ich das.« Melanie stand unsicher auf. »Ich komme mir vor wie in einem Cartoon – beim Psychiater auf dem Sofa – darüber gibt es überall Witze. Aber mir ist wirklich schwindlig.«

»Legen Sie sich ruhig hin. Ich mache keine Witze, versprochen.«

Vorsichtig legte sie sich aufs Sofa, ließ jedoch die Füße seitlich herunterhängen. Sie nahm ein Kissen, wollte es auf den Boden legen, überlegte es sich anders und legte es stattdessen auf ihren Schambereich. Manchmal konnten Patienten sehr beredsam sein, ohne es zu merken. Ein Sonnenstrahl ließ ihre Haare glänzen.

»Sie wollten mir gerade von der Wasserrutsche berichten.«

»Ja. Ich wollte unbedingt auf die Wasserrutsche. Ich glaube, das war das Tollste, was ich als Kind je erlebt habe. Es ist so aufregend, und trotzdem fühlt man sich die ganze Zeit völlig sicher.«

»Was hat er im Austausch dafür vorgeschlagen?«

»Er hat nichts *vorgeschlagen*. Da gab es kein Vertun. Er hat alles einfach bestimmt.«

»Aber wenn ich Sie richtig verstanden habe, hat er nicht gesagt, wenn Sie auf dieses Karussell wollten, müssten Sie dies tun, und wenn Sie auf das Karussell wollten, müssten Sie jenes tun. War es nicht vielmehr so, dass er Ihnen verschiedene Dinge zur Auswahl gegeben hat?«

»Im Prinzip ja.«

»Und Sie haben sich selbst für die Wasserrutsche entschieden?«

»Ja.«

»Sie haben sich entschieden. Er hat Sie nicht gezwungen, auf die Wasserrutsche zu gehen?«

»Eigentlich nicht. O Gott.«

»Und was hat es Sie gekostet? Was war der Preis für die Wasserrutsche an jenem Sommertag?«

»Ich musste … na ja. Geschlechtsverkehr.«

»Geschlechtsverkehr. Vaginale Penetration.«

»Ja.«

»Und das haben Sie zugelassen?«

Wieder begann sie zu weinen, und Bell musste lange warten.

»Dann erwähnten Sie noch die Geister-Rikscha«, sagte Bell. »Ihr Lieblingskarussell, sagten Sie. Sie konnten es kaum erwarten, auf die Geister-Rikscha zu kommen.«

»Analsex«, sagte sie einfach so, mit tonloser Stimme. »Die Geister-Rikscha als Belohnung für Analsex.«

»Und? Hat er bekommen, was er wollte?«

»Ja. Er hat eine kleine Hure aus mir gemacht. Mit acht Jahren bin ich zur Prostituierten geworden.«

»Vergessen Sie eins nicht, Melanie: In diesem Land liegt das Mündigkeitsalter bei vierzehn Jahren. Das ist fast doppelt so alt, wie Sie damals waren.«

Es kostete Bell große Überwindung, das zu sagen, und Melanie schluckte es wie Balsam. Der Effekt war nicht zu übersehen: Ihre Unterlippe begann zu zittern. Es hatte ihn Überwindung gekostet, aber wenn er bei seiner Linie geblieben wäre, hätte sie ihn als gefühllos empfunden, und das hätte sie womöglich verärgert und Widerstand bei ihr ausgelöst, den er wieder hätte brechen müssen. Wenn ein bisschen Nettigkeit und Verständnis das Endspiel um ein, zwei Wochen hinauszögerte, dann war das eben der Preis für professionelle Arbeit.

»Wir leben in Kanada«, fuhr er fort, »und viele Menschen sind der Meinung, dass das Mündigkeitsalter viel höher angesetzt werden müsste. In den meisten Ländern ist es das. In Großbritannien liegt es bei sechzehn Jahren. Sie waren acht, Melanie. Acht.«

»Es ist ja nicht so, dass ich nicht gewusst hätte, was er tat. Bis zu dem Zeitpunkt, als wir den Ausflug zu WonderWorld gemacht haben, hatte er mich schon in alle Praktiken eingeführt.«

»Trotzdem war es Vergewaltigung, Melanie.«

»Ja, gut.«

Manchmal war es hart, so tröstende Worte finden zu müssen. Es ging ihm gegen den Strich, fühlte sich an, als würde er gegen sich selbst arbeiten. Andererseits war es unumgänglich. Die Patienten mussten glauben, dass der Therapeut auf ihrer Seite war, dass er versuchte, sie vor sich selbst zu schützen.

»Würden Sie also sagen, dass wir damit beim Allerschlimmsten angelangt sind, Melanie? Er hat Sie behandelt wie eine Geliebte. Er hat Sie zur Hure gemacht. Es ist, als hätte er WonderWorld in ein Horrorkabinett verwandelt.«

Plötzlich richtete sie sich auf und krallte ihre Finger ins Sofa. »WonderWorld war nicht das Schlimmste«, sagte sie. »Trotz allem, was sich dort abgespielt hat, war WonderWorld noch lange nicht das Schlimmste.«

»Dann muss ich Sie falsch verstanden haben. Wollen Sie

damit sagen, dass es noch andere Gelegenheiten an anderen Orten gab, wo Ihr Stiefvater Ihnen noch Schlimmeres angetan hat?«

»Nein. Es war nicht das, was er mit mir gemacht hat. Was die körperlichen Dinge angeht, war es nie schlimmer als an dem Wochenende in WonderWorld. Aber er hat dasselbe an anderen Orten mit mir gemacht. Sogar zu Hause, wenn Sie die Wahrheit wissen wollen. Manchmal sogar im Bett meiner Mutter. Können Sie sich das vorstellen? Dieser Dreckskerl. Im Bett meiner Mutter. Aber selbst das war nicht das Schlimmste.« Sie legte sich wieder hin, atmete so schwer, dass ihr Brustkorb sich sichtbar hob und senkte. »Das Schlimmste war das Boot.«

»Sie meinen die Angelausflüge, von denen Sie gesprochen haben? Das, was sich im Zelt abgespielt hat?«

Melanie schüttelte den Kopf. »Nein. Es war ein anderes Boot. Ein ganz tolles Kajütboot. Er muss es sich geliehen haben, oder er hat es für jemanden gehütet. Auf dem Boot waren wir nur ein paarmal, als ich ungefähr elf war. Einmal war auch meine Mutter mit. Aber einmal waren wir beide allein. Das war so ziemlich am Ende von der ganzen Geschichte. Er hat jede Menge Fotos gemacht.«

»Pornographische Fotos? Wie vorher?«

»Teilweise waren es ganz normale Fotos. Ich nehme an, die hat er gemacht, um sie meiner Mutter zu zeigen – nach dem Motto: ›Guck mal, hier sind wir noch im Hafen. Hier sind wir auf der Insel.‹ Aber viele waren pornographisch. Ich kann nur hoffen, dass er sie nicht irgendwann ins Internet gestellt hat. Das fehlt mir gerade noch, dass jemand sie entdeckt.«

»Halten Sie das für wahrscheinlich?«

»Ich weiß nicht. Er hat viel an seinem Computer gesessen. Ich meine, man hört ja von so was.«

»Erzählen Sie mir mehr über die Erlebnisse auf dem Boot. Woran erinnern Sie sich besonders, wenn Sie an diese Tage auf dem Boot denken?«

»Wie ich nachts im Bett gelegen habe. Es war draußen am Trout Lake, wissen Sie, und meistens war es totenstill. Und wenn es so still war, war es stockdunkel. Das Boot schaukelte ganz sanft, man fühlte sich wie an einem wunderbaren warmen Ort, wo einem nichts zustoßen konnte. Und doch ...«

Dr. Bell wartete. Er spürte genau, dass sie kurz davorstand, alles preiszugeben. Und mit einem »Fahren Sie fort« oder »Und doch ...« würde er den Augenblick nur hinauszögern.

»Und doch«, sagte sie noch einmal. »Gott, die Erinnerung dreht mir den Magen um ...«

»Hier kann Ihnen nichts passieren. Hier droht Ihnen keine Gefahr wie auf dem Boot.«

Sie schaute ihn an. »Sie wissen, was ich über all das denke, nicht wahr? Ich meine, Sie wissen, dass ich weiß, dass es unrecht war. Dass es krank war und pervers und illegal und alles.«

»Ja, ich weiß, dass Sie das denken. Aber nur weil man etwas denkt, ist es deswegen noch nicht wahr.«

Wie erwartet, registrierte sie seine Bemerkung überhaupt nicht. Sie war im Moment dermaßen nach innen gekehrt, dass er sie hätte heiligsprechen können, ohne das sie es mitbekommen hätte.

»Wie gesagt. Ich fühlte mich ganz selig, wenn ich dort im Dunkeln lag. Darauf zu lauschen, wie die Wellen gegen den Bootsrumpf plätscherten, wie die kleinen Wimpel hinten am Boot im Wind flatterten. Es hätte das friedlichste, schönste Gefühl auf der Welt sein können. Aber ich konnte einfach nicht schlafen. Er lag in seinem Bett auf der einen Seite der Kabine, und ich in meinem auf der anderen Seite. Es war heiß, und ich hatte nur eine kurze Schlafanzughose an. Er schlief immer nackt. Es war so still, und trotzdem konnte ich kein Auge zutun. Ich war die ganze Zeit total angespannt und hellwach.«

Und der Grund für deine Schlaflosigkeit war nicht, dass du Angst hattest, hätte Dr. Bell am liebsten laut gesagt. Es lag nicht daran, dass du dich vor dem gefürchtet hast, was er dir antun konnte, und auch nicht daran, dass du dich nach deiner Mutter gesehnt hast. Das waren nicht die Gründe, warum du nicht schlafen konntest. Ob du erst elf, zwölf Jahre alt warst, spielt keine Rolle. Es lag auch nicht daran, dass du wütend warst. Ich weiß genau, warum du nicht schlafen konntest. Die Frage ist nur, ob du es über dich bringst, es mir zu sagen.

Das Schlimmste über sich selbst zu offenbaren und zu akzeptieren, ohne es zu beurteilen, ist das Wichtigste und zugleich das Schwierigste in einer Therapie. Ohne diesen Schritt gibt es keine Therapie, keinen Fortschritt, keine Heilung, wenn dieser Schritt nicht erfolgt, ist alles nur Gerede. Stundenlanges Gerede.

Mit sanfter Stimme und so leise, dass sie es gerade hören konnte, sagte Bell: »Können Sie es mir sagen, Melanie? Können Sie mir sagen, warum Sie nicht schlafen konnten? Was waren das für Gefühle, die Sie damals nachts wachgehalten haben?«

»Na ja, äh ... Ich wusste, was passieren würde. Ich meine, es passierte ja immer, jedes Mal, wenn er mit mir allein war. Vor allem nachts ...«

»Sie waren ein Kind, Melanie.«

»Ich war elf! Vielleicht zwölf! Inzwischen hätte ich es besser wissen müssen!«

»Warum? Wie hätten Sie es besser wissen sollen? Hatte jemand ein Handbuch geschrieben: ›Wie ich meiner Mutter sage, dass mein Stiefvater mich vergewaltigt‹? Haben Sie schon mal zwölfjährige Mädchen auf der Straße beobachtet? Im Kino? Oder sonstwo?«

»Ja, schon ...«

»Und wie sind diese Mädchen?«

»Die meisten sind dumme Gänse. Total naiv.«

»Mit anderen Worten: Kinder.«

»Kinder. Genau.«

»Sie sind also elf, vielleicht zwölf Jahre alt, ein Kind, das in der Dunkelheit an diesem völlig sicheren, geheimen Ort im Bett liegt, zusammen mit einem Mann, der vorgibt, Sie zu lieben. Womöglich hat er Sie auf seine Weise sogar tatsächlich geliebt. Es ist niemand anders da. Was hat das kleine Mädchen empfunden?«

»Mir ist schlecht.«

»Müssen Sie sich übergeben?«

Ein kurzes Nicken. Sie ist blass und zittert, klammert sich am Sofa fest.

»Es sind die Worte, die sie ausspucken müssen, Melanie. Die Geheimnisse. Sagen Sie es mir, dann wird Ihnen nicht mehr übel sein. Ich verspreche es Ihnen.«

»Nein, ich muss mich wirklich übergeben.«

»Sie liegen im Dunkeln. Sie sind elf oder zwölf Jahre alt. Neben Ihnen liegt ein erwachsener Mann. Sie wissen, dass er zu Ihnen ins Bett kommen wird. Sie wissen, was er mit Ihnen machen wird. Was empfinden Sie? Sagen Sie es mir, Melanie, dann wird die Übelkeit verfliegen. Sie wissen, dass er zu Ihnen kommen wird. Was empfinden Sie, bevor er durch den dunklen Raum zu Ihnen ins Bett kommt?«

»Er ist nicht gekommen! Das ist es ja gerade, begreifen Sie das denn nicht? Er ist nicht zu mir gekommen!«

»Was ist denn passiert, Melanie? Sagen Sie es mir einfach.«

»Nein, ich kann nicht! Ich kann nicht! Und ich will nicht!«

»Doch, Sie wollen es. Sonst wären Sie nicht hier.«

»Bitte. Ich kann es einfach nicht.«

»Sie sagten, er ist nicht zu Ihnen gekommen. Er ist nicht zu Ihnen gekommen … sondern?«

»Ich kann nicht …«

»Er ist nicht zu Ihnen gekommen …«

»O Gott …«

»Er ist nicht zu Ihnen gekommen, und …«

»Ich bin zu ihm gegangen!«

Es folgte eine Sturzflut von Tränen, bis sie von Weinkrämpfen geschüttelt wurde. Während all seiner Jahre als Psychiater hatte Dr. Bell noch nie jemanden so heftig weinen sehen.

»Ich wollte es! Ich bin so krank! So pervers! Ich wollte, dass er es tat! Ich wollte, dass er es tat! Ich hab es mit ihm gemacht! Diesmal hab ich es mit ihm gemacht, können Sie sich das vorstellen? O Gott, ich hab es verdient zu sterben. Ich bin so eine dreckige Hure!«

Bell ließ sie weinen und weinen, bis sie keine Tränen mehr hatte.

»Ich bin so pervers«, sagte sie tonlos. »Ich weiß wirklich nicht, warum ich überhaupt noch lebe.«

Sie wirkte plötzlich kleiner, als hätte die Schuld sie schrumpfen lassen.

»Ich fürchte, die Zeit ist um für heute.«

»O Gott.«

»Sie können noch eine oder zwei Minuten bleiben, wenn Sie wollen.«

»Nein, nein. Ist schon in Ordnung. Ich kriege das schon hin.«

Melanie strich ihre Haare glatt und stand unsicher auf. Immer noch schniefend, sammelte sie ihre Sachen zusammen und ging zur Tür. Sie öffnete die Tür, dann drehte sie sich noch einmal um.

»Gott, ich weiß gar nicht, wie ich das bis nächste Woche durchstehen soll.«

»Ach, da fällt mir ein … Tut mir leid, Melanie, ich hätte es Ihnen gleich zu Anfang der Stunde sagen sollen.«

»Was denn?«

»Nächste Woche bin ich leider nicht da.«

32

Nach dem Mittagessen nahm Cardinal den Abschiedsbrief mit dem Daumenabdruck mit aufs Revier, um mit Paul Arsenault darüber zu sprechen. Er war noch nicht so weit, sich wieder offiziell zum Dienst zurückzumelden, denn auf dem Revier würde man ihn sofort mit Arbeit überhäufen, und dann würde es schwierig, wenn nicht unmöglich werden, sich mit Dingen zu beschäftigen, die nicht direkt mit Polizeiarbeit zu tun hatten.

Arsenault trank einen Schluck aus einer Henkeltasse mit der Flagge von Acadia über seinem Nachnamen. »Soll ich das für Sie überprüfen?«

»Sie wissen ja, dass das eigentlich nicht korrekt ist«, sagte Cardinal. »Offiziell habe ich gar keinen Fall.«

»Da haben Sie recht, John. Es ist nicht korrekt.«

Dass Arsenault ihn beim Vornamen nannte, war ein schlechtes Zeichen. Es bedeutete Mitleid oder Schlimmeres. Er hatte garantiert von der Verhaftung Roger Felts gehört. Er stellte seine patriotische Henkeltasse ab, stand von seinem Schreibtisch auf und schloss die Tür der Abteilung Spurensicherung.

»Hören Sie, John. Wenn Sie mit dem Abschiedsbrief Ihrer Frau zu mir kommen und mich bitten, die Fingerabdrücke zu überprüfen, möchte ich Ihnen helfen. Natürlich möchte ich Ihnen helfen. Und ich werde es tun, wenn Sie es wirklich wollen. Aber der Gerichtsmediziner hat sich den Fall vorgenommen. Delorme und auch der Pathologe, wir alle haben uns mit dem Fall beschäftigt. Es gibt einfach keinen Grund zu der Annahme, dass irgendein Dritter seine Hand im Spiel hatte.«

»Dann lachen Sie mich halt aus. Tun Sie es aus Mitleid, das ist mir egal. Hauptsache, Sie machen es. Ich will wissen, wer außer Catherine diesen Abschiedsbrief angefasst hat.«

»Aber der Brief ist echt, John, das haben Sie selbst bestätigt.«

»Dann dürften sich erst recht nur Fingerabdrücke von Catherine darauf befinden.«

»Angenommen, es stellt sich heraus, dass es der Daumenabdruck des Gerichtsmediziners ist. Was würden Sie daraus schließen?«

»Wenn der Gerichtsmediziner oder irgendein Kollege einen Fehler gemacht hat, okay. Jeder macht mal einen Fehler, damit hab ich kein Problem.«

Arsenault betrachtete nachdenklich den Rest Kaffee in seiner Tasse. »Sie glauben also wirklich, sie wurde ermordet, John?«

»Ich glaube, dass jemand diesen Brief gelesen hat. Ich will wissen, wer das war.«

»Also gut, Leute. Zehn Minuten Pause!«

Eleanor Cathcart stieg von der Bühne, tat so, als würde sie sich den Schweiß von der Stirn wischen, und setzte sich in die erste Reihe des Zuschauerraums im Capital Centre. Cardinal war als Junge oft hier gewesen, als das Capital noch das größte Kino in der Stadt gewesen war.

»Gott, morgen haben wir Premiere, und Torvald hat seinen Text immer noch nicht intus. Was verschafft uns die Ehre? Herzliches Beileid übrigens wegen Catherine. Diese Frau fehlt uns ja so sehr.«

»Ich wollte einfach mit Ihnen reden«, sagte Cardinal. »Sie sind die Letzte, die Catherine lebend gesehen hat.« *Soweit wir wissen.*

»Ja, ich fühle mich regelrecht verantwortlich. Hätte ich ihr doch bloß nicht von meiner schönen Aussicht vorgeschwärmt! Hätte ich sie doch bloß nicht reingelassen! Wäre ich bloß bei ihr geblieben!«

»Das muss Sie ziemlich belasten.«

»Na ja, es geht schon, wissen Sie, aber es trübt doch ein bisschen meine *joie de vivre*. Irgendwie ist mir in letzter Zeit meine Lebensfreude abhanden gekommen, und ich weiß auch, warum. Catherine ist fort, und sie wird nie wieder zurückkommen. Aber ich habe Ihrer Kollegin schon alles erzählt.«

»Mir geht es um ein persönliches Gespräch. Ich versuche einfach, ein paar Dinge für mich zu klären.«

»Ja, natürlich, Sie Ärmster.« Sie legte ihm eine Hand auf den Arm. »Ich kann mir genau vorstellen, wie Sie sich fühlen.«

Cardinal stellte ihr dieselben Fragen, die Delorme ihr wahrscheinlich schon gestellt hatte. Abgesehen von ihrem theatralischen Getue und ihrem übertriebenen Pariser Französisch war nichts Außergewöhnliches daran, wie Ms. Cathcart die Fragen beantwortete. Catherine hatte sich dafür interessiert, die Aussicht vom Dach des Hauses zu fotografieren, in dem sie wohnte, sie hatten sich verabredet, Ms. Cathcart hatte ihr die Tür geöffnet und war anschließend zu einer Probe mit den Algonquin Bay Players gefahren.

»Hatten Sie viel mit Catherine zu tun? Am College, meine ich?«

»Eigentlich nicht. Wir sind uns halt hin und wieder über den Weg gelaufen. Wir haben uns gegrüßt, mehr nicht. Ich kann nicht behaupten, dass wir Busenfreundinnen waren. Aber wir waren einander sympathisch. Ich habe sie aus der Ferne bewundert, könnte man sagen. Catherine war auf faszinierende Weise unabhängig.«

Das stimmte allerdings, dachte Cardinal. Wenn es ihr gut ging.

»Dann wissen Sie wahrscheinlich nicht, mit wem sie am College näher zu tun hatte.«

»Nein. Ich lebe hauptsächlich in der Theaterwelt. Die überschneidet sich nicht sehr mit Fotografie.«

»Haben Sie sie jemals mit einem Fremden zusammen gesehen? Oder mit jemandem, der nicht zum College gehörte?«

»Nein. Wenn ich sie gesehen habe, war sie entweder allein oder in Begleitung von irgendwelchen Studenten.«

»Haben Sie je erlebt, dass sie sich mit jemandem gestritten hat? Oder dass jemand sich über sie aufgeregt hat?«

»Nein, nie. Ich meine, manche Leute haben sich Sorgen um sie gemacht, das wissen Sie sicherlich. Und, na ja, manchmal mussten andere Dozenten sie vertreten. Aber ich kann mir nicht vorstellen, dass irgendjemand sie deswegen für kapriziös gehalten hat.« Ms. Cathcart legte einen eleganten Finger an ihre Schläfe. »Allerdings gab es einige unglückliche Zwischenfälle mit Meredith Moore.«

»Erzählen sie mir davon«, sagte Cardinal. Catherines Version der Geschichte kannte er zur Genüge.

»Ach, das war bloß Collegepolitik, wie immer. Sobald der Posten der Fakultätsleitung frei wird, werden die Messer gezückt. Ich kann Ihnen sagen, im Vergleich zu Akademikern waren die Borgias die reinsten Waisenkinder. Als Sophie Klein wegging, haben Catherine und Meredith sich beide um den Posten beworben. Sie waren gleichermaßen qualifiziert: Catherine genoss mehr Anerkennung als Künstlerin, während Meredith über größere Erfahrung im verwaltungstechnischen Bereich verfügte. Dummerweise fasste Meredith es als persönlichen Affront auf, dass Catherine sich überhaupt auf die Stelle beworben hat. Offenbar war sie der Meinung, dass die Krone sich automatisch auf ihr gesalbtes Haupt senken würde. Warum, weiß der liebe Himmel. Und Meredith war sich nicht zu schade, auf Catherines, äh, psychische Probleme hinzuweisen, durch die sie für den Posten ungeeignet schien. Es ging sogar das Gerücht, jemand hätte dem Dekan anonym eine Kopie von Catherines Krankenakte zukommen lassen, wobei das eher nach Legende klingt, wenn Sie mich fragen. Aber das Ergebnis ist Ihnen ja bekannt.«

»Meredith hat den Job bekommen.«

»Und ich habe Catherine immer dafür bewundert, wie sie damit umgegangen ist. Sie hat nie ein böses Wort über Meredith verloren oder ihre Enttäuschung zum Ausdruck gebracht. Aber Meredith…«

»Was war mit Meredith?«

Ms. Cathcart lächelte schmallippig. »Sie kennen ja den Spruch: Manche Menschen können das Unrecht nicht verzeihen, das sie anderen zugefügt haben. Ich bin überzeugt, dass es Meredith am liebsten gewesen wäre, wenn man Catherine gekündigt hätte. Nach dieser Geschichte konnte sie es kaum noch ertragen, sich im selben Raum mit Catherine aufzuhalten. Diese vertrocknete alte Jungfer!«

Doch als Cardinal Meredith Moore aufsuchte, war sie die Zuvorkommenheit in Person. Sie nahm Cardinals Hand, schaute ihm in die Augen und sagte: »Wie schade um Catherine. Was für eine Tragödie.«

»Haben Sie schon jemanden gefunden, der ihre Kurse übernimmt?«

»Mitten im Semester? Wo denken Sie hin? Wir haben jemanden, der sie vertritt, aber das ist natürlich kein wirklicher Ersatz.«

»Man hat mir gesagt, Sie seien nicht gerade begeistert von Catherine gewesen. Sie hätten sich schon früher nach einem Ersatz für sie umgesehen.«

Selbst in guten Zeiten wirkte Meredith Moore buchstäblich spröde: Haare, die aussahen, als würden sie gleich abbrechen, und ein Gesicht wie aus Krepppapier. Cardinal konnte es beinahe knistern hören, als sie ihre Lippen zu einem dünnen Lächeln verzog.

»Wer auch immer Ihnen das erzählt hat«, sagte sie, »wusste nicht, wovon er redete. Catherines Beurteilungen waren ausnahmslos exzellent, und ihre Fotografien waren hochgeschätzt.«

»Sie haben also nicht versucht, einen Ersatz für sie zu finden.«

»Keineswegs.«

»Wie würden Sie Ihr Verhältnis zu Catherine beschreiben? Wie kamen Sie beide miteinander aus?«

»Sehr gut. Wir waren nicht eng befreundet, aber wir hatten ein gutes kollegiales Verhältnis. Ich weiß ja, dass Sie Polizist sind, das merkt man Ihnen an, ob Sie wollen oder nicht, und ich muss schon sagen, dass ich mir vorkomme wie in einem Verhör.«

»Ich versuche nur, mir den Tod meiner Frau zu erklären. Sie sagten, Catherines Beurteilungen waren exzellent. Wissen Sie, ob sie mit irgendeinem ihrer Studenten Probleme hatte? Ob vielleicht jemand wütend war wegen einer schlechten Note?«

»Nicht, dass ich wüsste. Und ich kann es mir auch nicht vorstellen. Sie war eine gute Lehrerin, aber großzügig in ihrer Notengebung. Manche Leute sind zu streng, andere zu nachsichtig. Ich selbst versuche, mich ungefähr in der Mitte zu bewegen. Catherine war eher nachsichtiger, da würde sie mir sicher zustimmen.«

Das stimmte, dachte Cardinal. Catherine hatte es stets widerstrebt, jemandem, der sich große Mühe gab, eine schlechte Note zu geben, und es hatte sie ganz unglücklich gemacht, wenn ihr keine andere Wahl geblieben war.

»Ist jemals ein unzufriedener Student zu Ihnen gekommen

und hat Sie gebeten, eine Note zu ändern, die Catherine ihm gegeben hatte?«

»Nein. Andererseits ist es noch zu früh im Semester, als dass sich jemand Gedanken darüber machen müsste, ob er die Prüfung besteht oder nicht.«

»Catherine hat sich ebenfalls um den Posten der Institutsleiterin beworben.«

»Allerdings. Sie hat sehr darum gekämpft.«

»Ich könnte mir vorstellen, dass das Ihr ›kollegiales Verhältnis‹ belastet hat. War es so?«

»Hat Catherine das gesagt?«

»Ich frage Sie.«

»Man kann wohl zu Recht behaupten, dass wir beide ein bisschen angespannt waren. Das ist doch verständlich, meinen Sie nicht? Ich glaube kaum, dass es bei der Polizei keine Konkurrenzkämpfe gibt.«

»Nun, bei uns ist aber bisher noch niemand vom Dach gesprungen.«

Ms. Moores Mund öffnete sich mit einem hörbaren Klicken. »Sie glauben, Ihre Frau hat sich umgebracht, weil sie den Posten nicht bekommen hat?«

»Nein, das glaube ich nicht.«

»Gut. Denn soweit ich das beurteilen kann, hat es sich nicht negativ auf ihr Verhalten ausgewirkt. Andererseits war Catherine – nun, äußerst sensibel, nicht wahr?«

»Ja. Haben Sie sie an dem Tag, an dem sie gestorben ist, gesehen?«

»Ich habe sie gegen Mittag hier auf dem Korridor gesehen. Sie ging gerade in den Unterricht.«

»Und am Abend?«

»Sie hatte dienstagabends keinen Unterricht.«

»Danach habe ich nicht gefragt.«

Ms. Moore lief rot an, aber ihrem Gesichtsausdruck nach

zu urteilen nicht aus Verlegenheit, sondern vor Wut. »Die Antwort lautet nein.«

»Waren Sie hier im College?«

»Ich war zu Hause und habe mir *The Antiques Road Show* angesehen. Hören Sie, ich weiß nicht, wie ich Ihnen das sagen soll. Was mit Catherine passiert ist, tut mir außerordentlich leid, das können Sie mir glauben. Aber mein Mitgefühl geht nicht so weit, dass ich mich ins Kreuzverhör nehmen lasse wie eine Kriminelle.«

»Das ist mir klar«, erwiderte Cardinal und wandte sich zum Gehen. »Kriminelle mögen das auch nicht.«

33

Als Dorothy Bell die Zeitungen fürs Altpapier zusammenpackte, fiel ihr Blick auf einen Artikel. Sie breitete die Zeitung auf dem Küchentisch aus und las mit zusammengekniffenen Augen. Laut Zeitungsbericht hatten über zweihundert Trauergäste an Perry Dorns Beerdigung teilgenommen. Perry Dorn, hieß es, Student an der Northern University, habe viele Freunde gehabt und sei von seinen Professoren geschätzt worden. Es wurde eine Reihe von Leuten zitiert, die ihn persönlich gekannt hatten.

»Er war unglaublich großzügig«, sagte jemand. »Perry hat immer alles mit anderen geteilt, selbst wenn er pleite war.«

»Er war immer für seine Freunde da«, sagte jemand anders.

»Ein brillanter Kopf«, meinte sein Mathematikprofessor. »Eine Herausforderung für seine Lehrer.«

Dass der *Algonquin Lode* einen so ausführlichen Artikel brachte, lag natürlich daran, dass Perry Dorn die ganze Stadt schockiert hatte, als er sich in einem Waschsalon eine Kugel in den Kopf gejagt hatte.

Der junge Mann sei schon lange depressiv gewesen, so der Artikel.

»Aber in letzter Zeit schien es ihm besser zu gehen«, sagte ein Kommilitone. »Er freute sich auf Montreal. Er konnte es kaum erwarten, an der McGill University zu studieren.«

In einem weiteren Artikel mit der Überschrift »Liebeskummer« berichtete ein ehemaliger Zimmergenosse, Perry Dorn hätte sich immer in Frauen verliebt, die für ihn unerreichbar waren. »Dabei hätte er viele Freundinnen haben können. Es gab eine Menge Mädchen, die gern mit ihm gegangen wären, er war einfach so klug und so nett. Aber er war immer hinter denen her, die sich nicht für ihn interessierten. Und wenn ihm wieder eine einen Korb gegeben hatte, wurde er depressiv. Dann hat er tagelang nichts gegessen, nicht geschlafen und mit niemandem geredet. Das war regelrecht unheimlich.«

Shelly Lanois, die Schwester des jungen Mannes, erklärte: »Wir sind alle viel zu sehr am Boden zerstört, um einen Kommentar abgeben zu können.«

Der Name Perry Dorn sagte Dorothy Bell nichts, aber sie hätte sein Gesicht eher erkannt, wenn er nicht seine Absolventenmütze auf dem Kopf gehabt hätte. Die Mütze verbarg sein frühzeitig schütteres Haar, aber sie verbarg nicht den dünnen Hals, den übergroßen Adamsapfel und die tiefliegenden, traurigen Augen des jungen Mannes, den sie mehrmals im Wartezimmer ihres Mannes gesehen hatte.

In dem Augenblick, als sie ihn erkannte, begann ihr Herz zu pochen. Ein junger Mann, der gerade ein Stipendium bekommen hatte, entschloss sich, seinem Leben ein Ende zu setzen – und zwar auf spektakuläre Weise. Ein junger Mann, der mehr als genug Gründe gehabt hätte, glücklich und optimistisch zu sein. Ein junger Mann, der ein Patient ihres Mannes gewesen war.

Als Dorothy Frederick kennengelernt hatte – vor über dreißig Jahren – war sie von seiner Intelligenz tief beeindruckt gewesen. Sie selbst war auch nicht gerade eine mittelmäßige Schülerin gewesen, hatte auf der Schwesternschule immer die besten Noten gehabt, aber bei seinen Fähigkeiten konnte sie ihm nicht das Wasser reichen. Er war dunkel und gutaussehend – kein Bart, keine Brille – und hatte einige nervöse Ticks, die sie charmant gefunden hatte. Bereits mit Mitte zwanzig war er in der Londoner Klinik, in der sie beide arbeiteten, eine Art Star gewesen.

Als er sie eines Abends zum Abendessen eingeladen hatte, war sie völlig verblüfft gewesen. Sie hatte sich umgedreht, um zu sehen, ob hinter ihr ein paar junge Ärzte auf dem Korridor standen, die in den Streich eingeweiht waren. Aber es war niemand da.

Damals hatten sie beide kein Geld. Er ging mit ihr in einen nach amerikanischem Stil eingerichteten Schnellimbiss auf der King's Road, mit einer Musikbox in der Ecke und Heinz-Ketchup-Flaschen auf den Tischen. In jenen Tagen war ein Hamburger in London noch etwas Exotisches gewesen. Nachdem sie längst verheiratet waren, hatte Bell ihr erzählt, dass der Laden sich als wesentlich teurer entpuppt hatte als erwartet und dass das Geld, das er dabeigehabt hatte, gerade gereicht hatte, um die Rechnung zu bezahlen, aber nicht, um noch ein Trinkgeld zu geben.

»Das war mir dermaßen peinlich«, sagte er jedes Mal, wenn er die Geschichte Freunden gegenüber zum Besten gab, »dass ich mich nie wieder in den Laden reingetraut habe.«

Von Anfang an hatte Dorothy sich von seiner Intelligenz und seinem Humor angezogen gefühlt. Er mochte ihre Feinfühligkeit und die Art, wie sie es fertigbrachte, eine trostlose Doppelhaushälfte in ein gemütliches Heim zu verwandeln. Sie waren sich darin einig, dass es keinen Grund gab, ihr angenehmes Leben mit Kindern zu belasten. So hatte Frederick es zumindest gesehen. Dorothy hätte es lieber ausprobiert, doch nach zahlreichen Gesprächen über das Thema war sie zu dem Schluss gekommen, dass er keine Freude an der Vaterrolle haben würde.

Sie dachte immer noch hin und wieder mit Wehmut an jene ersten Jahre zurück. An Wochenenden hatten sie Ausflüge in abgelegene englische Dörfer gemacht und ausgiebige Wanderungen unternommen.

Doch ganz allmählich – sie hätte nicht sagen können, wann

genau es anfing – war ihr junges Glück von Problemen überschattet worden, die in Fredericks Berufsleben auftauchten. Er war überglücklich gewesen, als man ihm eine Stelle als Assistenzarzt an der renommierten Kensington Clinic angeboten hatte. Aber nach anderthalb Jahren hatte er ganz plötzlich entschieden, dass sie nach Swindon ziehen sollten, wo er eine Stelle am Swindon General Hospital antreten wollte. An dem Krankenhaus herrschte eine angenehme Arbeitsatmosphäre, und Dorothy verstand sich gut mit den neuen Kolleginnen, aber dennoch empfand sie es als beträchtlichen Abstieg. Diese Meinung behielt sie allerdings für sich.

In Swindon wurden gegen Frederick Ermittlungen eingeleitet, weil er Medikamente in zu großen Mengen verschrieb. Dorothy hatte er erklärt, er habe lediglich einem depressiven Patienten ein trizyklisches Antidepressivum verschrieben, was nichts Außergewöhnliches war, aber der Patient habe gleichzeitig eine ganze Packung Schlaftabletten geschluckt, die er ihm ebenfalls verschrieben hatte. Die Hinterbliebenen behaupteten, Dr. Bell habe eindeutige Hilferufe überhört und es versäumt, den Jungen in eine Klinik einzuweisen. Die Untersuchungskommission des Krankenhauses kam lediglich zu dem Schluss, Dr. Bell sei in Bezug auf die Nachsorge zu nachlässig gewesen, und erteilte ihm einen Verweis. Dennoch hatte es ihn vollkommen aufgebracht.

»Diese Idioten!«, hatte er geschrien. »Diese Schwachköpfe! Die haben doch überhaupt keine Ahnung. Leute mit Depressionen nehmen sich in Scharen das Leben. Der Junge hätte sich wahrscheinlich schon vor Monaten umgebracht, wenn ich nicht gewesen wäre. Suizid ist bei manisch-depressiven Patienten an der Tagesordnung. Es ist völlig normal, dass die ihre Absichten geheimhalten. Darin sind die richtig gewieft. Wenn man mir vorwirft, dass ich nicht in der Lage war, seine Gedanken zu lesen, bitte sehr. Ich bekenne mich schuldig.«

Die Gedanken seiner Patienten zu lesen war eigentlich die Aufgabe eines Psychiaters, hatte Dorothy damals gedacht. Aber Frederick war ihr Mann, und sie hatte zu ihm gestanden und seine Empörung geteilt. Und dafür war Frederick ihr so dankbar gewesen, dass der Konflikt mit der Klinik ihre Ehe gestärkt hatte.

Trotz des unerfreulichen Vorfalls hatte Frederick schon bald eine neue Stelle gefunden, diesmal in Lancashire, am Manchester Centre for Mental Health. Dort gefiel es ihm wesentlich besser. Die Eheleute engagierten sich in der Gemeinde, fanden Freunde, gaben Partys. Doch als Dorothy das Gefühl hatte, sich richtig eingelebt zu haben, als sie sich sicher und aufgehoben fühlte, teilte die Klinik ihnen mit, dass erneut ein Ermittlungsverfahren gegen Dr. Bell eingeleitet worden war, diesmal wegen der alarmierend hohen Suizidfälle unter Dr. Bells Patienten.

Die Untersuchung dauerte nur kurz, und Dr. Bell wurde von jeglicher Schuld freigesprochen. Seine Verschreibungsmethoden konnten nicht als außergewöhnlich bezeichnet werden. Im Gegenteil, es stellte sich sogar heraus, dass er weniger Medikamente verschrieb als seine Kollegen.

»Meiner Meinung nach verschreiben wir zu viele Medikamente«, erklärte er gegenüber der Untersuchungskommission. »Ich bin davon überzeugt, dass eine Kombination aus Psychotherapie und Medikamenten die optimale Behandlung bei Depressionen darstellt. Weder das eine noch das andere für sich allein ist ausreichend, zumindest nicht in schweren Fällen, aber sich ausschließlich auf Medikamente zu verlassen ist riskant, denn in diesem Fall wird das Tempo der Behandlung durch das Medikament vorgegeben und nicht durch die Möglichkeiten des Patienten, den Heilungsprozess zu verkraften.«

In diesem Punkt war er seiner Zeit voraus, und was das

Erkennen der Ursachen und die Behandlung von manischer Depression anging, galt er inzwischen in England als eine Koryphäe. Er behandelte eine unglaublich große Anzahl von Patienten und hatte sich fast ausschließlich auf manische Depressionen spezialisiert, was, so die Kommission, die außergewöhnlich hohe Suizidrate unter seinen Patienten erklärte.

Trotzdem fühlte Frederick sich durch das Debakel persönlich gekränkt. »Was für eine Beleidigung, was für eine Undankbarkeit«, sagte er immer wieder. »Und was für eine unglaubliche Dummheit. Da müssen sie erst eine Kommission einsetzen, nur um zu erkennen, was auf der Hand liegt, nämlich dass depressive Menschen dazu neigen, sich umzubringen.«

Kurz darauf war das Ehepaar ausgewandert. Obwohl die Kommission ihren Mann von allen Vorwürfen freigesprochen hatte, war Dorothys Vertrauen in Fredericks Fähigkeiten erschüttert. Sie kannte sich mit Klinikpolitik aus und wusste, dass die Verwaltung durchaus willens und in der Lage war, einen Skandal zu vertuschen. Als sie beim Packen einen Brief vom National Health Service entdeckte, in dem eine weitere Untersuchung angekündigt wurde – diesmal sollte Fredericks gesamte Zeit als praktizierender Psychiater sowohl in Swindon als auch in Manchester unter die Lupe genommen werden –, war sie zutiefst schockiert.

Der Brief war kurz nach der Untersuchung in Manchester eingetroffen, aber Frederick hatte ihr kein Wort davon erzählt.

Und sie brachte es auch nicht fertig, mit ihm darüber zu reden, weil sie sich nicht von ihm als *Idiotin*, *Schwachkopf* oder *Närrin* beschimpfen lassen wollte. Aber nachdem sie nach Toronto gezogen waren, hatte Dorothy Bell sich vorgenommen, wenn auch nicht zu schnüffeln, so doch im Auge zu behalten, was mit den Patienten ihres Mannes passierte.

Natürlich verbot es die Schweigepflicht, dass sie die Namen der Patienten erfuhr. Doch hin und wieder hörte sie Frederick telefonieren. Und es war schon mehrmals vorgekommen, dass er, wenn jemand gestorben war, zu ihr gesagt hatte: »Das war ein Patient von mir. Der arme Kerl.«

Ihr war aufgefallen, dass er die Todesanzeigen aus der Zeitung ausschnitt und sammelte.

Frederick hatte sich in Toronto nie wohlgefühlt, aber nachdem er einige Monate am Queen Street Mental Health Centre gearbeitet hatte, nahm er eine Stelle am Ontario Hospital in Algonquin Bay an. Er erklärte seiner Frau, er habe das Großstadtleben satt, er wolle lieber in einer Kleinstadt wohnen, und sie hatte keinen Grund, an seinen Worten zu zweifeln.

Das war vor zwei Jahren gewesen. Aber seitdem war ihr aufgefallen, dass drei der Patienten ihres Mannes Selbstmord begangen hatten: Leonard Keswick, ein Angestellter der Stadtverwaltung, Catherine Cardinal, eine Dozentin und Fotografin, und jetzt dieser Perry Dorn. Über alle drei war in der Zeitung berichtet worden, über den einen, weil er eines Verbrechens beschuldigt wurde, über eine andere, weil sie tot vor einem Neubau gefunden worden war, und über diesen dritten, weil er sich in aller Öffentlichkeit erschossen hatte. Es war ungeheuerlich, aber Dorothy vermutete, dass es wahrscheinlich noch mehr Fälle gab.

Und dieser junge Mann, dieser Perry Dorn. Warum hatte Frederick nichts davon erwähnt, dass er sein Patient gewesen war? Nicht nur in der Zeitung, sondern auch in den Nachrichten war darüber berichtet worden. Normalerweise hätte sie damit gerechnet, dass er sich schockiert oder bestürzt zeigen würde, aber nein, er hatte kein Wort dazu gesagt.

Dorothy legte den Artikel weg und packte die restlichen Zeitungen zusammen. Zeit, einkaufen zu fahren, bevor die Läden am späten Nachmittag zu voll wurden. Auf dem Weg nach draußen blieb sie vor Fredericks geschlossener Tür stehen. Durch die Tür aus massiver Eiche drangen kaum Geräusche, aber sie hörte seine Stimme und die etwas leiseren Antworten eines Patienten. Im Moment befand sich kein Patient im Sprechzimmer, und der nächste würde erst in einer halben Stunde kommen. Nein, er sah sich eine Aufzeichnung von einer Sitzung an. Das tat er häufig.

Sie hatte ihn einmal darauf angesprochen. Hatte wissen wollen, warum er das so oft tat.

»Fortbildung«, hatte er auf seine unverbindliche Weise geantwortet. »Man ist nie zu alt, um sich zu verbessern. Wenn ich mir die Aufnahmen anschaue, dann fallen mir versteckte Hinweise auf, die mir vorher entgangen sind, dann kann ich mir die Körpersprache des Patienten noch einmal genau ansehen. Außerdem kann ich mir auf diese Weise alles besser merken.«

Das hat längst nichts mehr mit Fortbildung zu tun, dachte Dorothy, als sie die Haustür hinter sich schloss. Inzwischen zog Frederick sich jeden Abend, wenn andere Leute lasen, fernsahen oder ins Bett gingen, in sein Sprechzimmer zurück und verbrachte jede freie Minute damit, sich diese Aufzeichnungen anzusehen.

Irgendwas stimmte da nicht.

34

Polizeichef R. J. Kendall war eigentlich nicht übertrieben streng. Cardinal hatte schon erlebt, wie er Kollegen eine zweite, dritte selbst eine vierte Chance gegeben hatte, denen er selbst längst Abzeichen und Dienstwaffe abgenommen hätte. Aber Kendall war gleichzeitig dermaßen inkonsequent, dass man sich fragen konnte, ob es System hatte, ob diese Inkonsequenz eine Methode darstellte, die Mitarbeiter auf Trab zu halten. Wenn Kendall wütend wurde, brüllte er so laut, dass im ganzen Gebäude die Scheiben wackelten. Dann, eine Woche später, lobte er den Übeltäter für seine gute Arbeit.

Kendall saß in seinem voluminösen Ledersessel, und das Licht, das durch das Fenster hinter ihm in den Raum fiel, ließ sein schütteres, silbergraues Haar wie einen Heiligenschein schimmern. Er hatte Cardinal nicht gebeten, Platz zu nehmen.

»Nicht, dass ich das nicht verstehen könnte«, sagte er. »Wenn meine Frau unter vergleichbaren Umständen ums Leben käme – was der Herrgott verhindern möge –, wäre ich wahrscheinlich in Versuchung, genauso zu handeln.«

»Chief, ich habe sie drei Stunden vorher noch gesehen. Es ging ihr blendend. Sie freute sich auf ihre Arbeit. Nicht gerade das, was man von jemandem erwartet, der vorhat, sich das Leben zu nehmen.«

»Der Gerichtsmediziner hat gesagt, es war Suizid.«

»Ein junger Arzt, der als Gerichtsmediziner noch sehr unerfahren ist.«

»Sie haben den Abschiedsbrief selbst gelesen. Sie haben die Handschrift identifiziert. Wir brauchen wohl nicht über die Krankheit Ihrer Frau zu sprechen, nicht wahr?«

»Es ging ihr gut, Chief. Sie war vollkommen ausgeglichen.«

»Delorme, McLeod, Szelagy – sie waren alle dabei, als der Gerichtsmediziner seine Feststellung traf. Keiner hat irgendetwas entdeckt, was auf etwas anderes als Suizid hindeutet. Auch der Pathologe ist zu demselben Ergebnis gekommen. Es gibt nichts zu ermitteln. Wir haben keinen Fall.«

»Ihr Abschiedsbrief wurde schon vor Monaten geschrieben. Das habe ich mir von einem Kollegen in Toronto bestätigen lassen.«

»Was Sie nicht hätten tun sollen«, erwiderte Chief Kendall, dessen Wangen sich bedrohlich röteten. »So etwas nennt man Missbrauch von polizeilichen Ermittlungsmethoden. Wir haben keinen Fall.«

»Um zu glauben, dass es Selbstmord war, muss man glauben, dass sie ihren Abschiedsbrief schon vor Monaten geschrieben hat. Dass sie danach ganz normal ihr Leben geführt hat, ohne das geringste Anzeichen für ihre Absichten erkennen zu lassen. Dann, eines Abends, mitten beim Fotografieren, nimmt sie den Brief aus der Tasche, legt ihn unter einen Blumentopf und springt vom Dach.«

»Wir haben KEINEN FALL.« Kendall war aufgesprungen, das Gesicht puterrot. Er war nicht groß, machte jedoch in Dezibel wett, was ihm an Zentimetern fehlte. »Kommen Sie nicht zu mir und erzählen mir, dass alle anderen sich irren und Sie recht haben. Und unterlassen Sie es, die Institutsleiterin Moore ins Kreuzverhör zu nehmen, als wäre sie ein Mitglied der Mafia! Habe ich mich eindeutig ausgedrückt?«

»Chief, es gibt triftige Gründe –«

»Sie sind nicht mal im Dienst, Cardinal, Sie sind im Urlaub. Und Sie haben diese Frau verhört, als wäre sie eine Verdächtige in einem Mordfall. Aber wir haben KEINEN FALL. Ihr Verhalten wäre inakzeptabel, selbst wenn die Frau eine Prostituierte wäre oder eine Drogendealerin. Aber Meredith

Moore ist Institutsleiterin am College, und solche Leute werden nicht verhört, wenn es keine Vorladung gibt, keine Rechtfertigung, wenn es KEINEN FALL gibt!«

Cardinal wollte etwas entgegnen, doch der Chief hob eine Hand wie ein Verkehrspolizist.

»Ich möchte nicht, dass Sie hier rausgehen und sich einbilden, ich würde Ihnen eine zweite, dritte oder vierte Chance geben. Vergessen Sie's. Sie wollen zurück in den Dienst, bitte sehr, tun Sie sich keinen Zwang an. Aber Sie werden bezahlt, um in Fällen zu ermitteln, die ich oder der Detective Sergeant Ihnen zuteilen. Alles andere fällt unter ungesetzlichen Missbrauch von polizeilichen Ermittlungsmethoden, und das werde ich nicht dulden. Haben Sie mich verstanden?«

»Ja.«

»Gut. Ich hoffe, die Sache ist damit erledigt.«

»Ich habe noch eine Frage.«

»Und die wäre?«

»Was muss ich Ihnen bringen, damit Sie einen Fall daraus machen?«

»Mehr, als Sie haben.«

Als Cardinal an seinen Schreibtisch zurückkehrte, fand er eine neue E-Mail auf seinem Rechner vor.

An: parsenault, burke, rcollingwood, ldelorme, imcleod, kszelagy
Von: rjk
Ich weiß, dass Sie alle ebenso wie ich großen Anteil nehmen an John Cardinals Trauer über den tragischen Tod seiner Frau. Ich möchte Sie jedoch daran erinnern, dass als Todesursache Suizid als erwiesen gilt und daher keine Ermittlungen eingeleitet wurden. Ich wiederhole: Es wurden keine Ermittlungen eingeleitet. Jeder, der poli-

zeiliche Ermittlungsmethoden nutzt, um festzustellen, ob Fremdeinwirkung im Spiel war, verstößt gegen polizeiliche Dienstvorschriften und wird entsprechend gemaßregelt werden.

RJ Kendall
Chief of Police

Cardinal fiel auf, dass sein Name auf dem Verteiler fehlte; Arsenault hatte die Nachricht an ihn weitergeleitet. Und es war Arsenault, der ihm vom Flur winkte, der das Großraumbüro von der Abteilung Spurensicherung trennte.

»Ich wollte mit Ihnen über den Zellers-Einbruch reden«, rief er ihm so laut zu, dass jeder es hören konnte.

Cardinal folgte ihm durch die Tür. Collingwood war gerade unterwegs, und sie waren allein in der Abteilung.

»Ich hab den Fingerabdruck überprüft«, sagte Arsenault.

»Wir dürfen ja jetzt nicht mehr darüber reden.«

»Wieso nicht? Gehört die Luft dem Chief?«

»Nein, aber die Zeit.«

»Keine Sorge. RJ hat eben das Gebäude verlassen.« Arsenault zeigte mit dem Daumen in Richtung Parkplatz. »Hab ihn gerade in einer Limousine abfahren sehen.«

»Danke, dass Sie die Mail an mich weitergeleitet haben. Ich möchte niemanden in Schwierigkeiten bringen.«

»Keine Ursache. RJ ist ein Waschlappen. Ich wollte Ihnen nur sagen, dass der Daumenabdruck nichts ergeben hat.«

»Überhaupt nichts?«

»Kein Treffer, weder in der örtlichen noch in der nationalen Datei.«

»Also gut. Es war einen Versuch wert.«

»Ich könnte noch ein paar andere Möglichkeiten austesten. Soll ich es versuchen?«

»Passen Sie bloß auf, dass RJ nichts davon mitbekommt.«

Cardinal holte seine Post und hörte seine telefonischen Nachrichten ab, dann setzte er sich an seinen Arbeitsplatz. Aus dem Messingrahmen auf seinem Schreibtisch lächelte Catherine ihn an – dasselbe Lächeln, das ihm das Herz hatte höher schlagen lassen, als sie sich zum ersten Mal begegnet waren. Cardinal zog seine mittlere Schublade auf, legte das Bild hinein und schob die Schublade wieder zu.

Er sortierte seine Post: Aufforderungen, vor Gericht zu erscheinen, interne Memos, Besprechungsprotokolle der Bewährungskommission, Schreiben von seiner Rentenversicherung und von der Gehaltsabteilung und sonstiger uninteressanter Papierkram, der sofort in den Papierkorb wanderte.

Er öffnete die mittlere Schublade, nahm das Bild heraus und stellte es wieder an seinen Platz.

»Bist du diesmal tatsächlich hier?«

Delorme stellte ihre Aktentasche auf ihrem Schreibtisch ab. Sie wirkte müde und frustriert, ihre Lippen waren leicht zu einem Schmollmund verzogen, aber das war bei ihr nichts Ungewöhnliches.

»Ich bin wieder da«, sagte Cardinal. »Zumindest körperlich.«

Delorme setzte sich und rollte mit ihrem Stuhl zu ihm hinüber. »Ich erzähle dir von einem Fall, der könnte dich auf andere Gedanken bringen.«

»Ach?«

Sie nahm mehrere Aktenhefter aus ihrer Tasche. »Ich habe einen Tatort, aber keine Zeugen, kein Opfer und keinen Täter. Kennst du dich mit Kinderpornographie aus?«

»Ich hatte bisher nur mit wenigen Fällen zu tun. Keswick – erinnerst du dich an ihn?«

»Keswick war gar nichts. Mach dich auf was gefasst, das dir den Magen umdreht.«

35

Leonard Keswick sitzt vorgebeugt auf der Couch und zerknüllt ein zerfetztes Kleenex. Er ist ein rundlicher Mann, und er wirkt schwach und mutlos, wie ein Fußball, aus dem die Luft gewichen ist. Seine Augen sind groß und wässrig – Glupschaugen wie die eines Bluthundes. Traurig blickt er in die versteckte Kamera.

»Ich weiß nicht mehr, was ich tun soll«, lamentiert er. »Ich weiß nicht, an wen ich mich mit diesem Problem wenden soll.«

»Nun, Sie haben sich an mich gewandt«, sagt Dr. Bell auf dem Bildschirm. »Das ist doch schon mal ein Anfang, nicht wahr?«

»Ja, aber ich komme einfach nicht weiter. Ich bin jetzt schon seit Monaten bei Ihnen in Behandlung, aber ich spüre keine Besserung.«

Dr. Bell, der sich das Band ein Jahr später noch einmal ansah, nickte zustimmend. »Weil du gar nicht willst, dass es besser wird«, murmelte er vor sich hin. »Du willst es nur nicht zugeben.«

Sein Telefon klingelte, und Dr. Bell hielt das Video an. Er hatte seinen Anrufbeantworter so eingestellt, dass er nach dem ersten Läuten ansprang, damit er hören konnte, wer sprach, ehe er abnahm. Aber er wusste ohnehin, wer es war. Sie hatte bereits zweimal angerufen, und die zweite Nachricht hatte erheblich verzweifelter geklungen als die erste.

»Dr. Bell? Hier spricht Melanie. Gott, Sie sind wahrscheinlich in der Klinik oder in einer Sitzung mit einem anderen Patienten. Bitte rufen Sie mich zurück, sobald Sie diese

Nachricht abgehört haben. Es geht mir wirklich ganz, ganz schlecht ...«

»Natürlich geht es dir schlecht«, sagte Dr. Bell in den Raum. »Dir geht es doch immer schlecht.«

»Ich hab solche Angst, dass ich es diesmal wirklich tun könnte. Ich kann an gar nichts anderes mehr denken.«

Dr. Bell verschränkte die Hände hinterm Kopf und blickte an die Decke. »Du machst ja endlich Fortschritte.«

»Bitte, rufen Sie mich zurück. Bitte. Es tut mir leid. Ich brauche einfach ... Ich ... Bitte!«

»Bitte, bitte, bitte«, äffte Bell sie nach. »Gib mir, gib mir, gib mir, ich, ich, *ich*.«

»Dass ich meinen Stiefvater wiedergesehen hab, hat mich echt umgehauen. Es ist, als würde ich vor einem großen, schwarzen Loch stehen, und ich kriege kaum noch Luft. Bitte, rufen Sie mich an.«

Es klickte in der Leitung, als sie auflegte.

Bell lehnte sich in seinem Sessel zurück und ließ das Video weiterlaufen.

»Ich begreife einfach nicht«, sagte Keswick, »warum ich diesem Drang so hilflos ausgeliefert bin. Und es hat so plötzlich angefangen. Ich meine, als Junge hab ich mir genau wie jeder andere auch Pornohefte angesehen. Auch als Student, und danach hab ich mir ab und zu welche gekauft. Aber Hefte sind etwas anderes. Das sind ganz normale Pornofotos: erwachsene Frauen, erwachsene Männer. Es ist ja nicht so, als hätte ich nach dem Zeug gesucht, nach dem ich jetzt so verrückt bin!«

»Ich glaube Ihnen«, sagt Dr. Bell. »Es gibt Leute, die sind süchtig nach eBay, nach Online-Shopping, nach Online-Glücksspiel – Leute, die nie Probleme mit diesen Dingen hatten, als es noch kein Internet gab.«

»Ja, genau, weil man nämlich einen Riesenaufwand betreiben musste, um sich mit solchen Dingen zu beschäftigen. Bevor es das Internet gab, war es ziemlich schwierig, in Algonquin Bay einkaufssüchtig zu werden, da brauchen wir uns gar nichts vorzumachen. Was hätte man auch als Süchtiger einkaufen können? Die komplette Kollektion an Skihosen? Dasselbe gilt für Glücksspiel. Hier gibt es weit und breit kein Casino. Höchstens mit Lottospielen hätte man sich ernsthaften Schaden zufügen können. Aber dieses Zeug kommt direkt zu mir ins Haus. Es ist, als hätte jemand meine sämtlichen Schubladen und Schränke mit diesen Bildern vollgestopft.«

»Sind es nur die Bilder?«, fragt Dr. Bell im Film.

»Wie?« Keswick wirkt verwirrt, als hätte Bell ihn plötzlich auf Chinesisch angesprochen. »Äh, ja. Ich würde niemals ein Kind anrühren. Vorher sind Kinder in meinen sexuellen Phantasien nicht mal vorgekommen. Auch jetzt betrachte ich Kinder eigentlich nicht als Sexualobjekte – jedenfalls keine, die ich auf der Straße sehe. Und ich weiß ja auch, was sexueller Missbrauch für Schaden anrichten kann. Das würde ich keinem Kind antun. Niemals.«

»Lassen Sie uns über das sprechen, was Sie tatsächlich tun.«

»Ich sehe mir Bilder an. Mehr nicht. Sie werden mir über Websites angeboten.«

»Stellen Sie auch selbst Bilder ins Netz?«

»Gott, nein.«

»Bezahlen Sie für die Bilder, die Sie sich ansehen?«

»Nein. Das würde ich auch nicht tun. Damit würde ich diesen Handel mit Kinderpornographie ja auch noch unterstützen.«

»Also gut. Dann sagen Sie mir, was daran für Sie so schrecklich ist. Sie haben kein Kind missbraucht. Sie haben keine Fotos von Kindern gemacht. Sie haben niemanden dafür bezahlt, dass er Kinder fotografiert. Sie haben niemandem solche Fotos geschickt.«

»Nein! Ich sehe sie mir nur an! Aber das ist pervers! Es ist absolut pervers! Ich dürfte mir so was gar nicht ansehen! Gott, ich schäme mich so. Ich schäme mich so sehr.«

Inzwischen weint Keswick, seine Wangen sind tränennass. Er nimmt seine Brille ab und will sie auf den Tisch legen, doch sie fällt ihm aus der Hand. Er bückt sich nicht, um sie aufzuheben, sitzt einfach da wie ein Häufchen Elend und weint.

Schließlich, als er sich wieder halbwegs gefasst hat, sagt er: »Ich hab selber Kinder, stellen Sie sich das mal vor. Jenny und Rob. Sie sind drei und fünf – jünger als die Kinder auf den Bildern, die ich mir ansehe –, und trotzdem dreht es mir den Magen um, dass ich kotzen könnte. Ich weiß gar nicht, was ich tun würde, wenn ich rausfände, dass jemand solche Fotos von meinen Kindern macht. Ich glaube, ich wäre fähig, denjenigen umzubringen.«

»Seit wann geht das schon so? Seit einem Jahr? Seit anderthalb Jahren?«

»Ungefähr anderthalb Jahre. Es war ganz spontan. Als ich zufällig auf diese Website geraten bin, war es, als würde ein Schlüssel in einem Schloss umgedreht, und im nächsten Augenblick hatte ich mich von einem ganz normalen Menschen in einen Lüstling verwandelt, einen Perversen.«

Er fängt wieder an zu weinen, und Dr. Bell sieht ihm schweigend zu.

»Ich hab's mit dem Zwölf-Schritte-Programm versucht, so wie Sie es mir geraten haben. Ich hab eine Website gefunden, wo Leute sich austauschen. Das ist besser als nichts, sage ich mir, aber es ist nur einmal pro Woche, und manchmal loggt sich überhaupt keiner ein. Und hier in Algonquin Bay gibt es anscheinend keine Selbsthilfegruppe für Sexsüchtige. Und selbst wenn es so eine Gruppe gäbe, ich könnte denen sowieso niemals sagen, was ich mir dauernd ansehe.«

»Sie haben es mir gesagt. Warum könnten Sie es diesen Leuten nicht sagen?«

»Das ist was anderes. Sie sind Therapeut. Sie unterliegen der Schweigepflicht. Bei diesen Gruppentreffen würden womöglich Leute auftauchen, die ich kenne. Ich würde sterben, wenn das rauskäme. Buchstäblich. Dann würde ich mich umbringen.«

»Nun, vielleicht sollten wir daran arbeiten, dass Sie nicht mehr so große Scham empfinden.«

»Aber es *ist* beschämend. Was ich tue, ist total beschämend.«

»Lassen Sie es mich zu Ende erklären. Bei allen Suchtkrankheiten kommt das Gefühl der Scham ins Spiel. Nehmen wir zum Beispiel die Heroinsucht. Der Süchtige hat beschlossen, das Heroin aufzugeben, aber er ist nervös, er ist angespannt. Schließlich geht er los, kauft sich ein bisschen Stoff und setzt sich einen Schuss. Es ist wie Magie. Alle Angst ist auf der Stelle verflogen. Heroin ist eine starke Droge. Aber die Wirkung lässt natürlich nach, und dann überkommt den Süchtigen die Scham darüber, dass er wieder schwach geworden ist. Er braucht etwas, um mit der Scham fertig zu werden – und was ist das Erste, was ihm in den Sinn kommt?«

»Noch mehr von der Droge.«

»Noch mehr von der Droge, genau. Und das ist einer der Gründe, warum diese Zwölf-Schritte-Programme ziemlich erfolgreich sind. In einem Raum voller Leute zu sitzen, die einen mit all seinen Schwächen akzeptieren, die dieselbe oder eine ähnliche Schwäche haben, hilft, einem die Scham zu nehmen. Es ist wirklich sehr bedauerlich, dass es hier in der Stadt keine solche Gruppe gibt, wie Sie sagten. Aber wir könnten vielleicht ein paar Therapiestunden mit Ihrer Frau zusammen –«

Keswick reagiert sofort. »Niemals. Auf gar keinen Fall. Sie weiß nicht mal, dass ich zu Ihnen komme.«

»Aber Sie haben schon oft erwähnt, dass Sie und Ihre Frau eine tiefe Liebe verbindet. Ihre Frau würde doch sicherlich nicht aufhören, Sie zu lieben, nur weil sie von Ihrer kleinen Schwäche erfährt.«

»Sie würde mich verabscheuen. Sie würde mich auf der Stelle verlassen, und ich würde meine Kinder nie wieder zu sehen kriegen.«

»Sind Sie sich da ganz sicher?«

»Allerdings. Ich habe sie oft genug darüber reden hören. Sie wissen schon, wenn in der Zeitung oder im Fernsehen so eine Geschichte auftaucht über einen Lehrer oder einen Priester oder was weiß ich. Sie ist jedes Mal vollkommen angewidert und sagt Dinge wie: ›Solche Typen sollte man teeren und federn‹ oder ›Den Kerl sollte man kurzerhand kastrieren‹.«

Dr. Bell ist die Stimme der Vernunft. »Aber Priester und Lehrer sind für viele Kinder verantwortlich. Sie befinden sich in einer Vertrauensposition.«

»Hören Sie, ich arbeite bei der Stadtverwaltung. Glauben Sie im Ernst, meine Kollegen würden einen Lüstling wie mich in ihrer Mitte dulden? Einen, der süchtig nach Kinderpornos ist? Die würden mich anspucken. Und zwar buchstäblich. Ich würde innerhalb von fünf Sekunden auf der Straße stehen.«

»Wir haben über Ihre Frau gesprochen, nicht über Ihre Kollegen. Sie würden sich nur Ihrer Frau anvertrauen. Kann es nicht sein, dass sie in ihren Reaktionen auf die Geschichten, die Sie eben erwähnten, übertrieben hat? Es kommt häufig vor, dass jemand sagt: ›Den Kerl sollte man aufhängen.‹ Aber das bedeutet nicht unbedingt, dass man das ernst meint.«

»Mag sein, dass sie übertreibt. Meg hält mit ihren Gefühlen nicht hinter dem Berg. Sie mag vielleicht übertrieben haben, was die Bestrafungsmethoden angeht, das Kastrieren und so weiter, aber ihr Abscheu war echt. Ich konnte ihren Ekel aus jedem Wort heraushören. Wenn sie diese Art von Abscheu jemals für mich empfinden würde, damit könnte ich nicht leben. Dann würde ich lieber sterben, das schwöre ich Ihnen. Lieber würde ich sterben.«

Bell klickte auf Standbild, um das Entsetzen im Gesicht seines Patienten, seine absolute Hilflosigkeit noch ein wenig auszukosten, dann schaltete er den Recorder aus. Keswick hatte sich wie ein Lamm zur Schlachtbank führen lassen. Eigentlich war es ein bisschen zu leicht gewesen, um vollauf befriedigend zu sein. Andererseits hatte die Sache auch einen positiven Aspekt, fast so wie der Fatalismus der alten Griechen, etwas, das man anerkennen musste.

Schon wieder klingelte das Telefon.

»Hallo, Melanie«, sagte Bell, ohne abzunehmen. »Sind wir ein bisschen verzweifelt? Können wir endlich zu einer Entscheidung kommen?«

»Dr. Bell, hier spricht noch mal Melanie. Ich weiß, Sie haben gesagt, dass Sie diese Woche nicht da sind, aber ich dachte, Sie würden vielleicht Ihren Anrufbeantworter abhören. Ich bin wirklich am Ende …«

Er hörte sie laut schniefen. Er stand auf, nahm die DVD aus dem Gerät und steckte sie in eine nummerierte Hülle.

»Bitte rufen Sie mich zurück, Dr. Bell. Ich kann gar nicht mehr klar denken. Ich glaube, ich sollte in die Klinik gehen. Wenn Sie mich einfach einweisen könnten. Ich hab mir tatsächlich Tabletten besorgt. Ich hab sie hier in meinem Zimmer, und es scheint mir die beste Lösung zu sein, aber ich weiß einfach nicht.«

Dr. Bell nahm eine CD aus dem Regal. Haydns Kantate

»Christi letzte sieben Worte«: *Eli, Eli, warum hast du mich verlassen?* Ein Todeskampf unter Fesseln, Nägeln und Verlassensein.

»O Gott, ich halte das nicht mehr aus. Ich weiß gar nicht, warum ich noch lebe, ich weiß es wirklich nicht.« An den Geräuschen, die folgten, konnte man hören, dass sie Schwierigkeiten hatte, den Hörer aufzulegen.

Bell schaltete die Musik ein und lehnte sich auf dem Sofa zurück.

»Nimm endlich die Tabletten«, seufzte er. »Schluck einfach die Tabletten, Melanie. Dann werden wir uns alle besser fühlen.«

36

Als Cardinal am nächsten Morgen aufwachte, raubte Catherines Abwesenheit ihm die Luft zum Atmen. Es war, als schwebte sein Schlafzimmer irgendwo im Weltraum, und jemand hätte die Luftschleuse geöffnet. Während er sein Frühstück bereitete – Toast und Kaffee – und Zeitung las – *The Globe and Mail* –, zwang er sich dazu, sich innerlich auf den vor ihm liegenden Tag einzustellen, sich an den Fall von Kinderpornographie zu erinnern, den Delorme bearbeitete, und an die Einbruchsserie, mit der Arsenault beschäftigt war.

Irgendwann blickte er von seiner Zeitung auf und starrte auf den leeren Platz auf der anderen Seite des Tischs.

»Ich will nicht an dich denken«, sagte er. »Ich will nicht an dich denken.«

Er versuchte weiterzulesen, konnte sich jedoch nicht konzentrieren. Seine Augen waren ganz wund nach der unruhigen Nacht. Je eher er seine Arbeit wieder aufnahm, umso besser. Er stellte seinen Teller in die Spülmaschine und goss seinen Kaffeerest in die Spüle, dann duschte er kurz, zog sich an und machte sich auf den Weg.

Es wurde allmählich kühler. Ein Geruch nach Winter lag in der Luft, man spürte schon das Eis, obwohl es noch etwa einen Monat dauern würde, bis der See zuzufrieren begann. Cardinal fror in seiner Sportjacke. Das nächste Mal würde er sich einen Wintermantel anziehen. Der Himmel war strahlend blau, und Cardinal musste daran denken, wie Catherine sich darüber gefreut hätte. Ihr PT Cruiser stand leer in der Einfahrt.

»Ich will nicht an dich denken«, sagte er noch einmal und stieg in seinen Camry.

Als er gerade zurücksetzen wollte, fuhr ein Wagen vor und blockierte seine Ausfahrt. Paul Arsenault kurbelte sein Fenster herunter und hob eine behandschuhte Hand zum Gruß.

»Morgen!«

Das konnte nur etwas Gutes bedeuten, dachte Cardinal. Arsenault würde niemals vor dem Dienst bei ihm vorbeikommen, wenn er nicht etwas ganz Besonderes für ihn hätte. Cardinal stieg aus seinem Wagen und trat an Arsenaults Fenster.

»Ich dachte, ich komm mal kurz vorbei, damit wir keine wertvolle Polizeizeit vergeuden.«

»Haben Sie was Interessantes?«

»Tja, ja und nein. Ich weiß nicht, wie Sie's aufnehmen werden.«

»Sagen Sie's mir einfach, Paul.«

»Ich hab's schließlich von der Datenbank der Einwanderungsbehörde bekommen – und, nein, ich werde Ihnen nicht sagen, wie ich das geschafft hab. Wir haben einen Engländer, der vor ein paar Jahren hierhergezogen ist.« Er reichte Cardinal einen Computerausdruck durchs Fenster.

Auf dem Blatt waren zwei Daumenabdrücke zu sehen. Das Foto darüber war schmeichelhafter als normalerweise auf solchen Dokumenten. Mit dem lockigen Haar, dem graumelierten Bart und dem Hundeblick wirkte der Mann durchaus liebenswürdig. Dr. med. Frederick David Bell.

Als Cardinal auf dem Revier eintraf, rief er Bell an und vereinbarte für den Mittag ein Treffen mit ihm in der psychiatrischen Klinik.

Er fuhr über den Highway 11 aus der Stadt und bog in die vertraute Einfahrt zum Ontario Hospital ein. Cardinal war schon zahllose Male hier gewesen – dienstlich, weil hier häufig Kriminelle untergebracht waren, und privat, um Catherine zu besuchen. Meistens hatte sie den Februar hier verbracht, den düstersten, trostlosesten Monat des Jahres.

Der rote Backsteinbau verlor sich fast in der Pracht des Herbstlaubs. Ein kalter Wind wehte über den Hügel, und die Pappeln und Birken neigten ihre Köpfe wie Tänzer. Alle Erfahrungen, die Cardinal mit diesem Ort gemacht hatte, verschwammen zu einem einzigen Schmerz, all die Male, die Catherine hier eingewiesen worden war, weil sie Stimmen gehört hatte oder weil sie so deprimiert war, dass sie drauf und dran gewesen war, sich die Pulsadern aufzuschneiden.

Er fuhr mit dem Aufzug in den dritten Stock. Die Tür zu Dr. Bells Zimmer stand offen. Er saß auf seinem Schreibtischstuhl und schaute über den Parkplatz hinweg auf die Berge. Er saß so reglos da, dass er Cardinal an einen Hund erinnerte, der am Fenster sitzt und darauf wartet, dass sein Herrchen nach Hause kommt.

Er klopfte an – kräftig, um Bell aufzuschrecken – und genoss den Effekt. Bell zuckte zusammen und fuhr herum. Als er Cardinal sah, stand er auf.

»Detective. Treten Sie ein, nehmen Sie Platz.«

Cardinal stellte seine Aktentasche auf dem Boden ab und setzte sich.

»Sie haben richtig gelegen mit Ihrer Vermutung, was die Beileidskarten angeht«, sagte er. »Sie stammen nicht von einem Mörder.«

»Nein, das dachte ich mir.«

»Sie wurden mir von einem Mann geschickt, den ich vor ein paar Jahren wegen Betrugs ins Gefängnis gebracht habe.«

»Nun, das leuchtet mir ein. Betrug hat etwas Hinterlistiges, etwas Heimtückisches. Das passt zum Stil von jemandem, der anonyme Briefe schreibt. Hat der Mann seine Frau verloren, nachdem Sie ihn verhaftet hatten?«

»Ja. Auch da haben Sie richtig vermutet.«

»Aber wahrscheinlich nicht durch Selbstmord.«

»Nein. Aber wie kommen Sie darauf?«

»Weil – zumindest oberflächlich betrachtet – die Schande in solch einem Fall auf den Kriminellen selbst und nicht auf seine Familie zurückfällt. Es würde anders aussehen, wenn Sie den Mann wegen einer Vergewaltigungsserie eingesperrt hätten oder wegen rassistischer Gewalt, etwas, das die Ehefrau gewusst oder zumindest geahnt haben würde. Haben Sie sonst noch etwas für mich? War das der Grund für Ihren überraschenden Besuch? Kurz bevor Sie kamen, habe ich darüber nachgedacht, dass es doch sehr schmerzhaft für Sie sein muss, hierher zu kommen. All die Erinnerungen an Catherine, die hier wachgerufen werden.«

»Es spielt keine Rolle, wo ich mich aufhalte.«

Cardinal öffnete seine Aktentasche und nahm Catherines Abschiedsbrief heraus. Diesmal reichte er Bell die Kopie, die durch den Scanner gelaufen war. Sie befand sich in einer Plastikhülle, die Schrift hob sich geisterhaft weiß auf schwarzem Untergrund ab. Am Rand waren Catherines zierliche Fingerabdrücke zu erkennen und unten ein dicker Daumenabdruck.

Dr. Bell setzte sich eine kleine Lesebrille auf und betrachtete den Brief. »Hm, das haben Sie mir schon mal gezeigt. Wie ich sehe, ist es irgendwie behandelt worden.«

»Auch da haben Sie recht, Dr. Bell. Und der Daumenabdruck am unteren Rand stammt von Ihnen.«

Cardinal beobachtete Bells Gesicht, doch es war keine Reaktion zu erkennen. Aber natürlich war er Psychiater und darin geübt, seine Gefühle zu verbergen, während andere weinten und wehklagten.

Bell reichte ihm das Blatt zurück. »Ja. Catherine hat mir vor ein paar Monaten so einen Brief gezeigt.«

»Komisch, dass Sie nichts davon erwähnt haben, als ich Ihnen den Brief letzte Woche vorgelegt habe.«

Dr. Bell verzog das Gesicht, nahm seine Brille ab und rieb sich die Nasenwurzel. Ohne die dicken Brillengläser wirkte er seltsam verletzlich, wie ein Lemur bei Tageslicht.

»Tja, da bin ich wohl ganz schön ins Fettnäpfchen getreten, was? Tut mir leid, Detective. Ich gebe zu, dass ich nicht erpicht darauf war, Sie wissen zu lassen, dass ich diesen Brief kannte. Ich fürchtete, Sie würden daraus schließen, dass ich in irgendeiner Weise Ihrer Frau gegenüber nachlässig war, dass Catherine in einem Moment der Verzweiflung einen Abschiedsbrief geschrieben und ich das einfach ignoriert hatte.«

»Wie sollte ich denn wohl auf so etwas kommen?«, fragte Cardinal. »Schließlich ist es nur ein Abschiedsbrief. Schließlich war sie manisch-depressiv.«

»Also gut, jetzt sind Sie natürlich wütend –«

»Sie zeigt Ihnen sogar den Brief, hofft verzweifelt, dass Sie ihr die fixe Idee ausreden. Sie plaudern ein bisschen miteinander, und am Ende der Sitzung geben Sie ihr den Brief zurück.«

»Es ist leicht, es im Nachhinein so negativ darzustellen.«

»Und als sich in den folgenden drei Monaten ihre Selbstmordgedanken zunehmend verstärken und obwohl Catherine Sie drei-, viermal im Monat aufsucht, halten Sie es nicht für nötig, sie in die Klinik einzuweisen. Sie halten es nicht einmal für nötig, mit mir ein Gespräch zu führen. Ich bin ja schließlich nur ihr Ehemann, ich lebe erst seit Jahrzehnten mit ihr zusammen, warum sollten Sie sich die Mühe machen, mich zu informieren? Also sieht es für alle so aus, als würde es Catherine gut gehen. Sie dagegen wissen, dass sie vorhat, sich umzubringen, aber Sie ziehen es vor, nichts dagegen zu unternehmen.«

»Detective, Sie ziehen genau die Schlussfolgerungen, die ich befürchtet hatte. Ich bearbeite das Feld der Trauer und der Verzweiflung – mit Menschen, die an unerträglichen Depressionen leiden. Bedauerlicherweise haben diese Menschen häufig den Wunsch, ihrem Leben ein Ende zu setzen, und leider gelingt es einigen von ihnen. Das ist niemandes Schuld. Die Hinterbliebenen neigen in ihrer Verzweiflung häufig dazu, die Schuld beim behandelnden Psychiater zu suchen. In Ihrem Beruf kennen Sie das sicherlich auch. Ich habe in der Zeitung gelesen, dass die Angehörigen von Perry Dorn der Polizei bittere Vorwürfe machen, weil ein Kollege von Ihnen den Selbstmord des jungen Mannes nicht verhindern konnte.«

»Der Unterschied ist, dass der Kollege alles versucht hat, um den Mann aufzuhalten.«

»Und ich habe alles versucht, um Ihrer Frau zu helfen.«

»Indem Sie es zugelassen haben, dass Sie einen Abschiedsbrief drei Monate lang mit sich herumträgt. Und eines Abends, mitten bei der Arbeit an einem interessanten Projekt, zieht sie ihn ganz spontan aus der Tasche und springt.«

»Hören Sie, Detective, ich beschäftige mich seit dreißig Jahren mit Depressionen, und glauben Sie mir, inzwischen wundert mich überhaupt nichts mehr. Das ist das Einzige, was man über diese Krankheit mit Sicherheit sagen kann: Sie sorgt für Überraschungen.«

»Ach, wirklich? Ich persönlich habe sie als auf grausame Weise vorhersehbar erlebt.«

»Verzeihen Sie, Detective, aber da irren Sie sich. Sie haben es ebenso wenig vorhergesehen wie ich. Und dass Catherine einen Abschiedsbrief benutzt hat, den sie schon vor Monaten geschrieben hatte, zeugt wahrscheinlich von Rücksichtnahme. Sie wollte Ihnen Zeilen hinterlassen, die sie geschrieben hatte, als sie bei klarem Verstand war, einen Brief, der ihre Gefühle weniger krass zum Ausdruck brachte als etwas, das sie in einem Moment äußerster Verzweiflung hingekritzelt hätte. Wie Sie sicherlich wissen, sind Abschiedsbriefe in der Regel nicht von der Sorge um die Hinterbliebenen geprägt.«

»Ist es Ihnen überhaupt jemals in den Sinn gekommen, mich anzurufen, nachdem Catherine diesen Brief geschrieben hatte?«

»Nein. Catherine war vollkommen gelassen, als sie ihn mitgebracht hat. Wir haben ihn besprochen, wie wir zum Beispiel einen Traum oder eine Phantasie analysiert haben. Sie hat mir beteuert, dass sie nicht vorhatte, sich das Leben zu nehmen.«

»Das glaube ich. Ich hätte es sonst kommen sehen.«

»Sie gehen also immer noch davon aus, dass es eine andere Erklärung für ihren Tod geben könnte? Der Grund für Ihren Verdacht, dass es sich um Mord gehandelt haben könnte, waren die verletzenden Beileidskarten, die Sie mit der Post erhalten haben. Sie meinten, nur jemand, der Ihre Frau umgebracht hätte, wäre in der Lage, Ihnen solche Karten zu schicken. Dann, als Sie denjenigen ermittelt hatten, der die Karten geschrieben hat, stellte sich heraus, dass er kein Mörder ist. Ist das richtig? Oder habe ich irgendetwas ausgelassen?«

Ich stehe auf verlorenem Posten, dachte Cardinal. Der Psychoheini hat die Situation in der Hand: Ich habe keinen handfesten Beweis. Nichts.

»Sie war nicht verzweifelt an dem Tag, als sie gestorben ist«, war alles, was er herausbrachte. »Es gab keinerlei Anzeichen dafür, dass sie an Selbstmord dachte.«

»Im Lauf der Jahre hat es zahllose Anzeichen dafür gegeben. Ich kenne ihre Krankenakte, Detective. Catherine ist siebenmal in diese Klinik eingewiesen worden – einmal wegen eines Anfalls von Verfolgungswahn, aber jedes andere Mal wegen schwer zu behandelnder Depressionen. Und jedes Mal hatte sie nur noch den Wunsch zu sterben, jedes Mal glaubte sie, Selbstmord wäre der einzige Ausweg aus ihrer Misere. Mich wundert es überhaupt nicht, dass sie es getan hat, als sie bei relativ klarem Verstand war, als sie in der Lage war, diese Tat mit Vorbedacht zu planen und ordentlich durchzuführen.«

»Ich hätte es kommen sehen«, sagte Cardinal noch einmal, wohl wissend, wie lahm seine Worte klangen. *Catherine, was hast du getan? Was hast du mir angetan?*

»In Ihrem Beruf haben Sie doch sicherlich häufiger mit Menschen zu tun, die aus allen Wolken fallen, wenn sie bestimmte Dinge erfahren über Menschen, mit denen sie zusammenleben?«

Cardinal musste an den Bürgermeister denken, dessen Frau in Motelbetten herumvögelte. *Bin ich so blind? Bin ich der Einzige, der die Wahrheit nicht erkennt?*

»Ist es nicht möglich, Detective, dass Sie, blind vor Trauer, nicht sehen, was für jeden anderen offensichtlich ist? Vielleicht sollten Sie sich zugestehen, dass auch Sie sich irren können. Sie haben Ihre Frau verloren, da ist es naheliegend, dass Ihre Wahrnehmung getrübt ist. Und wer würde in Ihrer Situation nicht die lindernde Wirkung der Verdrängung suchen? Die gehässigen Beileidskarten wurden Ihnen von einem rachsüchtigen ehemaligen Kriminellen geschickt. Es besteht kein Grund zu der Annahme, dass Ihre Frau ermordet wurde. Ich habe Catherine fast zwei Jahre gekannt, und ich kann mir nicht vorstellen, dass sie Feinde hatte. Sie haben Jahrzehnte mit ihr zusammengelebt – kennen Sie irgendjemanden, der ein Motiv gehabt haben könnte, sie zu töten?«

»Nein«, sagte Cardinal. »Aber Motive müssen nicht immer persönlicher Art sein.«

»Sie meinen, es gibt auch Psychopathen. Aber nichts deutet darauf hin, dass dies die Tat eines Serienmörders war. Erst recht nicht von einem, der die Möglichkeit hatte, sich in den Besitz von Catherines Abschiedsbrief zu bringen, um ihn am Tatort zu hinterlassen. Wenn Sie glauben, dass Ihre Frau ermordet wurde, dann hätten Sie es nicht verhindern können, wenn Sie gewusst hätten, dass sie vor drei Monaten einen Abschiedsbrief geschrieben hat. Wenn Sie glauben, dass sie sich selbst das Leben genommen hat, dann gibt es für Sie nichts zu ermitteln, es sei denn, Sie wollen mich wegen eines Behandlungsfehlers verklagen. Wie gesagt, und wie Sie selbst sagen, gab es keinerlei Anzeichen dafür, dass Ihre Frau vorhatte, sich umzubringen. Nicht das geringste. Deswegen habe ich dem Brief keine weitere Bedeutung beigemessen. Er war nichts weiter als die Antwort auf eine Frage, die ich ihr gestellt hatte.«

»Und wie lautete die Frage?«

»Wir haben darüber gesprochen, warum sie sich *nicht* das Leben genommen hatte, trotz ihres jahrelangen Leidens. Der wichtigste Grund, der sie davon abgehalten hat, war die Sorge, was Sie Ihnen damit antun würde – Ihnen und Ihrer Tochter. Meine Frage lautete: Was würden Sie Ihrem Mann sagen, wenn Sie sich tatsächlich das Leben nähmen? Was würden Sie in einem Abschiedsbrief schreiben? Ich wollte, dass sie ihre Gefühle spontan äußerte, aber Catherine hat meine Frage nicht beantwortet. Sie meinte, sie müsse erst darüber nachdenken. Und dann brachte sie zu meiner Überraschung zur nächsten Sitzung diesen Brief mit. Und wie Sie sehen, bringt sie darin eindeutig ihre Liebe zu Ihnen zum Ausdruck.«

Cardinals Hals war wie zugeschnürt. Und dann bemerkte er zu seinem Entsetzen, dass er weinte.

»Vielleicht sollten Sie sich noch ein paar Wochen Urlaub nehmen«, sagte Dr. Bell sanft. »Offenbar haben Sie noch nicht genug Zeit gehabt, um zu trauern. Vielleicht sollten Sie sich wirklich noch eine Weile Ruhe gönnen.«

37

Normalerweise genoss Delorme die Frühbesprechung. Alle sechs Detectives der CID-Abteilung versammelten sich um den großen Tisch im Sitzungszimmer und diskutierten bei Kaffee, Donuts und Muffins über den jeweiligen Stand ihrer Ermittlungen. Wenn noch die Kollegen von der Spurensicherung, von der Abteilung Straßenkriminalität, der Mann vom Nachrichtendienst und der Koordinator für Verbrechensprävention dazukamen, konnten an manchen Tagen bis zu sechzehn Personen am Tisch sitzen. Heute allerdings würden sie nur zu siebt sein.

Diese Besprechungen dienten dazu, die Taktik für den Tag festzulegen und jedem bestimmte Aufgaben zuzuteilen. Es war immer interessant, manchmal auch haarsträubend, zu hören, wie andere Detectives bei ihren Ermittlungen vorgingen, und es wurde meistens viel gelacht. Häufig war die Frühbesprechung die einzige Gelegenheit im Laufe des Tages, wo viel gelacht wurde. Mal ließ McLeod eine seiner berühmten Schimpfkanonaden los, oder Szelagy machte irgendeine todernste Bemerkung, über die sich alle köstlich amüsierten. Sogar Cardinal konnte sehr lustig sein, auch wenn sein Humor eher still war und er sich am liebsten selbst auf die Schippe nahm.

Aber heute legte sich Cardinals Anwesenheit wie eine dunkle Wolke über die Stimmung. Während sie auf Chouinard warteten, schwiegen alle vor sich hin und taten so, als wären sie damit beschäftigt, ihre Notizen durchzusehen oder irgendwelche Unterlagen zu sortieren. McLeod las die Sportseiten der *Toronto Sun*. Cardinal selbst saß einfach still da, seinen auf einer leeren Seite aufgeschlagenen Notizblock vor sich auf dem Tisch. Er tat Delorme leid, denn natürlich spürte er, wie sich seine Präsenz auf die anderen auswirkte.

Chouinard kam hereingerauscht, in der einen Hand eine riesige Tim-Hortons-Henkeltasse, in der anderen ein dünner Hefter. Wenn Haferbrei laufen und sprechen könnte, sagte Ian McLeod gern, dann würde er aussehen wie Daniel Chouinard. Der Detective Sergeant war langweilig, aber verlässlich, farblos, aber vernünftig, ernst, aber solide.

»Bleiben Sie sitzen«, sagte er. Das sagte er jedes Mal, aber natürlich stand sowieso nie jemand auf.

»Sehen Sie, das ist der Grund, warum ich davon träume, eines Tages zum Detective Sergeant befördert zu werden.« McLeod schnappte sich Chouinards dünnen Aktendeckel und hielt ihn hoch. »Wir schleppen alle zentnerschwere Aktentaschen mit uns rum und er bloß eine Speisekarte.«

»Das ist die natürliche Ordnung der Dinge«, sagte Chouinard. »Haben Sie noch nie von den von Gott gegebenen königlichen Vorrechten gehört?«

»An dem Tag muss ich gefehlt haben.«

»Dann woll'n wir mal.« Chouinard trank genüsslich einen großen Schluck Kaffee. Er schlug seinen Aktendeckel auf, der wie immer ein einzelnes beschriftetes Blatt enthielt. »Sergeant Delorme, Ladies first, berichten Sie uns doch kurz, was sich Neues über Ihr kleines Mädchen auf dem Boot ergeben hat.«

»Ich habe das Kajütboot gefunden, auf dem das Kind mindestens einmal missbraucht wurde. Das Boot liegt derzeit im Winterlager im Four-Mile-Hafen. Ich habe es mit Erlaubnis der Eigentümer durchsucht, aber den Ferriers bisher nichts über meine Erkenntnisse mitgeteilt. Das wenige, was von dem Mann auf den Fotos zu erkennen ist, reicht nicht aus, um Mr. Ferrier als Täter auszuschließen. Er hat außerdem eine blonde, dreizehnjährige Tochter, allerdings hatte ich noch keine Gelegenheit, mich mit dem Mädchen zu unterhalten. Die Tochter könnte möglicherweise das Opfer sein, das von einem Freund oder Bekannten der Familie missbraucht wird.«

»Wir haben also einen Tatort. Sie haben keine Vorkehrungen getroffen, den Tatort abzusichern?«

»Es ist schon Jahre her, dass die Fotos aufgenommen wurden – da war das Mädchen ungefähr elf –, und das Boot ist seitdem Wind und Wetter ausgesetzt und im Winter gewartet worden. Ich glaube nicht, dass wir auf dem Boot irgendetwas finden werden. Trotzdem würde ich vorschlagen, dass wir das Winterlager des Hafens bewachen lassen, um zu verhindern, dass sich jemand an dem Boot zu schaffen macht.«

»Kein Problem, das werde ich sofort veranlassen.«

Delorme öffnete einen Umschlag und entnahm ihm zwei weitere Fotos, die aus Toronto gekommen waren. Eins davon zeigte eine Szene auf dem Boot. Auf diesem Foto war das Mädchen angezogen und lächelte in die Kamera. Im Hintergrund war der Hügel zu sehen, von dem sie inzwischen wussten, dass es sich um den Hügel am Trout Lake handelte. Auf dem anderen Foto war das Mädchen wesentlich jünger und nackt. Die Kleine lag auf einem Teppich und lächelte auch diesmal in die Kamera. Im Hintergrund war ein blaues Sofa zu erkennen.

»Wir nehmen an, dass dieses Foto bei ihr zu Hause aufgenommen wurde«, sagte Delorme. »Das blaue Sofa ist auf mehreren der Fotos zu sehen.«

»Ist das der Highway 63 im Hintergrund?«, wollte Chouinard wissen.

»Ja. Die Kollegen in Toronto nehmen an, dass dieses Foto etwa zwei Jahre alt ist. Auch auf einigen der anderen ist das Mädchen im selben Alter zu sehen. Wir suchen also nach einem etwa dreizehnjährigen Mädchen mit blonden Haaren und grünen Augen.«

»Die Kollegen in Toronto gehen davon aus, dass das Foto zwei Jahre alt ist?«

Alle schauten Cardinal an. Delorme spürte die Erleichterung bei allen darüber, dass er sich zu Wort gemeldet hatte. Dass er etwas zu ihrem Fall gesagt hatte, etwas ganz Alltägliches. Jetzt war er wieder ihr Kollege und nicht der verwirrte, trauernde Witwer.

»Ich weiß nicht genau, worauf sie ihre Vermutung stützen«, sagte Delorme, »abgesehen von der Tatsache, dass wir kein Foto von ihr haben, auf dem sie älter als dreizehn ist.«

»Wir suchen nicht nach einer Dreizehnjährigen«, sagte Cardinal. »Das Mädchen wird jetzt etwa achtzehn sein.«

»Wie kommen Sie darauf?«

»Sehen Sie sich die Straßenlaternen am Highway an. Das sind alte Natriumlampen mit gelbem Licht. Sie können sich doch bestimmt noch alle daran erinnern, wie sie durch die neuen weißen ersetzt wurden?«

»Sie sind der Einzige, der da draußen wohnt«, sagte Chouinard. »Vielleicht helfen Sie uns einfach auf die Sprünge?«

»Ich kann Ihnen genau sagen, wann das war, weil ich mir da gerade mein Auto gekauft hatte, und ich fahre einen Camry Baujahr 1999. An dem Tag, als ich den Wagen abgeholt hab, hält mich auf dem Heimweg so ein Grünschnabel von Verkehrspolizist an und meint, ich würde in Anbetracht der Straßenbedingungen zu schnell fahren. Die Lampen waren alle aus. Der Typ hat mir einen endlosen Vortrag gehalten, mir ins Gewissen geredet, ich solle vorsichtiger fahren, vor allem mit so einem nagelneuen Auto. Ich hätte ihn erwürgen können.«

»Er hat Ihnen tatsächlich einen Strafzettel verpasst?«, fragte McLeod.

»Ja, hat er.«

»Sehen Sie, das ist das Problem mit diesen Streifenpolizisten«, sagte McLeod. »Die kriegen von Anfang an nur das Falsche beigebracht. Die sehen nur die *Vorschriften,* aber nicht die *Realität,* die haben kein Gespür für *Situationen.* Gebt mir zwei Wochen in Orillia, Mann – ich würde in der Gegend für Ordnung sorgen.«

»Sie würden sie wohl eher auf den Kopf stellen«, bemerkte Chouinard.

»Also, wenn die Kleine 1999 elf war«, sagte Cardinal, »dann ist sie jetzt siebzehn oder achtzehn.«

Delorme versuchte immer noch zu verarbeiten, was Cardinal gesagt hatte. Es war, als hätte man ihr eine falsche Brille verpasst, und sie würde eine Weile brauchen, um sich daran zu gewöhnen. Sie suchte nicht länger nach einer Dreizehnjährigen. Von jetzt an musste sie nach einer Achtzehnjährigen suchen.

»Ich habe aus Toronto noch mehr Fotos angefordert«, sagte sie. »Die Kollegen meinten, ich müsste sie heute bekommen. Offenbar haben die gerade etwa hundert CDs bei einem von diesen Perversen sichergestellt, und es sind viele Fotos dabei, auf denen das Mädchen zu sehen ist. Ich hoffe, dass die Hintergründe auf neuen Aufnahmen uns weiterhelfen werden.«

»Also gut«, sagte Chouinard. »Cardinal, Sie arbeiten mit Delorme zusammen an dem Fall. Wir müssen diesen Mistkerl dingfest machen, aber ich möchte nicht das gesamte Department auf den Fall ansetzen. Schließlich haben wir es nicht mit einem größeren Porno-Ring zu tun. Soweit wir wissen, handelt es sich um einen Einzeltäter, der ein einzelnes Mädchen missbraucht. Das ist zwar eine ernste Angelegenheit, aber ich möchte keine Arbeitskraft vergeuden. Und, Delorme, diese Fotos unterliegen der Geheimhaltung. Die werden nur gezeigt, wenn es unbedingt erforderlich ist.«

»Selbstverständlich.«

»Was ist mit den Leuten am Jachthafen? Keiner von denen hat irgendetwas Verdächtiges beobachtet?«

»Nein, nichts. Das ist ein ziemlich friedlicher Ort. Ich habe denen erzählt, ich würde in einem Fall von Körperverletzung ermitteln, die denken also gar nicht an Kindesmissbrauch. Die einzige Gewalttat, die jemand erwähnt hat, wurde nicht direkt im Hafen beobachtet. Jemand hat mal vor dem Restaurant nebenan versucht, Frederick Bell zu verprügeln.«

Cardinal blickte auf.

»Den Psychiater?«, fragte Chouinard.

»Ja. Das war vor etwas über einem Jahr. Ein wütender Vater. Sein Sohn, der bei Bell in Behandlung gewesen war, hatte Selbstmord begangen.« Delorme konnte Cardinal nicht ansehen, als sie das Wort aussprach, doch sie spürte, dass er sie anschaute.

»Ich weiß, wie das abläuft«, sagte Burke wehmütig und machte alles noch schlimmer, indem er hinzufügte: »Manche Menschen wollen einfach nicht leben.«

»Sie haben getan, was Sie konnten. Das habe ich Mrs. Dorn versichert«, sagte Delorme. Dann, in der Hoffnung, das Thema Selbstmord schnell wieder beenden zu können, wandte sie sich an Chouinard. »Ich kenne Perry Dorns ältere Schwester. Vielleicht sollte ich noch mal mit ihr reden.«

Der Chief schüttelte den Kopf. »Es ist kein offizieller Ermittlungsfall, und die Familie droht mit Klage.«

»Ich könnte mich inoffiziell mit ihr unterhalten, wir sind ein bisschen befreundet. Zufällig war ihr Bruder auch Patient bei Dr. Bell.«

»Also gut. Aber nicht auf dem Revier und nicht über ein Polizeitelefon. Nächstes Thema?«

Delorme hörte sich geduldig an, wie Arsenault seine Verdächtigenliste im Fall Zeller durchging. Und McLeod bearbeitete mehrere Fälle von Körperverletzung, hatte jedoch das

Problem, dass keiner seiner Zeugen zu einer Aussage bereit war, was er natürlich als willkommenen Vorwand benutzte, um sich über diese Mauer des Schweigens zu ereifern.

Als sie wieder zu ihren Schreibtischen zurückgekehrt waren, sprach Cardinal Delorme an.

»Dieser Mann, der auf Dr. Bell losgegangen ist«, fragte er. »Wie heißt der?«

»Burnside«, sagte Delorme. »William Burnside. Sein Sohn hieß Jonathan.«

»Ich erinnere mich an den Fall. Wusstest du eigentlich, dass Catherine ebenfalls bei diesem Dr. Bell in Behandlung war?«

»Ja, ich hab's mir gedacht.«

Cardinal sah sie so durchdringend an, dass es sie ganz nervös machte. Normalerweise war er die Gelassenheit in Person, ein bisschen mürrisch manchmal, aber eigentlich ruhig und liebenswürdig.

»Jonathan Burnside, Perry Dorn und Catherine. Meinst du nicht, das sind reichlich viele Selbstmorde für einen Psychiater? Wie wahrscheinlich ist es, dass sich drei Patienten eines Therapeuten innerhalb so kurzer Zeit das Leben nehmen?«

»Vier«, korrigierte Delorme. »Ich hab mir gestern noch mal unseren letzten Fall von Kinderpornographie vorgenommen.«

»Ja, natürlich«, sagte Cardinal. »Keswick.«

»Leonard Keswick. Hat sich erschossen, nachdem er auf Kaution freigelassen worden war. Was ziemlich verwunderlich war, weil er nur mit einer geringfügigen Strafe rechnen musste. Er hatte bloß ein paar Pornofotos auf seinem Computer, hauptsächlich von Teenagern, und er hatte sie noch nicht mal selbst aufgenommen.«

»Ich erinnere mich. Offenbar konnte er mit der Schande nicht leben.«

»Außerdem hatte er wegen dieser Sache seinen Job verloren.«

»Sag mal, wie sind wir eigentlich damals auf Keswick gekommen? Er hat keine Kinderpornos verkauft, und er hat nicht mit dem Zeug gehandelt. Woher wussten wir überhaupt von ihm?«

»Wir hatten einen anonymen Hinweis bekommen. Jemand hatte hier angerufen. Vielleicht einer von diesen freiwilligen Computerwächtern, von denen man hört.«

»Ja«, sagte Cardinal. »Vielleicht.«

38

Den ganzen Vormittag und bis in den Nachmittag hinein half Cardinal Delorme bei ihrem Kinderpornographie-Fall, doch wie das Signal eines Störsenders kehrte der Gedanke an Dr. Bell zurück und beeinträchtigte seine Konzentration. Mehrmals musste er Delorme bitten, etwas zu wiederholen, was sie gerade gesagt hatte. Dennoch verschaffte die ermittlerische Arbeit ihm so große Erleichterung, dass ihm davor graute, nach Hause zu fahren.

Für Cardinal hatte sich sein Zuhause in ein Gruselkabinett verwandelt; es gab keinen Platz im Haus, an dem er nicht litt. Er legte sich ins Bett, fand jedoch keinen Schlaf. Nach einer Weile stand er auf, holte den Fernseher aus dem Wohnzimmer und stellte ihn auf die Kommode. Das Gerät stand in einem schlechten Winkel, und eigentlich war er nicht erpicht darauf, einen Fernseher im Schlafzimmer zu haben, aber er hegte die Hoffnung, dass er sich vielleicht einen alten Spielfilm ansehen konnte, bis er endlich einschlief.

Nachdem er sich durch sämtliche vierzig Kanäle gezappt hatte, gab er auf. Er ging in die Küche, schenkte sich ein Glas Milch ein. In Hausschuhen und Morgenmantel betrachtete er nachdenklich Catherines Computer, einen flachen, silbernen Laptop, der auf einem kleinen Schreibtisch neben dem Telefon stand. Sie war wesentlich erfahrener im Umgang mit Computern gewesen als Cardinal und hatte stets alles per Internet erledigt – Überweisungen, Reisebuchungen, sogar ihr Kamerazubehör hatte sie online bestellt.

Catherines hatte ihren Laptop nur für private Angelegenheiten benutzt, und Cardinal hatte ihn noch nie angerührt, im Übrigen hatte er sowieso keine Lust, zu Hause am Computer zu arbeiten. Wenn er am Wochenende seine E-Mails abrufen wollte, tat er das an einem uralten Rechner, der im Keller stand.

Aber jetzt setzte er sich an den kleinen Schreibtisch und klappte den Laptop auf, der sofort hochfuhr. Auf Catherines zart türkisfarbenem Bildschirm klickte er das Web-Browser-Icon an und öffnete Catherines Homepage, eine Fotografie-Website mit einem Button für »die besten Fotos des Tages«. Cardinal klickte die Favoritenliste an. Catherine hatte alles sauber in Ordner sortiert. Er klickte einen davon an, der mit »Gesundheit« bezeichnet war. Er wusste, dass sie gern eine Seite einer Online-Selbsthilfegruppe besucht hatte, wo sich Menschen untereinander austauschten, die an bipolarer Störung litten.

Er klickte eine Seite an, die sich bipolar.org nannte. Ein Fenster öffnete sich, auf dem man aufgefordert wurde, Benutzernamen und Passwort einzugeben. In dem Einloggfeld erschien der Name *Icefire*, aber das Feld für das Passwort blieb leer. Cardinal wusste, dass Catherine häufig *Nikon* als Passwort benutzte, aber als er es eingab, erhielt er in roter Schrift die Information, dass das Passwort falsch war. Er versuchte, sich an den Markennamen ihrer Digitalkamera zu erinnern. Er tippte *Cannon* ein, erhielt jedoch erneut eine Fehlermeldung. Dann tippte er dasselbe noch einmal ein, diesmal mit einem *n* und nur in Kleinbuchstaben.

Auf dem Bildschirm erschien eine Liste von Diskussionsthemen. Es gab Foren, wo über Medikamente diskutiert wurde (»Warum ich Lithium hasse/liebe«, »Suizidale Auswirkungen von SSRIs«), über gute Vorsätze (»Adieu: Wir sagen Ja zu einem Leben in Gesundheit«) und schließlich eins, das ihm besonders interessant erschien: »Seelenklempner«.

Cardinal klickte die Diskussionsliste an und suchte nach Beiträgen unter Catherines Benutzernamen. Der erste, den er fand, war eine Antwort auf den Beitrag eines anderen Teilnehmers.

»Verzeih mir, Liebes«, flüsterte Cardinal und klickte die Nachricht an.

Wenn du nach sechs, sieben Sitzungen nicht mit deinem Therapeuten zufrieden bist, würde ich dir raten, dir einen anderen zu suchen, hatte sie geschrieben. *Man sollte nicht zu früh aufgeben, denn man braucht immer eine Weile, um eine Beziehung aufzubauen. Andererseits, wenn das nach sechs, sieben Sitzungen nicht gelungen ist, ist damit zu rechnen, dass es nie dazu kommen wird.*

Das war typisch Catherine: ruhig, eindeutig und bestimmt, wenn es um wichtige Dinge ging. Sie hatte diese Nachricht drei Tage vor ihrem Tod geschrieben.

Cardinal las noch weitere ihrer Nachrichten. In keiner ging es um Dr. Bell. Bei den meisten handelte es sich um Antworten auf Anfragen, Ratschläge oder Hinweise auf Bücher, die sie als hilfreich empfunden hatte.

Er klickte auf »Neue Nachricht« und schrieb folgenden Text: *Dringend: Ich brauche Informationen von Patienten, die mir von ihren Erfahrungen mit Dr. Frederick Bell berichten können. Dr. Bell praktiziert derzeit in Algonquin Bay, Ontario, war früher in Toronto und davor in England tätig. Ich wäre dankbar für jede Art von Kommentar, ob positiv oder negativ.*

Er las den Text noch einmal durch, drückte die Eingabetaste und klappte den Laptop zu.

Als er am nächsten Morgen aufwachte, ging er als Erstes in die Küche und loggte sich ein. Es waren drei neue Nachrichten eingegangen.

Hallo Icefire, ich war in Toronto ein halbes Jahr lang bei Dr. Bell in Behandlung, bevor ich nach Nova Scotia gezogen bin. Ich fand ihn sensibel und klug und habe es bedauert, nicht weiter zu ihm gehen zu können. Damals hatte ich gerade einen manischen Schub hinter mir, und so ging es in den Sitzungen hauptsächlich darum, mich auf die richtigen Medikamente einzustellen, um mich zu stabilisieren. Ich kann also nicht sagen, wie er mit jemandem umgehen würde, der ihn wegen Depressionen konsultiert. Hoffe, das hilft dir weiter.

Hallo Catherine, lautete die nächste Nachricht. *Ich dachte, du wärst mit deinem Therapeuten zufrieden. Was ist passiert?*

Die dritte kam aus England.

Hallo Icefire, falls du vorhast, dich von Frederick Bell wegen bipolarer Störungen oder Depressionen behandeln zu lassen, kann ich dir nur DRINGENDST davon abraten. Es besteht kein Zweifel daran, dass der Mann intelligent ist – er genießt großen Respekt auf seinem Fachgebiet – und er wird vielleicht verhindern können, dass du vollends dem Wahnsinn anheimfällst, aber ich war fast drei Jahre bei ihm in Behandlung, nachdem ich versucht hatte, mich mit einer Packung Schlaftabletten umzubringen (GANZ SCHLECHTE IDEE!). Und in diesen drei Jahren hat mein Zustand sich nicht nur nicht verbessert, sondern VERSCHLECHTERT. Ich kann es nicht genau erklären, aber ich hatte das Gefühl, dass er nicht wollte, dass es mir besser ging. Das muss man sich mal überlegen. Er wollte nicht, dass es mir besser ging. Und falls du dich wunderst: Ich bin nicht paranoid. Im Gegenteil, mein Problem ist, dass ich allzu vertrauensselig bin, und das hat mich schon oft im Leben in große Schwierigkeiten gebracht. Aber während ich bei Dr. Bell in Behandlung war, stand ich die ganze Zeit kurz davor, mich umzubringen, und sein Interesse daran kam mir regelrecht makaber vor. Ein paarmal hatte ich sogar den Eindruck, dass er versuchte, mir Selbstmord als eine erwägenswerte Lösungsmöglichkeit nahe-

zulegen. Ein Beispiel: Ich bin Schriftstellerin – nicht besonders erfolgreich – und schreibe hauptsächlich Lyrik, und eines Tages bringt er Sylvia Plath ins Gespräch. Er hat sie eher beiläufig erwähnt, aber betont, dass sie durch ihren Selbstmord berühmt geworden ist. Eine Kleinigkeit, könnte man meinen, aber wenn du ein Psychiater wärst, der eine erfolglose Schriftstellerin behandelt, die schon einen Selbstmordversuch hinter sich hat, würdest DU dann ausgerechnet über Sylvia Plath reden?

Es hat viele solche Situationen gegeben – für sich betrachtet vielleicht Nebensächlichkeiten, aber insgesamt gesehen hatten sie auf mich extrem negative Auswirkungen. Heute bin ich bei einer Psychologin in Therapie, außerdem gehe ich noch zu einem Psychiater, um mir meine Medikamente verschreiben zu lassen, und es ist ein Unterschied wie Tag und Nacht. Meine Therapeutin hilft mir, meine negativen Gedankenmuster zu durchschauen, so dass ich ihre TÖDLICHE GEFAHR erkenne. Das Ergebnis ist, dass ich inzwischen viel weniger negative Gedanken habe. Ich bin zwar kein Sonnenscheinchen, aber an Selbstmord denke ich überhaupt nicht mehr, und ich bin produktiver denn je. Vielleicht gibt es andere, die über positive Erfahrungen mit Dr. Bell berichten können, was ich allerdings bezweifle, ehrlich gesagt.

Übrigens, warum ich die Behandlung bei Dr. Bell schließlich abgebrochen habe: Als ich gerade eine ganz besonders schlimme Phase durchlebte – mein Antrag auf ein Stipendium war abgelehnt worden, mein Hund war gestorben, und mein Mann hatte eine Affäre –, hat er mir tatsächlich aufgetragen, einen Abschiedsbrief zu schreiben. Kannst du dir das vorstellen? Da frage ich mich doch, warum er mir nicht gleich eine Pistole in die Hand gedrückt hat.

Cardinal klappte den Laptop zu und nahm das Telefon. Die Nummer von Dr. Carl Jonas am Clarke Institute stand immer noch auf der Liste, die am Kühlschrank hing. Die Liste enthielt mehrere Nummern für Dr. Jonas, einschließlich seiner Handynummer. Es war halb neun Uhr früh. Cardinal wählte das Handy an, wenn auch mit wenig Hoffnung, den Arzt zu erreichen.

»Hallo! Jonas!«, brüllte der Arzt. So meldete er sich jedes Mal. Er lebte jetzt schon seit vierzig Jahren in Kanada und klang immer noch so ungarisch wie Gulasch.

»Dr. Jonas, hier spricht John Cardinal.«

»John Cardinal. Einen Augenblick, ich versuche gerade, einer Frau auszuweichen, die ihr Wohnmobil einparken will. Ich könnte glatt in dieses Riesenvehikel reinfahren und hätte drinnen noch Platz zum Wenden. Ha! Sie gibt's auf. Wahrscheinlich sucht sie sich jetzt eine Rollbahn zum Parken. Was diese Vehikel für Monster sind, unglaublich. Was kann ich für Sie tun? Geht es Catherine gut?«

Wann würde er sich an diese Frage gewöhnen? Selbst die Gewissheit, dass sie kommen würde, half nicht, um sich davor zu schützen.

»Nein«, war alles, was er herausbrachte.

»Nein? Was heißt ›nein‹? Was ist mit Catherine?«

»Sie ist tot, Dr. Jonas. Catherine ist tot.«

Es entstand eine lange Pause.

»Dr. Jonas, sind Sie noch da?«

»Ja, ich bin noch da. Ich bin nur so … Daraus, dass Sie mich anrufen, schließe ich, dass sie nicht bei einem Unfall ums Leben gekommen ist.«

»Sie ist von einem neunstöckigen Gebäude gesprungen. Und hat einen Abschiedsbrief hinterlassen.«

»Gott, das tut mir leid. Was für eine traurige Nachricht. Ich weiß gar nicht, was ich sagen soll, Detective. So eine tapfere, kreative Frau. Es ist so traurig. Ich habe sie sehr gemocht.«

»Nun, Sie haben ihr viel bedeutet, wie Sie hoffentlich wissen. Sie hatte nur Gutes über Sie zu sagen. Erst vor ein paar Tagen hat sie jemanden an Sie empfohlen. Wirklich, Sie würden erröten, wenn Sie lesen könnten, wie sie von Ihnen geschwärmt hat.«

»Das ehrt mich sehr«, sagte der Arzt ruhig. »Verzeihen Sie, wenn ich frage, Detective, aber war Catherine in der Klinik?«

»Nein. Seit einem Jahr nicht mehr.«

»Aber sie war doch bei diesem Engländer in Behandlung, nicht wahr? Bei Dr. Bell?«

»Ja, und sie schien ganz gut mit ihm zurechtzukommen.«

»Sie glauben natürlich, dass er versagt hat. Vielleicht nehmen Sie dasselbe auch von mir an.«

»Ganz und gar nicht. Sie war schon lange nicht mehr bei Ihnen in Behandlung.«

»War sie niedergeschlagen in letzter Zeit?«

»Nein. Ich hatte den Eindruck, dass es ihr sehr gut ging. Sie war beschäftigt, hat an einem Projekt gearbeitet, Sie wissen schon.«

»Leider ist das häufig so bei solchen Patienten. Dann ganz plötzlich treffen sie ihre Entscheidung und lassen ihre Angehörigen weinend zurück. Aber ich muss gestehen, dass ich das von Catherine nie erwartet hätte. Ich dachte immer, dass sie Sie zu sehr geliebt hat, um so etwas zu tun. Deswegen hat sie es trotz der Schwere ihrer Probleme immer rechtzeitig in die Klinik geschafft. Sie wollte überleben, und vor allem wollte sie Ihnen oder Ihrer Tochter nicht wehtun. Ach, ist das traurig. Kann ich irgendetwas für Sie tun, John?«

»Ich habe nur eine Frage. Und da Catherine so viele Jahre bei Ihnen in Behandlung war, hoffe ich, dass Sie mir eine klare, eindeutige Antwort geben können.«

»Ich werde mein Bestes tun. Aber wie Sie wissen, ist nicht immer alles Schwarz oder Weiß. Wie lautet Ihre Frage?«

»Würden Sie jemals einen manisch-depressiven Patienten auffordern, einen Abschiedsbrief zu schreiben? Oder irgendeinen depressiven Patienten?«

»Niemals. Auf gar keinen Fall.«

»Nicht mal zu therapeutischen Zwecken? Vielleicht, um die suizidalen Gedanken des Patienten auf den Tisch zu bringen?«

»Niemals. Die erste Frage, die man einem Patienten mit Depressionen stellt, lautet: Haben Sie jemals in Erwägung gezogen, sich das Leben zu nehmen? Und wenn die Antwort positiv ausfällt: Wie oft? Haben Sie konkrete Schritte unternommen? Auf diese Weise kann man einschätzen, wie ernst die Gefahr ist. Indem man den Patienten auffordert, einen Abschiedsbrief zu schreiben, wird etwas, was vorher nur eine Phantasie war, zur Wirklichkeit. Denn damit unternimmt der Patient einen konkreten Schritt.«

»Ist das Ihre persönliche Meinung, oder handelt es sich dabei um eine gängige Lehrmeinung?«

»Nein, nein, das gehört zum Standardwissen. Jeder, der mit Psychotherapie zu tun hat, wird Ihnen dasselbe sagen. Ein Patient mit Selbstmordabsichten sucht Hilfe, wenn er solche Gedanken hegt. Indem man ihn auffordert, einen Abschiedsbrief zu schreiben, gibt man ihm zu verstehen, dass das Schreiben von Abschiedsbriefen etwas Sinnvolles, Vernünftiges ist. Aber das ist es nicht. Ein Abschiedsbrief ist entweder als Botschaft nach dem Tod gedacht oder als Hilferuf. Da wir keineswegs den Tod des Patienten wollen und der Patient, da er in Behandlung ist, bereits auf Hilfe hofft, würde ein solcher Brief weder dem einen noch dem anderen Zweck dienen. Angenommen, wir haben einen Krebspatienten, der schreckliche Schmerzen leidet, einen Menschen ohne Lebensqualität, der nur noch wenige Wochen zu leben hat, wenn der sein Leiden beenden will, bitte sehr, dann ist Freitod vielleicht eine legitime Lösung, vielleicht sogar eine gute Lösung. Dem könnte man raten, ein paar Abschiedsbriefe zu schreiben, sozusagen zur Übung, sich genau zu überlegen, was er sagen will. Aber als Therapiemethode bei einem Patienten mit suizidalen Tendenzen? Ich bitte Sie. Das wäre etwa so, als würde ich einen Pädophilen auffordern, mir ein paar Zeichnungen von seinen Phantasien anzufertigen. Oder einen Serienmörder, mir zu beschreiben, wie er sich sein ideales Opfer vorstellt, damit wir uns darüber unterhalten können. Tut mir leid, wenn das klingt, als würde ich suizidale Patienten mit Kriminellen vergleichen, das ist natürlich nicht meine Absicht, aber ich denke, Sie verstehen, was ich meine. Es ist etwa so, als würde ich einer Patientin, die an Anorexie leidet und dabei ist, sich zu Tode zu hungern, sagen: Bringen Sie mir doch ein paar Fotos von den Models und Schauspielerinnen, die so aussehen, wie Sie es sich erträumen. Glauben Sie vielleicht, dass man so einer Patientin, die sowieso schon an einem extrem negativen Selbstbild, an extremer Körper-Dysmorphie leidet, mit solchen Vorschlägen helfen kann? Nein. Das ist völlig absurd.«

»Also gut, das verstehe ich. Aber wäre es nicht möglich, dass ein anderer Therapeut das Schreiben eines Abschiedsbriefs als Möglichkeit betrachtet, die negativen Gefühle des Patienten zu verdeutlichen?«

»Das will ich nicht hoffen. Es wäre absolut unverantwortlich. Wollen Sie etwa sagen, dass Bell das von Ihrer Frau verlangt hat?«

»Auf ihrem Abschiedsbrief wurde sein Daumenabdruck gefunden. Er gibt zu, dass er den Brief gesehen hat, aber er behauptet, sie hätte ihn von sich aus mit zu einer Therapiesitzung gebracht. Es sei ihre Idee gewesen.«

»Nun, das ist natürlich etwas anderes. Offenbar –«

»Wissen Sie, ich bin mir nicht sicher, ob ich ihm glauben soll. Eine ehemalige Patientin von ihm hat mir erzählt, er hätte sie *aufgefordert*, einen Abschiedsbrief zu schreiben. Sie litt damals unter extremen Depressionen, und er hat sie aufgefordert, diesen Brief zu schreiben – aus therapeutischen Gründen – und mitzubringen. Deswegen hat sie die Behandlung bei ihm abgebrochen.«

»Also, ich bin zutiefst schockiert, Detective. Der Parkplatzwächter wirft mir argwöhnische Blicke zu, und ich weiß nicht, was ich davon halten soll. Wenn das stimmt, was Sie sagen, handelt es sich um einen groben therapeutischen Fehler. Ich kann das einfach nicht glauben. Und selbst wenn Bell Catherine *nicht* aufgefordert hat, den Abschiedsbrief zu schreiben, hätte er sie, nachdem er ihn gelesen hat, sofort in die Klinik einweisen müssen. Wurde diese Möglichkeit denn nicht diskutiert?«

»Zumindest nicht mit mir.«

»Ich kann es einfach nicht glauben. Also gut, die Frage ist, was Sie tun können. Angenommen, er hat Catherine aufgefordert, diesen Brief zu schreiben, dann ist es eine juristische Angelegenheit, in der ich Sie nicht beraten kann. Kann man ihm Fahrlässigkeit vorwerfen? Kann man ihm einen Behandlungsfehler nachweisen? Das sind Fragen für Anwälte und Ethik-Komitees. Haben Sie vor, diesen Weg einzuschlagen?«

»Ein Ethik-Komitee?«, sagte Cardinal. »Nein, ich denke da an etwas ganz anderes.«

39

Dorothy Bell war am Vormittag zum Frisör gegangen und hatte den Nachmittag damit verbracht, das Laub im Garten zusammenzufegen und in Säcken zu verstauen. Sie war gerade dabei, die Zimmerpflanzen zu gießen, als sie hörte, wie ein Patient das Haus verließ. Im nächsten Augenblick kam Frederick durch die Verbindungstür.

»Was für eine angenehme Überraschung«, sagte er. »Ich dachte, du hättest vor, in die Stadt zu gehen.«

»Da war ich schon. Ich bin längst wieder zurück.«

»Gott, erst vier Uhr, und ich komme um vor Hunger. Die Sandwiches, die es im Krankenhaus gibt, sind so mickrig. Da könnte einer verhungern, und keiner würde es merken.«

Er kramte in den Schränken herum.

»Was suchst du?«

»Kekse, meine Liebe! Kekse! Ein Königreich für einen Keks!«

»Die sind in dem anderen Schrank. In der roten Dose.«

»Aha, du hast sie mal wieder versteckt«, sagte er verschmitzt. »Du willst sie mir vorenthalten.«

»Dieser junge Dorn«, sagte Dorothy. »Der sich in dem Waschsalon erschossen hat. Er war doch dein Patient, oder?«

»Ja, stimmt. Armer Kerl.«

»Mich wundert, dass dich das nicht betroffen gemacht hat.«

»Es hat mich betroffen gemacht.«

»Du hast aber gar nichts davon erwähnt.«

»Ich wollte nicht, dass du dir Sorgen machst.«

»Warum hätte ich mir Sorgen machen sollen?«

»Ich weiß nicht. Jetzt machst du dir ja anscheinend auch Sorgen.«

»Es wundert mich einfach, dass du nicht darüber gesprochen hast. Immerhin kommt es nicht alle Tage vor, dass man auf so dramatische Weise einen Patienten verliert. Und alle Zeitungen haben darüber berichtet.«

»Komischerweise betrachte ich es als *meine* Aufgabe, mir Gedanken über meine Patienten zu machen, nicht deine, Dorothy. Manche jungen Männer wollen sich das Leben nehmen, so ist das nun mal. Viele kommen zu mir, wenn es entweder schon zu spät ist, um ihnen zu helfen, oder wenn sie eigentlich gar keine Hilfe wollen. Das bedeutet, dass sie *wirklich* vorhaben, sich umzubringen. Und dann tun sie es eben.«

»Und das findest du in Ordnung.«

»Liebling, was ist eigentlich los mit dir?«

»Ich finde es einfach unfassbar, dass ein Patient von dir sich in aller Öffentlichkeit eine Kugel in den Kopf jagt und du kein Wort darüber verlierst.«

»Ich rede von morgens bis abends mit Leuten, höre von morgens bis abends zu. Manchmal hab ich einfach abends keine Lust mehr zu reden. Es gibt bestimmt Ärzte, die sämtliche Patientenakten mit nach Hause nehmen und ihrer Familie damit Tag und Nacht in den Ohren liegen. Ich gehöre nicht dazu. Ende der Debatte.« Er stellte die Milch zurück in den Kühlschrank und nahm sein Glas und seinen Teller. »Ich habe erst um fünf den nächsten Patienten. Bis dahin werde ich ein bisschen Schreibkram erledigen.«

Er schloss die Tür hinter sich, und Dorothy hörte, wie seine Schritte sich entfernten.

Dr. Bell stellte sein Milchglas und seine Kekse auf den Beistelltisch und schob eine DVD in den Recorder. Er war aus der Küche geflüchtet, weil er plötzlich den überwältigenden Drang verspürt hatte, seine Frau zu schlagen, etwas, was er noch nie in seinem Leben getan oder zu tun gewünscht hatte. Ihre Vorwürfe machten ihm gehörig zu schaffen. Inzwischen war ihm klar, dass Dorns Abgang allzu spektakulär gewesen war, als dass man ihn als optimal hätte bezeichnen können.

Früher war Bells Geduld unerschöpflich gewesen, und er hatte seinen Schützlingen gestatten können, in ihrem eigenen Tempo vorzugehen. Aber die Geduld kam ihm immer mehr abhanden, und das machte ihn nervös. Er hatte genug mit Menschen zu tun gehabt, die von Wahnvorstellungen besessen waren, um zu wissen, dass ihr Zustand selten stabil blieb. Im Gegenteil, die Situation wurde immer schlimmer, bis ihr Leben ihnen völlig außer Kontrolle geriet und sie in der Psychiatrie landeten, wo sie mit Medikamenten ruhiggestellt wurden. Er sehnte sich danach, wieder zu sein wie früher, bevor ihm alles aus den Händen geglitten war.

»Leonard Keswick«, sagte Bell laut, um einen klaren Kopf zu bekommen. »Weitere Abenteuer des Helden.«

Keswick würde ihn aufmuntern. Er drückte die Vorlauftaste, um zu den guten Stellen zu kommen. Auf dem Bildschirm wurden Papiertaschentücher aus der Schachtel gerupft und weggeworfen. Wie im Kintopp flogen Keswicks Hände ruckartig vor sein Gesicht und wieder auseinander. Bell drückte die Play-Taste.

»Mein schlimmster Alptraum ist wahr geworden«, sagt Keswick im Film mit tränenerstickter Stimme. »Wissen Sie, was meine Frau getan hat, als sie es rausgefunden hat?«

»Du wirst es mir bestimmt gleich erzählen«, sagte Bell und biss in einen Keks. Erdnussbutter. Seine Lieblingssorte.

»Sie hat mich angespuckt«, sagt Keswick. »Sie hat mir ins Gesicht gespuckt. Meine eigene Frau.«

Der Dr. Bell, den die Öffentlichkeit kennt, ist die Geduld in Person. Der im Sprechzimmer machte Masturbationsbewegungen in der Luft.

»Wie hat die Polizei davon erfahren?«, jammert Keswick. »Wie sind die bloß auf mich gekommen?«

»Haben sie es Ihnen nicht gesagt? Die müssen Ihnen doch irgendwelche Beweise vorgelegt haben.«

»Beweise? Die Beweise waren auf meinem Computer! Lauter Bilder von dreizehnjährigen Mädchen!«

»Und Jungen«, bemerkte Bell mit vollem Mund. »Vergiss die Jungs nicht, du alter Wichser.«

»Die haben nur gesagt, sie hätten einen Hinweis erhalten.«

»Und was glauben Sie, was die damit sagen wollen?«, fragt Dr. Bell.

»Keine Ahnung. Vielleicht hat es was mit dem Internet-Portal zu tun oder mit dem Provider oder wie das heißt. Aber das spielt sowieso keine Rolle mehr. Ich werde meinen Job verlieren und meine Familie wahrscheinlich auch. Das ist die Hölle, Dr. Bell, ich schwöre es Ihnen. Es ist, als wäre ich gestorben und in der Hölle gelandet, und ich weiß einfach nicht, was ich tun soll.«

Dr. Bell trank sein Milchglas aus und wischte sich ein paar Kekskrümel von den Beinen. »Ich glaube, du weißt genau, was du zu tun hast, *Lenny*.«

Das Telefon klingelte, dann hörte er die Stimme von Gillian McRae, seiner Sekretärin in der Klinik.

»Dr. Bell, hier spricht Gillian. Haben Sie Melanie Greene erreicht? Sie hat heute Nachmittag schon zweimal angerufen. Sie klingt ziemlich verzweifelt, und ich denke, Sie sollten so bald wie möglich mit ihr sprechen.«

»Mach ich, Gillian«, sagte Bell, ohne den Hörer aufzunehmen. »Ich werde mich umgehend darum kümmern.«

40

Delorme schob die Akte auf dem Tisch zu Cardinal hinüber. Ihre braunen Augen, diese ernsten, braunen Augen, verrieten nichts.

Cardinal schlug die Akte auf. »O Gott, nein«, stieß er hervor.

»Es wird schlimmer«, sagte Delorme.

Falls Chouinard versuchte, Cardinal von seinem Kummer abzulenken, indem er ihn Delorme zuteilte, hätte er dafür keinen geeigneteren Fall aussuchen können. Cardinal hatte während seiner langjährigen Arbeit als Polizist schon schreckliche Dinge erlebt – widerliche, brutale Dinge –, aber er hatte noch nie etwas zu Gesicht bekommen, was ihn so schockiert hatte wie die Bilder, die jetzt vor ihm auf dem Tisch lagen.

Er schüttelte den Kopf, als könnte er damit den Schmutz abschütteln. »Auf einigen dieser Aufnahmen ist sie höchstens sieben.«

»Ich weiß«, sagte Delorme, während sie gedankenverloren ihren Daumennagel betrachtete, so als hätte sie tagtäglich mit dieser Art von männlicher Abartigkeit zu tun. »Und es geht über Jahre hinweg so weiter. Mindestens bis sie dreizehn ist.«

Auf den späteren Bildern waren keine Tränen mehr zu sehen. Meist war das Gesicht des Mädchens so ausdruckslos wie bei einem Schaf, das gerade geschoren wird. Vielleicht schaltete sie innerlich ab, versuchte, im Kopf Rechenaufgaben zu lösen, sich an die Namen von Flüssen zu erinnern, an irgendetwas zu denken, was sie von dem ablenkte, was dieser Mann – zweifellos ihr Vater oder Stiefvater – ihr antat und nie wieder würde gutmachen können.

»Ich weiß ja nicht, wie das bei dir ist«, sagte Delorme, »aber für mich war mein erster Kuss einer der schönsten Augenblicke in meinem Leben. Donny Leroux. Wir waren so jung, nicht mal Teenager. Ich glaube, ich war zwölf, vielleicht auch erst elf, und er war im selben Alter. Wir waren im Gästehaus seiner Familie. Die Leroux' wohnten in Trout Lake auf der Water Road, und sie hatten ein winziges Gästehaus am Ufer. Eigentlich war es nur eine kleine Hütte mit zwei Etagenbetten.

Ich war mit meiner Freundin Michelle Godin da, wer der andere Junge war, weiß ich gar nicht mehr. Irgendwann hat jemand eine Flasche geholt, und wir haben angefangen, Flaschendrehen zu spielen. Ich hatte schon mal davon gehört, aber ich hatte es noch nie gespielt. Und das Komische war, ich hatte mir noch nie vorgestellt, wie es sein würde, geküsst zu werden, nicht so richtig, meine ich. Es war nichts, wonach ich mich sehnte oder worüber ich mir den Kopf zerbrochen hätte. Wahrscheinlich war ich erst elf, denn später habe ich viel darüber nachgedacht.

Jedenfalls hat Donny mich dann geküsst. Mit geschlossenen Lippen und nur eine Sekunde lang, aber ich werde es nie vergessen. Das ist jetzt ungefähr fünfundzwanzig Jahre her, und ich erinnere mich noch genau, wie es sich angefühlt hat. Es war, als würde mein ganzer Körper elektrisiert bis in die Zehen und Fingerspitzen. Als würde ich gekitzelt, nur von innen, irgendwie.«

»Klingt wie echte Liebe«, sagte Cardinal.

»O nein. Ich hab nachher ganz oft daran gedacht, aber mehr wollte ich nicht mit Donny zu tun haben. Ich hatte noch keine Vorstellung davon, mit einem Jungen zu gehen, aber ich kann mich nicht erinnern, dass ich daran interessiert gewesen wäre, Donny besser kennenzulernen oder mehr Zeit mit ihm zu verbringen. Es war, wie wenn man zum ersten

Mal das Nordlicht sieht. Man erinnert sich daran, man vergisst es nie wieder, aber man richtet sein Leben nicht nach dem Erlebnis aus.«

»Vielleicht hat der Junge ja etwas ganz anderes empfunden.«

Delorme zuckte die Achseln. »Wer weiß, ob es für ihn auch das erste Mal war? Aber was ich sagen wollte, war, dass unser geheimnisvolles Mädchen diese Erfahrung niemals machen wird. Der Mann auf den Fotos hat sie darum betrogen. Wenn sie zum ersten Mal einen Jungen in ihrem Alter küsst, wird es etwas ganz anderes für sie sein.«

Und das ist wahrscheinlich noch das geringste Problem, dachte Cardinal, während er die restlichen Aufnahmen durchging.

»Die Kollegen aus Toronto haben gute Arbeit geleistet.« Delorme zeigte auf eins der Fotos, das, wie die einfache Symmetrie des Betts mit den beiden Nachtschränkchen nahelegte, in einem Hotelzimmer aufgenommen worden war. »Sie haben rausgefunden, dass diese Aufnahme in dem Motel Traveller's Rest gemacht wurde, das unmittelbar nördlich von Toronto liegt.«

»Das kenn ich nicht«, sagte Cardinal.

»Ich auch nicht. Aber wer kleine Kinder hat, wird es kennen. Es ist das dem Freizeitpark WonderWorld am nächsten gelegene preiswerte Motel.«

»Wie reizend«, sagte Cardinal. »Er macht mit ihr einen tollen Ausflug, und dann missbraucht er sie. Und wie haben die Kollegen die Verbindung zu Algonquin Bay hergestellt? Über das Flugzeug?«

»Ja. Ich habe mit dem Besitzer des Flugzeugs gesprochen, einem Mann namens Frank Rowley. Kommt mir nicht vor wie unser Kinderschänder. Erstens hat er eine Glatze. Er ist verheiratet und hat eine Tochter, und er ist nicht nur Hobbyflieger, sondern auch Hobbygitarrist. Er hat mir eine Menge über die Leute am Jachthafen erzählt, aber er hat dort noch nie was Verdächtiges beobachtet.«

Die Tür ging auf, und Mary Flower erschien mit einem wattierten Umschlag.

»Sie wollten unverzüglich informiert werden, falls etwas für Sie abgegeben wird?«, sagte sie zu Cardinal. »Das ist soeben eingetroffen.«

»Noch mehr Material aus Toronto«, sagte Delorme. »Die Jungs arbeiten hart an diesem Fall. Die würden was darum geben, wenn es uns gelänge, den Kerl zu schnappen.«

Delorme öffnete den Umschlag und nahm die Fotos heraus. »Diesmal kein Hotel. Und auch kein Boot.«

»Sieht so aus, als wären sie alle im selben Haus aufgenommen«, meinte Cardinal. »Wohnzimmer, Küche, Schlafzimmer …«

»Ja. Leider passt nichts davon zu den Häusern, in denen ich gewesen bin. Da, wo es möglich war, hab ich einen kurzen Blick in andere Zimmer geworfen, aber nirgendwo sah es so aus wie auf den Bildern. Zum Beispiel gab es in keiner Küche blaue Fliesen.«

»Was ist mit den Vorhängen?« Cardinal zog ein Foto aus dem Stapel, das eine Szene in einem Wohnzimmer zeigte. Das kleine Mädchen auf dem Sofa. Hinter ihr ein Stück von einem blauen Vorhang mit eingewebtem Goldmuster.

»Die waren auf den früheren Bildern nicht zu sehen. Ich bin mir ziemlich sicher, dass es in keinem der Häuser solche Vorhänge gab. Aber Vorhänge lassen sich natürlich jederzeit auswechseln.«

Cardinal betrachtete die restlichen Fotos. Der Anblick dieser Bilder legte sich wie eine zusätzliche Schicht Schwermut über seinen persönlichen Kummer. Das arme Mädchen. Er zweifelte nicht daran, dass es sich bei dem Mann auf den

Fotos um den Vater oder Stiefvater der Kleinen handelte – auf den Aufnahmen, bei denen es nicht um Sex ging, lag in ihrem Gesicht so viel Freude, so viel Vertrauen. Wie sollte ein Mensch, der so misshandelt wurde, jemals wieder Vertrauen entwickeln können?

»Am besten, wir versuchen, die Fotos anhand des Alters der Kleinen in eine chronologische Reihenfolge zu bringen«, schlug Delorme vor. »Du nimmst dir diese vor und ich die anderen.«

Cardinal legte die Fotos eins nach dem anderen vor sich auf den Tisch. Mit jedem Bild wurde ihm das Herz schwerer. Abgesehen davon, dass er sich nicht vorstellen konnte, wie ein Mann ein lüsternes Verlangen nach einem Kind haben konnte, das nicht einmal annähernd die Pubertät erreicht hatte, begriff er einfach nicht, wie jemand es fertigbrachte, in solche hoffnungsvollen Augen zu blicken und dann die Zukunft dieses Kindes brutal zu zerstören. Wie konnte man diese kleine Hand halten, wie konnte man so ein kleines Mädchen auf den Schoß nehmen und es dann missbrauchen? Es war ihm unmöglich nachzuvollziehen, was in einem Mann vorging, der fähig war, das Vertrauen eines Kindes zu verraten.

Nach allem, was Cardinal erkennen konnte, schien der Mann etwa um die dreißig zu sein, mit fast schulterlangem, dunklem Haar. Zwar waren die Fotos sehr detailreich, aber der Mann hatte stets darauf geachtet, dass auf keinem sein ganzes Gesicht zu sehen war. Eine Augenbraue hier, ein Ohr dort, ein Teil der Nase. Es waren nur Fragmente, dennoch gewann Cardinal den Eindruck, dass der Mann einigermaßen gut aussah und ein ganz normales Sexualleben hätte haben können. Warum also ein kleines Mädchen missbrauchen, das ihm zum Schutz anbefohlen war?

Delorme hatte die früheren Fotos geholt und fügte sie denen hinzu, die auf dem Tisch aufgereiht lagen.

»Tja, auf keinem Bild sieht sie älter aus als auf dem, das auf dem Boot aufgenommen wurde«, sagte sie. »Und wenn wir davon ausgehen, dass die Aufnahme vor fünf Jahren gemacht wurde, kann das Verschiedenes bedeuten. Womöglich hatte die Kleine irgendwann die Schnauze gestrichen voll davon, diesem Kerl als Sexualobjekt zur Verfügung stehen zu müssen, und hat ihn zum Teufel gejagt. Oder sie hat jemandem davon erzählt.«

»Das bezweifle ich«, sagte Cardinal. »Ich weiß selbst nicht genau warum – vielleicht, weil auf den normalen Fotos eindeutig zu erkennen ist, dass sie den Mann liebt – aber ich kann mir nicht vorstellen, dass sie ihn angezeigt hat. Zumindest damals nicht.«

»Ich halte es durchaus für möglich. Und das würde bedeuten, dass der Typ bereits im Gefängnis sitzt.«

»Dein Wort in Gottes Ohr ...«, murmelte Cardinal.

»Was ist? Woran denkst du?«

»Ich überlege gerade, welche Schlüsse wir daraus ziehen können, dass diese Bilder fünf Jahre alt sind. Ich hab irgendwo gelesen, dass die durchschnittliche Familie alle fünf Jahre umzieht.«

»Dann wäre es ziemlich unwahrscheinlich, dass es sich bei einem der Häuser, in denen ich gewesen bin, um den Tatort handelt.« Sie zeigte auf die Fotos. »Und nicht nur das, es würde ebenfalls nahelegen, dass die Familie auseinandergebrochen ist. Das würde ich sogar für ziemlich wahrscheinlich halten, angesichts der Probleme, die der Typ hat.«

»Und angesichts seiner Gier.« Cardinal schüttelte den Kopf. »Ein Typ mit so einer Veranlagung kann eine Menge Familien zerstören.«

Mit gesenkten Köpfen und verschränkten Armen standen sie vor den Fotos wie Kriegsstrategen über den Bildern von ausgebombten Städten und rauchenden Ruinen. Es waren inzwischen so viele Fotos, dass sie fast den gesamten Konferenztisch bedeckten.

»Wenn Leute umziehen, nehmen sie ihre Möbel mit«, sagte Delorme. »Ich hoffe immer noch, irgendwann einen Stuhl, einen Tisch oder ein paar Bücher wiederzuerkennen. *Irgendetwas.*«

»Er hat ziemlich penibel darauf geachtet, nichts zu fotografieren, was sich identifizieren ließe.«

»Ja. Am liebsten macht er Nahaufnahmen.«

»Was ist mit dem Sofa auf diesem Bild hier?« Cardinal hielt ein Foto hoch, auf dem das Mädchen auf einem zweisitzigen Sofa schlief. Es war mit rotem Velours bezogen und hatte einen interessanten Holzrahmen.

»Nein. So ein Sofa hätte ich garantiert sofort wiedererkannt.«

»Und das hier?« Cardinal nahm ein Foto vom Tisch, auf dem ein Bein und eine Ecke eines Beistelltischs in modernem schwedischem Design abgebildet waren. »Dieser Tisch ist doch ziemlich markant.«

Delorme betrachtete das Foto und schüttelte den Kopf. »Die Ferriers hatten einen viel größeren Beistelltisch, und der war aus dunklerem Holz. Und bei den Rowleys war alles in einer Art Blockhüttenstil eingerichtet. Dieser Rowley ist so ein richtiger Müslityp.«

»Auf dem hier ist ein offener Kamin zu sehen«, sagte Cardinal und zeigte ihr ein weiteres Foto.

Delorme zuckte mit den Schultern. »Ich hab überhaupt keinen offenen Kamin gesehen. Und, wie du selber sagtest, wahrscheinlich sind die Leute längst umgezogen und wohnen jetzt in einem Haus ohne offenen Kamin.«

»Ja, aber vielleicht haben sie das Kaminbesteck noch. Den Schürhaken und die Schaufel aus Messing.«

»So was hab ich auch nirgendwo gesehen.«

»Ich wünschte, ich wäre mit dir in den Häusern gewesen. Vier Augen sehen mehr als zwei, und wir hätten uns aufteilen können – einer von uns hätte aufs Klo gehen können, während der andere sich in der Küche umsieht.«

Delorme reagierte nicht. Sie stand, das Kinn in die Hand gestützt, grübelnd vor dem Tisch. Sie nahm ein Foto auf, legte es wieder ab. Nahm es noch einmal. Cardinal und Delorme waren keine ständigen Partner – bei der Polizei in Algonquin Bay gab es kein Partnersystem, sondern jeder wurde je nach Bedarf einem Fall zugeordnet –, aber er hatte oft genug mit ihr zusammengearbeitet und wusste, wann hinter ihren ernsten braunen Augen eine Idee Gestalt anzunehmen begann. Dann wurde sie jedes Mal ganz still und nahm um sich herum nichts mehr wahr.

Schließlich hob sie ein zweites Foto auf und hielt die beiden Aufnahmen nebeneinander. »Sieh dir das an«, sagte sie.

Cardinal legte das Foto von dem Boot weg, das er gerade betrachtet hatte, und trat neben Delorme.

»Frank Rowley hat so einen Teppich«, sagte sie. »Irgendeinen Navajo-Webteppich oder so was.«

»Tja, ich bin kein Teppichexperte. Ich hab keine Ahnung, ob das ein teures Stück ist, von dem jemand sich nicht so leicht trennt.«

»Ich finde, er sieht ziemlich teuer aus. Überhaupt sind mir in seinem Haus die Farben aufgefallen. Kräftige Schwarz- und Blautöne. Alles in dem Haus ist aus Holz, und dieser Teppich kam wunderbar zur Geltung. Aber ich glaube nicht, dass es derselbe Teppich ist.«

»Warum denn nicht? Bloß weil dir der Typ sympathisch war?«

»Nein, sein Teppich hatte eine Flickstelle. Ich erinnere mich daran, weil ich darüber gestolpert bin. Es war eine Zickzacklinie, die sich wie eine Narbe durch das Muster zog.«

Cardinal ließ seinen Blick über die Fotos auf dem Tisch schweifen, in der Hoffnung, eines darunter zu finden, auf dem der Teppich zu sehen war. Dann entdeckte er eins. Die Vergewaltigungsszene auf dem Bild war so drastisch, dass man die Ecke des Teppichs leicht übersehen konnte. Er nahm das Foto vom Tisch.

»Eine Zickzacklinie wie diese hier?«

41

Wendy Merritt stellte die letzten Teller in die Spülmaschine, füllte das kleine Fach mit Spülmittel und schlug die Tür zu. Die Zeitschaltuhr war so eingestellt, dass die Maschine sich um Mitternacht einschalten würde. Sie war ziemlich laut, aber nach vierundzwanzig Uhr war der Strom am billigsten. Sie achtete peinlich darauf, möglichst wenig Strom zu verbrauchen, vor allem, seit sie mit Frank zusammenlebte.

Was für ein Riesenschritt das gewesen war, noch dazu nur anderthalb Jahre nach dem Tod ihres ersten Mannes. Er war nach einem Marathonlauf in Toronto an einem Herzinfarkt gestorben, und der Schock hatte sie so fassungslos gemacht, dass sie zwei Monate lang nur vor sich hin geweint hatte. Danach war sie wie gelähmt gewesen. Wenn sie Tara nicht gehabt hätte, wäre sie garantiert zur Alkoholikerin geworden, doch ihrer Tochter zuliebe hatte sie sich zusammengerissen, und mit der Zeit hatte sie das Leben als alleinerziehende Mutter sogar genießen gelernt.

Aber auf Dauer hatte Wendy nicht allein sein wollen. Nach einer Weile hatte sie angefangen, Kontaktanzeigen zu lesen und zu Kirchenveranstaltungen zu gehen, wo die Aussicht bestand, auf alleinstehende Männer zu treffen. Hin und wieder war sie sogar mit ihrer Freundin Pat in den Pub gegangen, um sich unter den »jungen Hengsten«, wie Pat die Männer nannte, die in der Chinook Tavern und im Five Bells herumhingen, nach einem geeigneten Kandidaten umzusehen.

Das Klischee hatte sich leider als wahr erwiesen: Die besten Männer waren entweder verheiratet oder schwul. Ehrlich, die Junggesellen in dieser Stadt sind ein trauriger Haufen, hatten sie und Pat immer wieder gesagt. Sie hatten sich an den

Tresen gesetzt, ein, zwei Bier getrunken, ein bisschen mit irgendjemandem geplaudert und waren mehr oder weniger frustriert nach Hause gegangen.

Viele von den Männern, mit denen sie sich unterhalten hatten, waren regelrecht verrückt gewesen. Nicht dass sie seltsame Hobbys gehabt oder bedrohlich gewirkt hätten, auch wenn einige von ihnen reichlich raubeinig gewesen waren. Nein, diese einsamen Männer waren einfach hohl und leer gewesen wie verlassene Häuser. Man hatte den Eindruck, dass sich vor langer Zeit einmal ein Mensch in der äußeren Hülle befunden hatte, doch dann war irgendetwas geschehen, und der Mensch hatte sich nicht zu voller Reife entwickelt. Das Ergebnis waren Typen, die einem ein Bier spendierten und anschließend stumm auf die Flaschen hinterm Tresen stierten. Dann, nach einer Ewigkeit des Schweigens, legten sie einem plötzlich eine Hand aufs Knie, so als hätte man gerade das vertraulichste, aufregendste Gespräch seines Lebens geführt. Die meisten hatten seit zehn Jahren kein Buch mehr in die Hand genommen, lasen in der Zeitung höchstens die Sportseiten und hatten zu nichts, was wichtig war, eine Meinung – weil hinter den ausdruckslosen Augen niemand lebte, der sich für irgendetwas interessierte. Selbst wenn Wendy Lust gehabt hätte, mit einem von ihnen ins Bett zu gehen oder Freundschaft zu schließen, was nicht der Fall gewesen war, hatte es unter all diesen Männern keinen einzigen gegeben, den sie gern ihrer sechsjährigen Tochter vorgestellt hätte.

Tara hatte den Tod ihres Vaters besser als erwartet verkraftet. Anfangs hatte Wendy gedacht, die Tränen würden nie enden. Aber allmählich hatte Tara sich an ihr neues Leben gewöhnt, und irgendwann hatte sie aufgehört, nach ihrem Papa zu fragen. In gewisser Weise hatte das Wendy noch trauriger gemacht.

So war sie also anderthalb Jahre lang eine alleinerziehende Mutter gewesen. Ihre Liebe zu Tara war für sie zu einer goldenen Brücke über den schwarzen Abgrund geworden, zum Einzigen, was sie am Leben hielt. Und obwohl sie das nie für möglich gehalten hatte, war ihre Liebe zu ihrer Tochter noch tiefer geworden. Manchmal hatte sie sich gesorgt, dass ihre Tochter eine allzu wichtige Rolle in ihrem Leben spielte, als wäre sie zum Ersatz für ihren verstorbenen Ehemann geworden. Das war einer der Gründe gewesen, warum sie sich so sehr einen neuen Mann gewünscht hatte und warum sie so enttäuscht gewesen war von den Kerlen in den Pubs. Bis sie Frank Rowley kennengelernt hatte.

Wendy sagte gern, Frank sei in ihr Leben eingebrochen wie ein Held aus einem Film – wie ein weißer Ritter, der vom Himmel gekommen war, um sie und ihre Tochter zu retten –, aber die Wirklichkeit war wesentlich weniger aufregend gewesen. Sie hatte mit Tara vor ihm in der Warteschlange an der Supermarktkasse gestanden. Er hatte irgendeine beiläufige Bemerkung gemacht, an die sie sich nicht einmal erinnerte, und sie hatte nur gedacht, dass er ziemlich attraktiv war für einen Mann mit Glatze. (Inzwischen fand sie ihn hinreißend, und seine Glatze fand sie ganz besonders sexy.)

Später, als sie schon im Auto saßen und gerade vom Parkplatz fahren wollten, sagte Tara: »Da kommt der Mann, Mama.«

»Welcher Mann, Liebes?«

»Der aus dem Laden. Er kommt gelaufen.«

Wendy hatte sich umgedreht, und er hatte gewinkt und war keuchend auf sie zugekommen. Ein Grinsen. Das Fenster heruntergekurbelt, die Tüte entgegengenommen, Danke gesagt. Das Ganze hatte weniger als eine Minute gedauert, und sie hätte keinen weiteren Gedanken daran verschwendet, wenn sie sich nicht ein zweites Mal begegnet wären.

Diesmal war er tatsächlich der weiße Ritter gewesen.

Wendy war mit Tara in einem Boot auf den Trout Lake hinausgefahren. Sie hatte sich am Jachthafen ein kleines Motorboot gemietet, mit einem gerade mal 15 PS starken Motor. Den ganzen Tag lang waren sie unterwegs gewesen und um die winzigen Inseln in der Nähe der Four Mile Bay herumgeknattert. Schließlich hatte Wendy das Boot an einem kleinen Sandstrand an Land gezogen, und sie und Tara hatten Indianer gespielt. Eigentlich war es nur ein Versteckspiel gewesen, aber sie hatten gar kein Ende gefunden, und Wendy hatte nicht bemerkt, wie sich ein Gewitter zusammenbraute.

Sie waren erst wenige hundert Meter von der Insel entfernt gewesen, als der Motor den Geist aufgegeben hatte. Wendy hatte versucht, ihn wieder anzuwerfen, bis ihr fast der Arm abgefallen war, doch dann hatte sie einen Riss in der Benzinleitung entdeckt, was bedeutete, dass nur noch Rudern half.

Aber die Ruder waren schwer und unhandlich gewesen, und schon bald hatten ihr die Hände wehgetan. Es gelang ihr einfach nicht, das Boot schnell genug zu bewegen. Mittlerweile waren schwarze Wolken aufgezogen, und Blitze zuckten über den Bergen. Als Wendy sich mit aller Kraft in die Riemen legte, fiel sie rückwärts über Bord, beide Ruder lösten sich aus ihren Halterungen und landeten ebenfalls im Wasser. Mit den Händen paddelnd versuchten sie und Tara, die Ruder wiederzuerlangen, aber Taras Bemühungen waren keine große Hilfe, und Wendy bekam es mit der Angst zu tun. Innerhalb weniger Minuten hatte der Wind sie weit vom Ufer abgetrieben, es waren kaum Häuser zu sehen, und außer ihnen war keine Menschenseele auf dem Wasser. Alle anderen waren klug genug gewesen, rechtzeitig an Land zu gehen.

Sie hörte es, bevor sie es sah. Ein lautes Dröhnen, das immer näher kam. Als sie aufblickte, war nichts zu sehen als ein dräuendes Gewirr von grauen und violetten Wolken. Dann war das Flugzeug mit einem ohrenbetäubenden Lärm durch die Wolken gebrochen und über sie hinweggeflogen. Es verschwand in Richtung Norden zwischen zwei Inseln, und Wendy betete, dass der Pilot die Schiffbrüchigen melden und dass jemand vom Segelhafen kommen und sie retten würde. Als es ihr endlich gelungen war, die Ruder aus dem Wasser zu ziehen und wieder in ihren Halterungen zu befestigen, hatte es angefangen zu regnen – dicke Tropfen so groß wie Glasmurmeln.

»Super!«, rief Tara immer wieder. »Ich hab nicht mal Angst, Mama! Hörst du, Mama, ich hab nicht mal Angst!«

»Das ist gut so, mein Schatz«, hatte Wendy gesagt, obwohl sie fand, dass durchaus Grund zur Angst bestand. Sie waren bis auf die Haut durchnässt, das Gewitter kam immer näher, und in ihrem Aluminiumboot waren sie der höchste Punkt auf dem See.

An ihren Händen hatten sich mittlerweile Blasen gebildet, als sie erneut einen Motor hörten, diesmal nicht ganz so laut.

Sie näherten sich allmählich der großen Bucht, als sie das Wasserflugzeug auf sich zukommen sahen, dessen Kufen beim Aufsetzen weiße Gischt aufsprühen ließen. Mit dröhnenden Propellern näherte es sich ihnen bis auf knapp zwanzig Meter, drehte sich auf einer Kufe, dann öffnete sich eine Seitentür, und ein Mann lehnte sich heraus.

»Das Gewitter wird gleich hier sein, und das wird kein Vergnügen. Am besten, ich schleppe Sie in den Hafen. Einverstanden?«

Er warf ihnen ein Seil zu, das Wendy an einem Metallring am Bug ihres Boots befestigte. Sie waren kaum sieben Meter voneinander entfernt, und sie spürte, wie Frank sie anstarrte.

»Kennen wir uns nicht?«, fragte er. »Sind wir uns nicht schon mal irgendwo begegnet?«

»Kann sein. Wir leben schließlich in einer kleinen Stadt.«

Plötzlich schnippte er mit den Fingern. »Der Supermarkt. Sie haben vor mir an der Kasse gestanden und Ihre Tüte stehen lassen.«

»Ja, genau«, rief Tara. »Sie haben uns unsere Einkaufstüte gebracht.«

»Stimmt«, sagte Frank. »Ich kann mich gut an dich erinnern. Kann's losgehen?«

»Klar!«, rief Tara. »Ziehen Sie uns durch die Luft?«

»Nein, ich fahre mit den Kufen übers Wasser.«

»Och.« Tara ließ sich enttäuscht auf die Bank fallen. Ihr regennasses Haar klebte ihr am Kopf.

»Fertig«, sagte Wendy.

Frank schlug die Tür zu, die Propeller drehten sich, und kurz darauf fuhren sie in seinem Kielwasser hinter ihm her. Der Wind von den Propellern und der Sturm schlugen ihnen nasse Strähnen ins Gesicht. Inzwischen war der Himmel fast schwarz. Am Ufer gingen mit Einbruch der Dunkelheit automatisch Lampen an.

»Ich wünschte, er würde mit uns durch die Luft fliegen«, sagte Tara. »Das wäre aufregend.«

»Ich glaube nicht, dass das Flugzeug das schafft, Liebes.«

»Wir könnten in unserem Boot über die Berge bis nach Hause fliegen.«

In einer knappen Viertelstunde hatten sie die Bucht durchquert, eine Entfernung, für die Wendy mit Rudern mindestens eine Stunde gebraucht hätte. Im Hafen vertäute Frank das Flugzeug an seiner Halteboje, dann zog er das an dem Schleppseil hängende Boot näher. »Schaffen Sie es von hier aus bis ans Ufer?« Er musste brüllen, um sich gegen den Donner verständlich zu machen. »Ich muss mich noch um meine Fangleine kümmern, sonst weiß ich beim nächsten Mal nicht, wie ich zu meinem Flugzeug gelangen soll.«

»Ja, das schaffen wir schon«, sagte Wendy. »Ganz herzlichen Dank!«

Er wickelte das Schleppseil auf und zog sie damit bis dicht an sein Flugzeug heran. Wendy löste das Seil, er beugte sich herunter, um ihr die Hand zu schütteln.

»Frank Rowley«, sagte er.

»Wendy Merritt. Und das ist Tara.«

Auf diese Weise war Frank Rowley vom Himmel gekommen und in ihr Leben getreten.

Als Wendy gerade dabei war, einen Kochtopf zu schrubben, der nicht in die Spülmaschine passte, kam Frank in die Küche, seine Perücke auf dem Kopf. Seine Sixties-Tribute-Band trat diese Woche im Chinook auf, und bei solchen Anlässen trug er immer seine John-Lennon-Perücke. Bis er mit Anfang dreißig plötzlich kahl geworden war, hatte er dieselbe Frisur getragen, wie sie von Fotos wusste, die er ihr gezeigt hatte.

»Musst du gleich los?«, fragte Wendy.

»In ein paar Minuten. Ich hab schon alles ins Auto gepackt. Ich will dir was zeigen.« Er zog zwei Coupons aus seiner Gesäßtasche. »Bob Thibault hat mir für nächstes Wochenende zwei Freikarten für WonderWorld geschenkt – das heißt, für Freitag und Samstag.«

»Ach, wie schade«, sagte Wendy. »Nächstes Wochenende kann ich nicht. Da hab ich Konferenz.«

Wendy musste an der Lehrerkonferenz teilnehmen, die jeden Herbst stattfand. Am Freitag würden alle Schulen geschlossen sein wegen einer ganztägigen Fortbildungsveranstaltung für Lehrer.

»Ich weiß, Liebling. Aber ich wollte dir etwas vorschlagen. Ich dachte – wir leben jetzt seit acht Monaten zusammen, und ich glaube, Tara kann mich ganz gut leiden.«

»Mehr als das, mein Herz. Sie ist ganz verrückt nach dir.«
»Meinst du?« Frank strahlte.
»Sie will immer wissen, wo du bist. Fragt mich dauernd, wann du nach Hause kommst. Ich glaube, sie kann es immer noch nicht fassen, dass du zu uns gehörst. Wahrscheinlich fürchtet sie, du könntest genauso plötzlich verschwinden wie ihr Dad.«
»Na ja, genau darüber hab ich nachgedacht. Tara und ich sind noch gar nicht dazu gekommen, uns richtig anzufreunden, etwas nur zu zweit zu unternehmen.«
»Aber du hast sie im Flugzeug mitgenommen und bist schon ein paarmal mit ihr wandern gegangen. Und ihr habt den Bootsausflug auf der *Chippewa Princess* gemacht.«
»Ja, das stimmt. Aber das waren immer nur ein paar Stunden. Ich glaube, es wäre toll, wenn wir ein paar Tage miteinander verbringen könnten. Da könnten wir uns wirklich näher kommen, weißt du? Wie Vater und Tochter.«
Wendy lehnte sich mit vor der Brust verschränkten Armen gegen die Anrichte. Der Gedanke, dass Tara für ein paar Tage verreisen sollte, machte sie nervös. Ihre Tochter hatte schon an Wochenendausflügen teilgenommen, und sie hatte bei Freundinnen übernachtet. Aber sie war noch nie ohne Wendy außerhalb der Stadt gewesen. Und WonderWorld lag über dreihundert Kilometer weit entfernt, fast in Toronto, gab sie Frank zu bedenken.
»Na gut«, sagte er enttäuscht. »Wenn du glaubst, dass sie noch nicht so weit ist. Ich dachte einfach, es wäre eine großartige Gelegenheit. Aber ich kann die Karten weiterverschenken, kein Problem.«
»Nein, nein, tu das nicht.«
»Aber wenn wir sie doch nicht benutzen?«
Worüber mache ich mir eigentlich Sorgen?, fragte sich Wendy. Frank ist der verantwortungsbewussteste Mensch,

dem ich je begegnet bin.«»Ich bin einfach übertrieben ängstlich«, sagte sie.»Natürlich kannst du mit ihr fahren. Ihr beide werdet euch bestimmt gut amüsieren. Wenn du meinst, dass du zwei ganze Tage in dem Vergnügungspark aushältst.«

»Zugegeben, normalerweise würde ich mich nicht darum reißen. Aber es scheint mir eine so gute Gelegenheit für mich und Tara zu sein, einander besser kennenzulernen.«

Im Wohnzimmer wurde der Fernseher ausgeschaltet. Tara kam in die Küche, einen Plüschlöwen unter dem Arm. Sie lachte, als sie Frank sah. »Du hast ja deine Perücke auf!«

Frank schaute sie gespielt gekränkt an. »Wie seh ich aus? Wie Ozzy Osbourne?«

»Super«, sagte Tara und zupfte an den Haaren.

»Ups, Vorsicht, Kleines, sonst rutscht sie mir noch ins Gesicht, und dann sehe ich nicht, wohin ich fahre.«

»Mama, kann ich ein Handy bekommen? Ich möchte ein Harry-Potter-Handy.«

»Nein, möchtest du nicht. Du hast bloß gerade die Werbung dafür gesehen.«

»Doch! Doch! Dann könnte ich Courtenay und Bridget anrufen.«

»Du kannst sie auch so anrufen.«

»Aber das ist nicht dasselbe. Bitte, Mama, bitte, bitte!«

»Frank hat was viel Besseres für dich. Willst du's ihr sagen, Frank?«

Frank hockte sich vor Tara, so wie immer, wenn er mit ihr redete. »Wie würde es dir gefallen, nächstes Wochenende zu WonderWorld zu fahren? Nur wir beide?«

»WonderWorld? Ist das dein Ernst? Das wäre megacool!«

»Überleg es dir«, sagte Wendy. »Wäre es in Ordnung für dich, mit Frank allein zu fahren? Ich kann nämlich nicht mitkommen.«

»Klar, ich will dahin, ich will dahin! Wann fahren wir? Morgen?«

»Am Freitag«, sagte Frank. »Wir haben den ganzen Freitag und den ganzen Samstag für uns. Ist das nicht toll? Vielleicht setze ich sogar meine Perücke auf – extra für dich.«

42

Patienten, die sich umbringen, und Frederick ließ das völlig ungerührt. Genau wie damals in Manchester, dachte Dorothy Bell, während sie ihr Leben in England Revue passieren ließ. Damals in England hatte Frederick nur mit den Achseln gezuckt, als sich innerhalb einer einzigen Woche drei seiner Patienten das Leben genommen hatten. Er hatte ebenfalls keine Regung gezeigt, als die Mutter eines jungen Mannes mit einem Transparent vor der Klinik gestanden hatte, auf dem zu lesen war: DR. DELL HAT MEINEN SOHN ERMORDET. Und es hatte ihn überhaupt nicht interessiert, als seinen Kollegen an der Klinik die hohe Todesrate unter seinen Patienten aufgefallen war.

Auf Fragen gab er immer dieselben Standardantworten. Da versucht man, den Menschen zu helfen, und das ist der Dank, den man dafür erntet, sagte er gern mit einem tiefen Seufzer und einem resignierten Schulterzucken. Oder: Niemand begreift, was für gefährliche Killer Depressionen sind. Die meisten Ärzte nehmen sie nicht mal ernst. Er stellte sich selbst dar wie einen todesmutigen Chirurgen, der sich mit seinem Messer auf feindliches Gebiet begab, in das sich kein anderer hineinwagte.

Und dennoch hatte es ihn nicht im mindesten erschüttert, als in Swindon ein junges Mädchen den Gashahn aufgedreht und sich mitsamt ihrem Elternhaus in die Luft gesprengt hatte. Oder als ein Mann von Ende fünfzig, der kurz davorstand, Großvater zu werden, sich im Garten seiner Tochter eine Kugel in den Kopf gejagt hatte. Oder als die Schwestern im Krankenhaus von Manchester, wo Dorothy arbeitete, anfingen, ihn als Dr. Tod zu bezeichnen. Als sie ihm davon erzählt hatte, hatte er bloß auf seine resignierte Art mit den Schultern gezuckt und gesagt: »Gegen Dummheit können selbst die Götter nichts ausrichten.«

Nur ein einziges Mal war er aus der Fassung geraten, nämlich als seine Kollegen in Manchester beim National Health Service ein Untersuchungsverfahren beantragt hatten, weil er siebenmal so viel Schlaftabletten verschrieb wie Psychiater mit einer vergleichbaren Anzahl von Patienten mit Depressionen. »Es gibt keine Psychiater mit vergleichbaren Fällen«, hatte er noch getobt, als sie schon dabei gewesen waren, für Kanada zu packen. »Depressionen verursachen Schlafstörungen. Was soll ich denn tun? Soll ich etwa warten, bis die Leute durchdrehen, weil sie nicht schlafen können?«

Das war zur gleichen Zeit gewesen, als Dr. Harold Shipman vor Gericht gestanden hatte, weil er 250 Patienten mit einer Überdosis Heroin umgebracht hatte. Shipman war bekannt gewesen als guter, einfühlsamer Arzt, der sogar Hausbesuche machte. Viele seiner Patienten waren tatsächlich gestorben, als er bei ihnen zu Hause war oder kurz nachdem er sie verlassen hatte. Seine pummelige Frau hatte unerschütterlich zu ihm gestanden, war während des langen Prozesses täglich im Gerichtssaal gewesen und hatte nie ein Wort zu den Medien gesagt.

Und Frederick war nun konfrontiert mit dem Jungen, der sich vor zwei Jahren das Leben genommen hatte, mit diesem Mr. Keswick und mit der Frau des Polizisten und jetzt auch noch mit dem armen jungen Dorn, der sich in dem Waschsalon erschossen hatte. Wie war es möglich, dass ihren Mann das alles kalt ließ? Natürlich war er kein Harold Shipman, er brachte niemanden um, aber er musste doch irgendetwas falsch machen, wenn so viele von seinen Patienten Selbstmord begingen.

Dorothy erinnerte sich, wie sie, als Shipman verurteilt

wurde, im Stillen gedacht hatte, *sie* wäre nicht wie Mrs. Shipman gewesen, *sie* hätte Bescheid gewusst, *sie* hätte etwas unternommen.

Und jetzt werde ich etwas tun, sagte sie sich, als sie in Fredericks Behandlungszimmer schlich. Sie war sich nicht ganz sicher, *was* sie tun würde, aber sie würde nicht tatenlos zusehen, wie noch mehr Menschen starben. Sie würde keine Mrs. Shipman sein.

Sie schloss den Wandschrank auf, in dem Frederick die Aufnahmen seiner Sitzungen aufbewahrte. Er kam ihr regelrecht vor wie ein Besessener, wie er sich diese Aufnahmen immer und immer wieder ansah. Vor Jahren, als er noch Videobänder benutzt hatte, hatte sie geargwöhnt, dass es sich um Pornofilme handelte, aber nachdem sie einige Male an seiner Tür gelauscht hatte, war diese Sorge schnell verflogen. Kein lustvolles Stöhnen und Seufzen, keine ekstatischen Schreie. Die einzigen Geräusche, die durch die schwere Tür drangen, waren gemurmelte Geständnisse, die beruhigende Stimme des Therapeuten, verzweifeltes Schluchzen.

Die DVDs waren nach Fallnummern sortiert, nicht nach Namen, sie würden sich also anhand der Patientenakten leicht zuordnen lassen.

Frederick würde erst in einigen Stunden aus der Klinik nach Hause kommen. Dorothy nahm die erste DVD aus der Hülle und schob sie in den Recorder. Dann ging sie zu der Couch, auf der so viele Patienten ihres Mannes erzählt und geweint hatten, und setzte sich.

43

Auch wenn Cardinal zur Zeit nicht so viele Fälle zu bearbeiten hatte wie gewöhnlich, durfte er die kleinen Delikte, mit denen man in einer kleinen Stadt zu tun hatte, nicht vernachlässigen. Anzeigen wegen Einbruch, Diebstahl und Körperverletzung mussten überprüft werden, und fürs Gericht war jede Menge Papierkram zu erledigen.

Am Vormittag hatte er Delorme bei der Suche nach der ehemaligen Mrs. Rowley geholfen, aber im Moment brauchte seine Kollegin ihn nicht, und so hatte er Zeit, weiterhin diskrete Informationen über Dr. Bell einzuholen. Im Internet fand er Zusammenfassungen von Aufsätzen, die der Arzt veröffentlicht hatte, Hinweise auf Gremien, in denen er tätig gewesen war, Informationen über die Titel, die er erworben hatte, und über sämtliche Clubs und Vereinigungen, bei denen er je Mitglied gewesen war. Zunächst konzentrierte sich Cardinal auf Bells ersten Arbeitsplatz, die Kensington Clinic in London. Leider erklärten beide Ärzte, die damals mit Bell zusammengearbeitet hatten, sie seien zu beschäftigt, um sich mit ihm über einen ehemaligen Kollegen zu unterhalten.

Mehr Glück hatte Cardinal mit Dr. Irv Kantor am Swindon General Hospital. Dr. Kantor sprach mit dem sorgenvollen Ton eines ehemaligen Freundes.

»Ich habe Frederick immer für einen guten Psychiater gehalten«, sagte er. »Fleißig, klug, produktiv, mitfühlend. Auf dem Fachgebiet der manischen Depression war niemand so versiert wie er. Niemand.«

»Aber Sie scheinen Ihre Zweifel zu haben«, bemerkte Cardinal.

»Nun, dann gab es all die Probleme.«

»Was für Probleme?«

»Frederick war damals Assistenzarzt bei uns, aber er erhielt einen Verweis, weil er zu große Mengen Medikamente verschrieb, und das bedeutete, dass er nie eine feste Stelle als Stationsarzt bekommen würde.«

»Um welche Art von Medikamenten ging es denn?«

»Schlafmittel. Ich glaube, aufgrund der enormen Mengen, die er verschrieb, ging der Disziplinarausschuss davon aus, dass er selbst tablettensüchtig war, aber das war er nicht. Er verteilte die Schlafmittel einfach an zu viele Patienten, und einige davon haben sich mit Hilfe der Tabletten, die er ihnen verschrieben hatte, das Leben genommen.«

»Wurde er wegen Fehlbehandlung angeklagt?«

»Die Angehörigen eines Patienten haben versucht, eine Klage durchzusetzen, aber kein Psychiater war bereit auszusagen, dass es ein schwerer Behandlungsfehler ist, einem Patienten mit Schlafstörungen Schlafmittel zu verschreiben, selbst wenn dieser Patient an Depressionen leidet. Wir Kollegen konnten lediglich erklären, dass wir wahrscheinlich nicht so große *Mengen* an Schlaftabletten verschrieben hätten. Es mag sich durchaus um eine Fehleinschätzung gehandelt haben, aber nicht um eine falsche Behandlung.«

»Dann wundert es mich, dass Sie mir davon erzählen.«

»Wenn das alles gewesen wäre, würde ich das auch nicht tun. Aber wir leben in der Post-Shipman-Ära – Sie wissen von dem Arzt, der Hunderte von Patienten umgebracht hat?«

»Ja, ich habe davon gelesen. Es hatte schon seit einer ganzen Weile Verdachtsmomente gegeben, soweit ich mich erinnere, aber es gab keinen Informationsaustausch unter den verschiedenen Krankenhäusern, ist das richtig?«

»Das ist richtig. Es gab keine Kommunikation unter den betroffenen Krankenhäusern. Und es gab noch weitere Probleme mit Frederick. Kurz nach dem Bericht des Disziplinarausschusses ist er von Swindon weggezogen. Wir haben ihn alle gemocht, trotzdem haben wir erleichtert aufgeatmet, als er die Klinik verließ. Er ist ans Manchester Centre for Mental Health gegangen, die größte psychiatrische Klinik in Nordengland. Ein paar Jahre später stieg die Suizidrate dort sprunghaft an, es gab etwa viermal so viele Fälle wie in anderen Kliniken. Die Zeitungen haben darüber berichtet, und es wurde verlangt, dass der National Health Service den Sachverhalt offiziell untersuchen sollte, was jedoch aus irgendeinem Grund nicht geschehen ist. Frederick zog aus Manchester fort, und daraufhin wurde die Sache fallengelassen.«

»Wohin ist er gezogen?«

»Das weiß ich nicht. Nachdem er von hier weggegangen ist, bin ich ihm nie wieder begegnet.«

Cardinal rief in der Klinik in Manchester an. Die Personalabteilung gab ihm lediglich darüber Auskunft, wie viele Jahre Bell in der Klinik angestellt gewesen war. Der Vorstand des Ausschusses, der die Einhaltung der Standardtherapien überwachte, verweigerte jegliche Information ohne Beschluss eines britischen Gerichts, und der Chefarzt der Abteilung für Psychiatrie kam Cardinals Bitte um Rückruf nicht nach.

Cardinal wusste, dass die Beziehung zwischen Ärzten und Pflegepersonal häufig schwierig bis feindselig war. Deswegen rief er als Nächstes bei der Oberschwester der Station für Psychiatrie an.

Eigentlich ist es Polizisten in Ontario nicht erlaubt, sich mit Hilfe von arglistiger Täuschung Informationen zu besorgen, und dass Cardinal, normalerweise ein Pedant in Sachen Einhaltung der Vorschriften, es überhaupt in Erwägung zog, ließ sich nur damit erklären, dass seine Nerven völlig blank lagen.

Claire Whitestone hatte eine maskuline Stimme und meldete sich in einem Ton, der darauf schließen ließ, dass sie weiß Gott etwas Besseres zu tun hatte, als sich mit einem George Becker, Oberpfleger der Station für Psychiatrie in der Klinik von Algonquin Bay, zu unterhalten.

»Algonquin Bay«, sagte Schwester Whitestone. »Hört sich an wie ein Ort, an dem es Iglus und Eisbären gibt.«

»Bären und Indianer«, sagte Cardinal. »Keine Iglus.«

»Was kann ich für Sie tun?«

»Ich habe hier ein ernstes Problem, und ich brauche Ihre Hilfe. Es geht um Informationen. Aber wenn ich mich an Ihre Verwaltung oder an die Ärzte in Ihrer Abteilung wende, ist es, als würde ich gegen eine Wand rennen.«

»Von mir können Sie kein Mitleid erwarten. Ich renne tagtäglich mit dem Kopf gegen diese Wand. Der Fluch meines Berufs. Wo ist das Problem?«

»Ich brauche Informationen über einen Psychiater, der mal bei Ihnen angestellt war. Er hatte Ärger mit einem ehemaligen Arbeitgeber, weil er zu große Mengen Schlafmittel verschrieben hat.«

»Ich weiß genau, wen Sie meinen. Wenn Sie an schmutziger Wäsche über Frederick Bell interessiert sind, damit kann ich nicht dienen. Trotz der ganzen Aufregung um den Fall Shipman gibt es immer noch gewisse Vorschriften über den Zugang zu Disziplinarakten. Man kann an die Informationen herankommen, aber das dauert seine Zeit, und es geht nicht über mich. Da müssen Sie sich schon an –«

»An den National Health Service wenden, ich weiß.«

»Die werden nichts übers Telefon sagen und ich genauso wenig. Ich nehme an, in Kanada gibt es auch Gesetze gegen Verleumdung und üble Nachrede.«

»Ja, selbstverständlich.«

»Dann werden Sie begreifen, dass ich Ihnen nichts Negatives über diesen wunderbaren Mann und hervorragenden Arzt sagen kann, der uns allen solch ein leuchtendes Vorbild ist.«

Cardinal meinte ganz sicher zu spüren, dass sie am liebsten reden würde. Für den Fall hatte er sich bereits die richtige Strategie zurechtgelegt.

»Wir werden alle erdenklichen Unterlagen auf dem vorgeschriebenen Weg anfordern«, sagte er. »Aber Sie sagten ja selbst, dass das viel Zeit erfordert. In der Zwischenzeit sterben uns hier die Leute weg. Wenn ich Ihnen die Situation schildere, können Sie uns vielleicht eine Menge Zeit und Energie sparen helfen und womöglich einigen Menschen das Leben retten.«

»Fassen Sie sich kurz, Mr. Becker. Wir sind auf unserer Station völlig unterbesetzt, den ganzen Tag ist schon die Hölle los, und ich muss gleich die nächste Schicht organisieren.«

»Also gut, kurz gesagt: Wir haben es mit einer erschreckend hohen Selbstmordrate zu tun, und zwar ausschließlich von Patienten, die bei ein und demselben Psychiater in Behandlung sind.«

»Gibt es Beschwerden von Patienten? Von Angehörigen von Patienten?«

»Der Vater eines Patienten hat versucht, den Arzt zu verprügeln – das würde ich als Beschwerde bezeichnen. Eine ehemalige Patientin sagt, der Psychiater hätte sie immer wieder gedrängt, einen Abschiedsbrief zu schreiben.«

Ein verächtliches Schnauben drang durch die Leitung.

»Lassen Sie es mich so formulieren: Wenn wir vom National Health Service einen detaillierten Bericht über diesen Arzt *bekämen*, wäre dann damit zu rechnen, dass sich ein ähnliches Muster abzeichnet? Beachten Sie, dass ich keinen Arzt namentlich genannt habe.«

»Es ist mir nicht entgangen, Mr. Becker. Wenn die Leute

vom National Health Service endlich ihren Arsch in Bewegung setzen und eine Untersuchung durchführen würden, dann würde sich in der Tat ein ähnliches Muster abzeichnen.«

»Gab es Hinweise auf Fehlbehandlung?«

»Abgesehen von Fahrlässigkeit? Nichts Offizielles. Aber wenn Sie mich fragen, dann würde ich sagen, wenn jemand von einem Dach springt –«

»Jemand ist vom Dach gesprungen?«

»Ich bin keine verdammte Kriminalistin, aber der Fall ist mir immer höchst verdächtig vorgekommen. Wohlgemerkt, das ist meine persönliche Meinung. Es gab einen Abschiedsbrief und weitere Anhaltspunkte, die auf Selbstmord schließen ließen. Aber Sie sagten ja selbst, dass der Arzt, um den es geht, seine Patienten tatsächlich *auffordert*, Abschiedsbriefe zu schreiben.«

»Ja. In mindestens zwei Fällen.«

»Mir kommt das nicht gerade wie eine vernünftige therapeutische Maßnahme vor. Was halten Sie denn davon?«

»Ich würde sagen, das schreit nach weiteren Ermittlungen.«

»Ehrlich gesagt, Mr. Becker, Sie klingen überhaupt nicht wie ein Krankenpfleger. Wer sind Sie eigentlich?«

»Ich bin ein Ehemann.« Das Wort *Witwer* kam ihm einfach nicht über die Lippen. Es war ihm nicht einmal in den Sinn gekommen, bis er *Ehemann* gesagt hatte. »Meine Frau ist neulich losgegangen, um ein paar Fotos zu machen. Dann ist sie anscheinend in den Tod gesprungen und hat einen Abschiedsbrief hinterlassen.«

Ein kurzes Zögern.

»Das tut mir sehr leid, Mr. Becker. Ich werde jetzt auflegen. Sie haben mir eine einfache Frage gestellt, die ich mit einfachen Worten beantworten kann. Würden Ermittlungen

Ähnlichkeiten zwischen den Vorkommnissen hier bei uns und in Algonquin Bay zutage fördern? Die Antwort auf diese rein hypothetische Frage lautet absolut unhypothetisch *ja*.«

Als er zurück aufs Revier kam, reichte ihm Mary Flower einen dicken, gepolsterten Umschlag, der an ihn adressiert war.

»Sieht so aus, als wäre das Christkind diesmal ein bisschen früher gekommen, John«, sagte sie, dann lief sie rot an. »Tut mir leid. Dumme Bemerkung«, murmelte sie und wandte sich ab.

Der Umschlag wies keinen Absender auf. Cardinal nahm ihn mit an seinen Arbeitsplatz, öffnete ihn und leerte den Inhalt auf seinen Schreibtisch. Sechs glänzende DVDs.

44

Die DVDs befanden sich in einfachen weißen Umschlägen mit durchsichtigen Zellophanfenstern – keine Etiketten, nur ein kleiner weißer Klebstreifen auf der Rückseite mit einer Nummer in blauer Tinte. Die Ziffer sieben war auf europäische Weise geschrieben, mit einem Querstrich in der Mitte. Cardinal schob die DVDs wieder in den Umschlag, ging ins Sitzungszimmer und schloss die Tür hinter sich.

Auf einem Wagen in der Ecke stand ein großer Fernseher mit einem kombinierten Video- und DVD-Recorder. Die Geräte wurden benutzt, um Vernehmungen von Verdächtigen, Aufnahmen von Tatorten und dergleichen abzuspielen. Cardinal nahm eine DVD aus dem Umschlag und schob sie in den Recorder.

Auf dem Bildschirm: Dr. Bells Sprechzimmer – die Bücher, die Teppiche, die Eichenmöbel, die gemütlichen Sessel, die einen auffordern, sich zu setzen, sich zu entspannen und das Herz auszuschütten. Alles ist freundlich und einladend. Ein junger Mann mit leicht schütterem, aschblondem Haar sitzt auf der Couch, ein Fußgelenk, das er mit der Hand umklammert hält, auf dem Knie. Oberflächlich betrachtet eine bequeme, lässige Haltung, aber der wippende Fuß verrät die Nervosität, und die hektischen Kopfbewegungen lassen auf einen Menschen schließen, der sich in dem Sprechzimmer, in der Welt, vielleicht sogar in seinem eigenen Körper nicht wohlfühlt: Perry Dorn, der arme Kerl, der sich in dem Waschsalon erschossen hat. Cardinal erkannte ihn von Fotos in den Zeitungen und in den Fernsehnachrichten. Auf der Seite sitzt Dr. Bell, ein aufgeschlagenes Notizbuch auf den Knien.

Der junge Mann erzählt von seinem Leid: wie sehr er sein

Mathematikstudium geliebt hat, wie er ein Angebot der McGill University abgelehnt hat, um in der Nähe der Frau zu bleiben, in die er vernarrt ist, und wie diese ihn sitzengelassen hat. Die Verzweiflung steht ihm ins Gesicht geschrieben, sie spricht aus seinen resigniert hängenden Schultern. In allem, was er sagt, schwingt tiefe Selbstverachtung mit, selbst wenn er sich einen Scherz abringt. Aber der gute Therapeut legt dem jungen Mann nicht etwa nahe, sich in eine psychiatrische Klinik einweisen zu lassen, sondern lässt sich in allen Einzelheiten beschreiben, auf welche Weise Margaret, die Frau, die der junge Mann so sehr liebt, ihn in die Verzweiflung getrieben hat.

Und dann reden sie darüber, dass Margaret womöglich gar nichts von seinem Selbstmord mitbekommen würde, weil sie viel zu beschäftigt ist mit ihrem neuen Freund.

»Nun, ich musste gerade an den Waschsalon denken. Mir ist eingefallen, dass der Waschsalon für Sie beide eine symbolische Bedeutung hatte, als Sie anfangs zusammen waren. Sie haben einmal gesagt, dass es für Sie war wie ein sauberer Anfang. Ich erinnere mich noch, dass mir das sehr geistreich erschien. Keiner von Ihnen beiden hatte Bazillen – so haben Sie sich ausgedrückt – einer alten Beziehung an sich. Und da dachte ich gerade ...«

»Der Waschsalon«, sagt Perry. Er wirft ein halb aufgelöstes Kleenex auf den Tisch. »Ganz genau, das würde sie kapieren.«

Cardinal legte eine andere DVD ein. Leonard Keswick, der sich das Leben genommen hatte, nachdem die Polizei Kinderpornographie auf seinem Computer entdeckt hatte. Cardinal war dem leitenden Angestellten der Stadtverwaltung häufig bei politischen Veranstaltungen begegnet, und er hatte ihn hin und wieder in den Abendnachrichten gesehen.

Er ließ den Film zu den entscheidenden Szenen vorlaufen.

»Wissen Sie, was meine Frau getan hat, als sie es rausgefunden hat? Sie hat mich angespuckt«, sagt Keswick. »Sie hat mir ins Gesicht gespuckt. Meine eigene Frau.« Dr. Bell sitzt geduldig in seinem Sessel und wartet, bis das Schluchzen nachlässt und Keswick nur noch schnieft.

»Wie hat die Polizei davon erfahren?«, jammert Keswick, während er sich ein Kleenex vor den Mund hält. »Wie sind die bloß auf mich gekommen?«

»Haben sie es Ihnen nicht gesagt? Die müssen Ihnen doch irgendwelche Beweise vorgelegt haben.«

»Beweise? Die Beweise waren auf meinem Computer! Lauter Bilder von dreizehnjährigen Mädchen! Ich hab keine Ahnung, woher die das gewusst haben können. Sie haben nur gesagt, sie hätten einen Hinweis erhalten.«

»Und was glauben Sie, was die damit sagen wollen?«, fragt Dr. Bell. Er verändert seine Sitzposition, rollt die Schultern und wackelt mit dem Kopf wie ein Hund.

»Keine Ahnung. Vielleicht hat es was mit dem Internet-Portal zu tun oder mit dem Provider oder wie das heißt. Aber das spielt sowieso keine Rolle mehr. Ich werde meinen Job verlieren und meine Familie wahrscheinlich auch. Das ist die Hölle, Dr. Bell, ich schwöre es Ihnen. Es ist, als wäre ich gestorben und in der Hölle gelandet, und ich weiß einfach nicht, was ich tun soll.«

Keswick war Cardinal immer so beherrscht und selbstbewusst erschienen, und jetzt brach er auf der Couch des Psychiaters völlig zusammen.

Allmählich konnte Cardinal nachvollziehen, wie Bells Patienten sich von dessen oberflächlicher Wärme angezogen fühlten. Alles an ihm strahlte Güte, Wärme und Liebenswürdigkeit aus. Selbst Cardinal hatte sich geöffnet, als er Bell zum ersten Mal begegnet war; er hatte ihn sogar um Rat gebeten. All diese Patienten – auch Catherine – suchten den Arzt auf mit nichts als dem Wunsch nach Hilfe, nach einer starken, verlässlichen Hand, die sie aus dem schwarzen Abgrund der Verzweiflung zog. Wer rechnete schon damit, dass der Mann, der ihnen die Hand reichte, sie mit derselben Hand noch tiefer in den Abgrund stoßen würde? Cardinal musste an die klassische Definition der Verführung denken: hehre Versprechungen, niedere Motive.

Am Datum in der Ecke des Bildschirms ließ sich ablesen, dass das Gespräch mit Keswick vor etwa einem Jahr stattgefunden hatte, in dem Monat, als er sich das Leben genommen hatte. Cardinal ließ den Film ein Stück zurücklaufen und drückte auf die Abspieltaste.

»Sie haben nur gesagt, sie hätten einen Hinweis erhalten«, sagt Keswick verzweifelt.

»Und was glauben Sie, was die damit meinen?«

»Als wenn Sie das nicht wüssten, Doktor Bell.« Cardinal hielt den Film an. »Als wenn Sie das nicht wüssten.«

Er nahm eine weitere DVD aus dem Umschlag. Auf der Vorderseite klebte ein gelber Aufkleber mit der Aufschrift: *Mein herzliches Beileid.*

Als einen Augenblick später Catherine auf dem Bildschirm erschien, blieb Cardinal die Luft weg. Unwillkürlich streckte er die Hand nach ihr aus.

Catherine sitzt leicht vorgebeugt mitten auf der Couch, die Hände zwischen den Knien, eine typische Haltung, wenn sie über etwas redete, was sie sehr beschäftigte, ganz die ernste Studentin.

Bell sitzt entspannt, nachdenklich, ein Bein übers andere geschlagen in seinem Sessel, das aufgeschlagene Notizheft wie immer auf dem Knie.

»Es geht mir in letzter Zeit viel besser«, sagt Catherine. »Erinnern Sie sich, dass ich letztes Mal das Gefühl hatte, kurz vor einer depressiven Phase zu stehen?«

»Ja.«

»Also, das Gefühl ist vollkommen verschwunden. Ich glaube, ich war nur ein bisschen nervös wegen meines neuen Projekts. Ich werde eine Serie von Aufnahmen zu unterschiedlichen Tageszeiten machen – angefangen mit Nachtaufnahmen. Aber ich werde ganz konkrete Uhrzeiten einhalten: 9 Uhr, 18 Uhr und 21 Uhr.«

»Hatten Sie nicht erwähnt, dass es sich um eine Art Luftaufnahmen handelt?«

»Aufnahmen aus großer Höhe, keine Luftaufnahmen. Die erste Serie hatte ich vom Kirchturm aus geplant, aber ich bekomme keine Erlaubnis. Also werde ich meine ersten Nachtaufnahmen heute machen – kennen Sie das neue Gateway-Gebäude in der Nähe der Umgehungsstraße?«

»Ja, das kenne ich. Aber ich dachte, es wäre noch nicht fertig.«

»Es ist fast fertig. Ich habe eine Freundin, die dort wohnt, und ich fahre heute Abend mit einer Kamera zu ihr. Sie bringt mich aufs Dach – die haben dort eine Sonnenterrasse –, und ich werde eine Reihe von Aufnahmen von der Stadt machen. Es soll eine mondklare Nacht werden, was eine spektakuläre Aussicht verspricht.«

Cardinal hörte die Begeisterung in ihrer Stimme, die Bell auch nicht entgangen sein konnte.

»Wird Ihre Freundin bei Ihnen sein?«, sagt Bell. »Ich dachte, Sie arbeiten immer allein.«

»Sie öffnet mir nur die Tür zur Dachterrasse, dann muss sie zu einer Theaterprobe. Ich werde das Dach ganz für mich haben.«

»Was hat sich also seit der letzten Woche geändert? Vergangene Woche waren Sie noch völlig hoffnungslos wegen Ihrer Arbeit.« Bell blättert in seinem Notizbuch. »›Ich weiß gar nicht, warum ich mir überhaupt die Mühe mache‹, sagten

Sie. ›Ich habe noch nie etwas Nennenswertes zustande gebracht. Niemand interessiert sich für meine Bilder, und das wird sich wahrscheinlich auch nie ändern.‹«

Ihre eigenen Worte treffen sie tief. Die Veränderung in ihrem Gesichtsausdruck ist deutlich sichtbar, in ihren Augen, an ihrem leicht geöffneten Mund.

Sie vertraut dir, dachte Cardinal. Sie hat sich dir vollkommen geöffnet. Normalerweise ist Catherine viel zurückhaltender, vor allem, wenn es um ihre Arbeit geht. Aber dir öffnet sie sich. Sie will deine Hilfe. Sie möchte, dass du ihr hilfst, ihre dunklen Gedanken zu verscheuchen. Wie hast du ihr dieses Vertrauen gedankt?

»Das war ...«, setzt sie an, dann sinkt sie leicht in sich zusammen. »Das war ...«

»Sie hatten in Erwägung gezogen, das Fotografieren ganz aufzugeben. Sie meinten, es sei zwecklos weiterzumachen. Ich möchte nicht grausam sein, aber wir müssen Ihre tiefsten Gefühle ans Tageslicht bringen.«

»Nein, nein, das verstehe ich schon«, sagt Catherine. »Ich hatte ganz vergessen, wie deprimiert ich letzte Woche war.«

»Mhmm.«

»Aber ich glaube, das war bloß der typische Stress, der mich befällt, wenn ich ein neues Projekt anfange. Darüber haben wir ja schon öfter gesprochen. Jedes Mal, wenn ich ein neues Projekt anfange, werde ich nervös, und dann fallen mir alle möglichen Gründe ein, warum ich es lieber sein lassen sollte. Und wenn das erst mal anfängt, dann kommt mir mein Leben wie eine einzige Folge von Fehlschlägen vor, und dann werde ich ein bisschen trübsinnig.«

»›Ich habe noch nie irgendetwas von Wert geschaffen‹, sagten Sie.«

Du Dreckskerl, dachte Cardinal.

»Das klingt nach mehr als ein bisschen trübsinnig«, fährt

Bell ungerührt fort. »Sie haben noch nie etwas von Wert geschaffen?«

»Das war ... Ich meine ... Ich dachte ... Ich habe einfach nachgedacht. Sehen Sie, das ist genau das, was passiert, wenn ich wegen eines neuen Projekts nervös werde: Mir fallen alle Gründe ein, warum ich es lieber lassen sollte. Und der wichtigste Grund ist: Wen interessiert meine Arbeit überhaupt? Schließlich kann ich bisher keine großen Erfolge verbuchen. Als Karsh zum Beispiel in meinem Alter war, war er berühmt für seine Porträts, wissen Sie, André Kertész hatte sich mit diesen wunderbaren Straßenszenen und all diesen experimentellen Bildern einen Namen gemacht, und Diane Arbus hatte ihre Fotografien im Museum of Modern Art ausgestellt. Warum sollte ich also die ganze Mühe noch auf mich nehmen? Solche Gedanken gingen mir durch den Kopf. Aber irgendwann gehen die Gedanken weg, und ich konzentriere mich nur noch auf die Arbeit – die technischen Schwierigkeiten, wie interessant die verschiedenen Aufnahmen sein werden. Dann vergesse ich alles andere.«

»Interessant, dass Sie Diane Arbus erwähnen.«

»Sie war großartig. Sie war ein behütetes Mädchen von der Upper West Side, und trotzdem hat sie sich in die gefährlichsten Ecken von New York gewagt und Transvestiten und Zwerge und Gott weiß was alles fotografiert. Sie war einfach unglaublich.«

»Wahrscheinlich die berühmteste Fotografin des Jahrhunderts.«

»Na ja, ich weiß nicht. Die berühmteste Frau unter den berühmten Fotografen, ja, das ist richtig.«

»Zumindest, nachdem sie sich das Leben genommen hat.«

»Das war wirklich schrecklich traurig«, sagt Catherine, als redete sie von einer Freundin. »Ich habe alles über sie gelesen. Sie und ihr Mann waren ein bemerkenswertes Paar. Nachdem die Ehe zerbrochen war, ist sie nie wieder dieselbe gewesen. Sie hat die Trennung nie verwunden, und ich glaube, keine noch so interessante Arbeit und kein noch so großer Erfolg hätte sie darüber hinwegtrösten können. Nicht dass sie ihm die Schuld gegeben hätte. Sie liebte ihn immer noch. Und er sie auch.«

Catherine spricht über sie, als hätten sie sich jahrelang gekannt, als hätten sie Tag für Tag miteinander geredet und zusammengearbeitet, dachte Cardinal. Wieso habe ich davon nichts mitbekommen? Hab ich einfach nicht zugehört?

»Tatsache ist«, sagt Dr. Bell ruhig, »dass sie sich umgebracht hat, und sie mag vielleicht nicht die berühmteste Fotografin sein, aber sie ist zweifellos eine der berühmtesten Selbstmörderinnen, und das hatte einen Einfluss darauf, wie ihre Arbeiten bewertet wurden. Offenbar haben Sie viel über sie nachgedacht.«

»Ich bewundere sie. Ihre Arbeit bedeutet mir sehr viel. Und Sie haben recht: Die Art und Weise, wie sie gestorben ist, hat einen Einfluss darauf, wie ihre Arbeit bewertet wird. Es ist, als schwebte über jedem ihrer Fotos ein riesiges rotes, mit Blut unterstrichenes Ausrufezeichen.«

»Es hat ihren Ruhm vermehrt.«

»Ja. Trotzdem ist es eine schrecklich traurige Geschichte.«

»Ich frage mich also – verstehen Sie mich nicht falsch –, ob das für Sie eine Rolle spielt, wenn Sie Selbstmordgedanken hegen. Glauben Sie, dass das eine Rolle spielen könnte?«

»O Gott«, entfährt es Catherine. Dann schweigt sie eine ganze Weile, das Gesicht von der Kamera abgewandt. »Könnte ich wirklich so oberflächlich sein? Mich umbringen, nur um berühmt zu werden?«

»Ganz von der Hand zu weisen ist es nicht, oder? Es ist schon vorgekommen.«

Dreckskerl, dachte Cardinal erneut.

»Nein, ich glaube nicht, dass es eine Rolle spielt. Ich meine, wenn es so sein sollte, dann ist es jedenfalls nicht bewusst. Nein, wenn ich an Selbstmord denke, dann nur, weil ich so schrecklich leide und weil ich es nicht mehr aushalten kann. Dann sehne ich mich danach, dass es *aufhört*. Dass es *vorbei* ist. Das ist der eine Grund. Der andere Grund ist das Gefühl, John eine solche Last zu sein, dass er meinen Anblick kaum noch ertragen kann, der Wunsch, ihm diese Last zu nehmen.«

»O nein, Liebes, nein«, sagte Cardinal laut. »Nein …«

»Aber dann denke ich, wie sehr ich ihn damit verletzen würde, wie traurig er sein würde, und dann kann ich es nicht tun.« Catherine schüttelt den Kopf, um die düsteren Gedanken loszuwerden. »Und wissen Sie was? Ich werde mir niemals das Leben nehmen. Ich habe schon oft kurz davorgestanden, aber ich weiß nicht – irgendwie habe ich tief in mir drin ganz viel Kraft, und deswegen weiß ich, dass ich es niemals tun werde.«

»Verstehe.« Dr. Bell lehnt sich zurück, so dass sein Gesicht im Schatten liegt. »Und Sie glauben nicht, dass Sie das nur sagen, weil Sie heute besonders gut gelaunt sind?«

»Nein. Das ist mein wahres Ich. Das bin ich. Letzte Woche, das war bloß meine übliche Nervosität vor einem neuen Projekt. Inzwischen habe ich diese Phase überwunden, ich brenne darauf, mit der Arbeit anzufangen, und ich bin … nervös, ja, so bin ich einfach, aber ich kann es gar nicht erwarten, mich in die Arbeit zu stürzen. Ich möchte sehen, was dabei herauskommt.«

Mit diesen letzten Worten im Kopf fuhr Cardinal zur Staatsanwaltschaft auf der Crown Street.

Ein DVD-Recorder wurde in den Konferenzsaal geschafft, und anschließend sahen Staatsanwalt Walter Pierce und Cardinal schweigend zu, wie unter einem Porträt der Queen, wie sie vor dreißig Jahren ausgesehen hatte, Dr. Bell seine Arbeit betrieb. Cardinal führte Pierce die letzten Sitzungen von drei Patienten vor.

Pierce war ein korpulenter Mann mit einem massigen Brustkorb, blasser Haut und sehr kleinen Augen, die ständig blinzelten. Sein Aussehen verlieh ihm eine sanfte, maulwurfartige Erscheinung, die mehr als einen Kriminellen zu der Annahme verleitet hatte, er könnte ein Kreuzverhör von solch einem harmlos wirkenden Geschöpf unbeschadet überstehen. Pierce' gefährlichste Waffe vor Gericht war seine Stimme; mit seinem samtigen Flüsterton konnte er selbst an den Haaren herbeigezogene Argumente so überzeugend klingen lassen, dass sie jedem – auch den Geschworenen – als wohldurchdacht und begründet erschienen.

»Das war Ihre Ehefrau«, sagte er, als Cardinal die letzte DVD aus dem Gerät nahm.

»Richtig.«

»Mein herzliches Beileid, Detective. Mich wundert, dass Sie schon wieder im Dienst sind. Es muss unerträglich für Sie sein, sich das anzusehen.«

»Irgendjemand muss Bell daran hindern, noch mehr Patienten umzubringen.« Cardinal hörte die Wut in seiner eigenen Stimme. Etwas ruhiger fügte er hinzu: »Der Mann muss aus dem Verkehr gezogen werden.«

Pierce beugte sich vor. Er hatte sich auf dem gelben Notizblock, der vor ihm lag, keine einzige Notiz gemacht. »Hören Sie zu«, flüsterte er. »Wir beide haben gemeinsam einige schwierige Fälle vor Gericht gebracht – und die meisten haben wir sogar gewonnen. Was hauptsächlich daran liegt, dass Sie Ihre Fälle gut vorbereiten und Ihre Beweise gut absichern.«

»Ich habe einen Daumenabdruck von Bell auf –«

»Lassen Sie mich ausreden. Ich habe nicht die leiseste Ahnung, was Sie in diesen Aufnahmen finden wollen, das zu einer Anklage führen könnte. Wenn Sie neu bei der Polizei wären, würde ich sofort bei Chief Kendall anrufen und ihn fragen, wo zum Teufel er Sie aufgetrieben hat. Denn hier liegt nicht einmal der Ansatz eines Falls vor.«

»Ich habe seinen Daumenabdruck auf dem Abschiedsbrief meiner Frau. Ich habe Beweise dafür, dass der Brief schon vor Monaten geschrieben wurde – im Juli, – und Bell hat weder Catherine nahegelegt, sich in die Klinik einweisen zu lassen, noch irgendjemandem gegenüber etwas von dem Brief erwähnt.« Vorsicht, ermahnte er sich, immer mit der Ruhe. Bleib sachlich.

»Selbst wenn ich davon ausginge, dass das stimmt, was Sie sagen, könnte man Bell höchstens einen Verstoß gegen das Berufsethos vorwerfen, eine zivilrechtliche Angelegenheit. Niemand würde einen solchen Fall vor Gericht bringen. Jedenfalls niemand aus meiner Abteilung.«

»Wir haben es nicht nur mit einem einzigen Fall zu tun. Sie haben Perry Dorn gesehen. Der Junge ist hochgradig suizidgefährdet, und trotzdem bringt Bell das Gespräch immer wieder auf seine wunden Punkte: Sie hat dich verlassen, sie will nichts mehr von dir wissen, du hast dir deine Zukunft verbaut. Er reibt ihm das alles regelrecht unter die Nase.«

»Da gebe ich Ihnen recht. Zum Teil wirken seine Bemerkungen beinahe boshaft.«

»Die ganze Zeit gibt er sich seinen Patienten gegenüber warmherzig, besorgt, mitfühlend. Und dann versetzt er ihnen den Todesstoß.«

»Wohl kaum, Detective.«

»Diese Menschen sind vollkommen verletzlich. Und selbst wenn nicht – sehen Sie sich Catherine an.« Cardinal holte tief Luft, doch es gelang ihm nicht, sein pochendes Herz zu beruhigen. »Sie geht in die Sitzung, sie ist gut gelaunt, sie freut sich auf ihr neues Projekt – und was macht er? Er sagt, letzte Woche waren Sie doch noch voller Verachtung für sich selbst und alles, was Sie je geschaffen haben. Kommt Ihnen das vor wie eine therapeutische Maßnahme?«

»Es wirkt befremdend, das gebe ich zu. Aber eine therapeutische Sitzung ist keine Plauderstunde. Bells Aufgabe besteht nicht darin, über Fotografie zu diskutieren, sondern Depressionen zu behandeln. Vielleicht glaubt er, das am besten tun zu können, indem er die für den Patienten schmerzlichsten Themen anspricht.«

»Nehmen wir Keswick. Sie erinnern sich doch an Keswick?«

»Ja, ich erinnere mich an Leonard Keswick.«

»Wie hoch wäre seine Strafe ausgefallen? Schlimmstenfalls?«

»Nun, das Gesetz sieht bis zu fünf Jahre Haft vor, aber realistisch betrachtet hätte er wohl nicht mehr als eine Bewährungsstrafe von anderthalb Jahren bekommen.«

»Anderthalb Jahre auf Bewährung, und der Mann ist tot.«

»Wegen des Besitzes von Kinderpornographie verurteilt zu werden tut niemandes Selbstwertgefühl gut. Seine Frau hat ihn mitsamt den Kindern verlassen. Und er musste auf jeden Fall damit rechnen, seinen Job zu verlieren.«

»Ganz genau. Und wie ist es dazu gekommen? Sehen Sie sich seine Akte an. Er hatte vielleicht ein Dutzend Bilder auf seinem Computer, die Teenager beim Sex zeigten. Wieso ist es überhaupt zur Anklage gekommen? Uns hat der Mann zumindest nicht interessiert. Wir haben einen anonymen Anruf erhalten.«

»Wollen Sie damit sagen, der anonyme Anrufer war Bell?«

»Davon bin ich überzeugt.«

»Können Sie es beweisen? Haben Sie den Anruf auf Band?«

»Nein. In der Akte sind lediglich zwei anonyme Anrufe vermerkt. Beide von einem Mann in mittleren Jahren. Beim zweiten Mal behauptete er, er hätte die Bilder auf Keswicks Computer mit eigenen Augen gesehen. Sonst hätten wir gar nicht darauf reagiert. Wer sonst kann es gewesen sein? Keswick hatte die Bilder auf seinem Computer bei sich zu Hause, nicht auf dem im Büro.«

Pierce nahm seine Brille ab und rieb sich die Nasenwurzel. Ohne die Brille wirkte er noch mehr wie ein Geschöpf von Beatrix Potter. »Bisher haben Sie nichts in der Hand«, sagte er. »Wenn Sie klar denken könnten, wüssten Sie, dass Sie nichts haben. Ich kann das alles nur auf Ihren Kummer zurückführen.«

»Das ist ferngesteuerter Mord«, sagte Cardinal. »Mord durch Stellvertreter. Bell kennt den schwächsten Punkt seiner Patienten, und er zielt genau darauf. Perry Dorn zum Beispiel. Bell hat sogar den Ort vorgeschlagen, den Waschsalon. Was brauchen Sie denn noch? Wir können nicht tatenlos mit ansehen, wie der Mann noch mehr Menschen in den Tod treibt. Fehlt bloß noch, dass der Dreckskerl Eintrittskarten verkauft.«

»Sie reden sich in Rage.« Pierce stand auf. »Detective, meine Frau ist vor zwei Jahren gestorben. Nicht unter den gleichen Umständen wie Ihre – es war ein Autounfall, ein Lastwagenfahrer war am Steuer eingeschlafen. Es passierte aus heiterem Himmel, es war nicht ihre Schuld, und ich war am Boden zerstört. Ich habe mir einen ganzen Monat freigenommen. Während dieser Zeit wäre ich um nichts in der Welt in der Lage gewesen, meine Arbeit zu tun. Wir neigen dazu zu vergessen, welche große Rolle unsere Gefühle in unserem Denken spielen. Es gibt keinen Straftatbestand, der sich ferngesteuerter Mord nennt, wie Ihnen sicherlich bekannt ist.«

»Aber es gibt den Straftatbestand der Fahrlässigkeit. Das

wäre das Allermindeste. Er fordert seine Patienten auf, Abschiedsbriefe zu schreiben. Halten Sie das nicht für grob fahrlässig?«

»Menschlicher Irrtum oder menschliches Versagen fallen nicht unter Fahrlässigkeit. Sie müssten ihm schon nachweisen, dass er ungeheure Mengen an Schlafmitteln verschreibt oder etwas Ähnliches. Bitte nehmen Sie zur Kenntnis, dass ich Sie noch nicht mal gefragt habe, woher Sie diese DVDs haben.«

»Sie wurden mir anonym zugeschickt – wahrscheinlich von Mrs. Bell.«

»Das spielt keine Rolle. Sie enthalten nichts, was eine Anklage wegen Mordes begründen würde.«

»Bitte sagen Sie mir nicht, dass die Staatsanwaltschaft nichts unternehmen wird. Wollen Sie wirklich tatenlos zusehen, wie dieser Mann seine Patienten in den Selbstmord treibt? Es geht um Menschenleben.«

»Na ja«, sagte Pierce leise, »wenn Sie Bell wirklich drankriegen wollen, könnten Sie die Fälle vor die Ärztekammer bringen. Die werden garantiert ein ernstes Wort mit Dr. Bell reden.«

45

Das kleine, glänzende Messingrad drehte sich, und die winzige Maschine machte Geräusche wie eine Miniaturlokomotive. Mit Hilfe eines Nagelklippers hatte Frederick Bell den Docht des winzigen Brenners unter dem Dampfkessel beschnitten, dann hatte er ihn mit Brennspiritus gefüllt. Der zylindrische Dampfkessel war so klein, dass er nicht einmal eine Tasse Wasser aufnehmen konnte. Alle Messingteile glänzten im Licht, das durchs Fenster fiel, und das Schwungrad drehte sich. Die kleine Dampfmaschine war das einzige Andenken an seinen Vater – oder zumindest das einzige, das er offen sichtbar auf seinem Schreibtisch stehen hatte. Und hin und wieder, wenn er in einer grüblerischen Stimmung war, setzte er sie in Gang.

Im Moment grübelte er über Melanie Greene nach. Bell war beinahe davon überzeugt, dass er die junge Frau zum Äußersten getrieben hatte. Nichts führte im späteren Leben eines Menschen mit solcher Sicherheit zu Selbstverachtung und Depressionen wie sexueller Missbrauch in der Kindheit. Dass er Melanie dazu gebracht hatte, über ihre Qualen zu sprechen und sich ihre widersprüchlichen Gefühle für ihren Stiefvater einzugestehen, das war solides therapeutisches Handwerk. Aber seine Glanzleistung war es gewesen, den richtigen Moment abzupassen, in dem er sie zurückwies. Er hatte das Vertrauen in ihren grünen Augen gesehen, die Sehnsucht, angenommen und geliebt zu werden. Mittlerweile musste sie so verzweifelt sein, dass sie nicht mehr versuchen würde, Hilfe zu finden, da war er sich ziemlich sicher. Heute hatte sie zum ersten Mal seit ihrer letzten Sitzung nicht angerufen.

Aber dass er sich nicht hundertprozentig sicher sein konnte, machte ihn nervös. Er konnte einen Sieg erst auskosten, wenn er zweifelsfrei feststand.

Normalerweise beruhigte es ihn, wenn er mit der kleinen Dampfmaschine spielte. Sie rief seine schönsten Kindheitserinnerungen wach, die wunderbaren Stunden, als sein Vater ihm seine geliebte Welt der Wissenschaften erklärt hatte. Die Dampfmaschine bot willkommenes Anschauungsmaterial, um über das Boyle-Mariottesche Gesetz zu sprechen, über Kraftübertragung und die Geschichte der Dampfkraft im Allgemeinen. In jenen Stunden war dem Jungen sein Vater wie ein zweiter Alexander Graham Bell vorgekommen – er hatte sogar das gleiche schwarze Haar und den schwarzen Vollbart.

Manchmal, wenn Bell mit der Dampfmaschine spielte, hielt er selbst nichts mehr von seiner zerstörerischen Art der Therapie. Dann nahm er sich jedes Mal fest vor, seinen Patienten zu helfen, ihre Depressionen zu überwinden, so wie er es zu Anfang seiner beruflichen Laufbahn getan hatte, die Menschen vom Abgrund fortzuführen, anstatt sie hineinzustoßen. Aber nach zwei oder drei Sitzungen, manchmal schon nach einer einzigen, waren alle guten Vorsätze wieder vergessen.

»Ich hasse sie«, murmelte er. Er drückte auf einen winzigen Messinghebel und entlockte der Maschine ein fröhliches Pfeifen. »Ich hasse sie alle.«

Er hielt den Hebel gedrückt, bis das Pfeifen verstummte und nur noch ein leises Zischen zu hören war. Diesmal übte die Maschine keine beruhigende Wirkung auf ihn aus, und für gute Vorsätze war er erst recht nicht aufgelegt. Er blies die kleine blaue Flamme aus und stellte die Maschine ins Bücherregal neben das Bild von seiner Mutter, ein Foto, auf dem sie in einem taillierten Kleid lächelnd im Garten stand, die Haare immer noch im Stil der vierziger Jahre auf einer Seite hochgesteckt. Das Foto war von einer Tante aufgenommen worden, etwa eine Woche bevor seine Mutter die Schlaftabletten geschluckt und ihren achtzehnjährigen Sohn sich selbst überlassen hatte.

Nein, selbst Tagträume von alten Zeiten konnten ihn heute nicht beruhigen, nicht, solange er nicht wusste, ob es ihm gelungen war, die Welt von einem weiteren nutzlosen Jammerlappen zu befreien. Es war eine wichtige Arbeit, eine Art Reinigungsservice, aber Befriedigung brachte ihm diese Arbeit nur ein, wenn er die Leute dazu bringen konnte, den letzten Schritt selbst zu tun. Als Psychiater wusste er genau, warum das so war, aber die Erkenntnis änderte nichts an der Tatsache. Das war das kleine, schmutzige Geheimnis der Psychiatrie: Man konnte seine eigene Neurose, seine eigene Zwanghaftigkeit und seine eigenen Fetische durchschauen, ihren Ursprung erkennen, ohne dass es einem half, sich davon zu befreien.

Die eigentliche Befriedigung bestand darin, diese Heulsusen dazu zu bringen, dass sie sich selbst entsorgten. Damit war der Welt ein großer Dienst erwiesen, und er, Dr. Bell, hatte kein Verbrechen begangen. In dieser Hinsicht war Catherine Cardinal ein kompletter Fehlschlag gewesen. Bei ihr hatte er heroische Maßnahmen ergreifen müssen, und seitdem war er einfach nicht mehr derselbe. Es war das erste Mal gewesen, dass er tatsächlich einen Menschen getötet hatte, und das bedeutete Wahnsinn, Gefängnis und Tod, darüber war er sich im Klaren.

Er betrachtete sich selbst nicht als gewalttätigen Menschen, aber Catherine Cardinal hatte ihn dorthin getrieben. All das Gefasel über Liebe und Kunst als rettende Antriebskräfte ihres Lebens. Was für ein Leben? Monatelange Klinikaufenthalte jedes zweite Jahr? Dauerbehandlung mit Lithium? Wieso konnte sie nicht *einsehen*, dass der Tod die beste Lösung für sie war? Aber es würde das Spiel ruinieren, wenn er nicht länger die Geduld aufbrachte, zu warten, bis sie sich selbst umbrachten. Wenn er sich darauf verlegte, persönlich einzugreifen, würde die Polizei ihm ziemlich schnell auf die Schliche kommen. Was für ein Pech, dass sein erstes Opfer ausgerechnet die Ehefrau eines Polizisten gewesen war.

Er hatte sorgfältig darauf geachtet, dass ihn niemand sah. Wie ein Schatten war er über den alles andere als verlassenen Parkplatz und durch die leeren Geschäftsräume gehuscht. Dann war er mit dem Lastenaufzug aufs Dach gefahren, und keine Menschenseele hatte etwas davon mitbekommen. Nachdem die Tat vollbracht war, hatte er den Abschiedsbrief hinterlegt und sorgfältig alle Spuren beseitigt.

Bell trat an den Schrank, in dem er seine DVDs aufbewahrte. Er würde sich die letzte Sitzung mit Dorn noch einmal ansehen. Gut, sein Abgang war ein bisschen übertrieben spektakulär, aber auch unvermeidlich gewesen. Dorn, ein junger Mann, der entschlossen gewesen war, es zu nichts zu bringen, der geborene Versager und Hosenscheißer, der sich dauernd in Frauen verliebte, die sich einen Dreck für ihn interessierten. Ohne Behandlung hätte er sein Leben lang Frauen mit seiner unerwünschten Anbetung genervt und Freunde mit seinem ewigen Gejammere. Auf so einen Waschlappen konnte die Welt gut und gern verzichten.

Als er den Schrank öffnete, sah er sofort, dass einige DVDs fehlten, mindestens ein halbes Dutzend. Sein erster Gedanke war, dass ein Patient womöglich die Kamera entdeckt und ein paar DVDs gestohlen hatte. Doch dann wurde ihm klar, dass die betreffenden Patienten – Perry Dorn, Leonard Keswick, Catherine Cardinal – alle tot waren.

»Dorothy!« Er trat in den Flur und rief noch einmal nach ihr. »Dorothy! Wo bist du?«

In seinen Schläfen begann es zu pochen. Der Flur schien sich zu einem engen, schwarzen Tunnel zu verjüngen. Irgendein Teil von ihm diagnostizierte Wut. Ich bin wütend, dachte er wie aus weiter Ferne: Der Tunnelblick, das Herzrasen, das Zittern in meinen Beinen sind Auswirkungen von Wut. Selbst wenn er gewollt hätte, hätte er die Wut nicht mehr unterdrücken können. Die Schwelle war überschritten, ein Hochgefühl überkam ihn.

Er riss die Küchentür auf. Dorothy wollte gerade auf die Terrasse gehen, sie hatte den Türknauf bereits in der Hand. Sie drehte sich um, und ihre Augen waren zwei dunkle kleine, von Angst erfüllte Löcher. Munchs Augen. *Tote Mutter und Kind.*

»Ich glaube, du hast etwas, das mir gehört«, sagte Bell. Seine Worte pulsierten, als hätten sie ein Eigenleben.

Dorothy umklammerte den Türknauf. »Du begehst schreckliches Unrecht«, sagte sie ruhig. »Ich habe in Manchester zu dir gestanden, als deine Patienten starben. Damals habe ich mir gesagt, wahrscheinlich hat er recht, wahrscheinlich sind seine Patienten einfach besonders schwere Fälle, er versucht, Menschen zu helfen, denen nicht mehr zu helfen ist, und am Ende sieht es so aus, als wäre es seine Schuld, wenn sie sich das Leben nehmen.«

»Was hast du mit meinen DVDs gemacht?«, fragte Bell.

46

Nachdem er mit dem Staatsanwalt gesprochen hatte, fuhr Cardinal auf direktem Weg zu Bell. Er hielt am gegenüberliegenden Straßenrand und betrachtete die dunklen Gauben, die sich gegen den rosa schimmernden Abendhimmel abhoben. Der silberne BMW in der Einfahrt ließ darauf schließen, dass Bell zu Hause war, aber es war keine Garantie.

Obwohl er notfalls in der Lage war, Gewalt anzuwenden, neigte Cardinal nicht zu Gewalttätigkeit. Egal, wie wütend er auf die Ganoven und Schurken war, die er verhaften musste, es gelang ihm immer, seine Gefühle unter Kontrolle zu halten und rational und kühl zu handeln. Doch während er jetzt in seinem Wagen saß und Bells Haus anstarrte, musste er alles an Selbstbeherrschung aufbringen, um nicht hineinzustürmen und Bell kurzerhand zu Hackfleisch zu verarbeiten. Schließlich legte er einen Gang ein und fuhr durch den dichten Abendverkehr zu dem einen Ort, den er nie wieder hatte betreten wollen.

Als er bei CompuClinic eintraf, wurde der Laden gerade geschlossen. Eine Frau kam mit einem Armvoll in Plastikfolie verpackter Kleidungsstücke aus der Reinigung und stieg in ein Auto. Cardinal parkte und ging auf die Rückseite des Gebäudes. Er wusste, dass er einen Fehler machte, dass er noch nicht so weit war – er spürte es am Zittern in seinen Händen und daran, dass sich ihm die Kehle zuschnürte.

Catherines Blut war weggewischt worden. Das Absperrband, mit dem seine Kollegen den Tatort gesichert hatten, war verschwunden, und sämtliche Computerteile waren eingesammelt worden. Nichts deutete mehr darauf hin, dass hier ein Leben geendet hatte. Er ging weiter und suchte nach einem Eingang. Wie bei den meisten Gebäuden, an denen noch gearbeitet wurde, waren auch hier die Sicherheitsvorkehrungen nicht so streng. Es gab zwei Notausgänge, die jetzt zwar verschlossen waren, die jedoch ein nachlässiger Arbeiter oder ein achtloser Raucher hätte offen stehenlassen können – auf Baustellen waren die Alarmanlagen fast immer ausgeschaltet. Die unverglasten Fronten der leeren Geschäftsräume waren mit Brettern vernagelt, aber einige davon ließen sich mit einem Handgriff lösen. Cardinal brauchte nur zehn Sekunden, um eine Öffnung zu schaffen, durch die er hineinklettern konnte.

Durch eine Glastür an der hinteren Wand fiel genug Licht, um etwas sehen zu können. Der rechteckige Raum bestand aus nackten Betonwänden, aus denen jede Menge Kabel ragten. An einer Wand waren Vierkanthölzer gestapelt, und es roch nach Beton und rohem Holz.

Die Tür führte in einen von Neonröhren erleuchteten Korridor, an dessen Ende eine weitere Tür mit der Aufschrift »Treppenhaus« in den Keller führte. Daneben befand sich ein Lastenaufzug, der leer war und offen stand. Cardinal zog sich Lederhandschuhe an, dann stieg er in den Aufzug und drückte auf den Knopf für das Dach. In weniger als zwei Minuten war er, ohne gesehen zu werden, aufs Dach gelangt, genau wie der Mörder es getan haben konnte. Die Tür zur Dachterrasse war jetzt verriegelt, aber gleich daneben lag ein Backstein, der zweifellos dazu diente, sie offen zu halten. Wahrscheinlich eins der letzten Dinge, die Catherine auf dieser Welt berührt hatte.

Cardinal fuhr mit dem Personenaufzug zurück nach unten und verließ das Gebäude durch den Vorderausgang. Auf dem Parkplatz blieb er einen Augenblick lang stehen und betrachtete die Stelle, wo Catherine gelegen hatte. Würde er dieses Bild bis an sein Lebensende mit sich herumtragen? Das Bild von ihrer braunen Jacke, ihrem blutigen Gesicht, der zerschellten Kamera?

Auf dem Heimweg versuchte er, das Bild durch ein anderes zu ersetzen. Natürlich fielen ihm Tausende von Situationen mit Catherine ein, aber es gelang ihm nicht, eine davon lange genug vor seinem geistigen Auge festzuhalten, um das Schreckensbild auf dem Parkplatz zu verscheuchen. Das einzige Bild, das er länger als den Bruchteil einer Sekunde vor sich sah, war das Foto von ihr mit den beiden Kameras über der Schulter, auf dem sie leicht ärgerlich dreinblickte.

Zwei Kameras.

Wenn dieses Foto nicht gewesen wäre, wenn er sich nicht daran erinnert hätte, wäre Cardinal wahrscheinlich noch monatelang nicht in Catherines Dunkelkammer hinuntergegangen. Er wollte nicht zwischen Becken und Entwicklerschalen und Filmstreifen herumgeistern wie ein Gespenst. Die Dunkelkammer auszuräumen kam nicht in Frage. Sie musste genau so bleiben, wie Catherine sie hinterlassen hatte. Sonst würde sie sich aufregen. Sonst würde sie nicht arbeiten können.

Wenn sie zurückkam.

Obwohl er ihre Leiche in den Armen gehalten hatte, obwohl sie seit Wochen fort war, rechnete er irgendwie immer noch damit, dass Catherine zurückkommen würde.

Die Szene von Bells Aufnahme mit Catherine im Sprechzimmer lief immer wieder in Cardinals Kopf ab. Aber diesmal sah er sie nicht mit den Augen des Ehemannes, sondern mit den Augen des Polizisten.

»Kennen Sie das neue Gateway-Gebäude in der Nähe der Umgehungsstraße?« Die Begeisterung in ihrer Stimme. »Ich werde heute Abend mit meinen Kameras dort hingehen.«

Kameras. Plural.

Er öffnete den schmalen weißen Wandschrank, in dem sie

ihre Ausrüstung aufbewahrte. Keine Kameras. Ein paar schwarze, klobige Objektive lagen dort, das waren die, die zu ihrer alten Nikon gehörten. Wahrscheinlich hatte sie die kleineren Objektive mitgenommen. Die Canon fehlte.

Kameras. Plural.

Cardinal ging in den anderen Kellerraum und trat an seine Werkbank, wo er Catherines Sachen abgelegt hatte. Ihre letzten Sachen. Die Plastiktüte von der Klinik, die ihre Kleidung enthielt: ihre Armbanduhr, ein Armband, Sweatshirt, Jeans und Unterwäsche. Keine Kamera.

Er ging nach draußen und durchsuchte Catherines Auto: Boden, Kofferraum, Handschuhfach. Keine Kamera.

Auf dem Weg zurück in die Stadt in seinem eigenen Wagen rief er bei der Spurensicherung an. Collingwood hielt seine Arbeitszeit so exakt ein, wie die Polizeiarbeit es erlaubt. Er erledigte seine Schicht, und dann war er weg, wie eine Figur in einer Spieluhr. Arsenault war anscheinend bloß wegen des Kontrasteffekts auf den Posten versetzt worden, denn man wusste nie, wann man ihn an seinem Arbeitsplatz antraf. Er arbeitete so oft bis spät in die Nacht hinein, dass im Revier schon über sein Privatleben beziehungsweise den Mangel desselben spekuliert wurde.

Arsenault nahm nach dem ersten Läuten ab.

Cardinal kam ohne Umschweife zur Sache. »Ich muss die Sachen überprüfen, die bei Catherine gefunden wurden«, sagte er, während er einen Pick-up überholte, der zwei Spuren in Anspruch nahm. »Ich muss wissen, ob sich eine Kamera darunter befindet.«

»Das kann ich Ihnen gleich sagen. Ja, es gibt eine Kamera. Eine Nikon. Das Objektiv ist vollkommen zerstört.«

»Nur eine.«

»Ja, John. Wir haben nur eine gefunden.« Arsenault wirkte überrascht.

»Ist noch jemand in der Asservatenkammer? Können Sie die Sachen für mich da rausholen? Ich bin auf dem Weg ins Revier.«

»Nicht nötig. Es steht alles hier bei uns. Der Fall ist abgeschlossen, erinnern Sie sich? Aber ich hatte mir schon gedacht, dass Sie die Sachen früher oder später haben wollten.«

»Ich bin in zehn Minuten da.«

Cardinal überholte einen Honda Civic und raste an der Water Road vorbei. Zum Glück war der meiste Verkehr stadtauswärts unterwegs.

Auf dem Revier ging es ruhig zu. Er hörte jemanden, wahrscheinlich Szelagy, in seine Tastatur hacken, aber ansonsten war die Abteilung menschenleer. Er steuerte auf direktem Weg das Büro der Spurensicherung an. Arsenault saß an seinem Schreibtisch und tippte. An Collingwoods Schreibtisch brannte kein Licht mehr.

»Hallo, John«, sagte Arsenault, ohne aufzusehen. »Die Sachen stehen da drüben.«

Zwei Kartons, ein großer und ein kleiner, standen offen auf einer Arbeitsplatte an der Wand. Cardinal schaltete die Neonbeleuchtung ein.

Als Erstes nahm er sich den kleineren Karton vor. Die Nikon und das zerbrochene Objektiv lagen zwischen Gegenständen, die Catherine zweifellos gehört hatten: ihre Kameratasche und alle möglichen Dinge, die wahrscheinlich herausgefallen waren – ein Notizheft, verschiedene Filter und einige zusätzliche Objektive. Eins davon war silberfarben und trug den Markennamen Canon.

In dem größeren Karton befand sich keine Kamera. Eine ganze Weile blieb Cardinal vor den Kartons stehen und dachte nach. Das einzige Geräusch war das Klicken von Arsenaults Tastatur. Angenommen, Catherine hatte wie gewohnt mit zwei Kameras fotografiert. Das würde bedeuten, dass jemand die Canon an sich genommen hatte: entweder jemand, der sie bei der Toten gefunden hatte, oder derjenige, der Catherine vom Dach gestoßen hatte.

Dass es ein Gelegenheitsdieb gewesen war, schien ihm unwahrscheinlich. Wer würde, wenn er eine Leiche findet, dieser eine Kamera stehlen – noch dazu eine, die mit Sicherheit zu Bruch gegangen war? Und wenn jemand eine Kamera mitnahm, warum nicht auch die zweite? Angenommen, ihr Mörder hatte die Kamera an sich genommen. Das würde zwei Schlussfolgerungen nahelegen: Entweder jemand hatte Catherine überfallen, um sich in den Besitz der teuren neuen Kamera zu bringen, und hatte sie vom Dach gestoßen, als sie sich gewehrt hatte, oder ihr Mörder hatte die Kamera vom Tatort entfernt. Cardinal fiel nur ein Grund ein, warum jemand das tun würde.

Der größere Karton enthielt Gegenstände, die in der Nähe der Toten gefunden worden waren, ihr aber nicht notwendigerweise gehört hatten: eine Zigarettenschachtel, mehrere Kippen, eine Marsriegelverpackung, ein Pappbecher von einem nahe gelegenen Harvey's Café. Außerdem jede Menge elektronische Kleinteile, Müll aus dem Computerladen im Erdgeschoss. Um die Mülltonne herum war der Boden übersät gewesen mit Karten, Laufwerken und Chips. Collingwood und Arsenault hatten alles pflichtbewusst eingesammelt und gekennzeichnet.

Alle Gegenstände befanden sich in Plastiktüten, die nummeriert, datiert, mit den Initialen der Person versehen waren, die sie gefunden hatte, und mit Angaben darüber, in welcher Entfernung von der Leiche sie gelegen hatten. Cardinal nahm mehrere der in Plastik verpackten Gegenstände aus dem Karton. Er war weiß Gott kein Computerfreak, aber er wusste immerhin, wie eine Speicherkarte aussah. Die, die er jetzt vor sich sah, wirkten ziemlich veraltet und entstammten wahrscheinlich Computern, die selbst die Fachleute der Firma CompuClinic, Inc., nicht mehr reparieren würden.

Cardinal entnahm dem Karton weitere Gegenstände: ein CD-Laufwerk, ein Paar Kopfhörer, einen winzigen Chip. Er drehte den Chip um. Er hatte etwa die Größe einer Briefmarke, war grün und an einem Rand gezahnt. Die andere Seite war durch den Aufkleber auf dem Plastiktütchen verdeckt. Cardinal öffnete das Tütchen und ließ den Chip auf die Arbeitsplatte gleiten. In blassgrauen Buchstaben war der Name *Canon* auf dem Chip zu lesen.

»Hey, Arsenault«, sagte Cardinal. »Haben Sie eine Kamera hier, in die dieser Chip passt?«

Arsenault blickte auf und schüttelte den Kopf. »Unsere haben Memorysticks. Die haben eine andere Form. Warum?«

»Ich glaube, das ist der Chip aus Catherines Kamera. Ich will sehen, was darauf ist.«

»Diese Nikon ist nicht digital.«

»Sie hatte noch eine Kamera bei sich. Eine Canon.«

»Wirklich?« Arsenault drehte sich um. »Dann können wir den Chip in den Drucker stecken, um zu sehen, was darauf ist.«

»Braucht man keine Kamera anzuschließen?«

»Nein. Der Drucker verfügt über ein Lesegerät.«

Arsenault rollte mit seinem Stuhl zum Drucker hinüber. Er drückte auf eine Taste, und ein kleines Fach mit mehreren Aussparungen fuhr heraus. »Legen Sie ihn einfach da rein«, sagte er und zeigte auf eine kleine, quadratische Vertiefung. Cardinal drückte den Chip hinein, und Arsenault ließ das Fach zurück in den Drucker fahren.

»Wenn irgendwas auf dem Chip ist, müssten wir es in der Vorschau sehen.« Er drückte auf ein leuchtendes Rechteck von der Größe einer Spielkarte.

Das Rechteck wurde schwarz, dann erschien das Canon-Logo und gleich darauf das erste Foto. Es war eine Aufnahme von der Stadt aus großer Höhe, mit lauter winzigen Lichtpunkten. Cardinal konnte die beiden Türme der französischen Kirche in der Ferne erkennen. Das gehörte zu dem Letzten, was Catherine gesehen hatte.

»Sie brauchen nur auf *next* zu drücken«, sagte Arsenault, »um sich die weiteren Fotos anzusehen.«

Als Cardinal auf die Taste drückte, änderte sich das Bild geringfügig: dieselbe Ansicht, etwas näher herangeholt. Das nächste Bild war von einem anderen Winkel aus aufgenommen. Auf der rechten Seite waren die roten Warnlichter des Funkturms zu sehen. Es folgten mehrere ähnliche Aufnahmen, dann wieder ein Foto von der französischen Kirche. Cardinal konnte verstehen, warum Catherine ausgerechnet in jener Nacht fotografieren wollte. Der orangefarbene Herbstmond ging gerade neben den Kirchtürmen auf.

»Schön«, sagte Arsenault leise.

Auf dem nächsten Bild war der Mond halb verdeckt. Auf dem übernächsten tauchte er gerade zwischen den Türmen auf. Gleich würde er zwischen den Türmen hängen wie ein leuchtender Kürbis. Aber das folgende Foto zeigte etwas ganz anderes.

Es wirkte wie eine Zufallsaufnahme, als wäre Catherine geschubst oder überrascht worden: eine Wand, leicht verschwommen, ein Lichtstrahl von oben und in der rechten Ecke ein Arm. Ein Männerarm. Man konnte die Schulter, den Arm, einen Handschuh und ein Stück von einem Mantel erkennen.

Als Cardinal erneut die Taste drückte, hörte er, wie Arsenault scharf einatmete.

Sie starrten beide auf das Bild, das vor ihnen auf dem kleinen Bildschirm erschien.

»Sie hat ihn erwischt«, sagte Cardinal leise. »Sie hat ihn kalt erwischt.«

Der Arm des Mannes war zum Gruß erhoben. Das Licht über der Dachterrassentür warf einen scharfen Schatten seines Arms auf den Boden, so dass er wie eine Warnung wirkte. Trotz des schlechten Lichts war der Mann mit dem breiten Lächeln und dem offenen Gesicht, das an einen großen, gutmütigen Hund erinnerte, genau zu erkennen. Er wirkte wie ein Mann, den jeder sich als Freund oder Lehrer wünschte – und ganz besonders als Arzt und Therapeut.

47

Die Tabletten lagen auf ihrem Schreibtisch, kleine Pillen, so tröstend blau wie der Abendhimmel. Es waren fast dreißig, fast eine ganze Monatsration, die Dr. Bell ihr liebenswürdigerweise verschrieben hatte, als sie anfangs bei ihm in Behandlung war. Was für ein Segen sie waren, wenn man nicht schlafen konnte. Wenn die Nacht sich schier endlos vor einem erstreckte und das Flutlicht im Kopf anging, beruhigten sie einen wie die warme Hand einer Mutter, die sich liebevoll auf die Stirn legte.

Neben den Tabletten stand ein volles Glas, an dem sich Kondenswasser gebildet hatte. Melanie hob es hoch und schob ihre Übungshefte mit der Aufschrift »Northern University« darunter.

Sich zu verabschieden erforderte mehr Zeit, als sie erwartet hatte. Sie hatte es ganz kurz machen wollen, aber sie brachte es nicht fertig, das ihrer Mutter anzutun, und auch nicht Dr. Bell, der sich so viel Mühe gegeben hatte, ihr zu helfen.

Sorgfältig legte sie die Tabletten wie winzige blaue Kopfkissen in einer Reihe nebeneinander. Mit Hilfe eines Lineals teilte sie sie in Fünfergrüppchen auf und beschäftigte sich einige Minuten lang damit, sie zu Sternen zu arrangieren.

Mach dir bitte keine Vorwürfe, schrieb sie, *es ist nicht deine Schuld. Du bist mir immer eine gute Mutter gewesen, du hast mir immer alles gegeben, was ich brauchte. Jede andere Tochter wäre zu einer glücklichen, zufriedenen jungen Frau herangewachsen.*

Sie schob fünf Tabletten in ihre Handfläche und warf sie sich in den Rachen. Zwei große Schlucke Wasser, und sie waren weg.

Ich liebe dich sehr, fügte sie hinzu, dann hielt sie inne.

Eine Weile saß sie einfach nur da und starrte nicht auf den Brief, sondern durch den Brief hindurch. Weitere fünf Tabletten. Sie würde sich jetzt beeilen müssen, sonst würde sie bloß einschlafen und in einem noch schlimmeren Zustand als jetzt wieder aufwachen. Sie wollte nicht wieder aufwachen.

Dr. Bell, ich mache Ihnen keinen Vorwurf, dass Sie sich von mir abgewendet haben. Was ich Ihnen erzählt habe, war wirklich widerlich, und ich kann verstehen, dass Sie das abgestoßen hat.

Sie warf sich die nächsten fünf Tabletten in den Mund und nahm das Wasserglas in die Hand. Bei dem Gedanken an die Dinge, die sie Dr. Bell in der letzten Sitzung erzählt hatte, musste sie würgen. Irgendwie bekam sie die Tabletten herunter, doch dann überfiel sie ein derartiger Hustenanfall, dass sie fast all ihr Wasser trinken musste, um sich zu beruhigen. Tränen brannten in ihren Augen. Ich werde nicht weinen, sagte sie sich. Ich habe genug geweint. Für immer.

Als guter Therapeut haben Sie wahrscheinlich längst gemerkt, dass mir nicht mehr zu helfen ist, obwohl Sie sich solche Mühe gegeben haben. Wahrscheinlich konnten Sie es einfach nicht übers Herz bringen, mir zu sagen, dass ich unheilbar krank bin.

Weitere fünf Tabletten.

Es tut mir leid.

Weitere fünf Tabletten.

Es tut mir alles so schrecklich leid.

48

Sein Vorgehen war nicht ganz koscher, obwohl Cardinal normalerweise größten Wert darauf legte, dass die Vorschriften korrekt eingehalten wurden. Wenn er an diesem frostigen Abend – es gab immer noch keinen Schnee, aber die Temperaturen näherten sich dem Gefrierpunkt – vorschriftsmäßig vorgegangen wäre, hätte er zunächst den Detective Sergeant aufsuchen und ihm seine Beweise vorlegen müssen. Wenn Chouinard die Beweise für ausreichend schwerwiegend befunden hätte, um eine sofortige Verhaftung anzuordnen, hätte er Cardinal zwei Kollegen zur Unterstützung zugeteilt. Wenn nicht, wäre ein Gespräch mit dem Staatsanwalt anberaumt worden, um festzustellen, ob die Beweismittel reichten.

Während er an der Kathedrale vorbei in Richtung Randall Street fuhr, war Cardinal sich bewusst, dass er die Vorschriften missachtete, indem er Chouinard nicht anrief. Andererseits verstieß er schon gegen die Vorschriften, indem er überhaupt an dem Fall arbeitete. Und dass er keine Verstärkung anforderte, war ein weiterer Verstoß gegen die Vorschriften. In dem Frost, der sich auf seiner Windschutzscheibe bildete, konnte er Chouinards Gesicht sehen, und im Geräusch des Gebläses hörte er seine wütende Stimme.

Aber nichts davon konnte ihn aufhalten.

Der Camry überfuhr eine rote Ampel, die das Dach rot aufleuchten ließ. Keine Sirene. Cardinal wollte nicht, dass Bell ihn kommen hörte.

Drei Minuten später hielt er in einiger Entfernung von Bells Haus. Hinten und im ersten Stock brannte Licht. Cardinal ging an den Küchenfenstern vorbei um das Haus herum; drinnen bewegte sich nichts. Der BMW stand immer noch in der Einfahrt.

Lautlos betrat Cardinal die hintere Veranda. Der obere Teil der Hintertür war verglast und von einer Gardine verdeckt. Als er durch einen schmalen Schlitz lugte, sah er an der gegenüberliegenden Wand einen Kühlschrank, einen Kalender und über der verschlossenen Tür eine Kuckucksuhr. Dann, als er seinen Blickwinkel ein wenig veränderte, sah er Mrs. Bell in gekrümmter Haltung leblos in einer Blutlache auf dem Boden liegen.

Cardinal zerschlug die Scheibe mit dem Ellbogen, griff durch das Fenster und öffnete die Tür.

Einen Augenblick lang blieb er in der Tür stehen und lauschte. Das Haus war riesig, und die Küchentür war geschlossen. Falls Bell zu Hause war, hatte er vielleicht nicht gehört, wie das Fenster zerschlagen wurde.

Auf Zehenspitzen ging Cardinal um die Blutlache herum und legte einen Finger an Mrs. Bells Hals. Sie war noch warm, aber es war kein Puls zu spüren, und die Menge Blut auf dem Boden ließ vermuten, dass sie tot war. Offenbar hatte sie sich gewehrt, denn außer einer klaffenden Wunde am Hals wiesen auch ihre Arme Schnittwunden auf.

Das hast du ziemlich vermasselt, dachte Cardinal. Normalerweise bringst du die Leute dazu, dass sie sich selbst umbringen. Sie hat deine DVDs gestohlen, deine kostbaren Trophäen, und da bist du ausgerastet. Die Frage ist, was wirst du jetzt tun? Was tut ein von Selbstmord besessener Mann, der mindestens zwei Morde begangen hat, als Nächstes?

Cardinal öffnete die Küchentür und schlich in die Diele, die zugleich als Wartezimmer diente. Der kleine Kronleuchter an der Decke war eingeschaltet, aber Bells Sprechzimmer war dunkel, ebenso das Wohnzimmer zur Rechten. Cardinal probierte die Tür zum Sprechzimmer. Verriegelt. Die Treppe war mit Teppich ausgelegt, aber alt. Mit gezogener Beretta ging Cardinal nach oben, wobei er darauf achtete, am Rand der Stufen aufzutreten, um möglichst wenig Quietschen zu verursachen.

Im ersten Stock war nur hinter der halboffenen Tür des vorderen Zimmers Licht zu sehen. Vier Schritte, und Cardinal stand vor der Tür, die Beretta entsichert und schussbereit in beiden Händen. In dem großen Zimmer standen zwei Kleiderschränke, zwei Sessel, eine alte Frisierkommode und ein riesiges Doppelbett mit einer roten Tagesdecke, auf dem ein offener, mit Männerkleidung gefüllter Koffer lag. Cardinal vergewisserte sich, dass niemand hinter der Tür stand, niemand unter dem Bett lag, niemand in einem Kleiderschrank kauerte.

Zügig überprüfte er die weiteren Zimmer: ein Nähzimmer, ein Gästezimmer, in dem es nach Blütenblättern duftete, ein kleines, in sanften Farben gehaltenes Fernsehzimmer und eine gemütliche Bibliothek mit einem Billardtisch und einem offenen Kamin.

Zwei weitere Türen waren geschlossen. Hinter der ersten befand sich ein Wandschrank.

Ein leises Knarzen. Eine Bodendiele im zweiten Stock? War jemand da oben? Womöglich hatte es nichts zu bedeuten, vielleicht war es nur ein Geräusch gewesen, wie es typisch ist in alten Häusern, doch Cardinal blieb reglos stehen und lauschte.

49

Frank Rowleys frühere Ehefrau ausfindig zu machen war kein Kunststück gewesen. Ein paar Telefonate, ein Blick ins Heiratsregister, und kurz darauf stand Delorme vor dem Haus von Penelope Greene. Es gab nur wenige Häuser in Algonquin Bay, die kleiner waren als Delormes Bungalow, aber dieses hier gehörte dazu. Das winzige Backsteinhäuschen hockte zwischen zwei wesentlich größeren Backsteinhäusern wie ein Kleinkind zwischen seinen Eltern.

Die hübsche Frau, die die Tür öffnete, war etwa Mitte vierzig, mit blonden, leicht ergrauten Haaren. Ihr Gesichtsausdruck schien argwöhnisch, die grünen Augen waren zu Schlitzen verengt, aber das war vermutlich darauf zurückzuführen, dass unerwartet eine Polizistin vor ihrer Tür stand.

»Mrs. Rowley?«, sagte Delorme.

»Nicht mehr. Ich habe schon vor Jahren meinen Geburtsnamen wieder angenommen.«

»Ich bin Sergeant Delorme.«

»Melanie hat doch hoffentlich nichts angestellt?«

»Nein, Ihre Tochter hat sich nichts zuschulden kommen lassen, aber ich muss mich mit Ihnen über etwas unterhalten, das höchstwahrscheinlich mit ihr zu tun hat.«

Mrs. Greene führte Delorme in ein winziges Wohnzimmer. Ein Sofa und zwei Sessel von der Größe von Puppenmöbeln füllten das Zimmer fast vollständig aus, aber es hatte eine gemütliche Atmosphäre. Delorme setzte sich aufs Sofa, das so niedrig war, dass sie mit dem Kinn fast ihre Knie berührte. Kaum hatte sie Platz genommen, wurde ihr klar, dass es sich um das Sofa handelte, das auf einigen der Fotos abgebildet war: rote Plüschpolster umrahmt von aufwendigen Holzschnitzereien. Und durch die Tür, die hinter Mrs. Greene in die Küche führte, waren die charakteristischen blauen Fliesen zu sehen. Ja, Delorme hatte das richtige Haus gefunden, aber es machte sie nicht froh.

»Ms. Greene, wie alt ist Ihre Tochter?«

»Melanie ist achtzehn. Sie wird im Dezember neunzehn.«

»Und sie ist blond, wie Sie?« Die Frage war eigentlich überflüssig. Ms. Greene hatte die gleichen grünen Augen wie das Mädchen auf den Fotos, die gleichen perfekt geschwungenen Augenbrauen, die gleiche Stupsnase.

»Na ja, sie hat ein viel helleres Blond als ich. So wie ich früher war. Aber warum wollen Sie das wissen? Sie hat doch keinen Unfall gehabt, oder? Sagen Sie es mir bitte. Es geht ihr doch gut, oder?«

»Kein Unfall. Soweit wir wissen, geht es ihr gut. Ihr Vater ist Frank Rowley, ist das richtig?«

»Stiefvater. Wir haben geheiratet, als Melanie gerade in die Schule gekommen war. Aber er hat sich vor fünf Jahren von mir getrennt. Es hatte sich herausgestellt, dass das Eheleben nichts für ihn war – so sagte er jedenfalls. Er ist nach Sudbury gezogen, und wir haben seitdem nichts mehr von ihm gehört. Ich finde, er hätte wenigstens mit Melanie in Kontakt bleiben sollen, aber das hat er nicht getan. Bis heute nicht. Er wohnt jetzt wieder hier in der Stadt. Ich habe ihn ein paarmal gesehen, aber jedes Mal die Straßenseite gewechselt, um ihm nicht zu begegnen. Er ist wieder verheiratet und hat eine neue Stieftochter von ungefähr sechs Jahren. Ich habe Melanie nicht mal erzählt, dass er wieder hier wohnt. Aber vielleicht sollte ich es tun. Es würde sie nur aufregen, wenn sie ihm zufällig über den Weg laufen würde.«

Delorme nahm einen Umschlag mit Fotos aus ihrer Aktentasche und wählte ein Bild aus, einen Ausschnitt, den sie aus einer Szene heraus hatte vergrößern lassen. Er zeigte das lächelnde Gesicht des Mädchens im Alter von etwa sechs, sieben Jahren.

»Ist das Ihre Tochter?«

»Ja, das ist Melanie. Woher haben Sie das? Ich habe jede Menge Fotos, aber das habe ich noch nie gesehen.«

Delorme nahm eine weitere Vergrößerung aus dem Umschlag. Ein Brustbild des etwa zwölfjährigen Mädchens, derselbe wachsame Blick wie bei der Mutter.

»Ja, das ist auch Melanie. Da wird sie so zwölf gewesen sein. Sergeant Delorme, Sie machen mir Angst. Warum haben Sie Fotos von meiner Tochter – alte Fotos –, die ich noch nie gesehen habe?«

Delorme wählte zwei weitere Fotos aus, Ausschnitte, auf dem nur der Täter zu sehen war – nicht, was er tat oder mit wem. Lange Haare, nackter Oberkörper, das Gesicht von der Kamera abgewandt.

»Ms. Greene, erkennen Sie diesen Mann?«

Die Frau nahm die Fotos mit einer Vorsicht entgegen, als handelte es sich um gefährliche Bakterienkulturen. »Das ist – das ist Frank. Mein Mann. Exmann.«

»Sind Sie sich ganz sicher? Auf den Fotos ist nicht viel zu sehen.«

»Also, ich weiß einfach, dass er es ist. So wie man jemanden kennt, mit dem man jahrelang zusammengelebt hat – wie er den Kopf neigt, das Kinn, die ganze Haltung … die runden Schultern. Außerdem hat er drei Muttermale auf der Schulter.« Sie klopfte mit dem Zeigefinger auf das Foto. »Hier, auf der linken. Sie sind angeordnet wie der Gürtel des Orion, wie ein angedeutetes Dreieck. Das hat nichts Gutes zu bedeuten, stimmt's?«

»Ich fürchte, nein, Ms. Greene. Können Sie mir sagen, wo Melanie jetzt ist?«

»Sie hat ein Zimmer in einer Studentenpension. Als sie mit

dem College anfing, wollte sie auf eigenen Füßen stehen. Ich gebe Ihnen die Adresse. Aber erst, wenn Sie mir gesagt haben, was hier vorgeht.« Ms. Greene stand auf und ballte immer wieder die Fäuste, als bereitete sie sich auf einen Kampf vor.

»Setzen Sie sich lieber wieder hin«, sagte Delorme. »Was ich Ihnen mitzuteilen habe, wird Sie schockieren.«

»Bitte, sagen Sie es mir einfach, Detective.«

»Es tut mir leid, Ihnen das sagen zu müssen, aber wir haben noch weitere Fotos von Frank und Ihrer Tochter. Fotos, die die beiden beim Sex zeigen. Wir haben sie im Internet gefunden.«

Ms. Greene fasste sich an die Brust »Was?«

»Es gibt mindestens hundert solcher Fotos. Wo er sie ursprünglich ins Netz gestellt hat, wissen wir nicht. Leute, die pornographische Bilder sammeln, tauschen sie häufig untereinander aus. So kommt es, dass immer wieder Bilder von Ihrer Tochter auftauchen, wenn die Polizei von Toronto wieder jemanden wegen Besitzes von Kinderpornographie verhaftet und dessen Computer beschlagnahmt.«

Ms. Greene hatte sich immer noch nicht vom Fleck gerührt, die Hand immer noch ans Herz gedrückt, als versuchte sie, es zu schützen.

»Wir müssen dringend mit Ihrer Tochter sprechen, um sie zu fragen, ob sie bereit ist, gegen Mr. Rowley auszusagen. Wir haben es mit einem schweren Verbrechen zu tun, und es sieht so aus, als wäre jetzt wieder ein kleines Mädchen in Gefahr.«

Aber Ms. Greene hörte sie kaum noch. Delorme sah, wie der Schock sich in Gram, Kummer und Bedauern verwandelte und in tausend andere Gefühle, die sich nur erahnen ließen. Es wirkte wie eine Zeitlupenaufnahme vom Einsturz eines Gebäudes: Sie hob die Hände vors Gesicht, sie stieß einen erstickten Schrei aus, ihre Beine gaben nach, sie sank auf ihren Sessel und brach weinend zusammen.

Delorme ging in die Küche, die so blitzblank war wie eine Schiffskombüse, und setzte Tee auf. Als der Tee fertig war, hatte Ms. Greene aufgehört zu schluchzen. Während sie schniefend ihren Tee trank, schlug ihr Kummer in Wut um. »Ich bringe ihn um«, murmelte sie. »Das Schwein bringe ich um.«

»Das dürfen Sie nicht«, sagte Delorme sanft. »Aber Sie können uns helfen, dafür zu sorgen, dass er so etwas nie wieder tut.«

Dann kamen die Selbstvorwürfe. »Ich hätte es merken müssen. Warum habe ich nichts davon mitbekommen? O Gott, mein armes kleines Mädchen. Wie oft hab ich die beiden allein gelassen. Ich hab zugelassen, dass er mit ihr zeltet! Und Bootsausflüge macht! Ich hab ihm sogar erlaubt, übers Wochenende mit ihr wegzufahren! Es ist mir nie in den Sinn gekommen, dass er so was mit ihr machen könnte.«

»Er wird dafür gesorgt haben, dass Sie auf keinen Fall Verdacht schöpfen würden.«

»Ich hätte es trotzdem merken müssen. Jetzt, wo Sie mir die Bilder gezeigt und alles erzählt haben, fällt es mir wie Schuppen von den Augen. Ich weiß, dass Sie die Wahrheit sagen. Also, warum bin ich nicht selbst darauf gekommen? Gott, wie oft er darauf gedrängt hat, etwas mit ihr allein zu unternehmen. Was bin ich für eine Idiotin! Ach, meine arme Melanie!«

Sie brach erneut in Tränen aus, trank noch eine Tasse Tee, und als Ms. Greene schließlich keine Tränen mehr hatte, nahm sie das Telefon und wählte.

»Sie meldet sich nicht«, sagte sie und wählte erneut. Nach dem dritten Versuch schlug Delorme vor, einfach zu der Studentenpension zu fahren, wo Melanie wohnte.

»Ich verstehe nicht, warum sie nicht ans Telefon geht«, sagte Ms. Greene zum fünften Mal, während sie ans andere Ende der Stadt fuhren. Wie die meisten Menschen, die eine schockierende Nachricht erhalten haben, schwankte sie zwischen Angst und Hoffnung. »Bestimmt geht es ihr gut«, sagte sie dann.

Delorme bog von der Sumner Street in die MacPherson Street ein. »Ich hoffe vor allem, dass Melanie bereit ist, gegen Mr. Rowley auszusagen.«

»Die Fotos werden doch sicher ausreichen, um ihn zu verurteilen, oder? Dieses Schwein. Den sollte man kurzerhand kastrieren.«

»Die Fotos sind natürlich wichtige Beweismittel«, sagte Delorme. »Aber eine Aussage von Melanie würde jeden Zweifel zerstreuen, den die Geschworenen noch haben könnten. Und wenn sie keine Aussage macht, werden sie sich fragen, warum. Das könnte sich zu seinem Vorteil erweisen.«

»Aber es wäre schrecklich für sie. Seit Jahren fragt sie sich, warum sie immer so deprimiert ist, dabei hat der Mann, den sie angehimmelt hat, sie nach Strich und Faden missbraucht. Erst benutzt er sie wie eine, wie eine – Gott, ich kann es nicht mal aussprechen – und dann lässt er sie fallen wie eine heiße Kartoffel. Wenn sie gegen ihn aussagt, wird das all die Erinnerungen wieder wachrufen.«

»Ms. Greene, ich habe in den vergangenen zehn Jahren mit zahlreichen Vergewaltigungsopfern gearbeitet. Fast alle – mit wenigen Ausnahmen – haben es als positive Erfahrung empfunden, gegen den Mann auszusagen, der sie missbraucht hatte. Natürlich war es ihnen peinlich. Und es hat sie gequält. Aber längst nicht so sehr wie wenn sie geschwiegen hätten. Und wenn sie mit einem guten Therapeuten zusammenarbeiten, kann die Erfahrung letztlich sogar äußerst heilsam sein.«

»Melanie macht zur Zeit eine Therapie. Bei Dr. Bell. Er soll sehr gut sein.«

Delorme sagte nichts dazu und bog schweigend in die Redpath Street ein. Nach zwei, drei Blocks zeigte Ms. Greene auf ein rechteckiges Backsteinhaus mit einem Vorgarten, wo ein von innen elektrisch beleuchteter Gartenzwerg inmitten von Herbstlaub stand.

»Da ist es. Melanie wohnt gern hier, weil es nur einen halben Block von der Algonquin Street entfernt ist und der Bus gleich an der Ecke hält. Sie braucht nur zehn Minuten bis zum College, und das ist ein Glück, denn einige ihrer Kurse fangen erst um acht Uhr an. Acht Uhr abends, können Sie sich das vorstellen? Ich hoffe, sie ist zu Hause. Sie ist bestimmt zu Hause.

Es ist nur eine Pension«, fuhr sie fort, während sie auf die Haustür zugingen. »Aber Mrs. Kemper, die Vermieterin, ist anscheinend sehr nett. Sie kümmert sich um ihre Mieter, aber sie mischt sich nicht in ihre Angelegenheiten ein.«

Frost lag in der Luft, ein leichter Wind trieb das Laub über den Weg, und es roch nach Schnee.

»Melanie wohnt im ersten Stock links. Ah, sie hat Licht an, wahrscheinlich ist sie nach Hause gekommen, während wir hierher unterwegs waren.«

Sie betraten die Diele von der Größe eines Wandschranks, und Ms. Greene drückte auf eine Klingel. »Das sind ihre Stiefel, die mit dem Pelzbesatz. Mrs. Kemper besteht darauf, dass sie alle ihre Schuhe in der Diele ausziehen.«

Sie warteten ein, zwei Minuten lang, dann klingelte Ms. Greene noch einmal.

Dann waren auf der Treppe Schritte zu hören. Auf Ms. Greenes Gesicht breitete sich ein erleichtertes Lächeln aus, das allerdings leicht verrutschte, als die Tür geöffnet wurde.

Eine junge Frau in einem Kapuzensweatshirt mit dem

Logo der Northern University und mit drei Ringen in der Nase kam heraus. Sie stieß einen leisen Überraschungsschrei aus. Bevor die Tür wieder zufiel, hielt Ms. Greene sie am Knauf fest und trat in den Treppenflur.

»Hallo«, sagte sie. »Ashley, nicht wahr? Ich glaube, wir sind uns mal vorgestellt worden. Ich bin Melanies Mutter.«

»Ach ja. Hi.«

»Ich glaube, Melanie ist gerade nach Hause gekommen. Wir möchten sie besuchen.«

»Soweit ich weiß, ist Melanie schon den ganzen Abend zu Hause«, sagte die junge Frau, murmelte ein flüchtiges »Tschüs« und verschwand auf die Straße hinaus.

Delorme folgte Ms. Greene die Treppe hinauf. Das Haus war in wesentlich besserem Zustand als die Absteigen, in denen sie selbst als Studentin gewohnt hatte: Teppichboden im Treppenhaus, hübsche Tapete und vor allem sauber. Delorme musste an die Kellerwohnung denken, in der sie während ihres Studiums in Ottawa gehaust hatte, an die verdreckte Treppe und den modrigen Geruch.

Ms. Greene klopfte an eine schwere, weiße Tür mit der Nummer vier.

Drinnen ging gerade ein Rockstück zu Ende, dann ertönte die Stimme des Sprechers von EZ Rock, der für einen örtlichen Toyota-Händler warb.

»Sie muss zu Hause sein«, sagte Ms. Greene. »Ihre Stiefel standen doch unten. Und es passt überhaupt nicht zu ihr, das Licht und das Radio anzulassen, wenn sie weggeht.«

Delorme klopfte kräftig an die Tür. »Sie könnte in der Dusche sein.«

»Die Dusche ist gleich hier.« Ms. Greene zeigte auf eine offene Tür. »Ein Gemeinschaftsbad. Allmählich fange ich an, mir Sorgen zu machen.«

»Melanie?« Delorme schlug mit der flachen Hand gegen

die Tür. Eine Tür am anderen Ende des Flurs wurde geöffnet, eine blasse junge Frau warf ihnen einen wütenden Blick zu, dann machte sie ihre Tür wieder zu.

Ms. Greene legte ihre Wange an das Holz. »Melanie, wenn du da drin bist, bitte mach auf. Wir müssen ja nicht reinkommen, wenn du es nicht willst. Wenn du deine Ruhe brauchst, ist das vollkommen in Ordnung, aber sag uns einfach, ob es dir gut geht.«

»Gehen Sie runter und holen Sie den Schlüssel«, befahl Delorme.

Panik in Ms. Greenes Augen.

»Schnell, beeilen Sie sich.«

Delorme rief weiter durch die Tür nach Melanie. Von oben schrie eine wütende weibliche Stimme: »Ruhe, verdammt!«

Einen Augenblick später kam Ms. Greene die Treppe hochgerannt. Sie versuchte, den Schlüssel ins Schloss zu stecken, aber Delorme musste ihn ihr abnehmen und die Tür selbst aufschließen. Als sie das Zimmer betraten, stieß Ms. Greene einen Schrei aus.

Melanie lag vor ihrem Schreibtisch auf dem Boden.

Sofort entdeckte Delorme die leere Tablettenschachtel, das Wasserglas, den Abschiedsbrief. Sie kniete sich neben die junge Frau und fühlte nach ihrem Puls.

»Sie lebt. Fassen Sie ihre Füße, wir legen sie aufs Bett.«

Wie benommen tat Ms. Greene, wie ihr geheißen, die Augen starr vor Angst.

Delorme drehte Melanie auf den Bauch und steckte ihr einen Finger in den Hals. Ein Würgen, dann ergoss sich Erbrochenes über ihre Hand. Sie wiederholte den Vorgang. Wieder ein Würgen, aber nichts kam.

Unbeholfen zog sie mit der linken Hand ihr Handy aus der Tasche und rief einen Notarzt. Das Krankenhaus war nur wenige Blocks entfernt.

50

Frank Rowley legte seinen Gitarrenkoffer in den Kofferraum. Dann stellte er Taras kleine, pinkfarbene Reisetasche mit Disneymotiven darauf. Tara stand in ihrem pinkfarbenen Anorak in der Einfahrt, der Wind blies ihr das blonde Haar ins Gesicht. Schließlich packte er seine eigene Reisetasche neben die Gitarre. Er hatte seine Tasche sorgfältig gepackt; den Laptop hatte er zwischen zwei Jeans geschoben und die neue Webcam in einem Paar zusammengerollter Socken versteckt. Die Vorfreude darauf, dass er schon bald mit Tara allein unterwegs sein würde, ließ sein Herz höher schlagen.

»Ziemlich viel Gepäck für zwei Tage«, bemerkte Wendy. Sie hatte sich keine Jacke übergezogen und drückte sich den riesigen Plüschteddybären ihrer Tochter an die Brust, um sich zu wärmen.

»Du kennst mich ja. Ich nehme immer zu viel mit.«

»Es ist so stürmisch«, sagte sie. »Vielleicht solltet ihr lieber erst morgen früh losfahren.«

»Unsinn«, erwiderte Rowley. »Es ist viel besser, wenn wir jetzt fahren. Um die Zeit herrscht kaum Verkehr, und wir werden rechtzeitig ankommen, um uns auszuschlafen. Und morgen früh sind wir dann die Allerersten, die bei WonderWorld an die Tore klopfen. Stimmt's, Tara?«

»Ja! Ja!«, rief Tara. »Das machen wir!«

»Es wird alles wunderbar klappen«, sagte Frank zu Wendy. »Wir werden den ganzen Freitag und den Samstagvormittag in WonderWorld verbringen, und am Samstagnachmittag spiele ich auf dieser Hochzeit. Tara wird sich bestimmt nicht langweilen. Die haben uns nur für zwei Stunden gebucht, und Terry wird sich um sie kümmern.«

Terry war die Frau des Bassisten, die die Band zu jedem Auftritt begleitete, um ein Auge auf ihren nicht besonders treuen Ehemann zu haben.

»Der Wind bläst dir deine Perücke fast vom Kopf«, sagte Wendy.

»Ich weiß, ich weiß.« Rowley rückte sein Haarteil zurecht.

»Aber du siehst cool aus mit der Perücke«, rief Tara.

»Warum trägst du sie überhaupt? Du spielst doch erst am Samstag.«

»Weil sie Tara gefällt, und ich hab's ihr versprochen. Stimmt's, Tara?«

»Ja, das stimmt.«

»Okay, Kleines, einsteigen.«

»Erst soll Teddy einsteigen.«

Wendy öffnete die Seitentür, setzte den Bären auf die Rückbank und schnallte ihn feierlich an. Dann hob sie ihre Tochter auf den Beifahrersitz.

»Und dass du mir schön brav bist, hörst du?«

»Na klar.«

Wendy umarmte Tara und drückte ihr einen Kuss auf den Kopf. »Du wirst mir fehlen, mein Schatz.«

»Mama, es sind doch nur zwei Tage!«

Frank lächelte Wendy an, als wollte er sagen: Kinder – da kann man nichts machen. »Keine Sorge«, sagte er. »Ich passe schon auf sie auf.«

Ein Auto bog in die Einfahrt ein, gefolgt von einem schwarz-weißen Streifenwagen. Rowley hielt sich schützend den Arm über die Augen, um nicht vom Scheinwerferlicht geblendet zu werden. Die Polizisten stiegen wortlos aus und kamen mit entschlossenen Schritten auf sie zu. Rowley wusste sofort, dass sie nicht zufällig hier waren. Und er wusste, dass ihr Besuch nur einen einzigen Grund haben konnte. Angst packte ihn, und er spürte, wie ihm zwischen den Schulterblättern der Schweiß ausbrach. »Können wir Ihnen helfen?«, fragte er. Dann erkannte er die Frau, die auf ihn zutrat. »Hallo, ich erinnere mich an Sie. Sie sind die Polizistin, die mich wegen des Jachthafens befragt hat.«

»Ganz genau«, sagte Detective Delorme. Im gleichen Augenblick wandte sie sich an Wendy, hielt ihren Ausweis hoch und stellte sich vor. »Ist das Ihre Tochter da im Auto, Ma'am?«

»Ja, wieso?«

»Würden Sie sie bitte ins Haus bringen?«

»Warum denn? Was geht hier vor?«

»Bringen Sie sie bitte ins Haus. Ich bin hier, um Mr. Rowley zu verhaften, und das möchte ich nicht vor den Augen Ihrer Tochter tun.«

»Verhaften? Sie können ihn nicht verhaften. Er hat doch nichts getan.«

»Bring sie rein«, sagte Rowley zu ihr. »Ich regle das schon.«

»Aber was hat das alles zu bedeuten?«

»Liebling, bring sie rein.«

Rowley sah zu, wie Wendy Tara aus dem Auto hob. Noch ehe sie die Haustür erreicht hatten, begann das Mädchen lauthals zu protestieren.

»Frank Rowley, ich verhafte Sie wegen Herstellung und Verbreitung von Kinderpornographie. Wir werden sämtliche Computer, Kameras, Festplatten, CDs und andere Speichermöglichkeiten beschlagnahmen, die sich in Ihrem Besitz befinden. Weitere Anklagen wegen Kindesmissbrauch und Vergewaltigung werden nach Ermessen der Staatsanwaltschaft folgen.«

»Ich weiß gar nicht, wovon Sie reden«, sagte Rowley. »Ich habe dieses Mädchen noch nie angerührt.«

»Es geht nicht um dieses Mädchen«, erwiderte Delorme und legte ihm Handschellen an.

51

Cardinal lauschte angestrengt in die Stille hinein. Alte Häuser knarzen, vielleicht hatte es nichts zu bedeuten. Womöglich war Bell bereits geflohen und in einem Taxi unterwegs zum Flughafen.
Ein Schritt.
Mit drei lautlosen Sätzen durchquerte Cardinal den Flur und öffnete die letzte Tür. Einige Stufen führten zu einem Treppenabsatz. Vorsichtig am Rand auftretend stieg er in den zweiten Stock hinauf. Als er den Absatz erreichte, holte er tief Luft, hob die Beretta und ging weiter nach oben.
»Dachte ich's mir, dass Sie das sind«, sagte Bell.
Bell hockte auf der obersten Stufe, eine Pistole in der Hand, eine Luger, wenn Cardinal sich nicht irrte.
Noch vor wenigen Wochen hätte er beim Anblick von Dr. Bells Luger, die auf seine Brust gerichtet war, gezittert. Aber als er jetzt wenige Stufen weiter unten vor ihm stand, war es ihm vollkommen gleichgültig.
»Eins sollten Sie wissen«, sagte er. »Ich habe Ihnen gegenüber im Moment einen großen Vorteil.«
»Ach ja? Weil es Ihnen gleichgültig ist, ob Sie leben oder sterben?«
Wieder einmal hatte Bell ihn durchschaut.
»Ich versichere Ihnen«, fuhr Bell fort, »ich befinde mich an genau demselben Punkt. Ich habe auch meine Frau verloren.«
»›Verloren‹ trifft es nicht ganz, oder? Ich weiß, warum Sie Ihre Frau ermordet haben. Sie hat Ihnen Ihre Schätze gestohlen. Erinnerungen an Ihre Triumphe, die Sie seit Jahren sammeln. Erinnerungen an Ihre Siege.«
»Falls Sie von meinen DVDs sprechen – ein Mann mit

mehr Grips im Kopf würde wissen, dass es sich um Lehrmaterial handelt.«

»Sie haben gar keine Studenten.«

»Lehrmaterial für mich selbst. Es gibt Therapeuten, die sich weiterbilden, indem sie Aufnahmen mit besonders schwierigen Patienten studieren, wissen Sie.«

»Oder um in Schadenfreude zu schwelgen. Um sich daran zu ergötzen, wie Sie so tun, als würden Sie Ihren Patienten helfen, während Sie sie in Wirklichkeit dazu bringen, sich das Leben zu nehmen.«

»Ich tue nichts anderes, als Dinge klarzustellen. Indem ich die wahren Gefühle der Patienten spiegele, gebe ich ihnen die Möglichkeit, mit diesen Gefühlen umzugehen. Dann können sich neue Wege auftun. Manche finden eine neue Möglichkeit, ihr Leiden zu lindern oder sogar ihre Lebensfreude wiederzufinden. Andere Patienten wählen den Suizid, und das ist allein ihre Entscheidung und ihr gutes Recht.«

»Aus Ihren Aufnahmen geht eindeutig hervor, dass Sie entscheiden, welche Gefühle Sie spiegeln. Und zwar nur die negativen. Sie nähren die schwärzesten Gedanken Ihrer Patienten. ›Schreiben Sie einen Abschiedsbrief. Tun wir so, als wäre es Realität. Fassen Sie Ihre Gefühle in Worte. Machen Sie einen konkreten Schritt auf die Lösung zu. Denken Sie an all das Gute, was dabei herauskommen kann. Erstens wird das Leiden ein Ende haben. Zweitens wird Ihre Familie von einer großen Last befreit.‹«

»Das trifft häufig zu. Das sind legitime Argumente.«

»Und Sie sorgen dafür, dass die Leute ausreichend mit Schlaftabletten versorgt sind, falls sie zimperlich sind und kein Blut sehen können oder ...«

»Oder was? Angst vor Verstümmelung haben? Ja, wenn einer springt, ist das Gesicht nachher kein schöner Anblick mehr, nicht wahr?«

Cardinals Finger schlossen sich fester um den Griff der Beretta. »Oder Sie verschreiben ihnen Psychopharmaka. Und dann ganz plötzlich geben Sie ihnen ein anderes Medikament oder gar keins mehr. Eine todsichere Methode, um Menschen in den Wahnsinn zu treiben.«

»Detective, wenn alle meine Patienten sich das Leben nähmen, hätte ich längst keine Praxis mehr. Wenn ich dafür sorgen würde, dass es allen meinen Patienten immer schlechter geht, würde keiner von ihnen mehr zu mir zurückkommen.«

»Sie kommen nicht zu Ihnen zurück. Sie sterben.«

»Großartig. Sherlock Holmes entdeckt die Wahrheit über Depressionen. Manisch-depressive Patienten bringen sich nun mal um.«

»Ihre Patienten. Denn es bleibt ihnen nichts anderes übrig, nicht wahr?«

Bell hob die Luger und zielte direkt auf Cardinals Gesicht.

Cardinal riss die Beretta hoch und nahm Bell ebenfalls ins Visier.

»Ich könnte Sie jetzt erschießen«, sagte er. »Und das würde als Notwehr durchgehen. Ich müsste noch nicht mal lügen.«

»Dann tun Sie's doch«, sagte Bell. Die Hand, die die Luger hielt, zitterte.

Wie aus weiter Ferne sah Cardinal die Wut, die in Bell brannte, als würde er von einem Hubschrauber aus einen Waldbrand beobachten.

»Ich weiß, dass Sie mich töten wollen«, sagte Bell.

»Und Sie wünschen sich, dass ich es tue. Das nennt man dann Selbstmord durch die Hand eines Polizisten. Darum geht es doch hier, nicht wahr? Ich habe in Ihrem Buch gelesen, dass Ihre Eltern sich beide das Leben genommen haben. Das scheint mir ein guter Grund zu sein, um sich auf die Behandlung von Depressionen zu spezialisieren. Andererseits könnte es auch ein guter Grund sein, depressive Menschen zu hassen. Und es könnte ein guter Grund sein, um sich selbst das Leben nehmen zu wollen.«

»Auch das haben Sie in meinem Buch gelesen. Das sogenannte Selbstmord-Gen.«

»Sie wollen sich schon lange das Leben nehmen, aber im Gegensatz zu vielen Ihrer Patienten bringen Sie es nicht fertig. Genau wie Sie es in Ihrem Buch beschreiben: Manche Menschen suchen die Nähe von Menschen, die fähig sind, sich umzubringen. Sie müssen es *stellvertretend für Sie* tun. Sie führen sie auf den Weg, steuern sie, manipulieren sie, während Sie so tun, als würden Sie ihnen helfen. Aber Sie versuchen nur, sich selbst zu helfen. Sie versuchen, den einen Selbstmord zu begehen, nach dem Sie sich schon lange sehnen und den Sie nicht begehen können, weil Sie den Mumm nicht aufbringen. Ich frage mich, ob Ihnen das damals schon klar war, als Sie sich entschlossen, den Beruf des Psychiaters zu ergreifen.«

»Sie haben wohl einen Doktortitel in Psychologie, Detective. Glauben Sie allen Ernstes, Sie könnten mich analysieren?«

»Das brauche ich gar nicht. Das können Sie selbst. Aus welchem anderen Grund würden Sie Ihr Leben Menschen widmen, die Sie verabscheuen? Es muss Sie eine Menge gekostet haben, über all die Jahre diese freundliche, mitfühlende Fassade aufrechtzuerhalten.«

»Sie wissen gar nichts über die Menschen, die ich behandle. Sie sind Abschaum. Jammerlappen. Nutzlose Subjekte. Totale Egoisten. Sie haben in ihrem ganzen erbärmlichen Leben noch nie etwas für andere getan. Menschlicher Abfall.«

»Wie fühlen Sie sich dabei, Dr. Bell? Ist das nicht Ihre Lieblingsfrage? Wie fühlen Sie sich, wenn sie sich endlich umbringen? Diese Jammerlappen, dieser menschliche Abfall. Es muss Ihnen doch das Gefühl geben –«

»Es ist phantastisch«, sagte Bell. »Ein schöneres Gefühl gibt es gar nicht. Ich kann es Ihnen nicht beschreiben. Besser als Sex. Besser als Heroin. Ich liebe es. Also, warum erschießen Sie mich nicht?«

»Und wenn sie sich nicht umbringen«, fuhr Cardinal fort, »wenn sie zu stark sind, so wie Catherine …«

»Es ist nicht meine Schuld, dass sie's nicht kapiert hat. Sie wollte sich unbedingt das Leben nehmen, sie wollte es sich nur nicht eingestehen. Wie oft muss sie in die Klinik eingewiesen werden, bis der Groschen fällt?«

»Das muss Sie … sehr irritieren. Es muss extrem – welches ist das richtige Wort – *frustrierend* für Sie sein.«

Bells Gesicht drückte nur Verachtung aus.

»Aufreizend?«

Bell schüttelte kaum merklich den Kopf. »Sie wissen gar nichts über mich. Niemand weiß etwas über mich.«

»In Manchester weiß man einiges über Sie. Und man wird einiges über Sie erfahren, wenn endlich gegen Sie ermittelt wird, wenn Ihnen endlich der Prozess gemacht wird.«

»Das glauben Sie.«

»Ich weiß es. Ich weiß auch, dass Sie Catherine ermordet haben. Denn, wie Sie selbst sagten, sie hat's nicht kapiert. Sie hat nicht begriffen, dass ihr Therapeut *wollte*, dass sie sich das Leben nahm, und als sie einfach nicht dazu zu bringen war, konnten Sie es nicht länger ertragen und mussten sie eigenhändig umbringen.«

»Das würde Ihnen so passen. Denn wie würden Sie dastehen, wenn sie tatsächlich Selbstmord begangen hätte? Der große Detective. Der Ritter in der glänzenden Rüstung. Was bleibt von ihm, wenn er nicht mal in der Lage ist, seine eigene Frau zu retten? Wenn sie es nicht mehr mit ihm aushält? Wenn sie sich lieber umbringt, als noch einen Tag mit ihm zu verbringen? Wenn sie ihn so abgrundtief hasst, dass sie ihr

Leben lieber wegwirft, anstatt es an seiner Seite zu verbringen? Der Gedanke ist einfach unerträglich, nicht wahr, Detective?«

»Ich habe nicht gesagt, ich glaube, dass Sie sie ermordet haben«, erwiderte Cardinal ungerührt. »Ich sagte, ich weiß es.«

Er hielt die kleine Plastiktüte hoch.

»Was ist das?«

»Das ist ein Speicherchip, Dr. Bell. Aus Catherines Kamera.«

»Warum sollte der mich interessieren?«

»Catherine hat Sie fotografiert, als Sie aufs Dach gekommen sind. Das hat sie immer gemacht – sie hat jeden in ihrer Nähe fotografiert, wenn sie gerade bei der Arbeit war. Jeden. Sie war ein schüchterner Mensch, und ihre Kamera war für sie eine Art Schutzmechanismus. Sie wussten, dass sie Sie fotografiert hat, und deswegen haben Sie ihre Kamera mitgenommen, als sie den Tatort verlassen haben. Sie sind unten auf den Parkplatz gegangen, wo sie lag, und haben die Kamera an sich genommen. Wahrscheinlich waren Sie in dem Augenblick viel zu erregt, um zu bemerken, dass sie zerbrochen und der Chip herausgefallen war. Das wird ja eine herbe Enttäuschung gewesen sein, als Sie zu Hause ankamen und feststellen mussten, dass die Kamera leer war. Das hätte ich wirklich gern miterlebt. Besser als Heroin, garantiert. Tja, ich habe gesehen, was sich auf dem Chip befindet, und ich würde sagen, Ihr Leben ist damit mehr oder weniger beendet.«

»Sie war manisch-depressiv, Detective. Und zwar seit Jahrzehnten. Wie oft ist sie in die Klinik eingewiesen worden? Zehnmal? Zwanzigmal?«

»Ich hab's nicht gezählt.«

»Irgendwann hätte sie sich sowieso umgebracht.«

»Beruhigen Sie damit Ihr Gewissen? Hilft Ihnen das, nachts Schlaf zu finden?«

»Also, machen Sie schon, erschießen Sie mich.«

»Das hätten Sie wohl gern, was?«

»Los, schießen Sie. Ich habe keine Angst.«

»Tut mir leid, Dr. Bell. Den Gefallen wird Ihnen niemand tun. Das werden Sie schon selbst erledigen müssen.«

Cardinal ließ seine Beretta sinken.

Bells Hand zitterte noch stärker.

»Ich werde Sie töten«, sagte er. »Sie wissen, dass ich dazu fähig bin.«

»Ich bin nicht derjenige, den Sie töten wollen, Dr. Bell. Ich bin keiner von Ihren Patienten. Keiner von den Jammerlappen, wie Sie sie so mitfühlend nennen. Mich umzubringen hilft Ihnen überhaupt nicht.«

Mit einer plötzlichen, ruckartigen Bewegung richtete Bell die Luger auf seine eigene Schläfe.

»Genau das wollen Sie schon seit Jahren tun, nicht wahr?«, sagte Cardinal.

Schweißperlen bildeten sich auf Bells Stirn. Er kniff die Augen fest zu. Eine einzelne Träne lief über seine Wange in seinen Bart.

»Machen Sie schon. Sie wollen doch nicht den Rest Ihres Lebens im Gefängnis verbringen, oder?«

Die Luger in Bells Hand wankte. Er zitterte am ganzen Körper. Schweiß rann ihm über das gerötete Gesicht.

»Sie bringen es nicht fertig, stimmt's?«

Bell stöhnte, dann begann er zu schluchzen. Die Luger fiel zu Boden und polterte die Treppe hinunter. Cardinal hob sie auf.

»Ich glaube, wir beide haben heute gute Arbeit geleistet, Dr. Bell. Ich würde sagen, wir sind bis zu den Wurzeln Ihres Problems vorgestoßen. Jetzt haben Sie ein paar Jahrzehnte Zeit, um sich damit auseinanderzusetzen.«

52

Die Tage vergehen, und der Herbst weicht allmählich dem Winter. Es ist Mitte November, und die Bäume sind kahl. Äste und Zweige ragen schwarz in den Winterhimmel. An den Straßenrändern, in Rinnsteinen, auf Verandastufen vor Garagentüren, auf Terrassen und auf Fensterbänken hat sich nasses Laub gesammelt. Die Rasenflächen liegen nicht länger unter bunten, duftigen Decken verborgen, sondern sind nach dem Regen von einer zähen, glitschigen Blätterschicht bedeckt, die sich überall in Algonquin Bay in den Gärten, auf den Gehwegen, in den Einfahrten und sogar in den Radschächten der Fahrzeuge gebildet hat.

Die Temperaturen sind weiter gefallen, und John Cardinal trägt einen schweren Ledermantel mit Webpelzfutter. Nach der Farbenpracht im Oktober ist der November grau und trüb. In einer Woche wird Cardinal seinen Daunenparka brauchen, sein Eskimokostüm, wie Catherine gern gescherzt hatte.

Cardinal kommt gerade von einem Morgenspaziergang über den Wanderweg zurück, der sich hinter seinem Haus durch die Hügel schlängelt, ein Spaziergang, den er zahllose Male mit seiner Frau gemacht hat. Delorme hat ihn am frühen Morgen angerufen und sich zum wiederholten Mal dafür entschuldigt, dass sie, was Catherines Tod anging, voreilige Schlüsse gezogen hatte. Außerdem hat sie ihm erzählt, dass Melanie Greene inzwischen aus dem Krankenhaus entlassen ist und wieder bei ihrer Mutter wohnt. Ihre neue Therapeutin ist optimistisch.

Mr. und Mrs. Walcott, die ihren schrecklichen Hund ausführen, kommen ihm auf der anderen Straßenseite entgegen.

Als sie Cardinal sehen, hören sie aus Respekt vor seiner Trauer auf, miteinander zu streiten.

»Es soll Schnee geben«, sagt Mrs. Walcott.

Cardinal winkt ihnen zum Gruß zu und geht zu seinem Haus hinauf. Der Duft nach Holzfeuer und Speck mischt sich mit dem Geruch nach Schnee. Seit einer Woche liegt der Schnee schon in der Luft. Er kommt spät in diesem Jahr.

Er geht ins Haus und hängt seinen Mantel an die Garderobe. Während er mit den Schnürsenkeln an seinen Stiefeln kämpft, klingelt das Telefon, und er humpelt mit einem offenen Stiefel am Fuß in die Küche, um den Hörer abzunehmen. Es ist die einzige Person, mit der er im Moment reden möchte.

»Kelly, wie geht es dir? Wieso bist du schon so früh auf den Beinen?«

»Ich hab gestern Abend deine Nachricht erhalten, aber es war schon zu spät, um zurückzurufen.«

Cardinal streift sich den Stiefel vom Fuß und nimmt das Telefon mit ins Wohnzimmer. Die Verbindung ist schlecht, es knistert und knackt in der Leitung, aber er setzt sich in den Sessel und berichtet seiner Tochter, dass die Kaution für Frederick Bell so hoch angesetzt wurde, dass er bis zu seinem Mordprozess nicht aus dem Gefängnis kommen wird.

Einen Augenblick später hört Cardinal seine Tochter weinen. Herzzerreißendes Schluchzen dringt durch die zunehmend schlechter werdende Leitung nach New York. Kelly kann sich immer noch nicht mit dem Gedanken abfinden, dass ihre Mutter nicht durch die eigene, sondern durch die Hand eines anderen ums Leben gebracht wurde. So oder so ist es schwer, sich damit abzufinden, dass sie tot ist, und Cardinal wünscht, Kelly wäre bei ihm und er könnte sie in den Arm nehmen und trösten, ihr sagen, dass alles gut ist, auch wenn es das niemals sein wird.

»Kelly?«

Das Schluchzen hat aufgehört, aber auch das Knistern und Knacken.

»Kelly?«

Die Leitung ist tot.

Als Cardinal versucht, seine Tochter zurückzurufen, erhält er nur ein Besetztzeichen.

Draußen hat es angefangen zu schneien, winzige Flöckchen, wie Schneeregen. Wenn sie noch lebte, würde Catherine sich ihre Kamera umhängen und die Stiefel anziehen. Beim ersten Schnee war sie immer nach draußen gegangen, um zu fotografieren, auch wenn die Aufnahmen ihrer Meinung nach zu »kalendermäßig« waren. Cardinal hört ein Rascheln auf dem Dach. Das Telefon immer noch in der Hand, geht er zur Hintertür, macht sie auf und überrascht ein Eichhörnchen dabei, wie es gerade die Isolierung der Klimaanlagenleitung anknabbert.

»Hau ab«, sagt Cardinal, doch das Eichhörnchen schaut ihn nur mit einem glänzenden schwarzen Auge an. Schneeflocken schmelzen auf seinen Ohren und auf seinem Schwanz.

Als Cardinal ihm mit dem erhobenen Telefon droht, huscht es davon. Ein dunkler Schatten zwischen den Blättern am Boden, dann ist alles still. Oder beinahe. Ein sanfter Wind geht durch die kahlen Birken, und es knistert ganz leise, wenn die Schneeflocken auf das nasse Laub fallen.

Das Telefon in seiner Hand klingelt erneut. Cardinal meldet sich, und diesmal ist die Verbindung nach New York besser.

Dank

Mein herzlicher Dank gilt Greg Dawson vom Centre of Forensic Sciences für detaillierte Informationen über die Behandlung von verdächtigen Schriftdokumenten.

Außerdem möchte ich mich noch einmal bei Staff Sergeant (a. D.) Rick Sapinski von der Polizei North Bay bedanken für Informationen über polizeiliche Vorgehensweisen. Sollten mir dennoch Fehler unterlaufen sein, dann übernehme ich die Verantwortung dafür.